这个世界就分两种人

葛壮／著

上海社会科学院出版社
SHANGHAI ACADEMY OF SOCIAL SCIENCES PRESS

目 录

五花八门看上海 …………………………………… 001
"沪城八景"今安在 ………………………………… 003
北洋政府中的"上海帮" …………………………… 007
"掀起你的盖头来"及其他 ………………………… 010
从小刀会到太平军 ………………………………… 017
大都市里的小市民 ………………………………… 021
上海"渔村"的说法可以休矣! …………………… 025
黄浦江边的犹太人 ………………………………… 028
讲国语的上海人 …………………………………… 034
旧上海的闻人与大亨 ……………………………… 036
路名变迁话沧桑 …………………………………… 039
弄堂房子里的马桶 ………………………………… 043
让我们翻开尘封的历史书卷
　　——与"一·二八"事变相关的爆炸案 ……… 046
上海滩的宁波人和江北人 ………………………… 052
圣约翰大学 ………………………………………… 056
信仰上帝的百岁学者 ……………………………… 059
"洋泾浜"英文 ……………………………………… 062
云想衣裳花想容 …………………………………… 065

栏杆拍遍听戏文 …………………………………… 069
《财富大考场》的误区知多少? …………………… 071

"戏说"可别太离谱…………………………………… 076
"昨日黄花"为何长开不谢?………………………… 078
《女人步上楼梯时》观后感………………………… 081
别开历史的玩笑……………………………………… 086
点点冯小刚的"死穴"……………………………… 090
电视剧的优劣之别…………………………………… 093
电视连续剧《李卫当官》之观感…………………… 095
浮生如梦无浪漫
　　——《罗曼蒂克消亡史》观感………………… 099
给精品电视剧挑挑刺………………………………… 103
京、沪两地的"文化偏食症"……………………… 106
摄影机前的"关公战秦琼"………………………… 109
话说老戏翻新
　　——从《一剪梅》到《青河绝恋》…………… 112
这个世界就分两种人………………………………… 115

心语点滴思旧事……………………………………… 119

"一·二八"事变纪念及对父亲的心祭…………… 121
灿烂的生命荣归天家………………………………… 126
给通灵的玄想装上"翅膀"
　　——读《道教法术》有感……………………… 130
行进在黄土地上的红色之旅
　　——人口所、青少年所、宗教所2008年联合考察小记……… 136
康熙的遗诏还是让人生疑…………………………… 141
首回上海"德比大战"结局的启示………………… 143
我小学里的三个女同桌……………………………… 148
心中流淌的爱河……………………………………… 154
新加坡的魅力和经验………………………………… 157

目 录

一本正经聊文化 ……………………………………… 163
大枭雄袁项城其人
　　——写在袁世凯去世百年之日的随笔 ………… 165
高道妙手定乾坤
　　——读《陶弘景评传》兼论南北朝的三大道教改革家 … 172
教派分野岂能当作划分民族的标尺！ ……………… 179
科学真是抵御邪教的灵丹妙药吗？
　　——关于社会转型时期防范和抵制邪教措施的一点思索 … 182
浅谈中国古代文化的南北差异 ……………………… 186
台湾宗教界表态的意义 ……………………………… 194
太极虎成了纸老虎
　　——有感于韩国的再次落败 …………………… 198
西欧历史上的伊斯兰教 ……………………………… 201
新加坡的经验不只是苏州工业园区 ………………… 211
伊拉克战争背后的宗教因素 ………………………… 214
伊朗为什么敢向美国叫板？ ………………………… 220
颐养天年不是梦
　　——历史上修道者多享高龄现象之解析 ……… 224
圆了一个鸭蛋梦 ……………………………………… 231
制造文明冲突的庸人 ………………………………… 235
中国历史上的几次佛教法难事件 …………………… 239
中国"宗教复兴"之说欠准确 ………………………… 250
宗教经典的异同
　　——三大世界宗教文化的核心价值之比较 …… 253
宗教与人类社会的终极关怀 ………………………… 261
我们身边的伊斯兰教 ………………………………… 266
浓浓乡愁里的宗教元素 ……………………………… 272

针砭时弊道世风 ……………………………………… 277

贩卖民族感情的奸商就应施以重罚 …………………… 279
"钱烟"的问世说明了什么？ …………………………… 282
"无畏的生产"和"无谓的死亡" ……………………… 284
应试教育阴魂不散 ……………………………………… 288
由"巴别塔"产生的联想 ………………………………… 291
被宠坏的"孩子" ………………………………………… 294
从河南杀人案所想到的 ………………………………… 297
从商贩自诩看"士"的悲哀 …………………………… 299
地上的药渣何日才能绝迹？ …………………………… 301
国人的丑陋 ……………………………………………… 304
金"玉"其外，败"叙"其中（外二篇） ……………… 308
可笑的"求全追高"意识 ……………………………… 313
"空巢老人"真无奈 …………………………………… 318
城市傍老族与拼搏不辍的银发族 …………………… 323
如果被打的不是名人会咋样？ ………………………… 327
深入骨髓的奴才性格在作祟？ ………………………… 330
神圣的国歌岂容玷污 …………………………………… 333
谁来惩办强奸犯罪现场的冷漠看客 …………………… 335
贪官"赖民"都该骂 …………………………………… 338
网络时代的尴尬 ………………………………………… 341
我们比不过韩国人 ……………………………………… 344
老外的撒野和我们的对策
　　——从黑人侮辱的姐之事联想到的 …………… 348
相扑力士的泪水可作历史的见证 ……………………… 352
新官场现形记 …………………………………………… 354
一则消息引起的愤怒和恐惧 …………………………… 357

五花八门
看上海

"沪城八景"今安在

每个城市都有自己的特色景观,有着数百年历史的上海地区,同样也不例外。早在1989年2月,《上海滩》杂志社就在刊物上登出启事,发动市民点选自己心目中的景观,并在众人推举的百余处景点中又初选出35处候选景点,其中有相当一部分是沪上的宗教活动场所,如天主教圣堂所在地佘山、徐家汇主教座堂,佛教的龙华、玉佛、静安沪上三大名刹,道教的白云观,伊斯兰教的松江元代清真寺、小桃园清真寺,都榜上有名。倘若再将那些带有宗教意味的去处,如青浦朱家角放生桥、南翔寺砖塔、天马山护珠塔、嘉定孔庙、南市文庙也计算在内,则真可谓三分天下有其一了。两年之后,在类似的评选中,评出得票最多的12处景点为外滩、豫园、淀山湖大观园、玉佛寺、龙华寺塔及龙华烈士陵园、古猗园、上海展览中心及上海商城、南京路、松郡九峰、上海植物园、吴淞口、大小金山,有关的宗教去处却只占到其中的六分之一。这12处新上海景观中,不少是在近现代历史中形成的,如外滩、植物园、南京路、烈士陵园、大观园,甚至还有当时甫告落成的上海商城。它们在候选景点中的得票率高,至少说明两点:一是国人的宗教意识普遍淡薄,才会使那些宗教景观纷纷落榜;二是市民的审美情趣及外出"白相"(沪语游玩之意)的去处,已和古代的沪人大不相同,楼台亭阁、登高远眺和观花赏月等雅兴,早被全家外出野餐、逛店购物或在硬件设备一流的娱乐场所看进口大片等时尚所取代。这也是当时簇新的上海商城和享有"中华第一街"美号的南京路会受到市民如此青睐的重要原因。

若追溯历史上的上海地区景观,实在是不胜枚举。北宋时华亭县有所谓的《华亭十咏》,为北宋景祐元年(1034)任华亭知县的唐询所作,当时十景分别是南朝顾野王曾寓居过的亭林湖、杭州湾大金山北的寒穴、吴王猎场（因三国东吴名将陆逊出生于此，其后代在此游猎，又称陆机茸）、柘湖（今奉贤柘林为其遗址）、秦始皇驰道、位于松江城西的陆瑁（陆逊之弟）养鱼池、华亭谷、陆机宅、昆山、三女冈，唐询的《十咏》还得到北宋另两个名气更大的文人王安石和梅尧臣的唱和，为此"十景"增辉许多。至南宋时，辖境包括今天市区大部分和七个县的华亭县，更有人作百景之咏，作者为许尚，今存84首，可见其时景物之盛。各县镇还有自己的特色景观，如南翔八景、松江十景、七宝镇的"七宝"，其实都是当地的历史古迹。

明朝又有所谓"沪城八景"之说，首见于官修的万历《上海县志》，根据清朝乾隆年间沪人李行南在《申江竹枝词》中所记，这八景为：海天旭日、黄浦秋涛、龙华晚钟、吴淞烟雨、石梁夜月、野渡蒹葭、凤楼远眺和江皋霁雪。斗转星移，时过境迁。随着上海地区的飞速发展，城市的面貌早已非复旧时模样，喜欢怀旧的人手中的摄影机、照相机对准的是那些行将消失的旧屋老房子或带有标志性意义的历史景观，至于昔日文人津津乐道的"沪城八景"，更多只见载于泛黄的古籍，不再为今人所提及。原因在于它们折射的是更加贴近自然的生活习俗，只属于古代沪城民众特有的文化欣赏视角，与今人的生活节奏、环境、习性和释放宣泄情感的方式等都大相径庭。当然，随着"回归自然"的理念又重新时髦起来，亦有依循旧俗的。我们且来看看"沪城八景"的实际内容：

"海天旭日"是指清晨去海塘边观看日出。"海日初升恰五更，红光晃漾令人惊。须臾已见腾腾上，碧落分明挂似钲。"近些年来已有旅行社组团，让市民去那因陆地向东延伸而形成的南汇芦潮港，专门观赏旭日初升于东海的美景。笔者就因单位组织职工和子女共度儿童节的活动，在1998年6月1日的凌晨，与儿子一起在该处得享眼福。

"黄浦秋涛"本指沪人在农历八月"陆家嘴上看潮头"的传统习俗，"三江入海接潮还，申浦秋涛涌若山"，虽没有浙江海宁观潮那般壮观，想来也颇具观赏性，否则不会留下如此佳话。如今陆家嘴早已成为著名的金融贸易区，黄浦江两岸高楼耸立，逼仄的江面船舶密集，哪里还有半点波涛汹涌的气势，只有每天载着千百游客的游艇在波平浪静的黄浦江上游弋，让绝大多数来自外地的游人巡览浦江两岸的建筑而已。该旅游项目美其名曰"浦江一日游"，但本地居民鲜有光顾者，因为每天来往两岸的摆渡轮，同样可让人们将岸边的风光尽收眼底。

至于"吴淞烟雨""野渡蒹葭"和"石梁夜月"，有的因自然环境变换而不复存在，有的因城市建设需要而拆除。如污染严重的吴淞江（俗称苏州河），在近代上海人心目中已成黑臭浜的同义词，原来的烟雨朦胧荡然无存。还是从 1990 年代后期以来，上海市政府开始着手治理苏州河的黑臭现象，两岸柳枝婆娑、河面重新泛绿的景况，才让人能稍稍体会到古人笔下"别有归舟烟雨里，迎潮无那泊吴淞"的意境。

"野渡蒹葭"本来只是描述浦南一带莲径苇塘、遍地蒹葭和石桥野渡的溪舍渔庄景象，这种宛如图画充满诗意的农家生活，在以往的上海郊县俯拾皆是，所谓"金风飒飒响回塘，渡口呼船正夕阳。知否侬家烟水外，蓼花红处近渔庄"。可在乡镇经济高度发达的现代乡村中，已很难再觅到这样的天然野趣。更有甚者，有的乡间竟然还充斥着一些生产伪劣冒牌产品的小工厂或作坊，从而沦为工业污染严重的受害地！

另如小东门外的陆家桥（明代正德年间翰林学士陆深出钱所造，又名学士桥），由于在填没方浜筑路时，该大石桥被拆，致使"携伴良宵出城去，陆家桥上月如霜"的景况不复现于今世。上海妇女向有"走三桥"之习俗，在"桂樽环饼答秋光，处处氤氲朝斗香"的中秋夜携伴同行，须到三座桥上赏月，还要看水中月穿桥洞，其中学士桥是不可或缺之处，这才逐渐形成"石梁夜月"之佳景。此种优哉游哉的闲适意境和传统习俗相融共和的场面，已非驾驶小车穿梭于现代高架桥之间的今人所能想象，也许只可从古装戏中去欣赏那种踱步于青石板桥或抬头赏秋月的扮相了。

"凤楼远眺"亦属同样情况。沪地民众旧有重阳登高之俗，在"题糕醉菊酒新刍"的日子里，"携朋共有龙山兴，海邑龙山是凤楼"。现已荡然无存的丹凤楼，原在小东门外供奉天后的顺济庙内，明嘉靖年间筑城墙后，此楼被移至城头万军台上，在尚无高楼广宇遮蔽人们视野的当时，丹凤楼本身所具有的一定高度，显然成了重阳节里上海人的首选去处。每年端午节时，黄浦江上举办龙舟大赛，丹凤楼自然是最佳的观赏之地。清季上海贡生秦荣光的《上海县竹枝词》中称:"鼓角声中焕彩游,浦江午日闹龙舟。红儿绿女沿滩看,看客多登丹凤楼。"丹凤楼在民国拆城风兴起之时遭到同样的厄运。其旧址上建有大楼,楼旁的马路就叫丹凤路。前些年,丹凤路一带的居民曾一度伸着脖子期盼着拆迁那鳞次栉比的老式石库门旧屋,目前已经有部分地段变为城市绿地,恐怕很少有人会相信,当年这里居然还是赫赫有名的沪上景观哩。

与上述景观相比,"江皋霁雪"和"龙华晚钟"两景所在地总算硕果仅存。前者指民国初期拆城墙时仍被保留的大境关帝庙,始建于明代,清代多次修葺,嘉庆二十年(1815)扩建为三层杰阁,底层倚城墙,二、三层在城楼上。后有道光年间两江总督陈銮为东首新建石坊题"大千胜境"额,遂有"大境"之称。由于城外是空旷田野,遇冬日雪至,放眼望去,是一片银装素裹的白色世界:"昨夜天公剪鹅毛,北风吹散遍江皋。垆头买得双蒸酒,同上楼头劈蟹螯。"从李行南的竹枝词中反映的习俗来看,上海人也喜欢登此处城楼,持螯饮热酒,邀友共赏雪,能够列为"沪城八景"之一,足见当年"江皋霁雪"的景况之盛。大境阁一隅尚残存于今日上海城区,市府还有意拨款修复,而"大境"的名称,从同名的市级重点中学上,也还能让老上海依稀感到几分熟悉和亲切,该学校"螺蛳壳里做道场",在教育战线上培养大量人才的卓越成就,亦曾在沪上传为佳话,但"江皋霁雪"这一意境幽雅、更多带有文人闲云野鹤况味的习俗,却因再无白雪蔽野可言,而永久地从人间蒸发了。

后者所发生之地,即沪上天台宗名刹龙华寺,每年的农历三月十五左右皆有庙会,因此引来远近各地的大量香客。所谓"三月十五春色好,游踪多集古禅关。浪堆载得钟声去,船过龙华十八湾",来自梵宫的晨钟暮鼓之声,传到朝至夜归、载满善男信女的船上,肯定是"别有一番滋味在心头"。龙华庙会至今犹存,千年古刹的钟声,也仍响遏行云,其特殊的穿透力,超越了时空的限制,使龙华寺从古代的"沪城八景"之一,转圜为今天新上海的城市景观。

北洋政府中的"上海帮"

民国肇始,一帮革命功臣大多为两广或湖广、苏、浙、皖等省的南方人士,是故民国首届政府中多为南方籍官员。孰料被后人目以"窃国大盗"的袁世凯夺得大总统宝座后,政府中握实权者皆当年小站练兵起家的北洋新军人物。但综观历届北洋政府中,担任阁僚的政府大员,有相当一部分来自上海,这些人虽说籍贯各异,可自幼及长,都在上海的学校接受教育,能操一口流利沪语,当然应算标准上海人。他们中有原籍广东香山的唐绍仪、祖籍福建厦门的颜惠庆、原籍浙江钱塘的汪大燮、原籍浙江奉化的王正廷、原籍江苏嘉定的顾维钧和籍贯江苏上海的陆徵祥,这些人都当过内阁总理。在内阁任职的还有江苏南通人张謇(农商总长)、江苏上海人曹汝霖(分别当过外交次长、交通总长)、浙江吴兴人章宗祥(司法总长)等,也都和上海直接联系在一起,甚至连当过司法和教育总长的湖南长沙人章士钊,清末时都在上海做过《苏报》主笔。这些会掼"上海派头"的大人物,不啻民初政坛上的"上海帮",人们对民国丧权辱国的外交史扼腕之余,多会自然而然地把这些有上海背景的官僚划入"卖国贼"行列,现在看来,有着太多意识形态痕迹的《辞海》条目就是这样写的。

以签订于1915年5月25日的《二十一条》为例,太想当皇帝的袁世凯授意外交官出让中国的利益给日本,以换取东瀛强邻的支持。具体负责谈判的正是两个上海人:外交总长陆徵祥和次长曹汝霖。他们成为全国民众诅咒的大汉奸,《辞海》中直接写明陆、曹两人代表中方签字。对此事的历史后果,陆徵祥心中很"拎得清"(沪语"明白"之意),但身为职业外交家,背着再大的骂名也只得去做。

1919年的五四运动中,反帝爱国思想和民族主义意识刹那间得到释放并迅速膨胀开来,北洋政府中那几位"上海帮"外交官,如陆徵祥、王正廷、顾维钧正在巴黎和会上折冲樽俎,其中顾氏表现尤为出色。他先后在上海圣约翰大学和美国哥伦比亚大学接受过高等教育,时任驻美公使。在从1月至6月的马拉松谈判中,几次关键时刻,外交总长陆徵祥和次席代表王正廷都借故推托缺席,把31岁的顾维钧推到前台。国内五四烈焰因中国外交的失败而起,身处国外的谈判代表承受的压力之重可以想见。陆徵祥称病住进圣克卢医院,中国留学生却是不依不饶地在6月27日(签约前夜)包围该医院,顾维钧向学生做出庄严的承诺,如中国政府经步步退让后提出的最低要求仍遭拒绝,中方也将拒签对德和约。次日,正式的签字仪式在凡尔赛宫举行,由于中国最后的方案又被列强把持的和会退回,中国代表团也拒绝在和约上签字。这成为近代中国外交史上首次重大胜利,虽说"弱国无外交",但顾维钧等"上海帮"外交官与列强的斗智斗勇,给嗣后华盛顿会议重新解决中国的山东问题奠定了基础。

留在北京的"上海帮"成了北洋武夫政权倒霉的替罪羊。另一位也是上海出来的前外长汪大燮,于1919年5月3日晚到北大校长蔡元培处告知巴黎和会外交失败消息,随即策划了第二天的学生上街大游行。结果,上海人曹汝霖的住宅被烧,另两位可算半个上海人的陆宗舆(浙江海宁人,驻日公使)与章宗祥也和曹一起,顿时成为愤怒的青年学生切齿痛恨的活靶子。"三贼"丢了官不算,最可悲的是他们还被永远地钉在历史的耻辱柱上,只要翻开历史教科书,就能证实这一点。仔细想想,他们多少有点冤。顺便说一句,比较有意思的是,学生们火烧的那栋楼房,正好冠以时下最领风骚、有人避之唯恐不及的百家姓中的第一姓——赵家楼。

曹汝霖在赵家楼被火烧之后退出了政界。金盆洗手的他也不愿在人前做任何争辩。在改行从事银行业经营的同时,他还致力于慈善事业。据说每年冬天,曹家都要向每天在大街上奔跑拉车的洋车夫们捐送一百套棉衣。曹氏施舍的方法也精灵古怪,每次先由家里的仆役抱着几套御寒的棉衣出门,看见街上有衣不蔽体的车夫,就雇其洋车,只有到了僻静小巷胡同,才叫车停下,然后赠送车夫一套,接着再去物色下一位"目标"。这种既给受赠者保留尊严,同时也不至于被人冒领的做法,别具一格,体现了曹氏为人心思细密、考虑周到。

曹氏个人精通日语,与日本朝野人物也有交往,但日本人占领华北后,曾想占领曹家用来在社会上行善的医院(有时甚至让穷人免费就诊),曹汝霖被迫出面与日本人周旋,总算保留了这座医院。但"七七事变"后,时局瞬息万变,曹汝霖在以后整整八年期间,始终未接受过日本方面的任何伪职,遑论做过一件为虎作伥的汉奸事情。这件事正印证了那句古话:时穷节乃现,板荡识诚臣。中国还有一句老话,叫作"积善人家有余庆"。上世纪60年代,有一部享有盛誉的国内影片叫作《女篮五号》,其中女篮五号林小洁的扮演者国家女排主攻手曹其纬,正是曹汝霖的亲孙女,后定居于香港。曹汝霖本人则于1966年8月4日在美国底特律市去世,享年89岁。说来讽刺的是,当年在五四运动中火烧曹宅赵家楼时点了第一把火的学生领袖梅思平,虽在当时成为风口浪尖上的爱国学生运动代表人物,以后做了学校的教授,却谁都没有料到,抗战期间,这位当年的爱国学生秘密潜入日占区,投靠了日本侵略者,最后做到南京汪伪政权的中央组织部部长。1946年9月14日,刚刚年届半百的梅思平以叛国罪被国民政府枪决。还是应了那句老话:路遥知马力,日久见人心。谁才是真正卖国的爱国贼,历史做了回答。

想起一句话:盖棺论定。但后人对这些历史的有趣比对,何曾留下笔墨?有很多人物的轶事,其实就是过往历史一星半点的真实写照。亚圣有言:"尽信书,不如无书。"是之谓也。

"掀起你的盖头来"及其他

《相约星期六》的沪上电视栏目虽说一度很红火，但花无百日红，早已成为明日黄花而香消玉殒，没有了声息。倒是毗邻的江苏省电视台光头孟非主持的《非诚勿扰》后来居上，成为未婚青年们关注的对象。古话说得好，以史为镜，可见兴替。笔者在此翻出 2002 年写就的相关帖子，以探其究竟，毕竟这是同类的电视节目，其中的经验教训可以汲取。

一 "掀起你的盖头来"

沪上的文广集团在去年临近岁尾时通过电视宣传广告，向社会大众宣布，在新年伊始，各家电视台将推出新的栏目，当然也保留了收视率较高的所谓"品牌节目"。其中，东方电视台原有的《相约星期六》，自然还是很受有关部门青睐的"拳头产品"。笔者曾经对这个栏目颇有微词，主要原因是认为它的适应面略显狭窄，似乎上荧屏亮相的，绝大多数为白领阶层。尽管处在这个城市第一线的青年建设者队伍中，绝大多数是本地的蓝领和外来农民工，但一个可悲的事实是：每到周末，不太善于风花雪月和缺少诗情画意的他们，只有拿双眼瞪着荧屏，看那些出口成章的白领男女在台上作秀的份。所以，笔者很希望也能在某个星期六的晚上，看到有外来农民工的相约专场，甚或是白领蓝领们共同相约的场面，虽说后面的期望多少有点不切实际，但至少通过电视台相关部门的努力，专供外来农民工或本地蓝领们牵线搭桥的场面，还是不难制作成功的。

除了提出上述建议,即增加相约对象的社会层面外,笔者对于该节目目前已经定型的几个程序也有意见,尤其觉得第一个程序有欠妥之处。其名称为"掀起你的盖头来",具体为六个男嘉宾业已坐定,而六个女嘉宾却戴着流行日式漫画美女的面具,款步轻挪地姗姗来迟,然后由她们做自我介绍,或由后援团人员做补充性的说明,最后再由男嘉宾的后援团做主献花。由于各自的表述存在差别,给人产生的第一印象也因蒙上的面具而"不知庐山真面目",所以每次总有"月儿弯弯照九州,几家欢乐几家愁"的尴尬情景出现:有的姑娘面前放着几朵花,有的却空空如也。这种女嘉宾戴面具上场的安排,以前的《相约星期六》并没有,也是近几个月来的革新创造。虽说它给节目增加了因悬念和横生枝节的变化而带来的看点,但说得不客气点,这样的安排与接踵而至的意外结果,对某些女嘉宾而言,多少是种心理上的伤害,对有的女嘉宾来说,更会对其自信心和自我评估造成不小的打击。

笔者如是说的理由,是根据多次的观察后,发现主持人每次都要在6个女嘉宾全部摘下面具,也就是她们的"花容月貌"全部映入对面6个异性的眼帘之后,不忘做个总结性的发言,即"根据我们的经验,最后的选择往往会出现意想不到的结果"等,两位男女主持人在每个面前有花的女嘉宾摘下面具后,对原来有意向性选择的献花男嘉宾还穷追不舍地问道:"和你想象中的有何差别?"客观来讲,这些言辞都会让人感到难堪,对男嘉宾来说,当他看到对方确实美丽,那种喜不自禁的憨态,固然能够给现场带来喜剧效应,但若碰到对方完全不是他喜欢的那种类型,其失望的神态和用显而易见的客气语句搪塞的样子,岂不是会让刚刚失去"美丽面罩"保护的女孩子,由先前得到异性所献鲜花的兴奋沸点,一下子降至被对方否定眼神所造成的失落冰点?

对于在天然外在条件上长得略微"谦虚"的女生来说,掀起盖头后所受到的最初打击还不仅仅是这些,后面的打击更加沉重。因为在后面穿插的"心理测试与专家分析"之后,接下去就是该节目的又一个高潮,即临时家庭的配对选择。在这个更加"残酷"的游戏中,看上去男嘉宾也有被选择后遭到淘汰的尴尬,但对长相一般的女嘉宾而言,情况更糟。观众可以看见,那些姑娘站在那里只听得伴奏器具发出的巨响声,却不见自己在写字板上挑中的"郎君"出来。有的女生尽管得到过鲜花，并且不止一朵，同时也听到摘下面具后对方的"花言巧语"或"甜言蜜语"，而且信得特别真，但自己痴痴地信任对方，换来的却是对方男嘉宾的"临阵脱逃"！原因很简单，摘下面具后，孰美孰丑，男嘉宾们早就一目了然。所以，"花落谁家"的结果和他们曾经做过的客气表述已不重要，重要的是对方有没有一张姣好的面容，有没有优美的身姿及肤色。这些受伤的女孩比起没有拿到鲜花的女生更惨，因为她们没有先前"无花者"的心理准备和承受力，失落的感觉也就更大，除非她早有自知之明，对自己的美丽到底能有多少分有正确的估量，否则，只会在众目睽睽之下尝到由天鹅变成"丑小鸭"的痛苦滋味，或者看到好几个男嘉宾"鲜格格"地同时站在原先可能没有得到鲜花的女孩后面，这种强烈的反差给人的精神刺激之大，不容小觑。有时，在电视上看到那些被人冷落的姑娘那种强自镇定的面容和让人心酸的惨笑，真是动了恻隐之心，觉得惨不忍睹。这时往往会感到电视台做这档节目中安排的"蒙面戏"实在有点过分，其效果类似网友之间的"见光死"，但后者尚可借托词逃遁，而且只是两个人之间的隐私，前者却是公开的电视"秀"，人尽皆知，全无半点秘密可言。事实上，正是由于强化了"女生蒙面"带来的戏剧性效应，反而忽视了人们心理上的感受和所受伤害的程度可能带来的负面效应。况且，这种单向的选择方式，即女性被动地由对方献花，配对时双方选择主动权的天平也多少倾向于男方，多多少少都流露出一些大男子主义的意识。

也许有的人对此不以为然，认为现代女性的心理承受能力不会那么脆弱，但是我总觉得，古语说得好："己所不欲，勿施于人。"试想一下，如果站在台上遭到上述待遇的女性换作是你本人或你的至亲好友，你会作何感想？诚然，"相约"的游戏不能排除拒绝现象的存在，但倘若像过去一样，六对男女嘉宾从出场后就坦然相对，而不增加这种女性蒙面出场的人为噱头，使男女间的配对选择从一开始就明朗化，也许少了一些变化，但同样，女性所受到的心理伤害也会降低不少。大家从开始的互相介绍中，彼此可以不隔着假面具，男嘉宾的注意力也不会过多地被对方是什么长相的"悬念"所勾住，或许会更多地从对面女嘉宾的侃侃交谈或个人才艺表演中挖掘和发现其人特具的内在魅力,这是以前该档节目中也曾有过的现象:有的女嘉宾长得不是最靓丽,但其拥有的内在魅力却在最后为大家所公认。有鉴于此,我以为,节目设计者们似乎需要在创新上开拓更宽的思路,而不能仅仅局囿在女嘉宾的长相上做文章。让这个城市更多的人走进这个节目;让男女嘉宾表演各自擅长的技能和才艺;从室内走出到室外发展,甚至可以从上海市区扩展到郊区或邻近城市……总之,能够用来拓宽该节目内容和视野空间的设想,都可以做番尝试。笔者真诚地希望,这档节目能够办出真正的"上海特色",同时尽量避免让观众的兴趣聚焦在那些参与节目的女嘉宾可能受到的心理"伤害"上。

二 《相约星期六》中的面具该不该戴?

《相约星期六》节目应该为女嘉宾购买医疗保险。俗话说:"不怕一万,只怕万一。"现在该节目被上海文广集团视为拳头产品,而这所谓的主打节目中,最被导演组人士自诩超越师傅级节目台湾《非常男女》的,就是女性出场戴上面具,据说增加了悬念,"这是《非常男女》所没有的",面露得色的导演组人士在 2003 年 9 月 14 日晚做客东方网嘉宾聊天室时如是说。恰恰是这点,笔者很不以为然。曾经在这种创意付诸实践后,我写过文章,题为"掀起你的盖头来"(东方网曾以网络参考的形式登载过),当然人微言轻,谁会拿网络文章当回事啊。可再一想,说论难听,忠言逆耳,还是想说几句,否则骨鲠在喉,不吐不快。

《相约星期六》节目中让女士心理不平衡的场面中,最典型的就是:面具摘下后,形势顿时大变,先前那种男士踊跃、好话一大堆的胁肩谄笑之恶心样,消失得干干净净,选择临时游戏伴侣时,六个男嘉宾似乎都躲到爪哇国去了。电视大屏幕放出来他们站在幕后的那个样子啊,真丢男人的脸哦。不就是一张漂亮的脸么,何至于前面信誓旦旦,后面立马撕毁"面具遮盖下的心心相印之合同"? 本来是游戏,无须太当真啊。按照佛家说法,再美的人都可以想象成冢中白骨,死后的骷髅还不都一个样?

更何况，前面已经将示爱信息发电过去的男人，看到对方如此长相，难掩失望之色，纯粹出于礼貌，敷衍主持人的追问，"蛮漂亮的，和我想象中的一样"云云，可怜那对方女子，却还不知道自己在面具摘下的那一瞬间，已经成为正在上演着"见光死"的电视节目版之女主角。爱使人盲目，自我感觉良好的小姐更听不出对方甜言蜜语中早就有了馊味道。

等到关键时刻来临，再看那被晾在前台、题板上写着心仪"郎君"号码的姑娘，只听身后锣鼓金钹发出一下又一下的巨响，却始终不见"郎骑竹马来"，心里能不难受吗？心理素质差点的，电视台真该事前为她们、也为自己买好保险，预防姑娘刺激过甚发春秋季节性神经病，以及由此引来的纠葛！

也许，这就是导播组梦寐以求的收视效果，来以此做卖点，设置所谓的悬念？真如此，实在忒残忍了！

三 白领《相约星期六》

近些年，上海东方电视台推出一档名为《相约星期六》的娱乐节目，开始每两周一次，后因报名参加者踊跃和节目收视率尚可，遂改成每周一次，内容无非就是给未婚的上海市民提供见面认识、增进了解的机会。从开办至今，基本上仍依循着固定的形式，没有什么大的变化。虽说其间也偶尔办过几次中老年离异或丧偶者相遇的节目，但绝大部分是让20岁出头至30多岁的青年充当主角，就连坐在观众席上的所谓"后援团"，也多由青年组成，可以说，这个带有"电视红娘"性质的节目完全属于沪上的年轻人。

由于播放时间安排在周末的黄金档，不免认真地当了好多回观众。看多了，渐渐发现该节目服务对象的范围其实并不大，就其实质而言，只是一帮男女白领们作秀的舞台。每次高坐台上的六对男女嘉宾，几乎清一色地由沪上白领阶层担纲，公司经理、软件开发工程师、广告策划人、医生、会计师、银行或保险业人士等如过江之鲫，连政府部门的公务员或大学教师的职业，在这种荧屏作秀的场合，都多少有点黯然失色的味道，遑论那些中小学教师和白衣天使（护士）了。难得有个别位置留给平日辛苦搵钱的出租车司机，却好似台上一打嘉宾中的另类，显得那么无奈。曾记得有次节目中，一个其貌不扬的孔姓男嘉宾，职业为中学历史教师，年龄早过而立，也许这些先天不足的原因，使这位"年过二十五，衣破无人补"的王老五，在做节目时，竟没有一个"对面的女孩看过来"；嗣后轮到他发表对爱情的看法，同样"无人喝彩"；及至互选对方作为爱侣的最后关键时刻，他那"我很丑，但我很温柔"的赵传式宣言仍无法引来依人的"爱情小小鸟"。原因很简单，他从职业、薪水到接触环境，甚至包括其有点猥琐的相貌，都不属于为上海市民认可的"白领世界"。白领在上海人的心目中，不外乎穿着西服革履或精致的名牌休闲服饰，工作间隙啜饮咖啡，打打网球或保龄球的俊男靓女。上述这位仁兄硬要闯入专供白领徜徉的作秀天地，惨遭"爱情滑铁卢"，也在情理之中。

上海的白领有着十分强烈的优越感，主要来自优厚的薪俸、舒适的生活环境，以及个人所具有的高学历，至于这群社会新宠在工作中的真实情况，只有天知、地知和他们自己（包括老板）知了。当然有废寝忘食之人（绝不会闲到参加什么《相约星期六》之类的作秀活动），但也不乏偷懒者。笔者曾到上海某家银行去办理还清购房贷款之事，在一间办公室里看到2男2女，他们操作的4台电脑上，居然都是不同的游戏画面。外人若从门前走过，一眼瞥进去，还真会以为这4个年轻人在紧张地工作呢。等我进去，将手中单据递交给其中一人，他才退出游戏，进入工作状态。站在这些感觉良好的白领中间，有幸聆听他们彼此的话题，恰恰就是某某准备去参加《相约星期六》！当时我在想，说不定某一天，这屋中的某一个真会有机会到电视上去发布他或她的"爱情格言"呢。

据笔者一位朋友介绍，《相约星期六》的成功率低得惊人，真正由此"电视鹊桥"步上两人世界的实属凤毛麟角。有的美女帅男"到此一游"的目的很清楚，就是要通过电视亮相来过把瘾，让更多的人领略自己的风采。倒是在长达一个白天的拍摄过程中，不少青春做伴的"后援团"人士自行结识后将月老的红线悄悄绑上。还有一些堪称"都市美人"

的,其条件优秀得让人啧啧称叹,可知其底细者绝不会向其抛掷绣球,原来名花早就有主,有的更是被富商巨贾娇养的金丝雀。小姐此番登台,不过是心理学家马斯洛所说的那样,是实现自我的因素在作祟罢了!这不,望去貌若天仙的小姐启动芳唇,正在发话哩:"我把机会留给电视机前的广大观众……"

《相约星期六》由于基本囿于上海的白领范围,其旨向、意趣和定位当然也受到不小的影响。试想,让沪上为数日众的下岗工人或不属于"理想白领"的青年"王老五"们看忸怩作态的成功白领们表演,听12个男女说一些甜得发腻的"个人爱情格言",真不知作何感想。其结果除了让一些处于社会底层的男女萌生羡慕之意,多一些可怜的憧憬外,更多的恐怕是带来负面的社会效应,起码有更多的非白领人士会产生自卑心理,让他们在名牌高档店前望而却步。与《相约星期六》《爱情匝道口》之类专为白领服务的节目相比,有的专门为求职者和用人单位牵线搭桥的电视节目似乎更有意义些。当然,一些公园或大型公共场所出现的父母为子女结伴而煞费苦心设立的所谓未婚男女信息交流角,多少迎合了这种需要。

从小刀会到太平军

19世纪中叶,上海滩先后经历了小刀会起义和太平军进攻申城两波冲击,虽说最后在以清军和英、法军队为代表的中外势力联合镇压下消解于无形,毕竟也给上海的历史长卷添加了不少血与火的画页,在这关系着近代上海城市发展走向和市民命运的多事之秋,官府、造反者和洋人三方间的政治角斗及敌友关系的转变,都与上海中外杂处、华洋混居的城市社会特征休戚相关。清代上海文人曾将道光壬寅年(1842)的英军入侵上海呼为"夷乱",把咸丰癸丑年(1853)的小刀会占据上海城称为"红乱",而将同治辛酉年(1861)的太平军兵临沪城视为"发乱",认为上海"三经兵燹三回变",世风日变,民俗浇薄。其实,何尝只是民风习俗在所谓"三乱"后发生变更呢?整座城市的格局和面貌,包括权力结构与行政体系,不都同样因"红乱"和"发乱"对传统社会统治秩序的猛烈冲击而起了巨大的变化吗?

太平天国的起义发生在1851年,当它以燎原之势由两广向湖广、苏浙一带迅速发展过来时,确实引起过十里洋场上官绅的焦虑。与洋人关系密切、买办出身的上海道台吴健彰,还特地向在沪的列强求援,希望洋人能助清军一臂之力,但当时洋人只顾及自身在沪利益是否得到保证。法国公使布尔布隆坐军舰于1852年7月抵沪,他关心的是松江府内天主教堂的地基之事;美国驻沪副领事金能亨则以战争威胁手段迫使吴健彰同意他有权批准美侨购买地产。最让上海道台烦心的,还是境内有暴民骚乱发生。青浦农民在周立春的率领下,和官兵已发生过冲突。1852年12月的16日、27日、29日几天中,上海都发生了强烈地震,受惊的居民逃出屋外,全城一片惶恐。这也许是上天为来年的"政治地震"做警示,因为正是在1853年,太平天国定都南京,小刀会的起义也旋踵而起于沪上。

沪上的洋人面对局势的大变动,虽声称严守中立,私下里也做好应急准备。1853年4月8日,在沪外侨正式组成上海义勇队,此即后来名气颇大的万国商团之前身。而在沪上算得上老资格的新教传教士,则在感情的天平上更倾向于太平天国一些,在尚不知就里的情况下,他们把洪秀全看成是"中国的君士坦丁大帝",甚至在英文周刊《北华捷报》上将《天条书》《太平诏书》《原道救世歌》等太平天国文件陆续转译登载,目的在于让沪上的外侨和他们一起来认同这场基督教在中国的胜利。天主教的传教士反映有所不同,南京来沪避难的天主教教友们向教区主教、神父传达的是太平军逼迫天主教信众的信息,这使他们对打着尊奉上帝旗号的太平天国更生疑窦。如果说,距离300公里之遥的天京政权尚未马上构成对沪上华洋各界威胁的话,那么发生在上海本土的小刀会起义,则是货真价实的社会大动荡。

小刀会是反清秘密团体天地会的一个支派,1850年由新加坡华侨陈庆真创立于厦门,参加者多为社会下层的农民和手工业者。由于闽粤籍移民大量迁居沪地,福建小刀会和各地的帮会也随即传入上海,并迅速发展壮大起来,如上述周立春即率众拜在刘丽川(广东各帮口公推共戴的天地会主)门下,成为青浦的小刀会起义领袖。1853年9月初,由福建系统的建帮、兴化帮,广东系统的广、潮、嘉应帮,浙江系统的宁波帮和本地土著上海帮等"七帮"(又叫"七党")结合组成的上海小刀会,占领了城池,打出"大明国"的招牌;为争取太平天国的支持,又升悬太平天国的旗号,只是洪秀全并未予以理会。由于小刀会战士头裹红巾,时人称为"红头"。小刀会与沪地洋人的关系在开始时并不错,以致前来镇压的江苏巡抚吉尔杭阿还抱怨"夷与逆匪暗相勾结",而且在1854年4月4日,英、美军队为维护租界利益,逼清军撤离租界跑马厅附近的营寨和炮垒,遭拒后竟向清军开火,此即上海近代史上著名的"泥城之役"。该仗只打了2个小时不到,清军大败,"红头"乘机捞取了清军遗弃的火药枪炮。不过在"泥城之役"后,洋人和被打乖了的清朝官府之间却芥蒂尽除,双方就此共同进攻小刀会,致使后者在得不到太平军支援的情况下,被迫于1855年2月17日弃城突围,次日刘丽川在虹桥战死,潘启亮率部分会众北投太平军,陈阿林远遁新加坡。奋战17个月的小刀会起义就此被中外统治势力联手扼杀。

在这场三方演绎的厮杀搏斗中,最大的赢家就是洋人。在小刀会占领上海县城第二天,租界当局就派兵占领海关。经过几番回合的外交较量,清朝官方终于败下阵来。1854年7月12日,英、美、法三国人士组成关税管理委员会,自此上海海关的关税行政大权落入外国人手中。几乎与此同时,利用当时清地方政府处于瘫痪状态,英、美、法三国又趁机在租界土地扩充问题上大捞一把。同年7月11日,西人会议通过《上海英法美租界租地章程》(一般称"第二次土地章程"),租界面积顿时比第一次章程时扩大了三倍多。这次会上还决定成立工部局,完全独立于中国的行政系统。所有这些决定,丝毫没有和中国官员商议过。当年沪上洋人这种违反国际法律准则的强盗行径,连他们的同胞也无法首肯。美国作家霍塞在《出卖的上海滩》一书中就提到,在香港殖民政府工作的英国法律顾问们,长时期内都对上海租界工部局的法律地位提出疑问。事实上,"泥城之役"后,洋人从清地方政府手中攫取如此多的果实,自然要有所表示,绥靖地方,结束动乱,似乎成为他们的责任了。这种渔翁得利的故事,在19世纪60年代太平军大军压境之时,又照样上演了一回。

1860年夏,李秀成麾下的太平军打到上海地区,以摧枯拉朽之势占夺嘉定、青浦、松江等城,洋人这回不像七年前那般暧昧了。英、法尽管在中国的北方还与清王朝保持战争状态,但为保护上海不受太平军染指,毫不犹豫地和南方的清军结成同盟,并以猛烈的炮火阻止了太平军进攻的势头。1861年底,在太平军取得浙江战场上的重大胜利后,忠王李秀成亲率五路大军,向上海水陆并进。从1862年1月底到6月下旬,太平军先后同英法军队、清军和美国流氓华尔率领的雇佣军"常胜军"打了好多次硬仗,先败后胜,而且将"夷兵"打得不敢出城应战,加上租界内同情太平军的民众为数甚多,形势发展对太平军十分有利,只是当时曾国藩的湘军正加紧对天京的围剿,不会打仗的洪秀全一日三道急诏将李秀成召回去保驾,终使太平军无功而返。

这个世界就分两种人

"守土有功"的洋人很会借机扩充自己在沪上的利益,通过越界筑路、在租界外修筑街路,直接扩充租界的面积。1862年,跑马厅的股东们就在租界外圈了430多亩地为新跑马场(约今人民公园、人民广场一带),又为了修造一条通往抵抗太平军的军路,在界外造了名为静安寺路(今南京西路)的平坦大道。这条长达2里的街路,在1866年起正式归工部局管理。与此同时,法租界的面积也在1861年扩充了近130亩。更让洋人得意的是,从1863年起,他们实际上已剥夺了中国政府在租界内的征税权。在以后的几年中,随着第三次土地章程和会审公廨制度以及法租界公董局的陆续出笼,上海租界包括司法权在内的各种权力,都已与中国官员无缘。这些都发生在太平军退走后,也是租界进一步殖民化的最明显标志,它们为今后几十年更大规模的越界筑路和扩充租界面积提供了范例。以前号称"东南形胜"的南市虽仍在颟顸的大清官吏治理下,却已无法再和那蒸蒸日上、面积远在南市之上的城北租界相提并论,从某种意义上讲,后者勾勒出19世纪后期和20世纪初叶"大上海"格局的基本框架。

大都市里的小市民

上海人经常使用的一句文明骂人话,就是指斥对方是"小市民",而被骂者对此确实也很在乎,非要还以颜色,因为这种称呼所包含的意思很丰富。试想,在如此有名的国际大都市里,被人视作学问浅陋、心胸狭仄、目光短浅、好占小便宜、凡事斤斤计较、喜欢幸灾乐祸的"小市民",显然有辱人格。对此尤为在意的是沪上的知识阶层,不易动辄说粗口的他们,往往小心翼翼地将自己和广大的"小市民"区别得泾渭分明,以此来凸显自身的社会人格。

其实,同在上海这座社会广厦屋檐下的小人物,虽有知识、职业、性格、兴趣、情操、信仰、习惯、气质等多种层面的差异,从广义上讲,指责或讥讽他人是"小市民",自己又何尝不是小市民呢?至少从外埠人士的眼光来看,一个上海人无论到哪里都会很快地被认出来,这与他或她是否是知识分子并无关系,如沪籍演员到北京发展,申城知青到各地农村插队落户,上海工人师傅去内地支援生产建设,都能被"一眼看穿"其上海人的本色。在很长的历史岁月中,所谓的"上海人"作为一个特殊的人群,在全国各地都有其活动的身影,给当地人的印象,多少有点类似欧洲各国民众眼里的犹太人。此言绝非空穴来风,拿有着极其浓厚的首都优越感的北京人来说,对他们瞧得上的上海人,常采用的赞美词却是"您瞧着不像上海人"!这种让沪人多少感到尴尬的褒扬词句,一针见血地道出"上海人"给外地人的印象是多么地糟糕,而这种印象正是开埠以降,上海人集体人格小市民化的外在真实写照。

"门槛精"是诸多上海人中较具代表性的一个小市民特征。发达的市场经济独领风骚于全国,受商业化的浸淫,上海人的群体人格自然就此刻上深深的烙印，商业精神成为整个社会的主导价值观，在人们的言行举止、日常的人际交往和生意买卖活动中，都在在体现着精明求实的人格特质，沪语称之为"门槛精"。而一旦这种狡黠过了度，就会让相对憨厚愚直的人们特别反感，结果上海人处处不愿吃亏、爱占小便宜的"门槛精"，逐渐在包括上海人在内的全体国人心中定格为丑陋的小市民特征。不少上海人，至今还沾沾自喜于自己的门槛精，得意于自己会掉枪花（王顾左右而言他）、能耍滑头（虚伪狡诈）、会出风头（炫耀己长以博众誉）和卖弄小聪明，并视不精明者为戆大、洋盘、猪头三、阿木林、十三点、拎勿清，或兜圈子骂别人为东南北（缺西，是沪语中骂人笨的词句）。更有甚者，古时即有"下里巴人"之说，故自视"阳春白雪"的上海人，很喜欢骂外地人为"乡巴子"，连经济文化程度不低于上海的台、港来客，都会被冠以"巴子"的美号。殊不知，自以为聪明的沪人在糟践他人（包括上海人自己）的同时，也将自身的丑陋粗鄙和浅薄，统统地暴露在世人的面前。

"各管各"是上海人另一个典型的小市民特征。大凡到外地边远省份农场或农村"上山下乡"过的知青都很清楚，在依地缘而结成的各地"知青帮"中，松散的上海帮最熊也最怂，彼此最不抱团；在打架群殴中，上海帮远不是东北帮、北京帮、天津帮或四川帮的对手，除了门槛精，不愿自己吃亏受损外，"各管各"的想法是上海知青难以形成讲义气团体的重要原因。沪谚中就有"水牛角，黄牛角，角归角（与沪语'各管各'谐音）""鸭吃稻谷鹅吃草，各人自有各人命""少管别人闲事体"的内容，说明大都市里多元文化背景下生活的上海人，见怪不怪，已养成尊重他人隐私和生活方式、不想和别人沾上关系的心态，传统的互助美德早就荡然无存，因此看见其他上海人被别的省籍人欺侮，也会无动于衷，一句"关我屁事"，能让其心安理得，却教外地人直纳闷：上海人怎么就这个德行？

"赶时髦"为上海人的又一个小市民特征。反应灵敏、趋新性强，本是上海人的长处，它表现在沪人不受制于权威和传统的观念，善于吸纳新鲜事物，不因循守旧。但事物总有两个方面，过犹不及。趋新进取在移民社会的特殊环境里难免流于污秽庸浊，以致人们都把华而不实、肤浅庸俗的言行举止归入"恶性海派",以区别于勇于革新、锐意进取的良性海派。十里洋场中虚华浮诞、不伦不类的世俗风气更滋长了人们赶时髦的从众心理。社会流行什么就紧紧跟上,目的也是"出风头"(亦称出锋头),而不时髦者在沪人眼中多半属于"莫知莫觉"(沪语为"木之木搁"),即感觉迟钝的人,因沪语里"莫"与"木"同音,有时不时髦者还会被公认为阿木林,该称呼中木头成分极多,意指其呆如木头,有时干脆直呼"木兄"。为了赶时髦,有的人就如鲁迅笔下所言:"在上海生活,穿时髦衣服比土气的便宜。如果一色旧衣服,公共电车的车掌会不照你的话停车,公园看守会格外认真地检查入门券,大宅子或大客寓的门丁会不许你走进正门。所以,有些人宁可居斗室,喂臭虫,一条洋服裤子却每晚必须压在枕头底下,使两面裤腿上的折痕天天有棱角"①。看来,生活在小市民汪洋大海般的包围中,哪怕是不愿赶时髦者,最后多半都要从众循例,无法免俗,不然的话,轻者招致白眼,重者寸步难行。

此外,诸如"搭架子""摆噱头""讲实惠""势利眼""轧闹猛""要面子""无公心"等同样都直接形象地揭橥上海小市民的心态特征,从不同角度展示了沪人奉为圭臬的庸人哲学与市侩意识。我个人以为,不同的时空条件与社会环境的更换,以及人际交往的扩大和资讯传递方式的变迁,固然会对上海人的群体人格重新塑造产生重大影响,但社会世俗文化的遗传基因不会轻易地发生变异,上述这些小市民的劣根性特征,即便在跨进新世纪的门槛后,仍程度不等地存在于上海人的身上,这也是不争的客观事实。

生活中人们讲求实惠,但又以赶时髦为荣,喜欢摆排场和死要面子活受罪者比比皆是。看重实惠的庸人哲学发展过度,丧失公德心的自私自利及市侩心态便会极度膨胀。仅举 2002 年笔者印象中发生的事情为例。据当时的电视台《新闻观察》栏目披露,徐汇区有幢大楼,里面有几十家单位,甚至包括徐汇区教育局在内,竟无一家缴纳自来水费,几年下来的拖欠已高达 250 多万元人民币。自来水公司为索讨水费,屡次约楼内各家单位开会商洽解决办法,但见会议决议纸上公章敲满,

---

① 鲁迅:《南腔北调集·上海的少女》,北京:人民文学出版社 1980 年版。

却是半个铜板也没收回，旧账未销，新账又至。看着电视上播放的大楼底层卖菜摊贩们大方地挥霍不要钱的自来水，笔者心里真不是滋味。连以"传道解惑"为天职的教育工作者之主管单位尚且门槛精到如此地步，可以缺乏公德心到如此程度，遑论其他单位？另外，马路上常有人发癫痫病，跌倒街头，众人会拥上前"轧闹猛"地围观，却"各管各"，谁也不会上前搀一把，扔几片菜叶给癫痫病人咬在嘴里（据说这样可以缓解其症状）。另据报载，某老汉正在街边看人下棋，路旁大楼上有人（估计是装潢施工者）不慎落下砖块，被砸者都没哼一下，当即撒手人寰，至今不见肇事者勇敢地承认，走在黄泉路上的死者只有在"奈何桥"上徒唤奈何了，谁让我们这个国际化的大都市里，生活着那么多的小市民呢？

　　本人儿子于2002年夏到另一个被叫作"东方之珠"的香港游玩，回沪后感慨最多的，是港人的整体素质明显高于上海人。当时我就相信，还是初中少年的他，应该具有一定的判断识别能力（现在年龄增长一倍了，不知这方面的阅历有否增加一倍，哈哈，他若看到这里，要被气得发抖了）。看来，光靠兴建一幢幢耸入云天的高楼，邀请国际知名的三大歌王来沪表演，兴办电影节、服装节、旅游节、艺术节，组织承办国际首脑会议等，还都只是表面文章，若不从整体提高上海市民的素质，包括实行目前付诸阙如的公民教育，大上海市民中的大多数，恐怕仍旧要长期顶着祖辈传承下来的"小"字帽。

上海"渔村"的说法可以休矣！

早在 2002 年岁首，新世纪 1 号工程就被提上议事日程，正式的启动指日可待，为大上海的标志性地段外滩重新翻造美丽的外衣，成为沪上万众瞩目的热点新闻。谁都知道，老外滩那一排有着"万国建筑博览馆"美称的各种式样的西式楼房，是 19 世纪中期到 20 世纪初期洋人在上海留下的历史痕迹，而在 20 世纪最后 10 年中，伴随着浦东开发的飞速发展，浦西一侧的老外滩也进行了相应的改造和美化，如南外滩的拓宽和沿江堤坝观景栏，以及有关的雕塑和纪念碑等艺术性建筑的出现，都给我们传统的城市景观增添了更加靓丽的色彩。如今更大的城市建设规划手笔即将付诸实施，怎不叫上海市民欢欣鼓舞呢？

在媒体的相关热烈报道中，笔者却对长期以来，人们在对大上海的发展历史做抚今追昔的慨叹时经常会提及的一种错误说法，感到十分不舒服。此即所谓的"渔村"说。就在 2002 年元月 13 日，上海新闻综合频道的首席主持人，还字正腔圆地读着应该是专门经人拟好的播音稿，称"上海从一个滨海渔村"发展到国际性大都市云云。后面的话，我没再听进去，只觉得我们官方的正式媒体怎么到现在还在拾近代西方人士的牙慧，不去参照我们国内学者早就研究得出的有关上海历史的记载，只是想当然地鹦鹉学舌呢？因为，1843 年开埠以前的上海，已经是拥有 20 多万人的"东南壮县"，海运、贸易都十分发达，曾有"小苏州""小杭州"的美誉，虽说还难以和当时的南京、苏州、杭州相比，但它早就是人文荟萃的钟灵毓秀之地，岂可用"一个滨海渔村"来冠诸其名！

近代中国社会的大门被船坚炮利的英国侵略军强行打开后，五口通商中最被列强看中的就是上海，这里襟江带海的天然地理优势，绝非其他各地可以比拟。虽说上海城市的近代化发展确实和外国租界里资本主义经营新模式的示范以及西方文化的影响分不开，但开埠以前的近代上海，也绝不是像西方人士有关上海历史的著作中所宣称的，在19世纪，上海还只是一个荒凉的渔村。他们这样说，如果只是指当时上海道台宫慕久划给英国海军上尉巴富尔的那片泥泞的城外土地，那倒无话可说，但却无论如何也代表不了其时属于清代官吏治下的上海县城。事实上，租界洋人心目中的最初"上海"，就是他们自视为筚路蓝缕开创起家的那片城外之地，所以才会出现19世纪中期的上海竟然还是"荒凉渔村"的荒诞而不符合历史实际的说法。更进一步说，这种"渔村"说还片面地夸大了外国殖民管理和西方文化在近代上海的作用，对清代中期以前上海历史的发展成就及其基础一笔抹杀，实在有悖于历史的真实。

根据近年来有关上海历史的大量论著，作为上海的市民，多少对我们这个城市的历史已经有了比较清晰的认识，上海史专家唐振常的《上海史》、张仲礼主编的《近代上海城市研究》，特别是2000年获得第五届上海市社会科学专著一等奖的《上海通史》（熊月之主编）等各种学术精品，都向人们展示了上海城市发展的历史脉络。本文无须再多花笔墨去大谈古上海的历史，我只是在想，经过严谨的学术探研后再付梓的这些论著，应该充分反映和应用于我们的日常工作中，当然也应包括我们的媒体宣传。

笔者甚至斗胆进言：连我们的有关领导同志，在百忙之余，都有必要翻阅一些专家写就的研究成果。还是在2002年时，从网上看到一则消息，称著名主持人杨澜采访当时某位调到北京主持工程院工作的领导同志，在谈及上海的发展时，这位曾经担任过上海市主要领导职务的负责人，也把近代的上海说成是由"小渔村"发展而来的。由此可见，以前一度在人们头脑中印象深刻的上海"渔村"说，在各种层面的人士中，都还很有市场。因为这种戏剧性的效应，即由荒凉的渔村腾飞为国际化大都市，其变化实在巨大，能给人留下深刻的印象，产生让人瞠目结舌的绝佳效果。

但历史终究是客观存在的，我们必须予以尊重。不要把反映历史真实的真知灼见束之高阁,却让那些不确切的说法流行,并且人云亦云地重复那些错误,在重塑大上海城市面貌的今天,实在有必要重温一下真实的历史事实。毕竟"罗马不是一天建立起来的",同样,大上海的历史也源远流长,它的过去曾经有过的光荣,只会给未来的辉煌添上几许亮色,我们又何必像某些西方人士那样,有意无意地把它贬成小小的"渔村"呢?

黄浦江边的犹太人

众所周知，上海是一个五方杂处、华洋混居的移民城市。除了内地各省来沪打拼的国人外，外籍居民及其俱生的外国文化在申城的存在，绝对是上海城市社会的一道相当引人注目的人文风景线。据说20世纪30年代，外籍移民在上海滩达到最高峰值，有15万之多。这部分特殊居民，参与了上海现代化国际大都市的建成，其中尤其值得提及的，不外乎以精明著称的从世界各国来华的不同犹太人群体。

1843年开埠后的近代申城历史，基本上就贯穿着犹太人在是地的发家痕迹与生活的脚印，更广为人知的是20世纪30年代后期大批来沪避难的犹太人，把犹太人与上海这座城市更直接地联系在一起。恰如1993年10月14日，时任以色列总理的拉宾在上海长阳路62号摩西会堂旧址参观时的留言中提到的那样，"在犹太人被纳粹屠杀、驱赶而流浪于世界各地之时，犹太人得到了上海人民的庇护，我和以色列人民及政府从内心深处感谢你们的帮助。"这位两年后遇刺身亡的犹太政治家，当时头戴蓝色小帽，庄严肃穆地做了祈祷后，写下这段简短而又真挚的临别留言，从这份姗姗来迟的由犹太国家最高行政官员正式写就的书面感谢文件，人们不难掂量出上海在犹太民族历史天平上所具有的沉重分量。

黄浦江边最早出现的犹太人身影，是犹太裔的英国军官高尔顿，不过他是以侵略军中一分子的不光彩名义进入上海老城厢的。1842年6月16日，守城的江南提督陈化成战死。三天后，吴淞炮台硝烟尚未完全散尽，英国军队就分水陆两路进犯上海城。也许是犹太人经商的天赋，戎装在身的高尔顿一眼就相中上海滩是块经营生意的风水宝地。

及至回到当时英国的殖民地印度后,他大声呼吁当地的犹太商贾到沪创业。结果三年后,黄浦江左岸已被划为租界的那片滩地上,由印度孟买来沪开设分行的犹太人大卫·沙逊,创办了上海首家犹太洋行,此即老沙逊洋行。从此,犹太富商群体和近代上海的经济发展就结下了不解的历史之缘。

沙逊家族在沪上经营饶有成就:大卫次子伊利亚斯及其长子亚可布在1872年另立门户,在孟买创办新沙逊洋行。亚可布奉父命到沪开拓业务,新沙逊洋行靠经营鸦片贸易发了大财,很快超越老沙逊洋行。19世纪70年代后期,新沙逊洋行又将旗下的业务拓展到房地产,成为沪上当仁不让的"房地产大王"。亚可布为纪念自己的亡妻拉结,当年还专门建造了犹太人过宗教生活的拉结会堂,此即后来坐落于陕西北路的上海市教育局所在地,因陕西北路旧名西摩路,是故也叫西摩路会堂。近年来,随着对外开放的力度加大,和沪上犹太人的增多及该社群精神生活需求的增加,每逢一年中重要的犹太节日来临,这里就成为沪上犹太人临时借用的活动场所。

亚可布的侄子维克多·沙逊在1916年,也即民国初期就继承了新沙逊洋行的大权,1921年来沪营建沙逊王朝。维克多曾以英国皇家空军战士参加第一次世界大战,负伤致残,人称"跷脚沙逊"。当年其家族在上海的标志性象征就是1929年落成的12层高的新沙逊大厦(今和平饭店)。至今,人们浏览上海外滩一线以西洋欧美建筑风为特色的风景时,往往会在第一眼就注意到和平饭店那醒目的标志性建筑。民国时期,上海10层以上的高层建筑共计28幢,其中有6幢的主人是沙逊集团。该集团经营的业务还包括纺织、食品、建筑、交通、金融等13个行业,沙逊可算是上海滩上名副其实的"犹太大亨"。他曾在1934年花7000多两银子购买高级轿车,租界中申请的车牌号为1111,又让当时的上海市市长吴铁城帮忙,吊销一张原由中国富商使用的2222号车牌,供其在华界使用。无独有偶,其时对车牌要求有同样嗜好的上海大亨杜月笙,其车牌号码为7777,显然属于受到犹太大亨影响的跟风行止。

沙逊当然不是沪上唯一的犹太巨商,曾在其手下就职的哈同,后来

这个世界就分两种人

也在上海滩成为能够呼风唤雨的洋大亨；沙逊、哈同与嘉道理、安诺德、亚伯拉罕、所罗门、埃兹拉等，都是近代上海中著名的塞法迪（从巴格达向远东迁徙而来的犹太人）社区中的头面人物。其中，嘉道理家族的住宅，被上海人直呼为"大理石建筑"，1949年以后改作上海市少年宫。老嘉道理的直系后裔现在定居香港，并为中国大亚湾核电站的建设出过力。2001年，时任国家主席的江泽民还接见过来访的嘉道理先生。现为上海市展览中心的地方，是民国时有名的犹太"地皮大王"哈同的私人花园"爱俪园"所在地，如今毗邻的铜仁路，当年即名为哈同路。爱俪园当年还因为哈同夫人罗迦陵及手下大管家姬觉弥笃信佛教，曾力邀佛教界月霞老法师在园内兴办了中国历史上的第一所佛教大学。至于以后双方因生嫌隙而有龃龉，佛教大学移至杭州海潮寺，则是后话。

上海塞法迪犹太人社区极盛时约700多人，在世界上尚无以色列国存在时，这些定居沪上的犹太富商都有着英、美国籍，属于申城社会的上层，有的还身兼租界工部局或公董局的董事要职。和19世纪就来沪的塞法迪犹太人相比，沪上另外3个后起的犹太人社区，虽人数远远多于塞法迪人，但在对上海社会的影响力方面，就无法和犹太同胞中的这些"老上海"相比了。

上海滩的另外3个犹太人社区，一个是20世纪初至30年代陆续迁徙到上海的俄国籍犹太人，此即阿什肯纳齐犹太人社区，他们最后扩大到5 000人左右。前文提到的摩西会堂，就属于俄犹社区的犹太教会堂。讲俄语的犹太人在沪经营也不乏成功者，如南京西路上的第一西伯利亚皮货店，在上年纪的市民中颇有名气和印象，其前身即为俄犹创立的西比利亚皮货店。拉比作为宗教教职人员，在犹太人精神生活中具有无可替代性，十分重要，最让沪上俄犹社区感到骄傲的精神领袖，正是出自其社区的迈耶·阿许肯那齐大拉比。

另外两个分别是从德国、奥地利等国家辗转来沪的中欧犹太难民社区，以及来自波兰的东欧难民社区。他们全都因纳粹德国灭犹政策的肆虐而被迫逃离了欧洲。由于当时全球性经济危机的阴霾仍未消退，第二次世界大战的威胁又迫在眉睫，世界上绝大多数国家出于自身战略利益的考虑，无情地对当时没有祖国的犹太民族关上了大门。只有远离欧洲7 000多英里的中国上海,却因其"自由港"的特殊地位,使近乎绝望的犹太人无须签证就进入上海。从1933年到1941年底,上海滩拥入的犹太难民潮规模达到约3万。其中有2.5万人留居下来。众多的难民拥入,给沪上原来的犹太社区出了难题,沙逊名下的产业河滨大楼在1938年时是大批犹太难民栖居的主要接待站,连哈同生前捐钱为纪念其父而建造的阿哈龙会堂(即今文汇新民报业集团所在地)也成为犹太难民的落脚处,其主要功能是供当时来自波兰的密尔经学院的学生学习宗教经典。据说会堂内原来就有的座位数量,正好与这个有着悠久历史的专门培养未来拉比的犹太教经学院学生数量相同,以至当时上海的犹太难民都认为这是只有上帝才能安排好的杰作。

大多数犹太难民最后都被安置在虹口提篮桥、唐山路、安国路等地,如唐山路818弄(原旧址因城市动迁已被拆除)还有"外国弄"之称,原因是弄内一百幢用青灰砖砌成的石库门房子当时都住着犹太人,该弄同时还住有日本旅沪侨民。15年前,即2002年,笔者曾走访过该弄,并和曾与犹太人为邻的本地居民闲聊过。犹太人给中国人的印象还是不错的,据说有中国小男孩难免调皮,往日本住家的墙壁上撒尿,被日本人看见,会摁住中国小孩的头往墙上撞,以泄其愤;而弄堂内的中国大人敢怒不敢言,在场的犹太人就会打圆场,劝止日本人。据弄内一位名为徐秀英的老年妇女说,犹太人对中国小孩很好,常给他们糖果吃。徐阿婆至今记得当她还是五六岁时,有段时间父亲到五角场(当时还是市郊)一家外国人家干木匠活,有时也带她去,这样就可"蹭"主人一顿白饭,这对衣食难保的中国劳动大众而言,实为"美差",而这份活计,恰恰就是隔壁犹太邻居"长脚"(中国人背地里对他的称呼)介绍的。言及于此,感激之情也自然而然地流露在徐阿婆的脸上,当年只有总角之龄的她仍念念不忘这份好处,足见犹太"芳邻"和上海本地居民之间的关系之融洽了。

"长脚"所在的12号,正是当年名气很响的"中欧犹太协会"所在地,它是沪上中欧犹太人社区中正统派人士的社会组织,曾在上海犹太难民的宗教生活中扮演过重要的角色。例如它动员和说服社区内大部分人周六守安息日,效果显著。到1945年"二战"结束时,已有半数以上的犹太人店铺在安息日打烊,为了弥补这些恪守犹太教规的店铺在经济上的损失,中欧犹太协会还在《犹太简讯》上刊登这些商店的名单,以鼓励大家眷顾这些守安息日的店家。

犹太人在欧洲各国的境遇一直很糟糕,排犹虐犹在基督教国家是司空见惯之事,因此绝大多数犹太人都熟悉一句意第绪语的格言:"不要让邪恶的目光盯着。"虽说惊魂甫定的犹太难民们所居住的上海城,远不如柏林、维也纳、华沙等欧洲名城漂亮和整洁,但他们却从人数众多的中国居民中,享受到比什么都重要的人身安全环境。善于适应环境的犹太人开始营造自己的生活,有的犹太人将自己的房间分隔划出,租借给自己的犹太同胞,直接做起了"二房东",也有的犹太人会到家境不错的中国居民家中干活,如擦玻璃,碰到这种情形,小市民气特浓的上海东家,会特别得意,恨不得将此事嚷嚷给全弄堂听,以炫耀自己家里有个外国白种人在做仆人之事。

更多的犹太人生财有道,当时经营出售面包、时装、鞋帽、皮毛和百货等的小店铺一下子冒出许多,也有开设酒吧的。热闹的舟山路一度被称为"小维也纳"。至今还可看到这里的红墙砖房颇具欧洲风格,明显不同于沪上其他类型建筑——当年此地住着不少犹太人。在美国卡特总统麾下当过财政部长的布卢门撒尔,年幼时在上海度过,虹口是其青少年时期送面包、卖香肠、踢足球的旧地,而舟山路59号,是其与家人共居的旧宅。笔者听当时在摩西会堂旧址担任接待人员的王发良老先生介绍,布卢门撒尔曾几次来沪,每当谈及那段现代犹太人不堪回首的历史往事和与上海居民结下的情谊,他总要动容,眼泪甚至都润湿了工作人员给他递上的毛巾。王发良老人还给我看过一些犹太朋友访问其家和品尝食物的照片,他们举手投足和发自内心的盈盈笑容,通过照片写真的瞬间停格,永久地保留下来,为上海这座城市添加了一份历史的真情记忆。

第二次世界大战结束后,绝大多数犹太人离开上海,前往美国、澳大利亚、加拿大和新建立的以色列国。部分俄犹则随旅沪俄侨一起返回苏联。及至1953年,曾有数万人的几个犹太社区只剩440人,到1958年,仅余84名。1982年1月,一个原由波兰罗兹市来沪的犹太人麦克斯·利伯维奇因患帕金森病在沪去世,享年75岁。《参考消息》的讣告文中称死者为"最后一个在上海的犹太人"。这种说法并不确切,因为自中国社会对外开放以来,大量的国际资本和外商拥入大上海,其中即有著名犹太商人的身影,如艾森伯格,沪上有名的"耀皮玻璃"股份有限公司中的英商皮尔金顿公司资产,就与他有关。以色列国亦在申城设立了领事馆,曾在上海羁留过的犹太人也有与家人来沪故地重游的,虽说岁月的消逝已令许多犹太难民作古,但当年的儿童和难民的第三代后裔却往往会带着对上海的特殊情感及类似寻根的意识访问故地旧址。也许,对希特勒政权杀戮的600万名犹太人来说,上海这座远东最大的城市,所接纳的几万个难民数字实在太小,但对因此获得生存的犹太人及其家庭乃至后代而言,却又是百分之百的恩惠!至今世界上还有若干个上海犹太人组织,它们彼此间保持着联系,总部设在美国洛杉矶的"上海联谊会"(Shanghai Reunion)是这些组织中较著名的一个。该会办有自己的刊物——《虹口纪事》(*The Hongkew Chronicle*),这份每年出版几期的刊物经常登载许多尘封多年的发黄照片,以及当事人的回忆文章,它们再现了昔日黄浦江畔犹太社区的活动景象,也记录了这些犹太移民对上海的款款深情。

  古训"三镜说"中云,以人为镜可知得失。通过本文提到的事例,不难看到曾经和正在上海滩长袖善舞的犹太人,不啻为今人了解这座城市嬗变过程的一个重要视角。细细想来,上海人的文化性格中,其实也融入了来沪生活的新老犹太人的创新精神和精明算计等特性,诚信守时、恪守游戏规则等,也是现下社会人际交往时最需要提倡的品德。

讲国语的上海人

孟子在世时,曾把南方人的语言视为鸟语,所谓"南蛮鴃舌之人"是也。上海人说的话属于吴语,也是古汉语的一支,当然近现代的沪语已发生很大变化,五方杂处的社会用语必定掺杂了许多外埠方言,但上海话的语素、语气、声调还是自成一体,即便是老宁波、小广东之类的外来移民,只有第一代还是地道的家乡口音,与人搭讪没几句便会露出自己的家乡味,但第二、三代后裔往往就"上海化"了,在语言的使用上与父辈也迥然有别,在公众场合一般多讲上海市区居民的沪方言,倘若有谁露出乡音,此人也会被单位里的同事或居住房子周围的邻居加上"小苏州""小江北""小无锡"之类的绰号,而年纪大到一定程度,自然由"小苏州"改为"老苏州",其他类推。可见,语言实际上起到招牌的作用。

随着生活节奏的日益加快,公众原来使用的沪方言也不断发生变化,其特征主要是不断地简化,新词汇大量增加,语速更加趋快。市区与郊县的语言差别也扩大许多,此即语言学家指出的新、老派上海话之别。新派上海人习惯于讲简单的上海话,老派上海人说的话反让他们感到有乡下人之嫌。20世纪30年代,在语法结构上,新派上海话已向国语,即普通话靠拢。老派一个动词常带指人指物俩宾语,指物在前,指人在后,如"我拨铜钿伊用";新派则与普通话相同,指人在前,指物在后,成为"我拨伊钞票用"。

上海人说话之快全国闻名,北方人抵沪,乍听沪语,无异于听外国话。此刻熟读圣贤书者,必定会联想起亚圣对说鸟语之人的鄙薄指斥。反过来,上海人也颇瞧不起不会讲沪语的外地人,连儿童哼唱的歌谣中,都包含着奚落外乡人的意思,如"乡下人,到上海,上海闲话讲勿来,米西米西炒咸菜",就是一度在大街小巷传唱的童谣。直到20世纪90年代初,上海商店里的营业员只要听到顾客"开国语"(沪人对讲普通话之戏称,略带贬义),不少人即会在接待上流露出"上海人"的优越感,让外地来沪的旅客感到不快。在政府大力推广普通话的努力下,会讲国语的上海人是越来越多了,虽说人们看报时普遍以普通话阅读,但交流中仍以讲沪方言为主,如某人操国语,反会让别人产生做作之感。

　　20世纪90年代中期后,上海的开放力度加大,公众场合交流使用普通话的频率也随之增大。外来人才和农民工的大量拥进,儿童从小生活的语言环境主要使用普通话,媒体对人们的影响日趋增加等,这些都给原来的沪方言语境优势带来巨大的冲击。尽管上海人讲普通话的多起来了,但带着浓重的沪音腔调也是事实。如美能达、芬达、三得利等鲜橙汁尚未登陆上海市场前,上海人多将国产的橘子水叫成"鲜橘水",而宴席上主人总不忘举杯,用普通话热情地请来客们喝饮料:"大家喝'洗脚水'(鲜橘水,用上海话口音的普通话发出来的效果就是洗脚水),别客气啊。"另如沪语将"六"和"绿"都读成"陆"音,而在普通话中二字大相径庭,笔者认识的某个教师在一次上课时,因讲国语时难脱沪方言窠臼,竟把"青山绿水"混念成"青山六水",学生一片哗然。正因如此,北方人才常拿南方人讲国语开涮。北京的中央电视台年年主办的春节联欢晚会基本上靠小品挑大梁,而内容不一的小品中不时会闪出一个与众人口音不同的可怜人物,通常是由虽然籍贯是东北,但身形羸弱声音尖细貌似南方人的巩汉林来担纲这样的人物,该角色的可笑之处,就集中体现在其浓重的南方式(主要为沪语腔调)的普通话上,如"上厕所"会讲成"上次所"。

　　上述央视节目的做法,并不新鲜,这在沪上的滑稽戏中早已是家常便饭。苏北人讲上海话,因在n、l上的分辨与掌握方面同沪人明显不同,不时会流露出其"牛利"(苏北人把沪语中的"流利"说成"牛利")的江北腔。艺人就会拿此开刀,尽情地渲染其可笑。"我是上海宁(人)",在苏北人用上海话说来,就成了"我是上海灵(人)","阿拉上海闲话刚(讲)得不要太牛利哦"。也许,当年上海人嘲笑苏北人讲"江北上海话"时,绝不会想到自己后来也会被皇城根的人用同样方式当作解颐喷饭的笑料。

旧上海的闻人与大亨

《荀子·宥坐》中曾提到的那个在20世纪70年代中期批林批孔运动中闻名全国的古人,即被孔子砍头的少正卯,说他是"鲁之闻人也"。所谓闻人,即有名望的显达之人。在近代上海社会中,闻人这个头衔,同样常与社会名流硕彦相联系,如曾有一本书,书名就叫《海上十闻人》,书中列举了十个在民国期间叱咤风云,在十里洋场能够呼风唤雨的历史人物,他们分别是虞洽卿、傅筱庵、黄金荣、张啸林、杜月笙、黄楚九、王晓籁、闻兰亭、袁履登、万墨林。这些人有的是上海总商会会长,有的沦为汉奸被刺杀,而在民众印象中,这些闻人不少还是青红帮头子,如王晓籁就是红帮的头面人物。最不济的万墨林,虽是杜月笙的大管家,但也算上海滩赫赫有名的青帮大人物了。是故,闻人也往往特指流氓帮会中威势显赫的头面人物,如沪上妇孺皆知的黄金荣、杜月笙、张啸林等青帮头子。有时,人们更喜欢以"大亨"呼之,黄、杜、张三人就有"上海三大亨"之称。大亨本意为大通,顺畅无阻,用来形容这些可在上海滩翻云覆雨的大流氓,倒也贴切,事实上,他们的确在白道与黑道、商场与政坛上"路路通""吃得开"。

细究这些闻人大亨的底牌,却都不是出自名门豪室,只不过上海这个"冒险家的乐园"为他们提供了向社会上层流动的机遇。贩夫走卒之辈,顷刻间即可飞黄腾达,在上海绝非神话。自称"蛐蟮(沪语蚯蚓)修成龙"和"强盗扮书生"的杜月笙,正是其中的典型。他原来出身社会底层,靠在十六铺贩卖水果为生,削得一手好生梨,人称"水果月生",后转到法租界混迹于流氓中,也只是郑家木桥小瘪三队伍中的一员,却因凭着个人的机灵劲,得到黄金荣赏识,特别讨得黄金荣老婆桂生姐的青睐,并最终脱颖于黄门,且后来居上,"杜先生"的影响甚至超过"黄老板"。一时间,沪上流氓中讲浦东腔的本地话(杜是浦东高桥人)和穿长衫者,替代了往昔操苏州口音(黄金荣自幼在苏州度过,讲苏州话)及歪戴帽子、手提鸟笼、着短打衫的形象,成为新的时髦。在要求门徒改变形象和旧习之同时,杜月笙自己在个人形象的改善和想方设法跻身上流社会方面也动足脑筋:如和戴笠、杨虎等军政界大人物结成密友或把兄弟,与宋子文、孔祥熙等大财阀往来周旋,让杨度、黄炎培、章士钊等民国大老及史量才、沙千里这样的社会名流成为杜府的座上嘉宾,这些均是身上带有更多的流氓痞气与习性的黄、张两位所难仿效的。杜以"当代孟尝君"的形象示人,使他最终得以坐上申城帮会的第一把交椅。杜月笙的"人生吃好三碗面"之说,更是脍炙人口,享誉至今,此即"场面、情面和体面"。记得十多年前,2002年,我们单位组织召开关于民族宗教的全国会议,我与时任全国伊斯兰教协会常务副会长兼秘书长的余振贵先生及现任中国伊斯兰教经学院副院长的高占福先生三人在逛城隍庙等游览胜地时,同也是上海人的余振贵先生讲起杜氏三碗面,余先生听得津津有味,连连点头称是。我还"与时俱进"地加了一句,其实现在还可多吃一碗面。"什么面?"余先生问道。"拉面。"我回答道。按照我的歪说,现在是讲究情商的社会,拉好人际关系,就是吃好拉面啊。不过,这也是在杜氏三碗面上的狗尾续貂似的发挥。此是题外话,按下不表。

除了上述黑道三大亨外,昔日海上社会中还不乏在商场上长袖善舞的闻人,他们中有长期出任总商会会长的虞洽卿。虞氏当年在沙俄道胜洋行做买办时还皈依过东正教,留下了"安德烈……帕夫洛维奇·虞"的教名,是为了搞好关系还是真的受到宗教感召,那就不得而知了。后来虞氏名震沪上乃至全国后,上海的东正教教会还将其推举为所谓的中国正教协会会长。关于虞洽卿是东正教信徒之事,鲜为人知,我是从汪之成撰写的《上海俄侨史》一书中得知此事的。后来在2014年5月,上海广播电台的第一财经栏目邀请我在《海上金融圈》的节目中讲相关故事时,我还特意提到过虞洽卿的这件轶事。

还有在沪上宗教界也有较大影响力的闻人如佛教大居士闻兰亭、

有基督教背景的袁履登等人,闻、袁和沪上另一个有道教信仰的名人林康侯三人还享有所谓"福禄寿"三星的美名(其中闻为福,袁为禄,林为寿),人称"海上三老"。不过,与他们道貌岸然的外表相比,有名的"三老"在日伪统治时期,竟统统下水,暴露了其内心的丑恶。在1942年伪上海特别市商会成立时,袁任理事长,闻当监事长,以后更当了汪伪政权所谓"全国商业统制总会理事长",由林做秘书长,袁为理事。当时为了给自己的汉奸投敌行为贴金,时任上海佛教净业社董事长兼社长的闻兰亭还在寓所客厅高挂字联:"我不入地狱,谁入地狱。"其实,白道闻人"海上三老"的表现还真不如其貌不扬的黑道闻人杜月笙,后者在沦陷时期干脆去了陪都重庆,以此保持了自己的名节。

抗战胜利后,闻、袁、林相继被捕,舆论界讥讽为"三星在户"。三老同囚一狱,每餐俱享四菜一汤的特殊优待。也许是为了取得内心的平衡,闻兰亭在狱中常闭目静坐,或口诵佛号,间或升座说法,引得同狱一帮汉奸一本正经地跟他学佛;袁履登则因曾多次从汪伪手中营救过重庆人员,刑期后由无期徒刑改判为七年。在服刑期间,袁氏每天不是祈祷和忏悔,就是向其他同监犯传教。闻、袁这对"福禄"双星置身图圄时,都以各自的宗教信仰来解脱烦恼和消磨时光,个中的异曲同工之妙,两个闻人最心领神会了。

如上所述,过去人们还把长期担任上海总商会会长的虞洽卿、甘当日本侵略者伥鬼的伪上海市市长傅筱庵、帮会人物王晓籁、杜月笙的大管家万墨林、经营"大世界"的黄楚九,和上述闻、袁两个闻人及黄、张、杜三个流氓大亨一起合称为"海上十闻人"。事实上,权势熏天的黑道人物或大亨还有很多,如以心狠手辣闻名沪上的"江北大亨"顾竹轩就是一个,其门徒多得连顾氏自己都搞不清楚。另如高鑫宝、金廷荪、金九龄、程子卿、叶焯山都是拥有自己势力的强人。这些大大小小的牛鬼蛇神编织的一张社会黑网把旧上海罩得严严实实,连租界政权和国民党官方也要借助大亨、闻人及其徒子徒孙的力量来维持统治,而海上闻人之间的勾结、斗法及彼此势力的消长,演绎出一幕幕人间闹剧,至今仍是许多影视创作的绝佳素材。

路名变迁话沧桑

上海市区的路名很有特色,除了南市区(2000年并入黄浦区)尚有一些名为福佑、大吉的街道,其他区绝大多数采用中国的省市县或地区来命名。其始作俑者还是租界工部局。1865年,公共租界里的首批马路被命名,其中南京路列为第一,成为上海的"大马路"。后来许多内地城市也仿效上海租界的做法,用省市地名来命名街道。当然,上海的旧路名中还有相当一部分由外国城市或人物名字组成,从中不难看到当年洋人秉政的历史痕迹。

笔者原来家居所在的杨浦区内,马路多以中国北方的地名命名,而在1915年以前,沪东地区有不少是以大英帝国统治下的殖民地或远东的城市命名。如现在的杭州路(曾名黑龙路)原名加尔各答路,洞庭路原名西姆拉路,河间路原名孟买路,平凉路原名马德拉斯路,广德路(曾名广信路)原名德里路,这些都是印度的首都和城市之名。宁国路原名拉合尔路(拉合尔现为巴基斯坦第二大城市,仅次于卡拉奇,也是南亚著名古城)。广州路原名科伦坡路(日伪统治时期一度易名为韩国的光州路,胜利后又更回广州路名,科伦坡是斯里兰卡首都)。凉州路原名喀布尔路,临青路原名坎大哈路(喀布尔和坎大哈是阿富汗城市,前者是首都)。福宁路原名曼谷路(曼谷是泰国首都)。

在租界开放供华人居住后,在"华洋混居"的情况下,这种拗口的洋路名已很不适宜,工部局于是将这些带有浓厚的殖民地情愫的路名更改为中国的地名。

租界本是洋人的天下,是故路名还是多用来表示或寄托他们对本国的名人或在沪洋人的尊敬与情怀。法租界就多以法国的名人命名街道，有时则用以纪念在沪生活过的法国公民。前者有贝当路(今衡山路)、霞飞路(今淮海中路)、辣斐德路(今复兴中路)、福煦路(东段为今金陵西路,西段为今延安中路)等,这些都是法国当时历史上(第一次世界大战)的著名将帅,他们的赫赫声名让走在这些马路上的行人能多少感受到"法国的光荣"。后者有葛罗路(今嵩山路)、敏体尼萌路(今西藏南路,其中北段后改称虞洽卿路)、白来尼蒙马浪路(今马当路)、环龙路(今南昌路)、台拉斯脱路(今太原路)等。这些人士中,有的是曾当过法国驻沪总领事,也有从法国来上海做飞行表演而坠机身亡者,如环龙(Vallon Rene),有的是旅沪法国人,在"一战"时战死疆场。这种用普通旅沪法侨命名的路名还有不少,今天的永嘉路、乌鲁木齐南路、康平路、山东南路、襄阳南路、建国西路、南昌路东段等,原来的路名,也都像太原路一样,取自一些从上海归国参战而又牺牲的法侨名字。在沪居住的法侨权力机构公董局(机构设在原来位于淮海中路上的比乐中学内,地铁一号线的黄陂南路站出来的中环广场就是比乐中学的原址)以上述法国人名来命名马路,既是"法兰西情结"的流露,也反映了旅沪法侨的"上海意识",毕竟这些人和上海的"法国城"(旧时对法租界的称呼)有着直接的关联。

　　类似用各国在华名人命名马路的做法在公共租界也有,如赫德路(今常德路)、戈登路(今江宁路)、熙华德路(今长治路)就是,而1925年辟筑的天山路,最初亦以美国总统林肯名字命名。除政坛名人外,沪上还有一个用路名纪念重要的教会人士的现象,如虹口美租界的实际开拓者是美国圣公会主教文惠廉,主教亦被早期沪人称为监师,今虹口区的塘沽路旧名文监师路,因其姓氏发音为Boone,故上海市民习惯上将此路叫做"蓬路"。此外还有福开森路(今武康路)、赵主教路(今五原路)、姚主教路(今天平路)、金神父路(今瑞金二路)、劳神父路(今合肥路)、孟神父路(今永善路)、杜神父路(今永年路)、古神父路(今永福路)等,都是旨在纪念外国传教士的路名。这些教会人士在租界社会中的地位之高,于此也可想见。当年十里洋场中像教会路、教堂街、教堂路这类路名也不鲜见,甚至好几条马路都曾用"天主堂街"来冠名,如今天的四川南路、蒲西路、梧桐路,当年都曾叫天主堂街。这说明,由异域移入申城的基督教文化之树,业已在上海滩的土壤中扎下了根。

租界收回后,带有洋味的旧路名也似过眼云烟,基本上被中国各地的地名所取代,但以人名命名马路者仍有,如抗日名将谢晋元、张自忠的名字即被用来命名马路。环绕市区的大道则用"中山"之名加方位、序数词命名,还有以其号"逸仙"命名的重要干道,跨连着杨浦、虹口、宝山三个区。当年在反清革命中曾与孙中山先生齐名的黄兴,也被用来命名马路(即过去的宁国北路),五角场附近更涌现出著名的黄兴绿地。今后,只要路名不改,上海的市民就会记住这些中华民族的脊梁。

沪上还有的马路并非用地名或人名来命名,诸如国泰民安、政通人和的美好意愿,在马路名字上也有反映。当年住在"大杨浦"时,这里据说是"九政十八国",如复旦大学的边门和上海财经大学的正门就在国定路上,周遭的马路有政通、政民、政立、国顺、国权等,纵横交错。值得一提的是,在这些马路的汉字下,都还有着拼音字母,但并非每条马路的拼音字母都正确无误。2001年5月,笔者因有事到五角场警署办理有关手续(当时买了财大小区的房子),曾途径附近一条叫国庠路的小马路,看到路牌上该字下的拼音赫然标示为 Yang。"庠序"本为古时乡学的称呼,"庠"字的读音与"乡"同,拼音当为 Xiang,此字在现代汉语中几乎停止了使用。显然,有关的市政机构工作人员在制作路牌时,想当然地把庠字念成了"痒",只是这样一来,好端端的国庠路,从读音上竟成了国"痒"路,多少有些滑稽。虽说南来北往的人也不少,真正去注意其拼音的毕竟是少数,但作为一个国际化的大都市,在标识路牌的汉语拼音上同样也不能出现错误。何况这里毗邻好多所大学,如复旦、同济、财大,而就读的莘莘学子中还不乏来自各国的老外,这些基本上靠拼音入门来学习汉字的留学生,说不定在哪天散步时,就会看到国"痒"路的路牌,爱较真的也许还会向身边的中国人发问,届时,"出洋相"的可能不是洋人,倒可能是做东道主的"阿拉上海人"。

后记：

丙申年(2016)端午节的那一天,我想请目前住在五角场附近的儿子再去打探一下,国庠路的路牌是否改了拼音,他肯定地表示,已经改过来了,据说该路牌在前些年的《新闻坊》节目中遭到民众的举报,已经得到纠正。儿子还强调自己是专门去看过的。我觉得有必要在后记中提一下,这种有关大上海颜面的事情,确实是马虎不得的。既然有关负责其事的部门改正过来,也是好事一桩。

弄堂房子里的马桶

从20世纪90年代起,上海政府就加大了替城市面貌做"整容"手术的力度,随着一幢幢高楼的拔地而起、大片的城厢老区的拆迁改造、市区高架道路的建设、大面积绿化地带的营造等,原来构成上海市区特有城市景观的弄堂房子渐渐地从人们的视线中消失。不过,来沪旅游的客人,倘若到有88层楼的金茂大厦顶楼观望市容,还是可以发现浦西的南市一带,尚有黑压压的一片旧屋群,而本地的市民在乘坐三号线(曾经有个靓名叫作轻轨明珠线,是笔者已退休的表哥,上海铁路局副局长葛方的杰作)的列车时,也会发现沿线一些残破简陋的弄堂房子从疾驶的列车窗前闪过。以笔者个人而言,每次看到陋屋中忙碌的人们,就仿佛回到自己过去的生活。

弄堂房子源起于19世纪后半叶,小刀会起义和太平军东征进逼上海,都使租界地价飙升,用地面积节省和用材简单的弄堂房子应运而生。到20世纪中叶,能有条件住公寓乃至小洋房的,是为数甚少的社会上层,上海的市民绝大多数住的就是以石库门为主的弄堂房子。当然,不同档次的弄堂房子之间,也有很大区别,如新式里弄和旧式里弄就在所处地段、居民文化素质、房屋外形、结构、屋内设备等方面相去甚远,一般市民如住在有着"新村""别墅"名称的新式里弄,已属不易。在百姓眼里,居住在新式里弄内的人家,多半家道殷实,至少不愁吃穿。一代文豪鲁迅生前即住在山阴路上的大陆新村,这里的起居条件自然要比一般旧式里弄的房子好得多。

上海人家中最不雅的,也最让外地人鄙夷的东西,莫过于每天清早家家户户门前置放的马桶。宁波人美其名曰"子孙桶",待字闺中的女儿一旦出嫁,嫁妆中必有此物。闹新房那天,客人中的小孩还会拿手去新马桶里摸,因为里面有炒米花、红蛋、红枣和生花生等食物。枣子代表"早生贵子",炒米花代表"白白胖胖",而客人摸到长生果后,也要发问:"这花生是生的还是熟的?"主人一方连忙应答:"生的!生的!"涂着簇新红漆的马桶在新婚之夜还是颇受人欢迎的。在上海滩,宁波人相当多,重视传宗接代的意识在马桶的命名上亦有反映,只是随着"新阿嫂"(宁波人对新娘子的叫法)的称呼渐被"某师母"或"某家姆妈"所替代,簇新的木制马桶早已呈现破旧之相,所谓"新箍马桶三日香,过是三日臭澎澎"(沪谚),油漆脱落尚不打紧,要命的是家家刷过马桶后,多将盖子打开放一边,马桶斜搁在石库门的外墙底,让其阴干。此刻一两只马桶也罢了,整个弄堂一字排开,就像对走出家门去上学或上班的居民行欢送礼,那些浸透了粪便味的潮湿木桶散发的臭分子,弥漫在早晨的弄堂里,足以叫人窒息。如果有贪睡恋床者,也会不时被此起彼落的刷马桶声与刷桶者的大声对话惊扰清梦。听久了,还能在这怪诞的弄堂交响乐中,将风格迥异的刷马桶者分辨出来。只有碰到下雨天,这道旧式里弄清晨必有的"风景线"才会暂时消失,各家女主人往往在后门口稍稍刷几下,草草收兵回营,不会让它在外淋雨。但若雨在早晨下过即停,又恰逢太阳当头,那么,这道弄堂风景线绝对会像雨后的彩虹,重新回到人们的视野中。

弄堂房子中的大部分还是没有煤气、卫生设备的老房子,在1960年代城市燃气事业有所发展后,有的旧式里弄也安装了煤气,但抽水马桶仍是大多数居民不敢奢望的家庭设备。这种现象即使到20世纪90年代中仍没得到改观,因而成为市府下决心克服的目标,"消灭一百万只马桶"的口号也时常见诸报章。为了救一时之急,社会上有人发明了所谓的电动抽水马桶,即用电动泵粉碎排泄物,然后直接打入下水道。由环卫部门直接经营的这项生意,在诸多的旧式里弄中还挺红火。但没有采用电动抽水马桶的居民对此疑窦重重,这种混杂着"米田共"的污水直接排入下水道,岂不造成严重污染?然而老房子的邻里关系相当微妙复杂,况且,要改善居住质量的观念在近年来已成为共识,对电动抽水马桶的非议也不致让邻居之间失和,于是使用这种马桶的人渐渐多了起来。

从外表看,电动马桶除了需插电线外,与一般抽水马桶无异。但得千万小心:无电操作会使污水溢出,满室飘臭!笔者曾在老北站的石库门老房子居住多年,苦于无卫生设备,平时都不愿友人造访,几杯茶下肚,客人除非有憋功,否则只能告辞,到马路公厕去解决内急。这也成为我们住老房子的居民用来驱赶那些"赖坐屁股烂板凳"者的有效手段,不断续水劝茶,不怕来者膀胱不胀。但家中使用马桶、痰盂,毕竟太过狼狈,因此也安装了一个电动马桶。可惜,让我心仪已久的此物也屡屡带来麻烦。沪上有时难免停电,一个白天下来,不能用它还在其次,最倒霉的是忘记"停电禁用"的规定,其后果是灾难性的,至今余悸未消。有时则是部件出了故障,叫售卖电动马桶的公司上门修理,每次需收较大一笔上门费,后来有小毛病也就由我这个"赤脚医生"自行诊断了。种种不便,让我对电动马桶也失去了信心。

20世纪90年代后,由于生活节奏的加快,对生活质量的要求升高,越来越多的上海人已讨厌使用传统的木制马桶,每天仅刷洗一次,几次光顾后,里面货色已多,虽说放在家中的阴暗角落里见不得人,但其阵阵臭味仍可让人在局促的空间里感觉得到它的存在,于是不装电动马桶的人家,大多启用搪瓷高脚痰盂做便桶,凡如厕后即可到弄堂里的化粪池倒掉,再冲洗干净,这样就可避免使用木制马桶时"囤积居奇"的尴尬。尽管如此,旧式里弄的住户,仍有不少向银行贷款买商品房的,笔者就是其中的一个。早早地离开了交通便利的市区地段,换来宽敞的面积和舒适的生活享受,在我看来,还是值得。除了再无"七十二家房客"式的拥挤、嘈杂和彼此的蜚短流长外,感受最强烈的,当属用上了真正的传统型抽水马桶。

看来,消灭城市中仍旧存在的马桶,不能将希望寄托在直接排污水于下水道的电动马桶上,更不可能将现有的旧式里弄统统拆光。而在改造旧屋时,安装传统的抽水马桶,应是首要任务,因为在城市燃气化已经基本实现的情况下,只有解决卫生问题,住在老房子的居民才算真的少了"后顾之忧"。

让我们翻开尘封的历史书卷
——与"一·二八"事变相关的爆炸案

许多人都知道这样一个历史事实:19世纪末到20世纪初相隔十年的两场国家之间的战争,即1894—1895年的中日甲午战争(日本人称之为日清战争)和1904—1905年的日俄战争,使原来局囿于东瀛弹丸之地的小日本迅速发迹,一下子成了东亚的军事强国。除了统治中国的宝岛台湾之外,在把大清和沙俄两大帝国的势力排挤出它觊觎已久的朝鲜半岛后,日本终于在1905年派有"明治三杰"之称的伊藤博文为首任统监,而朝鲜实际上已经沦为日本的保护国。1910年,日方又将《日韩合并条约》强加给朝鲜人民,正式吞并了整个朝鲜半岛,令大韩国高丽民族做了整整三十六年的亡国奴!这也是韩国人民至今对日本国内任何军国主义势力抬头迹象保持高度警惕和深恶痛绝的重要原因。

很少人了解这样一个历史事实:当1919年1月22日被日本软禁多年的朝鲜李朝最后一位皇帝高宗李熙暴死后,引发了著名的"三一"独立运动,该运动的最初发轫地,就是中国的上海。2月1日,在上海活动的"新韩青年团"举行会议,决定派代表回韩国和去日本,推动各地的反日独立活动。3月1日是高宗的国葬日,韩国民众在各地举行了声势浩大的示威运动,在日本殖民者杀了数千名民众,逮捕了数十万人后,才镇压了这场运动。但不屈不挠的韩国斗士们在经过慎重考虑后,最后选中上海为大韩临时政府所在地。上海有为数不少的韩侨留居,1919年时,在沪上的韩国人已在700人左右。1919年4月10日上午10点,法租界的金神父路(今瑞金二路)召开了韩人代表大会,临时议政院作为最高民意机关成立后,当即宣布了大韩民国临时政府的成立,国务总理是当时尚在美国的李承晚,第一届的议长李东宁则在沪上。此后,直到1932年5月临时政府各机关的成员陆续撤离上海为止,这个在近现代韩国历史上影响极大的临时政府,一直是在上海法租界的石库门民房里领导和开展韩国民众的抗日活动。

在十三年羁留上海的日子里,大韩民国临时政府还直接组织了在上海的一些直接针对敌酋的暗杀行动,如1921年刺杀直接镇压"三一"运动的刽子手,陆军大臣田中义一的未遂行动。另外在1931年"九一八"事变发生后,次日韩国临时政府就在马浪路(今马当路)普庆里4号举行政府委员紧急会议,大家一致认为这是中、韩两国联手抗日的大好时机,决定由国务委员金九负责,由爱国青年李奉昌实施暗杀日本天皇的计划,此即1932年1月8日的东京樱田门事件。虽说天皇裕仁没在当天的阅兵式中被炸死,但却极大地鼓舞了对日寇同仇敌忾的中、韩民众。也就是在樱田门事件二十天后,上海爆发了"一·二八"事变,而十九路军的英勇抗敌和连连重创日军的捷报,同样让水深火热中的韩国民众欢欣雀跃。在打击共同敌人日寇方面,中、韩之间实在有着太多的共同语和相同的感受。这也是几个月后,大韩民国临时政府直接策划的"虹口公园爆炸案"的直接起因。

中、日交战双方在3月初停火后,当月24日开始谈判。由于十九路军在战场上痛揍过对手,日军死伤都高达万余人,所以当得知日方准备在所谓的"天长节"(日本人对天皇生日的称呼,当时的昭和天皇裕仁的诞辰是4月29日)大搞所谓的"淞沪战争胜利祝捷大会"时,中国军民和韩国志士对共同死敌的猖狂举止都特别气愤,双方遂起意采取特别行动,对倭寇的嚣张气焰予以回击。十九路军的总指挥蒋光鼐和军长蔡廷锴找到老上级,时任国民政府行政院代理院长,兼任京沪(当时的首都是南京,北京当时叫北平)卫戍司令的陈铭枢,要他出面干涉日方的挑衅行为。陈铭枢考虑到外交行动无济于事,而在西方国家势力介入调停的情况下,军事行动也不可行,最有效的莫过于派专人到会场进行破坏。陈铭枢为此专门由南京来沪,和有"暗杀大王"之头衔的王亚樵密商此事,并决定敦请旅沪韩人帮忙,由他们扮成日本人混进虹口公园(今鲁迅公园),是地为所谓的祝捷大会会场,因为这天日本人是肯定不会准许中国人入场的。

王亚樵与在韩侨中甚有威望的韩国独立党领袖安昌浩彼此熟稔,因为两人早年曾共同追随孙中山搞革命。此番约见后,安氏一口答应韩侨参加行动,表示只要能打击共同敌人,付出任何代价都在所不惜。王亚樵又马不停蹄地赶往陈铭枢在愚园路的临时住所,十九路军的蒋光鼐、蔡廷锴、戴戟等将领也赶到这里共同商议,由陈铭枢和王亚樵各捐一万元,由从十九路军的慰劳金中拨出二万元,共计四万元,作为韩侨的活动经费和善后费用。安昌浩拿到钱后,即与这方面经验丰富的金九协商此事。曾经策划刺杀天皇的金九则物色了一个当时刚来上海的韩国热血青年,他就是成功完成了中、韩抗日志士委托的"虹口公园爆炸案"的英雄尹奉吉。

1908年出生的尹奉吉自幼就有神童之称。十五岁时能作汉文诗,乡里父老有意考他,要其落韵成诗,首尾相接,尹奉吉略加思索后便朗声诵道:"不朽声名士气明,士气明明万古晴。万古晴心都在学,都在学行不朽声。"此诗当即赢得在场父老的称赞。十六岁时,他又自学日语,而这成为他日后参加反日活动的最佳资本。1930年,二十二岁的尹奉吉辞别故土和父母爱妻,前往中国,在青岛曾羁留打工过,于1931年5月8日抵沪。他的目的很明确,就是来沪寻找临时政府,投身抗日活动。为引人注意,他经常穿着破衣废履行走于堂皇大路,与临时政府有联系的人士果然将他的情况告知一直在招募"死士"的金九,在观察后断定其非日本暗探后,金九便与尹奉吉会面,知其果然是甘愿为国家独立捐躯的义士。"一·二八"事变发生后,金、尹两人就开始盘算如何用实际行动支援中国军民的抗日。在得到日方要在所谓的"天长节"搞庆祝"胜利"的消息后,尹奉吉立即向金九汇报,而当得知金九欲委以重任,准备由他出面在虹口公园搞爆炸时,尹奉吉拍手叫好,立即应允。

1932年4月26日,尹奉吉加入"韩人爱国团",并在金九的指导下,在太极旗下宣誓:"以赤诚恢复祖国之独立自由,为韩人爱国团之一员图刺此次侵略中国之敌方将校,特此盟誓。"从尹奉吉的誓言中,我们可以再次感受到中、韩民族在抗击共同的民族死敌日本侵略者时所具有的那种唇齿相依的血肉感情。

金九为避免樱田门事件失败的重演,特地找来上海兵工厂的中校兵器主任王雄(原名金弘一,韩国独立党成员)负责此事。王雄委托广东香山人林继庸具体研制,林氏是化学工程专家,曾被十九路军聘为技术顾问,组织科技界、工业界百余人制造化学武器,用于轰炸停泊在黄浦江面上的日本军舰"出云号"。林氏按照王雄要求,制造了外形像军用水壶和日本人使用的饭盒这两种炸弹,里面装满了烈性炸药。与此同时,尹奉吉也开始实地观察,27日他到虹口公园,见里面的草坪已经搭好高大的检阅台,四周有日本兵站岗。尹奉吉混在游人中,绕台转了两圈,目测步量来决定下手的最佳地点。出公园后,他又在日人开的书店中买到侵华日军总司令白川义则大将的画像,到附近日侨商店买好一面膏药旗,当晚在居所挥笔给父母、爱妻和两个儿子分别写好遗书。在给儿子的信中他写道:"如果你们周身的血液和骨髓,依然存在的话,将来也必定成为一个为了祖国而效命的勇士吧!把太极国旗高悬在空中,来到我的孤单的墓前,酌一杯酣酒,以慰九泉下我的灵魂吧!"28日,他把遗书交给金九,两人在夜里又仔细地把行动计划的每个细节都讨论了一遍。

1932年4月29日,五十六岁的金九装扮成司机,用借来的汽车将打扮成日本阔少的尹奉吉送到虹口公园。尹奉吉身着新西服,打着鲜红的领带,肩挎"军用水壶",手提"便当饭盒",从外表上看不出任何破绽。当日公园门口戒备森严,周围马路和交通要道都换上日本兵岗哨和巡逻队,除日本人和各国使领外,其他人概不准入,尹奉吉在和金九做了悲壮的诀别后,在7点45分顺利地进入公园,其时公园里已经有很多兴高采烈和得意忘形的日本人。9点左右,日本公使重光葵和驻沪领事村井偕同各国驻沪领事及商人赶到会场,当时日本军方的要人也来了许多,如日本侵华军总司令白川义则大将、日军第九师团长植田谦吉中将、日本海军第三舰队司令野村吉三郎中将,这些敌酋都曾在淞沪战争中担任过日军的最高指挥官。在场的日本重要官员还有日本居沪留民团行政委员长河端、秘书长友野等,此外,当天会场里还有日本海、陆、空三军共万余人,以及日侨万余人。10点钟,阅兵式开始,历时一个小时后，一群日本小学生列队唱起日本国歌，本在场中参与检阅的白川、植田等人下马走向检阅台。尹奉吉把"水壶"取下，但想到美、英等国领事、武官们还在台上站着，只好暂且不动声色。正在此时，眼见着这帮侵略者在别国土地上群魔乱舞地耀武扬威，大概连天公也看不下去了，11点多，天上开始下起小雨，各国外交官员陆续下台离场，而日本敌酋们意犹未尽，河端、村井相继祝辞后，台上台下全体日人高唱国歌，天空中掠过十八架日本飞机做飞行表演，二十一响礼炮也开始鸣放。尹奉吉就选在这个时机，不偏不倚地将"水壶"扔到白川与河端的脚下，巨响声过后，随着台塌人倒，全场原来"雄壮"的国歌声变成鬼哭狼嚎，礼炮也"哑"了——谁还有心思再放啊？大多军政要人受伤：重光葵伤及腰部和下肢，当场晕过去；白川手和颈部受伤，鲜血直流；村井右足和腹部受伤；野村左眼珠子都被炸出；植田左手和双脚受伤；河端腹部伤最重，肠子也已外流。重光、村井、河端等文职人员被送往四川北路的福民医院，其他人被送往平凉路的日本陆军兵站医院救治。相信每一个热血国人在看到尹奉吉的"水壶加便当"的"特别快餐"让这么多侵略者头子受到"款待"，都会为七十年前的这场正义之举击节叫好！

尹奉吉当然没能躲过日本宪警的拘捕魔爪，但他在严刑拷打面前，始终守口如瓶，只承认是个人所为。日本军方当然不肯善罢甘休，他们勾结法租界巡捕房，对韩国侨民住处进行搜捕。在众多被捕的韩人中，安昌浩也在其列，但日方查不出他与虹口公园案件有关的证据，只好判其四年徒刑，1938年，他病死在韩国监狱中。金九与安恭根（刺杀伊藤博文的著名烈士安重根之弟）等人在美国传教士费尔斯夫妇帮助下，幸免于难。为防止日本对广大韩国民众施行残酷报复，金九写了公开信昭告天下，并把"韩人爱国团"内容公布于众。法租界和日军当局在社会舆论压力下，被迫全部释放了胡乱抓来的数十名根本不知情的嫌疑犯。尹奉吉则在上海日本宪兵司令部被拘留了近七个月，受尽各种折磨，后被押送至日本，1932年12月19日7时40分被日军枪决，年仅二十四岁。

至于那些在虹口公园挨炸的日本官员，河端在4月30日凌晨就死了，白川大将身中204块弹片，虽经尽力抢救，仍在5月26日死在日军在沪陆军医院。其他人也造成残废。野村中将眼睛改装假眼，成了瞎子，植田中将被炸断右脚。细心的人还会注意到，1945年代表日本到美国军舰"密苏里号"上签订无条件投降书的外务相重光葵是个行走不便的残疾人，他的右腿早在1932年时就已经被切断了，这就是拜尹奉吉所"赐"的结果。从韩国志士尹奉吉的壮举效果来看，已经取得了重大的成功。它对当时上海的中国军民和韩国侨民，以及在殖民地挣扎的广大韩国民众来说，都是振奋人心的好消息。不过，大韩民国临时政府机关在"虹口公园爆炸案件"后，再也无法继续在上海立足，只好迁往杭州，抗战爆发后又辗转迁至陪都重庆。其间金九到长沙时，当年和十九路军在上海并肩抗敌的第五军指挥官张治中对其热情接待，在金九不幸被本国人刺伤（疑为日本人派遣的韩奸）后，蒋介石电嘱省政府主席张治中妥善处理，自己还专门致电金九，以示慰问。蒋在以后还几次接见金九，足见中国方面对其领导下的抗日力量之重视程度。

今天笔者重提这段已成历史云烟的往事，只为遥祭当年的抗日英烈。多好的爱国青年！《史记》上曾记载，在暴秦灭掉南方的楚国后，楚国民间即有谚云："楚虽三户，亡秦必楚。"像韩国这样有亡国之痛的民族，只要有兴国之心和爱国之热血，有尹奉吉这样优秀的壮士，何愁大业不成！时至今日，韩国青年在独立门削指立志来抗议日本政客参拜"靖国神社"的做法，仍然展现出这个东亚民族的倔强和意志。虽说尹奉吉是外国人，但他却是战死在我们中国，而且就牺牲在我们这座城市。作为上海的市民，我们不能将这些当年和中国军民并肩作战的好弟兄忘得干干净净。

后记：

本文所据数据和资料，主要根据沐涛、孙志科两人合著的《大韩民国临时政府在中国》，上海人民出版社1992年版。特此说明。

上海滩的宁波人和江北人

上海是由移民组成的城市，五方杂处，华洋混居。国外来沪的"洋佬番鬼"最多时达到15万之众，来自国内各省的更不可计数。靠着"近水楼台"之地理便利条件，苏、浙两地的外来移民竟占据外地籍市民的一大半，他们反客为主，在人口总数上甚至超过土生土长的本地上海人。现在很多上海人，只有在填写涉及籍贯的各种表格时，才有可能想到自己的祖、父辈原来也是"巴子"（时下上海人对外地人的统称，包括台湾人，也有"台巴子"的美号），而在沪上外地籍贯的家庭中，宁波人和江北人又占了半壁江山。这两种人在一度存有浓厚地域意识观念的上海滩，成为鲜明对立的两极。

宁波人在上海的优越感特别强，笔者看来，这与早期宁波籍移民在沪筚路蓝缕取得成功有直接的关系。还在开埠初期，许多后来居上的宁波籍买办就渐渐在上海崭露头角，并不比广东籍商人逊色。曾把自己女儿嫁给"洋枪队"（后叫"常胜军"）首领华尔的杨坊，就是一个称雄于沪上的"宁波大亨"。此人刚从家乡浙东鄞县（县治即今宁波市）来沪时，还被人误认为是挑水夫。进过教会学校，会说一口英语，使他当上怡和洋行的买办，并依附外商致富，成为申城头号鸦片大王，上海的宁波帮，以及大浙江帮（包括杭州帮）和其他沪上商人都奉其为首富、首宦、首绅。这个宁波大富豪用钱为自己捐戴了道台顶子，1862年被任命为苏松粮道，宁波帮或人称四明公所帮也在沪上成为洋人和官府都不敢小觑的社会势力。到了20世纪，长期担任上海总商会会长的虞洽卿，也是沪上宁波老乡引为自豪的"阿德哥"，不仅以华董身份跻位于租界权力中心，法租界还将现在的西藏中路冠以其名，即虞洽卿路，这在当时的华人眼中,确属难得的殊荣。不过,宁波人自我感觉虽好,历史上的老上海人还是甩下一句颇有意思的俗话:"宁可与苏州人寻相骂(吵架),也不愿同宁波人讲话。"原因很简单,前者讲的是吴侬软语,后者却是近乎噪声般地令人讨厌,那充斥着大量象声词的话语,叽叽呱呱地就像有人在放机关枪。

相形之下,江北人的人口总数虽然日趋增多,却被上海人尤其是宁波人看得扁扁的,这是由于来沪的江北人(广义上包括苏北人和皖北人)大多从事服务性行业,俗称"三把刀",即理发用的剃头刀、做大饼油条的小摊贩用的切菜刀和浴室里修脚师傅的扦脚刀,还有的从事倒粪桶、扫马路、拉黄包车,以及码头工人等"低贱"工作。他们中大多因家乡闹灾或逢兵燹,被迫逃难到沪,能找到上述一份工作已属不易。笔者记得儿时常有带浓重苏北口音的剃头匠挑着担子到弄堂为大人小孩理发,价格要比店堂里的便宜,而沪上有把年纪的理发师也大多为苏北人,而且又以扬州人居多。江北人的住处又多呈聚集拥挤而破败之状,大多是棚户区,如上海的虹镇老街、闸北的番瓜弄和杨浦、普陀等都有的所谓"江北弄"。上海人看不起江北人的原因,还不仅仅是他们的职业和经济状况差,因为山东、河南、湖北等地也都有来沪谋生的,如码头工人过去还有所谓的湖北帮,真正的原因或许同历史上江北人给上海人留下极坏的印象有关。

1862年4月初,由合肥人李鸿章率领的5 500多名淮军陆续由安庆抵沪,这帮人称"叫花子兵"的丘八,没事时,晒太阳,捉"老白虱";有事时,既肯卖命般地和太平军打仗,更会骄纵横行,抢上海的富户家室还只是小菜一碟,甚至连时任奉贤县令的杨溥都被一伙野蛮的淮军铭营(淮军将领刘铭传部)的官兵杀害。官犹如此,民何以堪!储存在百姓记忆中的历史恶感由此辗转相传。20世纪30年代发生的两次淞沪战争,又让上海人对江北人的表现增加一分反感,如1932年"一·二八"期间,报纸常出现"江北流氓在闸北抢劫"的新闻,还有的报纸宣称"无知和文盲的苏北人被日本人收买做特务工作"云云。这些带有明显歧视意味的指责,使所有江北籍贯的人统统成为社会舆论的受害者。

这个世界就分两种人

"江北人"长期以来在上海成为骂人的贬义词,并由此引申出"江北腔",往往泛指无赖痞子相,和籍贯本身倒无太多关系。至于被宁波人、苏南人(苏州、无锡、常州一带)瞧不起的沪上江北人,对外自报山门时总是强调自己是苏北人,或安徽人,他们也不喜欢这个带贬义的称呼。

江北人因为生活水平低下,多少也影响到其性格和涵养,"文革"时期打群架成风,最凶悍而又不怕死的流氓大多来自所谓的江北弄,即苏北人聚居的弄堂,这是公认的事实。"一分钱照太阳"往往是上海人喜欢揶揄江北人节俭的形容词句,还有讥讽该群落的话:"不来不来一大帮,不吃不吃一大碗。"这是挖苦江北人中讲假客气的表现手法。连独脚戏中引逗市民发笑的传统包袱中,拿江北人讲上海话来寻开心的,也经常是屡试不爽的绝招,如沪语"我骗侬就勿是宁"(我若骗你就不是人),用带江北口音的"上海话"讲来,就成了"无骗龙就百试灵"。在滑稽戏中出现讲江北话的人物,不是戆头戆脑的傻小子,就是凶巴巴的蛮不讲理之辈。沪上滑稽剧的这种现象还曾引起沪上苏北籍民众的强烈不满。

对江北人的歧视,在 20 世纪七八十年代还普遍存在于上海市民的意识中。其时沪上人士所戴的上海牌手表按表壳的含钢量来区分表的质量和价格,有"全钢""半钢"之分,唯因"钢"和"江"在沪语中发音相同,因而相应地被谑读为"全钢(江)"和"半钢(江)",分别代表某人父母双方均为江北人者,或其父母双方中一方为江北人,另一方为其他籍贯人者。同样类似的隐指,还有说某某是"苏州北门的人",以表示其为苏北人。改革开放之前,沪上很多男女的婚嫁大多经过介绍渠道,非江北籍人,尤其是宁波人或浙江省其他地区人,以及苏南人和上海本地人,会十分在意对方的籍贯,在尚不完全了解对方情况和信息时,对方是否带"钢",居然成为判断其家庭背景的重要衡量标尺。社会对江北人的偏见达到如此程度,也实在是太过分了。

好在社会的发展已使上海人对"江北人"的歧视意识越来越淡薄了。沪上新型住宅楼群的层出不穷,使原来的"滚地龙"式的棚户区不复存在,教育的普及、人才流动的速度加快,以及社会财富的迅速增加,使原来的"穷街"和"下只角"里得以涌现出大量年轻的成功人士,男女彼此择偶的自由度和开放度大大增加,等等,这一切都使传统的地域意识和由此产生的歧视偏见变得不合时宜。现在上海市区里二十来岁的年轻人,已很少有和自己父母讲家乡话,一般是讲普通话(上海人称之为"开国语"),要么就是使用社会上通行的掺杂着普通话的上海话。试想,在这种情况下,今后谁还会去在意什么"全钢"或"半钢"呢?

圣约翰大学

今天沪上的华东政法大学校址为赫赫有名的圣约翰大学（以下简称"约大"）所在地。这座已从上海地面上消失的教会大学，在20世纪前半叶，曾傲视国内各所大学，其教育质量之高，可谓众口成碑。在上了年纪的市民中，上高中者已属不易，能接受高等教育的，俨然人中龙凤，假如某人又正好是在约大读书，连周围的家属亲友都会面露得色，似乎跟着一起沾光似的。

笔者少年时曾在四川北路的"公益坊"一家公共食堂搭伙吃饭，每天中午总有一大批四川北路沿街商店的店员前来就食，在那个信息还很闭塞的年代里，从这些见多识广的老师傅吃饭时的闲聊中，倒是听到不少学堂里再也不会传授的"山海经"和"野狐禅"。某次，有个人提到某某女子艳史（这种时下被贬为"三俗"内容的话题，往往在底层市民的闲聊中占据相当大的比例）时，还说起此女子的家庭档次很高，都是有身份的人，并称该女子的母亲是约大毕业的，还会弹钢琴云云。那天讲话者提到约大时，那种肃然起敬的神色，给我留下极其深刻的印象。"圣约翰大学"的响亮牌子，就是在那时第一次装入我的记忆。随着以后对它了解的增多，更让我对这所曾给上海带来荣耀的高等学府充满了敬意。

约大的前身即圣约翰书院，由美国圣公会主教施约瑟1877年在沪筹建。他筹款后在曹家渡迤西的梵皇渡购进80亩地产，两年后即告开学，始设西学、国学、神学三门课程，后又添设英文部、医学部和科学部。当时校务主要由中国籍牧师颜永京主持。1881年，施约瑟因患病辞去圣约翰书院主任，后又辞去主教之职，1906年在日本去世。约大师生并没忘记他的开拓之功,早在1894年,校方建造了一座大四合院式的两层楼房,就定名为"怀施堂",即今日华东政法大学校园内的"韬奋楼"(用来纪念"七君子"之一的名记者邹韬奋先生)。

1888年美国传教士卜舫济长校后,开始了一系列改革。按照其思路,约大应办成"设在中国的西点军校",即教会大学应该担负起训练中国"未来的领袖和司令官"的责任,使他们能够对未来的中国施以最大的影响。卜舫济首先强化英语教学,这使学校的社会声誉顿时提高许多。该举措对教学内容向更深层次发展,开拓新的教学领域,提高教学质量,都具有重要的推动作用。1896年该校已在除国文外的所有课程中均以英语讲授。此外,还增设体育部,在学制规定、图书馆、运动场、宿舍等基础设施方面都一一落实。

在卜舫济的精心治理下,约大确实霸气十足。1906年7月,约大依照美国哥伦比亚大学条例组织完全大学,不向中国政府立案,却在美国首都华盛顿注册,正式定名为圣约翰大学。1911年约大分文、理两个学科,实行学分制、学衔制,到1913年又增设招收硕士研究生的"大学院",如此就形成预科、本科、大学院三级教学阶梯。清末民初,沪上约大教学模式的出现,直接向世人展示了一个完全属于资产阶级新文化范畴的大学教育体系范本,它为民国期间问世的中国国立大学提供了极其重要的先导和示范作用。

沪上在约大之后还出现过诸如新教创办的沪江大学、东吴法学院,及天主教创办的震旦大学等教会大学。与新教的大学讲英语为主形成对比,后者要求学生习惯于法语讲授课程。约大等教会大学除了在传统教育体制上取得突破,扫除了传统文化向近现代新文化发展的一道主要羁绊外,在为社会培养各式人才方面,同样成绩斐然。根据1929年的粗略统计,约大前50年的西学科毕业生780人,服务于教育界的有200人,政界为100人,医学界、学术界各为80人,宗教界及社会为30人,其他有70人,而在工商界谋事者最多,达220人。约大出来的名人中,在政界有颜惠庆(颜永京之子)、顾维钧、施肇基、宋子文等,医学界有颜福庆(颜惠庆之弟)、牛惠生、牛惠林等,教育界和学术界有黄廷佐、周诒春、严鹤龄、曹云祥、林语堂、邹韬奋等,工商界则有"火柴大王"刘鸿生、"海上闻人"袁履登、吴任之等。从这个意义上讲,约大还真有点"中国西点军校"的味道。

  为了培养学生多方面的兴趣,约大组织了莎士比亚研究会。当绝大多数国人尚不知天外有天,除了关、马、郑、白四大家外,世界上还有莎翁这样伟大的剧作家时,约大学子已每周聚会研读莎翁剧本了。1896年,约大组织学生上演《威尼斯商人》的英文剧,对沪上"文明戏"的发展起了直接的推动作用。约大校园内蓬勃发展的体育事业亦有类似功效,诸如开运动会,参加球类、田径、拳击、击剑等项目的活动,都让国人领略了体育的无尽魅力。近代中国的体育发轫于上海,而开沪上体育先河者,则非约大莫属。

信仰上帝的百岁学者

在近代上海崛起为国际大都市的历史过程中,中外人才为申城的高速发展及良好的氛围所吸引,纷纷云集于是地,所谓"四方冠盖往来无虚日,名流硕彦接迹来游",上海滩成了招徕和培养各式近代新型人才的温床。由于最早致力于城市文化事业的是一批来华的传教士,而和他们过从甚密的中国学者,也在西学东渐的文化传播方面做出了巨大的贡献。这些人称"西儒"的传教士,先后有麦都思、艾约瑟、伟烈亚力、裨治文、慕维廉、傅兰雅、林乐知等,名气同样不小的中国学者则以"海天三友"即王韬、李善兰、蒋剑人三位知识分子为代表。近代沪上还有两个皈依上帝的学者,不仅学识渊博,声望卓著,更以常人极难企及的期颐之寿,成为名副其实的"百岁学者"。他们一个是基督教新教教徒沈毓桂,另一个是当过神父的天主教教徒马相伯,从他们身上折射出近代上海城市发展的历史痕迹。

被人称为"一代耆儒"的沈毓桂(1807—1907)是《万国公报》的主笔,该中文报由教会创办,在近代中国名噪一时,发行量最多时竟达几万份。1874年,该报始设主笔,即由沈毓桂出任,一干就是整整十八个年头。他在年轻时就被两浙三吴的文人尊为名儒,和王韬是沪上兼通中西学理的两大奇才。沈、王两人都是基督徒,但受洗过的王韬在众人面前羞于公开自己的信仰,而沈毓桂却截然相反,他非但不怕周遭环境非教徒的舆论压力及其逼迫,而且在1862年时,还和伦敦会的英国传教士艾约瑟结伴去山东省传教,足见其对教会事工的热诚。

沈氏不仅传播福音种子,还利用担任主笔的机会,向社会播撒将来可能萌发革命新思想的种子。通过撰写一篇篇对当时社会影响极大的时文,沈毓桂先是介绍西方的政治新闻和欧美国度的民主政治体制,大谈议会制度的优越性,继而又推崇中国的近邻日本国革故鼎新、不泥古法而变通西法,乃至施行宪政的做法。这种开启民智的做法虽让颟顸的清王朝深恶痛绝,却又拿他莫可奈何,因为有洋教士给他提供政治的保护伞。

沈毓桂在年近九旬时还拼命工作,并因"无片时之休暇"而发出"望九衰翁心血久竭"的感叹。不过,其努力和辛苦并没有白费,有了沈毓桂等一批秉笔华士的生花妙笔,《万国公报》才得以饮誉于沪上且鹤立于近代中国的期刊之林。沈毓桂的寿限与其学问一样出众,最终以101岁的高寿告别人间而荣归天国。

马相伯原名马建常(1840—1939),与其弟马建忠皆为近代中国知识界巨擘,其长兄马建勋在军界服务,具体而言是在李鸿章麾下的淮军谋职。马相伯一生充满传奇色彩,如近代著名诗人柳亚子所称,"一老南天身是史"。马相伯出生在江苏丹徒(今镇江),父母均信仰天主教,马相伯受洗后教名为"若瑟",十二岁起在天主教耶稣会开办的徐汇公学接受系统的神学教育,并在而立之年获得神学博士学位,成为江南教区耶稣会的中国籍会士,后任神父,还当上了沪上第一所中学徐汇公学的校长。

因与教区一些法国传教士之间存有芥蒂,马相伯回到了世俗世界。原来他曾在苏、皖地区管理教务时,因见民众正困厄于水灾,遂向当时在李鸿章淮军处办理粮台的大哥马建勋求助,马建勋给了他2 000两白银来救济灾民。此举遭到向来颐指气使的法国传教士的责罚,理由是马相伯未经教会同意而擅动银两,触犯教规,遂将其幽禁于上海耶稣会内"省过"。马建勋获悉此事后大怒,立即带了数十名"叫花子兵"(当时上海民众对驻城淮军的贬称)到教区问罪。按其说法:"我用自己的钱救中国灾民,与你们外国人有何相干?"面对来者不善的兵大爷,教区只得马上放人。在离开教界后,马相伯经长兄引荐,步入政界,先后去过日本、朝鲜等国,还应台湾巡抚刘铭传之请,到台湾后提出开发该岛的计划。

1903年,马相伯帮助建立震旦学院,1905年又与严复合办复旦公学,他还担任过这两所学校的校长。马相伯的桃李名满中华者甚多,如国民党要人于幼任、邵力子。马相伯也是上海滩赫赫有名的"爱国老人",在20世纪日本侵华的狼子野心日益暴露、形势危如累卵之际,老人都有上乘表现,其高超的爱国情怀,对中国民众来说,具有极强的精神感召作用。如1931年"九一八"事变发生,马相伯即发表《日祸敬告国人书》,要大家"自赎自救"。以后他多次号召青年拒绝用日货,以达到经济上抵制日本之目的。他更寄希望于青年唤起全国民众奋起救国。因其声望之高,无人能望其项背,故被社会公认为当然的救国运动领袖人物。1937年上海救国会"七君子"出狱,曾专程去看望马相伯,七贤中的沈钧儒还写下"唯公马首是瞻",以示众人景仰之心。1939年,因病羁留越南谅山的马相伯闻知湘北大捷,兴奋异常,竟加重病势,弥留时口中犹言"消息",撒手人寰前仍不忘国事,其爱国言行和情操至今仍被沪上的天主教界引以为荣。

笔者以为,值此网络流行饱含消极之义的"神马都是浮云"等虚无论调之际,重温近代上海历史上沈、马两位学者爱国爱教的积极行止,还是让人有肃然起敬的感觉。至少有一点可以肯定,这两位百岁学者在近代申城的史册上都将获得重要的一席之地。笔者担任宗教类编委的《上海大辞典》(王荣华主编,2007年12月上海人民出版社出版的上、中、下三册)中载有的相关条目,就是一个鲜明佐证。

"洋泾浜"英文

略知近代上海历史之人,大多都知道什么叫洋泾浜英文。按《上海闲话》的作者姚公鹤的说法,这是一种"以中国文法英国字音拼合而成,为上海特别之英语"。洋泾浜本是黄浦江的一条支流,曾是英、法租界的界河,后被填没筑路,成为今天的延安东路。由于洋商华贾经常在附近做生意,来往周旋免不了要进行哪怕是最简单的交谈,加上洋行上班的中外职员和买办间也有必不可少的语言交流,一来二去,这种奇形怪状的中英混合语也就应运而生。

"洋泾浜"三字集中地反映了租界华洋杂处的社会文化特征,在上海地区英文专修学校和更高级的大学尚未成立时,来自不同国度的人们和本地居民普遍都使用这种语言。在英文中,所谓的洋泾浜语被称为 Pigeon English,即"鸽子英文",也叫 Pidgin,即皮钦语,转指不同语种的人们在商业交往中发展而成的混杂语言。这种沪版皮钦语一度广泛使用于沪上,连正宗的英国佬到上海码头落脚,也得先从师学习几个月"洋泾浜话",这样才算通过初步的语言关。对普通的上海市民而言,掌握洋泾浜英文的难度似乎并不太大。由民国时人汪仲贤撰文的《上海俗语图说》中曾记载了洋泾浜歌诀:

来是"康姆"去是"谷",廿四铜钿"吞的福";
是叫"也司"勿叫"拿",如此如此"沙咸鱼沙"(So and so);
真蛳实货"佛立谷",靴叫"蒲脱"鞋叫"靴";
洋行买办"江摆渡",小火轮叫"司汀巴";
"翘梯翘梯"请吃茶,"雪堂雪堂"请侬坐;
烘山芋叫"扑铁秃",东洋车子"力克靴";

打屁股叫"班蒲曲",混账王八"蛋凤炉";
"那摩温"先生是阿大,跑街先生"杀老夫";
"麦克麦克"钞票多,"毕的生司"当票多;
红头阿三"开泼度"(Keep door),自家兄弟"勃拉茶";
爷要"发茶"娘"卖茶",丈人阿伯"发音落"……

也有的类似歌诀中加上"一元洋钿'温得拉'"(one dollar)的内容,大同小异。但有一点得清楚,就是该歌诀须用宁波人的甬音来念,更加原汁原味,这也间接反映了宁波生意人在上海滩的地位。一般在上海市民观念中地位较低的"江北人",在生活中使用洋泾浜语的机会要少得多,即使有拉黄包车的脚夫和洋顾客讨价还价,有时做个手势也就足矣。倒是一些洋商开办的工厂里,由于许多工作用语和器具材料皆为舶来品,不少老工人在干活中,往往会夹杂一些洋泾浜语,笔者年轻时在上海闸北电厂工作,常能听到诸如"这只凡尔(valve,阀门)要修了","做只猛格"(mark,做个标记)等话语,有时需要到车间里楼梯小平台干活,大家也都习用"格兰汀"来形容,我忖度可能指"go to landing"之意。初进工厂时乍听这些陌生的词汇,有如丈二和尚摸不着头脑,但很快就习以为常。这种在上海工厂中形成的特殊语境,与讲话人自己是否明白英文原意已完全无关。另如20世纪30年代沪上打扑克牌的风气一度流行,有些洋泾浜英文也往往混杂使用于牌桌上,典型者如"拉屎揩",以中文写出来非常不雅,根本上不了打牌的台面,可从英文原意来讲,却是"Last Card"的音译,作最后一副牌解。此语沿用至今,还被人作为中文"最后"之意派用处,譬如某人考试成绩不理想,会自嘲是"拉屎揩",而不会说"拉丝特"(英文"Last"),那张 Card 却怎么也"揩"不掉了。根据笔者的观察,喜欢在嘴里吐出一些洋泾浜英文字句的人,多半对英文一窍不通,才会人云亦云地凑几句来赶时髦。

"洋泾浜"在近代开埠初期上海人的心目中,有指代租界之意,随着大量洋泾浜语和洋场里不中不西的事物、现象产生,它已成为沪上人士形容不伦不类的人或事的代名词,带有明显的贬义。而一度传播甚广的"洋泾浜"英文,也因上海人英文水平的日益提高,渐渐淡出历史舞台。

这个世界就分两种人

后记：

这篇文章曾在东方论坛的《上海闲话》栏目中被推荐过。后有位网友给我指出缺点，转贴如下：

lmzrc123321（在上海闲话论坛上的跟帖）

愿与淮南王门客（这是我当时发表此帖子的一个网名）探讨：

据你文章（洋泾浜英文）中："有时需要到车间里楼梯小平台干活，大家也都习用'格兰汀'来形容，我忖度可能指 go to landing 之意。"

本人有不同的观点。首先"格兰汀"不是用来作形容的，而是一个名词。查阅《英汉机械大词典》或《英汉电力大词典》或《英汉冶金大词典》均可查出 Grating 一词，指的是格栅、格子。据我所知，近代绝大部分厂房钢结构的平台使用的无非是花钢板和格栅板，而格栅板英文为 Grating，即洋泾浜英文"格兰汀"的出处。所以我认为 go to landing 之解释不妥。

我衷心地对这位网坛诤友 lmzrc123321 表示发自肺腑的感激之情，我当时因偷懒，没有去翻查字典，就以"我的忖度"几个字含混过去，这种态度是十分不可取的。我也由此解惑和得到长进，知道了青年时期从老工人那里听到的"格兰汀"，确实就是格栅板和花钢板的意思。谢谢了，这位认真的网友，我很为此感动。

云想衣裳花想容

"诗仙"李白在长安供奉翰林时,曾因唐玄宗和杨贵妃在宫中观赏牡丹花,遂奉诏作新乐章三首。在《清平调词》三首的第一首中,起句便是"云想衣裳花想容",诗人把杨玉环穿的衣服比作霓裳羽衣一般,簇拥着杨妃那美丽动人的花容月貌。李白的这种借喻,既把现实世界中的杨玉环比作步下瑶台的天人,又将衣服和人的容颜巧妙地联想在一起,这样的交互参差,也使后人愈发重视服装的美容功能了。道光年间开埠后,上海作为中西文化的交汇地区,服装鞋帽行业迅速发展起来,人们的服饰衣冠在国内显得特别新潮和时髦,无论是衣料、做工、款式,都可傲视各地,如说申城衣冠甲天下,也不算过分。

晚清时期的申城以其特有的政治、经济、文化环境,为是地的民众提供了远较广大内地宽松自由的消费场所,徜徉于沪上各种消费天地的人们,似乎不把口袋里的钱用光就难以获得满足,连19世纪70年代的《申报》都大声提倡"崇奢论",并振振有词地说:"在他处则欲俭尚易,在上海则欲俭甚难。"[①]这在外地人士看来,简直是匪夷所思。而沪上一波又一波的消费新潮流,刺激着消费观念的不断趋新,甚至养成了上海人特有的消费性格,即近似执着而疯狂的追赶时髦。

及至20世纪二三十年代,受到席卷全球的世界经济危机的影响,上海人的消费观已加上勤俭持家的内容,对社会上那些将钱用得精光而不知量入为出者,也毫不客气地贬为"脱底棺材"。尽管如此,沪人赶时髦、出风头、"摘台形"的狂热劲却没有消退。如20世纪30年代《申

---

① 《申报》1877年2月28日。

报》所言:"不知是哪一位会翻花样的文人把英文'现代'一词,译其音为'摩登',批发到中国各界的市场上,不料很快的声影吠和,竟蔚成了'时代的狂飙'!于是我们都有了眼福,去领教:摩登大衣、摩登鞋袜、摩登木器、摩登商店、摩登按摩院、摩登建筑、摩登男女……这普遍化的现象是不胜指屈的,一言以蔽之:有物皆'摩',无事不'登'!"[1]事实上,最能集中展现人们对时髦追求特征的,非衣冠服饰莫属,沪人都烂熟于胸的就是凡外出定要记得"翻行头",因为势利的社会多以衣妆打扮取人,"只重衣衫不重人"。为迎合人们崇尚摩登的社会需求,上海滩上相应开办出许多遐迩闻名的服装店铺,遂令上海成为"中国的时装之都"。

中国最早一家经营女子时装的特色商店就是 1917 年创设的鸿翔时装公司,坐落在静安寺路(今南京西路),该店承制的女子时装,素以选料讲究、品种繁多、款式新颖、工艺精致著称,并曾获得宋庆龄女士"推陈出新,妙手天成"的题词,著名教育家蔡元培则赠有"国货津梁"的题词,连英国伊丽莎白二世女王也曾向该家老字号女装店定制锦绣中国式礼服,可见其名气之响。

上海颇有名气的女装店还有距今 70 多年的朋街服装商店及 50 多年前开设的世界衬衫服饰商店(现名新世界服装总公司)。前者坐落于南京东路,后者在淮海中路,均以制作女装而远近驰名。但根据"老上海"的说法,上述店家间其实还有高低档次之分,如鸿翔公司顾客盈门,但还只是沪上中产阶级妇女光顾的对象,而上海滩的豪门名流家的女眷是不会垂青于这类店铺的,因为阔太太和千金小姐所钟意的是更合乎自己身份与品位的时装店家,除了比鸿翔高级的朋街(英文名为 Bond Street)外,沙逊大厦底层商场 Garnett、Madam Greenhouse(中文店名为"绿屋夫人")等几家都是衣价不菲的高级女子时装店。民国时,上海和南京的一些达官贵人出入的重大场合,到场女宾多以穿上一袭由意大利女服装师兼店主 Erlinno Garnett 设计和制作的新款时装为荣。在青睐 Garnett 的许多主顾中,还有当时的民国第一夫人宋美龄。"绿屋夫人"的店主亦为白人,其店专营西式女装,还兼售女式鞋帽

---

[1] 《申报》1933 年 2 月 5 日,增刊。

和各种首饰与皮包、围巾、腰带等点缀性"附件",女顾客只要钱包鼓胀,不担心昂贵价格,完全可使自己从这"配套成龙"的店铺获得"从头到脚"的全新享受①。

1949年后,这两家外国女店主离沪,往日洋气十足的店铺人去楼空。只有朋街、鸿翔等店尚在,但随着政治革命的不断深化,它们和沪上其他服装商店一样,基本丧失了让人美丽起来的功能。店里成衣架上挂着灰蓝色为基调的服装,在每人每月才几尺布票的特殊年代,人们的消费购物和打扮自己的欲望都受到严重的压抑。改革开放以前,普遍存在于沪上大多数家庭的是"新三年,旧三年,缝缝补补又三年"的窘况,而多子女的家庭更是"老大衣新的,老二着旧的,老三穿补的"。大人小孩只有逢年过节,才会高高兴兴地穿上新衣走亲访友,平时看惯了灰扑扑服装的人们,在元旦和新春头几天,还真能从大街上、弄堂里满眼晃动着的新衣服上感受到节日的喜庆气氛。尽管如此,其时人们的新衣从款式、做工和衣料等方面均无法和1930年代风行于申城的男女时装相提并论。

虽说也有不少人家箱底柜橱中珍藏着曾经属于女主人的那份美丽记忆,但在1966年"文革"初期红卫兵大破四旧的非常时期,很多过去的时装如旗袍、晨服、晚服、礼服、婚礼服,甚至是高级睡服,在革命小将抄家时,都难逃被撕毁或付之一炬的命运。即使能躲过上门抄家的噩运,许多曾让主人出过风头的时装也不得不改头换面。本人家中就有用英国哔叽和格子呢制作的西服,都被迫改成了革命群众视觉上能够接受的中山装,衣领处仍明显地露出西服的印记,真有暴殄天物之感。另一件昂贵的高级裘皮大衣,则在上山下乡的高潮中,因两位兄长必须到吉林省插队,廉价卖给旧货商店,以解家中的燃眉之急。在当时上海人心目中,这种衣服绝不可能"重见天日",而让它们能物尽其用,似乎才是人间正道。此外,十年"文革"期间,爱美之心最为强烈的妙龄少女,有不少人穿起收腰身的女式绿军装,倒也英姿飒爽。笔者就读的中

---

① 可参见树棻:《上海的最后旧梦》,上海古籍出版社1999年版,第76~80页。作者根据亲历,对这几家高级时装女店有精彩详尽的描述。

学是华东师大一附中，班上有位有着"莉娜"洋气名字的漂亮女生，早早地就被东海舰队文工团选入旗下，记得她在离开学校前喜欢穿着绿油油的军装（不是绿屋夫人，胜似绿装女郎）跳舞和扮演革命样板戏《海港》中的方海珍，那个俏模样，令人印象深刻。如今人老珠黄，早就成为军官太太的她，始终拒绝参加中学同学的聚会，可能也是不想让自己留在众多男生心目中的美好印象遭到破坏吧。

改革开放以后，女性爱美的天性已得到充分释放，各种新潮流行的服装在上海重新露面，香港或欧洲的名牌也都先后驻足沪上，有的开设了专卖店，有的在大商厦中安置了专卖柜台。一些传统老店恢复旧名，以招徕顾客。另有直接兴建起来的高级时装商店，如巴黎春天、百盛广场、东方商厦、金钟广场、时代广场，许多做工精致讲究。款式新颖气派的男女时装也在这些商场中纷纷亮相，只是光顾它们的，绝大多数是高薪的白领阶层，昂贵的价格早把一般的平民百姓吓跑了。为了烘托整座城市的美丽，上海也和北方大连市一样，经常把国外著名服装设计师或名模请来，并兴办上海服装节，电视媒体尽情地渲染现场气氛，各种渠道向外界传递的是这样一个信息：大上海时髦美丽的黄金时代又来到了。

栏杆拍遍

听戏文

《财富大考场》的误区知多少？

　　记得2002年岁首亮相的新节目《财富大考场》，是当年新组建的文广传媒集团颇为得意的"拳头产品"，在黄金时段播放的该栏目，以其快捷的致富方法、刺激多变的游戏规则和双星搭配的新颖主持形式，确实锁住其时沪上不少电视观众的目光。平心而论，这档每周有五次（除去周末）的节目，远比沪上同样带有含金量的《智力大冲浪》带劲，因为该项目没有后者那样烦琐冗长，长达几个月的马拉松式的每周日晚上才姗姗而至的一次含金"冲浪"，显然已经难以满足日益挑剔和缺乏耐心的观众之口味。市民们与其等上半年才能看到某位幸运儿的诞生，莫如天天都看到天上掉下"馅饼"的奇迹发生，而且个人亮相的机会也大大增多，即使拿不到最后钱箱里的奖金，让自己的"风采"在电视屏幕上显露一回，也多少可以满足不少现代人士的成就感。这大概就是有着"短、平、快"特点的《财富大考场》会如此火爆，沪上甚至邻近城市的众多青年（根据参加者的绝大多数年龄而推度）会趋之若鹜、争相报名的重要原因。

　　单凭报名者多如过江之鲫这点，就足以让人对这档栏目的设计和编排人员刮目相看，虽说类似的节目在香港已捷足先登多时，而在欧美同样性质的节目更是几年前就家喻户晓，早就没有什么新奇之意，但对上海而言，"入世"后的第一年，这样的电视节目登场，毕竟让人耳目一新，而且相对文广集团旗下另一类纯属碰运气撞大奖的节目，诸如什么"掘第一桶金"之类的编排而言，带有"考场"名称的这档节目，依仗着大量考题所含蕴的知识信息，似乎更具有一些书卷气，少了那种乡下土财主挖地三尺找元宝的傻气和俗气。这大概也是《财富大考场》将"财富、知识、力量"三者喊得震天价响的底气所在吧。

细心的看客不难发现,该栏目游戏规则变化的节奏,实在快得让人目不暇接,有的甚至只实行了一次,即告夭折。不管这些规则如何变化,"万变不离其宗",电视台的最终目的还是要增加收视率,同时也力求尽可能地降低付出的成本,而且减少电视台必须付出的奖金数额的重要性似乎更加突出了。这一点,在2002年4月16日新出台的游戏规则已经微露端倪:"玩"到最后两个对手抗衡时,失败的那位,出于妒忌或怨恨的心理可以带走自己名下的钱款,而剩下的"幸运者"则要么出于保守求稳的心理只拿半数的奖金,或者就因为一博千金,却最终一步不慎而答错,导致全盘皆输,空手而归,成为无法笑到最后的遗憾者。4月16日晚上的女生小丽就是前者,她最后因为放弃,只拿了半数三千多元,根本不能和前几天的动辄两三万元奖金的赢取者相提并论。而4月17日的男生小徐就是后者,虽连过两关,但最终像传统京剧《挑滑车》里的高宠那样,最终难逃失败厄运,以致血本无归,成了"空空道人"。虽说两位主持人鼓励性的赞誉连声而至,小徐脸上也扯动着肌肉在努力而又不无尴尬地"笑"着,但此时此刻,在笔者看来,真正笑到最后的,应该是上至电视台的娱乐总监,下到主持人,包括那些要扛着大型支票牌子上场的工作人员。这才真叫"上上下下的享受"呢:有那么多的收视率人气,那么多的声讯电话和手机报名带来的相关收入,那么多的广告收入,却又不需电视台付出一分钱,或只是象征性地支付几千元"毛毛雨",怎不教人乐翻了天?

当然,电视台在暗自嘉许自己成功,即利用不断更改游戏规则,使自己能用最少的支出,来达到最多的目的之同时,不妨也不断地及时总结经验,包括收取社会上对新出台规则的反馈信息,以及考察一下所带来的正负面效应。本来,金无足赤,人无完人,曾红极一时的《财富大考场》节目本身也并非就那么完美。举例来讲,有的考题就偏得让人啼笑皆非,如电视连续剧《大宅门》的片尾歌由哪位歌星伴唱的问题实在有点出格,因为在信息爆炸的年代,如果连这种"知识",都可和天文史地、生化数理、政治经济、民俗宗教等知识同样"登堂入室"地要求人们掌握,那也未免牵强了些。

另外，新规则对参加选手正常人格培养所起的负面心理作用也很难让人苟肯。如让每轮积分处第一名者获得决定在场其他选手去留命运的生杀予夺大权，反过来又利用被选中者的怨恨妒忌心理，来赠予另外选手的积分而盖过此人，或是在两人最后对垒失败后带走自己的那份（该规则明显对电视台有利），这些"你不让我过得好，我也绝不让你感到舒坦"的以牙还牙的原始复仇心理，实在对那些绝大多数20到30岁的阳光青年群落的人格和心理的健康发展不利，这种乌眼鸡式的相斗，会相应地令社会形成"民多勇于私战，怯于公战"，即增加内耗的不良风气，而当大家都热衷于损人利己，这个社会的凝聚力不打折扣才怪呢。

在该节目播出一定时日后，电视台还特地从远道请来两位著名男主持人，替代了原来儒雅文静有余而调侃打趣活跃现场气氛略显不够的女主持人李煜，此举曾被电视台和媒体视为传神之笔而难掩得意之色。且不说那位女主持本身有着自己那份独特的魅力，并非乏善可陈，就拿当时如日中天的两位大腕来说，真要挑挑刺，也不是一件难事。由于《财富大考场》本身涉及的知识面包罗万象，个人确实无法成为"万宝全书"，"缺只角"的无奈相也终究难免。例如，在是年4月17日晚上的问题中，有道问题的内容是"3月18日是历史上哪一次革命的纪念日"，选手没有答出。只见高个子主持人李彬手里拿着答案纸，郑重其事地读出："正确答案应该为十月社会主义革命。"我听了，不觉哑然。众所周知，所谓十月革命者，顾名思义，就点明了是在十月发生的，此为列宁领导的发生在1917年11月7日的俄国社会主义革命，由于俄国属于东正教国家，实行的历法为儒略历，与公历（即格里高利历）有时间上的差别，当天为俄国旧历10月25日，是故世称"十月革命"。而3月18日与之完全无关，它是1871年法国巴黎人民发动全城起义的日子，10天后，即3月28日，巴黎公社宣告成立。5月28日，巴黎公社被梯也尔率领的凡尔赛军队镇压。1971年3月18日，我国的《人民日报》还特地登载了纪念巴黎公社起义一百周年的社论，当时我所在的中学正组织"野营拉练"，队伍夜宿宝山区（当时叫宝山县）的顾村（当时叫公社），坐在生产队的仓库地面铺就的草垫上，耳中听到的正是拉线广播中反复播放的这篇重要社论。由于本人的记忆力还差强人意,尤其对日期"过敏",因而对弱冠时这段历史的瞬间始终难忘,此番听到主持人念出来的答案,不免从这个特定的日子勾起对往事的回忆,同时也产生了对《财富大考场》提提意见,包括纠正主持人错误的想法。

德国著名的心理学家艾宾浩斯曾经绘制过人类保护大脑的"遗忘机制曲线",遗忘是每个人都具备的正常机制,如果一个人样样都能记住,不可能是正常人,早就成为精神病患者了,所以我们不能要求主持人做超人,掌握所有的知识和信息,但至少编排这档节目的编导人员应该对自己事先从容设计的问题和答案胸有成竹,除了难易程度要考虑之外,更要求做到问答的准确率和"对号入座"。像出现上述这样"张冠李戴"的答案,不仅会让电视台远道请来创品牌的主持人掉价,更会直接影响在场参与者的成绩积分高低,弄不好,人家回去发现该答案"驴唇不对马嘴",会直接质疑该次考场的公正性。届时,该节目所标榜的知识、财富、力量三者之喊声,哪怕再响遏行云,也会被这些让人尴尬的"失误"搞得大煞风景。

4月18日在收看自己喜欢的电视连续剧《我这一辈子》之前,我还是抓紧时间,做了十多分钟的《财富大考场》观众,结果又不无遗憾地发现主持人李彬的一个问题:"狂欢节由什么人传入欧洲?"当选手回答"巴西"时,李彬先是厉声喝道:"错!"(使我不禁想起陆游的那首《钗头凤》来,若是由这位富有表演天赋的主持人读来,或许会别有一番韵味)然后宣布:"正确答案是葡萄牙人。"我又弄不明白了:难道拥有巴西殖民地的葡萄牙人就不是欧洲民族了?姑且不论正确答案应该是什么,至少该问题的设计不严谨,这样的提法会让被提问者自然而然地产生是欧洲以外的民族传入狂欢节的。古语云:以其昏昏,使人昭昭。眼下不正是给我们展现的这样一种滑稽场面吗?

据媒体报道,英国电视节目《百万富翁》很快将在地处南国的广州落户,据说根据国情,会将最高奖金限额降至20万元人民币。但即便如此,电视台方面还是有人产生是否会因此赔本的担心。确实,对于目前财力还不足与欧美大传媒相颉颃,这方面的运作又缺乏经验的国内媒体而言,少一点"东施效颦"式的冲动,多一点亏本之虞的顾忌,倒不失稳妥之举。一旦各地电视台围绕着"财富与知识并行"大做文章,出现一窝蜂的状况,只会把观众的"胃口"越撑越大。君不见,4月17日晚上做了"空空道人"的小徐,对几千元的数目,毫不动心,年轻气盛的他掷地有声地说:"太少!"不过,这对电视台来说,正是求之不得的,一旦"翻船",这些想来"空手套白狼"的众选手,只会落个"竹篮打水一场空"的结局,但我们那担负着精神文明建设和伦理道德培育等重要教化功能的电视台领导及编创人员们,可有考虑过过分渲染孔方兄的社会负面作用呢?贪心一起,祸莫大焉。对个人是如此,对全社会而言,贪欲风气的形成,更为可怕。此理无须赘言,只要读读西晋时鲁褒的《钱神论》,再来看看此类目前让整个社会都着魔似的所谓"财富与知识并行"的节目,就不难闻到内中含蕴的那股熏人的铜臭味。

后记:

此文写就于2002年,十多年过去,看看还蛮有意思。

"戏说"可别太离谱

长达四十集的电视连续剧《铁齿铜牙纪晓岚》年前播放时，相信其收视率不会太低，尤其是担纲的张国立、王刚和张铁林三位荧屏大腕，更是将前清盛世时期的君臣关系演绎得有声有色，可谓丝丝入扣，许多现代化的语言和似曾相识的情节，既让人解颐，也发人深省。与这几位实力派演员加盟的另外一些清朝戏相比，此剧的质量并不逊色。笔者平时除新闻和一些写实报道外，一般不太驻足于电视机前来观赏什么言情剧，更怕被一些长剧"套"住，那次偶与该电视剧第三集邂逅，竟难以割舍，天天都忍住该剧中间插放的大量广告，最终将这部描述大清第一才子的电视剧看完，回味不已。如今，同名续集又紧跟着拉开帷幕，据说在京城还创下"神话般"（媒体原话）的收视率，在清朝辫子戏充斥于荧屏的时下，能够取得如此佳绩，实属不易。

按理说，此剧属于"戏说"历史，不能完全当真，但文艺作品自身的魅力和感化力，又确实会让人信以为真。可见"戏说"也需认真对待，不可马虎。因此，此剧有些瑕疵还真使人有骨鲠在喉的感觉，不吐不快。如剧中前边安排有乾隆生母为汉人，且被纪昀判斩的情节，但最后几集中，在围绕乾隆是否娶汉女莫愁的皇帝、太后冲突中，又让这位纪大才子说出太后是乾隆"亲生母亲"的话，以示皇帝在满族生母和所爱汉女之间的矛盾心理及左右为难。给观众的感觉是那位"范大掌柜"（乾隆的汉人生母）已经从记性过人的纪昀脑海中蒸发，已知自己身世的皇帝和曾被"老夫人"搭救过的莫愁当然更健忘，只是这一首一尾的描写母子情感冲突的汉、满版本如此"风马牛"，未免离谱太多。

另如乾隆四十六年（1781），弘历让宠臣和珅配合大学士诚勇公阿桂领军前往甘肃镇压由撒拉族苏四十三发动的穆斯林反清起义，以及后来彻查甘肃省的贪污大案本是事实，但在电视剧中改成罗刹兵犯境。编导顾忌敏感题材而做如此处理，可以理解，但稍知地理常识的人们难免纳闷，那时飞机又未问世，何以罗刹"伞兵"会越过偌大的新疆内陆而直接从天而降于甘肃？如若在大漠之下挖地而作"土行孙"，更不可能。尽管剧中人物也语焉不详地对此支吾了几句，毕竟让人疑窦重重。根据历史，纪晓岚在这一年进呈《四库全书总目提要》，次年又将《四库全书》第一部编纂成，1711 年出生的乾隆，其时已是年届古稀的老人，但看着电视剧里才到中年的张铁林那风流倜傥的模样和他以看《四库全书》成书稿的借口与莫愁相会的浪漫情景，再联想到状元祝君豪因拒娶十八格格曾自比谪仙李白，而扮演乾隆的张铁林却将"谪"字，念成滴溜溜的"滴"字，实在觉得滑稽。设想学富五车的老皇帝弘历倘若魂兮归来，真不知作何感想。

其实，戏说也有戏说的妙处，借古讽今，也是鞭挞时弊的有力武器。在历史上，纪昀在 1773 年开《四库全书》馆时和另一位原籍上海的才子陆锡熊同司总纂，而恃宠冠列朝臣之首的和珅，居然还有着编修《四库全书》馆正总裁的官衔（1780），后又赐受双眼花翎，充国史馆正总裁（1783）。这种领虚衔而不干实事的官场现象，直到今天还存在于我们的生活中，编导如由此开凿些题材加以"戏说"，也许让人回味起来更有嚼头。

续集因为刚刚开播，尚未窥其全豹，难以盖棺论定地下断语，只是觉得剧中人物杜小月作为第一部戏中状元郎祝君豪的新娘子，居然不在家里做相夫教子的官太太，而是风风火火地"重做冯妇"，又干起跟随纪"先生"的老本行，实在于情理不通。所谓续集，顾名思义，总该有其连续性吧。进呈赘言，是为了该剧的编导人员今后在创作中少出洋相，作为观众，还是耐心地守在荧屏前，把剩下的几集看完，毕竟，在众多的国产电视剧中，这样的艺术水平和文学内涵，还是很多同类电视剧无法比肩的。至少，与那部由曾经扮演过太监"三德子"的演员担纲出演的《风流才子纪晓岚》相比，二者的档次差别，不啻霄壤。这也是观众有目共睹的事实，这里就毋庸赘言了。

"昨日黄花"为何长开不谢?

近些年,随着人们生活节奏的不断加快,很多事物眨眼间就成了过眼烟云,有个用来形容过时东西的文绉绉字眼"明日黄花",也开始频频出现在大众媒体和一些以人们现实生活为题材的影视剧中。所谓"明日黄花",典出北宋苏轼《九日次韵王巩》诗:"相逢不用忙归去,明日黄花蝶也愁。"说的是九月九日重阳节过后,金黄的菊花便将枯谢凋败,届时也没有什么可以玩赏的了。也许东坡居士对自己的这段诗句颇为得意,后来在《南乡子·重九涵辉楼呈徐君猷》中再次使用:"万事到头都是梦,休休,明日黄花蝶也愁。"此后人们就以此来比喻过时的事物。宋人胡继宗《书言故事·花木类》就称:"过时之物曰明日黄花。"现代文学史上的大家在文章中也经常袭用这句成语,《汉语大词典》中就取郭沫若和冰心两人为例。前者在《〈沸羹集〉序》中写道:"这里有些是应景的文章,不免早已有明日黄花之感。"冰心则在《寄小读者》二七中说:"再经过四次月圆,我又可在母亲怀里,便是小朋友也不必耐心的读我一月前,明日黄花的手书了!"

之所以不厌其烦地细数"明日黄花"的典故和用例,实出无奈,本意就是想为其重新"验明正身",以杜绝大众传媒上出现与其相关的"成语赝品"。因为,让人啼笑皆非的是,不少人在使用这个本来意思已经很明显的成语时,似乎非要用"大话"或"戏说"的思路来重新诠释它,于是乎,好端端的一句老祖宗传下来的现成词语,硬是被篡改成有"假货"之嫌的"昨日黄花",而且大有后来居上之势。就拿最近在上海电视台新闻综合频道黄金时间播放的电视连续剧《兼并》来说,我在打开电视后顺便瞥了一下,只见荧屏上出现的大牌明星盖丽丽正在发话,说别看国企厂家现在还挺辉煌,可它们大多已是"昨日黄花"云云。看到这里,哑然过后,我坚决地将频道转到别处,再也不想光顾这部电视剧了。俗话说"一叶知秋",该台词的运用,暴露出该剧从编导到演员,以及后期制作审核人员在文学常识上的匮乏,这样的素质,想来作品本身也不会让人产生太高的期望值,真是不看也罢,免得糟蹋自己的时间和眼睛。

孔子曾曰:"知之为知之,不知为不知,是知也。"这则圣人遗训是人们烂熟于胸的学术警句,它提醒我们切莫自作聪明地在一切事情上充内行,包括想当然地生编乱造词汇,弄出什么"昨日黄花"的笑话,以致贻笑大方。其实,类似的粗制滥造作品几乎充斥了现在很多影视频道,在急功近利的心态驱使下,日益浮躁的社会风气也变得时髦起来,人们好像已经没有什么耐心去精心打造和研磨文化上的精品,这从电视上打出的错别字不胜枚举即可见一斑,而一些主持人不经意地将字读错,也多少反映了他们的文化功底。如《智力大冲浪》的主持人曾把唐三藏的俗名"陈祎"读成"陈炜",而据新华字典,"祎"字是美好之意,多用于人名,此字音同"衣",不能想当然地读成"炜"。假如在主持节目之前多做一些案头的准备工作,这类错误就不会发生。再如沪上因高额奖金而令观众心动的《财富大考场》,尽管节目名称改成"才富",但未必"学富"。那当街签名售书,人气甚旺的高个子主持人,也曾在2002年4月17日的节目中(那天我正好看此节目)出过历史常识的洋相。他把3月18日这个法国巴黎公社起义纪念日,硬说成俄国十月社会主义革命的纪念日,更是驴唇不对马嘴的大笑话,事后都没见这些名主持出来更正。本来金无足赤,人无完人,说错话是难免之事。承认自己的过失,可激励鞭策自己不断改进和提高,但总摆着一副正确面孔示人,却又底气不足地时不时出错,作为大众传媒的各类工作人员,肩负着教化观众的社会重任,如此草率行事,实在有点说不过去。

由此联想到近日《青年报》上登载的一则消息。初中生往往喜欢在自己的国语作文中掺杂进一些简单的英文单词或词句,并沾沾自喜地视作时尚,而这种不中不洋的语言,在把关的老师那里却遭到坚决的拒绝。正规的语文考试中,这种现象是要被扣分的。该报道称,到了高中,这种可笑的现象反而减少了,因为高中学生对英文的感觉有更深的理解和更多的运用,加上国语教师不断强调作文语言的规范性,使"孺子可教"的莘莘学子端正了这方面的认识,再说,谁又愿意和自己的高考命运过不去,去养成那种假洋鬼子式的作文习惯,以致让考官扣除自己的作文分呢?

看到这里,我不禁对执教于中学语文教学领域的老师们肃然起敬,正是有了他们的不懈努力,才会使我们优秀的传统文化得以薪火相传而不致走样。同时,我也突发奇想,诸如电视传媒这种同样担负着传道、解惑、释疑重任的地方,何不试行纠错查谬的制度,一旦发现工作人员在荧屏上打错字,或有主持人做"别字先生",立即在最短时间内补救,不妨采取由本人或编导公开向观众致以歉意的方式,相信曝光几次后,必收奇效。理由很简单,因为谁也不想接二连三地在公众面前做类似的道歉,这个"损"招将迫使某些自我感觉甚佳的人在从事文化创作时,即便做不到如履薄冰,如临深渊,起码也不至于再像以前那样漫不经心或粗制滥造了,同时也让整个社会感受到规范文字教育的重要性。长此以往,相信"昨日黄花"长开不谢,类似洋相屡屡见诸影视文坛的尴尬现象也会减少许多。

后记:
　　石灰抹嘴是白说,
　　头脑冷静为看客。
　　开眼清醒明国是,
　　口闭冥想修自我。
　　国要强盛超美欧,
　　人晓五行通阴阳。
　　笑看冬尽又逢春。

当年(2002),我在天涯论坛上厮混,尤其喜欢在"天涯杂谈"和"关天茶舍"上发帖子。马甲很多,用得最多的是"北侠欧阳春"。现在看来,很搞笑,和那时显然又有代沟了。昨天晚上测试网络上时髦的心理年龄,得出的结果是38岁。想来12年前的俺更是少不更事,幼稚得一塌糊涂了。

《女人步上楼梯时》观后感

日本已故名导演成濑巳喜男的作品最近已经看了两部,一部是《浮云》,另一部是《女人步上楼梯时》。战后的日本经济在满目疮痍的基础上重新崛起,大和民族的韧性从各行各业的振兴中显露端倪。作为20世纪60年代的成功导演,成濑的作品很好地诠释了日本女性在日常生活中的心理描写,特殊的视角,写实的手法,在在展示了成濑个人独有的功力,当然,黑白片的画面和冗长的时段,拖沓的节奏,是很难让时下的青年耐着性子看下去的,唯有老僧入定一般地坐下来细细品味,方能从中看出名堂:原来,人性的弱点和长处还可以如此巧妙地糅合在一起!

男欢女爱,本是上帝抟土造人之初,就给亚当夏娃们设计好的最大欢愉,如果将此愉快除却,不啻对人生的最大戕害。这也正是那些将自己的爱献给天父的神父修女,或是把自己的青春完全埋葬的佛门缁素及全真道人(正一道道士可以结婚)最为各自信众所赞佩的宗教魅力,这种用牺牲个人"性福"来增加信仰虔诚度的交换,确是常人难以企及的一种特质。君不见,欧美天主教中性丑闻频频发生,金庸书中的尹志平和小龙女的故事在生活中并非鲜见,日本僧侣可以结婚等,多少也是对此问题的注脚。总之,能否在关键时候把握住自己,实在是很磨砺人的。

影片《女人步上楼梯时》(以下简称为《女》片)通过对一个业已成为寡妇的"妈妈桑"之描写,将其在银座酒吧里遭逢的甜酸苦辣,统统加以全方位的描述。女主角惠子恰好也是成濑另一部力作《浮云》中担纲的角色,也就是那看上去楚楚动人的高峰秀子。在《女》片中,妈妈桑的周围都是一班心怀叵测的男人,职业的关系,在碰到一些下作的客人时,灿烂的微笑丝毫不减,但却坚持着自己的原则:不背弃自己对已故丈夫立下的誓言,绝不再以身相许给任何男人,所以在那些每每以异样眼神或非分要求骚扰惠子的男客面前,惠子的行止,会被臭男人们解读为"欲迎还拒",而在酒吧的其他姑娘眼中,惠子的誓言,也成为比较另类和看不懂的故事。一个女人把自己的爱情,尘封在已故丈夫的骨灰坛上,本身就是不谙风情的表现,与流莺出没的欢场气氛又岂能合拍共鸣?

现实生活中,能够适时抓住机遇的"聪明人"可谓比比皆是,大阪来的老富翁,怀揣着大把的现钱来找惠子,表示可以资助其开张新的酒吧,可惠子就是固执地坚守自己心中的城堡,以身相许就可以换得当新开酒吧老板娘的机会,被这位固守清白的女性坚决地拒绝了。但身边的年轻姑娘,哪怕是对烹饪煮食都一窍不通的吧女,却能敏捷地逮住这个稍纵即逝的机会,硬是用淫声浪语和娴熟的职业身段,将此获为己有。不同女性的品质之高下,经由成濑巳喜男的妙手指引,已经让观众得到最为直观的感受。

来自家人的伤害,是惠子感到特别难受的,从她对其哥哥的生硬话语中,也不难让人感到个中的疲惫和酸楚。家人只有无穷无尽的索取,却鲜有血浓于水的温情表示,惠子面对亲人,才会放下所有不必要的假面,无须像对客人那样强颜欢笑,只需大声说出心中的烦闷与感受。看着那在楼梯下偷听惠子对话的那位兄长,包括他那嗫嚅着向妹妹讨钱索取的猥琐样子,不禁想到"可怜之人必有可恨之处"的古训。如此的场面,在我们日常的生活中不是同样可以撞见的吗?成濑巳喜男的作品,于此也显现了其浓郁的生活味。不经意间,观众似乎从惠子和家人那"剪不断理还乱"的关系中,看到很多似曾相识的场景。很多时候,我们自己和家人亲友间的联系纽带、表达话语的方式、至亲间索取与给予的关系,不也是演绎着同样的画面吗?

惠子爱情誓言的打破与否,成为《女》片展开后令观众产生的最大悬念。惠子生病时候前来嘘寒问暖的胖子,一度让惠子心生涟漪,想到自己后半生可以托付给有轿车(那个时代有地位有钱者的象征)的胖子,原先那个对誓言矢志不渝的惠子,似乎变得有些俗气了:"您开车的技术不错呢。"(我看的片子是英文字幕,所以凭印象似乎是这样)一番赞语,差点将惠子的形象打回到那对大阪老富翁投怀送抱的姑娘同类之原形。不过,这也是人之常情,能够做个工厂主的夫人,在当时的日本,显然也是人所称羡的社会身份。此处说明了这样一个非常简单的道理:未能免俗,却道有情。只不过命运给惠子开了一个近乎残酷的大玩笑:原来胖子的车是借来的,所谓的企业家,只是骗子而已。

女子的弱点就在于爱起人来会一往情深,是故有句俗语,叫作"痴情女子负心汉",对爱情的表白,本来是相爱中的男女之大防和大忌,过于直白,会被等同于廉价的话语,底牌早早地翻出,谁还会在乎你一星半点? 被骗后的惠子在伤心喝酒时,当目光深邃、清瘦狡黠的银行家映入自己的眼帘,半醉半醒的惠子一下子就像决堤溃坝了的江河,向自己一直真正爱慕着的银行家倾诉了全部苦衷,而且借着酒精的作用,两人最终做下了伊甸园中人类始祖就进行过的苟且之事。巫山云雨过后,惠子虽然梨花带雨一般地为自己违背了对亡夫的誓言而淌泪,但"我爱你"三个字却毫不犹豫地脱口而出,那在爱情上充其量只能算是伪君子的银行家,彼时却不无尴尬地说自己明天就要去大阪任职! 况且他也没有勇气离开家室和惠子另结连理。在留下十万元的股票后,银行家匆匆离去。而原来一直恋慕惠子的年轻酒吧经理(此君后来在日本彩色影片《金环蚀》中有上佳表演,那冷峻的面容依旧不改黑白片中的酷范儿),本来敬重的是惠子的清白,爱慕的是她的丽质,但在得知心仪之人已经名花有主,放弃了誓言,并和银行家有染后,男性的嫉妒让他出手掴佳人,又愤而离开酒吧。至此,惠子身边那拨追求她的男人们走得精光光!

女性的尊严,并没有在这里宣告终结。爱情的表白和行动没有取得预想的那样美满结果后,成濑巳喜男让和高峰秀子扮演的惠子一样不无失落的观众们重新找回做人的自尊和自爱。惠子站在将要开的火车车窗前,向满怀疑窦的银行家妻子送上给对方孩子的礼物,同时将银行家留下的股票"完璧归赵"地一并呈上! 看到那面对妻子审视的眼神,流露出亏欠神色,且不敢去看那前一个晚上还在和自己共度良宵的美丽倩影的银行家,在火车即将启动的刹那,在一干送行同事们好奇眼光的逼视下,在惠子温柔却有着无言的谴责的举止中,所表现出来的那种"煎熬",这种视觉上的满足和多少有些报复性的快感,实在是对观众心理上的一种最大的补偿。

这个世界就分两种人

当然,成濑的神来之笔,还没有因前往关西的火车远行而止住。惠子在影片结尾处再度露面,重新步上她曾经在影片开始时表示非常憎恨的"楼梯"。身穿和服的惠子依旧那样靓丽,还是那般光可鉴人,用最灿烂的阳光笑容,欢迎着前来酒吧寻欢的客人。生活还得继续,只是惠子不再是从前的那个惠子了。尽管如此,谁又能不对这样美丽可爱,且又十分坚强而有鲜明个性的女性,表示最大的敬意呢?这正是:

柔弱胜刚强,
弱者败硬人。
胜败乃常事,
刚硬常须断,
强人事断肠。

于 2008 年 12 月 15 日 18 时 30 分

后记:

我看这部电影,乃是受了社科院欧亚所(已被撤销)青年才女盛文沁(现在新成立的世界中国学所就职)的影响,她力荐此片,在看了该电影及拜读了她写的影评文章后,我也效颦一把。在微信私聊上,我还说起自己看日本黑白片是受其启蒙,孰料她回答说,已经没空看影片了。看来,还是我这个闲散人"闲暇散淡"的节奏舒服。下面附上盛文沁的观感文章,以飨读者。按照我以前执教过的学霸学生毛蔚女士(也是文青一枚)的说法,盛文要棒得多!我本人也认可这样的看法。技不如人,所以,兄弟还要努力干活(这句话的语气,是从津门学者金纲那里学来的)。

2016 年 6 月 17 日上午 8 时 35 分

附:

凛凛之姿——《女人步上楼梯时》

盛文沁

又是一部成濑的女性电影,讲述一个酒吧妈妈桑惠子的故事。风格一如以往,温润美好的女人,隐而不发的情愫,还有悲哀中的坚韧。

导演没有绘出"我如此过了一生"的图景,而是白描了她的一段日常生活。不算年轻了,一个在银座酒吧里讨生活的妈妈桑,还是寡妇,怎么看都是同情的;可周围的人,利用她的多过爱护。酒吧生意清淡,不得不强颜欢笑,应酬下作的客人,还要巧妙推拒非分的要求;想开自己的酒吧,却坚决不愿顺从大阪的老富翁,以身体换得金钱。结果手下的姑娘眼尖心活,一摇身开了新酒吧;照顾哥哥一家的生活,已觉吃力,却得不到他们的温情,哥哥还要以断绝关系来压榨最后一笔。即便是最关心她的年轻的酒吧经理,也有残忍冷酷的一面。当相识的另一家酒吧妈妈桑不堪债务自杀后,债主到她这里消遣,惠子怒极,经理却强要她去应酬。

爱情,只让人生增添了更多的狗血情节罢了。胖子通常都是好人,在她生病时,那个胖子厂长关怀备至;于是放下心来,预备托付良人。只是,胖子看上去都像是好人,原来不过是个惯骗。可气?可笑?哭不出来。伤心喝酒,半醉时向一直爱慕着的银行家倾诉,一晌贪欢。醒来后为违背了对亡夫的誓言流泪,可是生活的不测刚起头而已。鼓起勇气告诉对方,我爱你,银行家只能尴尬地回应:明天就要去大阪任职,也没有勇气拆散家庭。留下十万元股票离去。暗涌接踵而至。一直恋慕她的酒吧经理得知她名节不保后,也弃她而去。真心也罢,虚情也好,至少原先还是有些可依靠的人在,现在只余孑然一身。

好电影总有一个千钧之力的结尾,"图穷而匕见"。她去车站,送还银行家给的股票,还不忘给他的孩子一份礼物。我喜欢这样的有尊严,爱意像水一样干净透明;而分开时,能斩断任何依赖。在这样的自尊和爱意面前,那个"吹皱一池春水",用钱了事的人只能眼神飘忽,丧失了对视的勇气。

我喜欢这样,温柔而决然。

穿过华灯下的街市,再次步上酒吧的楼梯,已不是影片开头处的缓慢犹豫,和服下的步伐快速坚定。至酒吧,笑容明媚,仿如春雪初霁。

我喜欢这样的坚强,不是那种硬邦邦,紧绷绷的,剑拔弩张的坚强,是不乏女人味的,虽柔弱毕现,却终收拾起勇气,以温柔包围苦难的坚强。

有原则,有底线,洁身自好,这些不流俗的品质常常使我们更加不易,何况一个风尘场所的妈妈桑呢!然而,正是这种有所不为,在这种有所不为带来的更艰难的生活里,人性的高贵熠熠生辉。即使拾起勇气,大概还是被生活折磨着,外在毫无解脱的可能,可这样的坚强,内里已是焕然。命运大手揉搓,仍不随波逐流,这般凛凛之姿!

别开历史的玩笑

上海电视台曾经接连播放过两部描述20世纪30年代大上海经历的电视剧,即由冯远征、萧蔷等参与的《滴血玫瑰》(为行文方便,以下以"《滴》剧"称呼)和由孙红雷、寇世勋担纲的《刀锋,1937》(以下简称"《刀》剧")。两部电视剧述说的都是上海遭逢的历史事件,而且都与日本的侵华事件相关。前者讲的是1932年"一·二八"事变后在所谓的"天长节"(其时为日本天皇裕仁的诞生日),即该年4月29日发生的"虹口公园爆炸案";后者说的是1937年"八一三"事变前夕在沪上发生的重大事件。按理说,在中日历史冲突事件多次被挖掘为电视剧题材的当下,作为这些电视剧的编导人员,想来不会冒历史之大不韪,去异想天开地胡乱编造历史,适当地作文学上的杜撰,为剧本情节的发展做必要的铺垫,本无大碍,也是合乎情理的,但若是在众所周知的历史常识上开刀,将人们十分熟悉的历史事实当作可以随便乱捏的面团,不啻对中华民族和亚洲其他民族如朝鲜共同抗日斗争史实的亵渎,也是对广大观众智商的藐视。

无独有偶,上述两部历史剧都分别有大陆和台湾两地的大牌演员加盟,如《滴》剧中的女主角苏雪由号称"台湾第一美人"的萧蔷出演,而《刀》剧则由台湾实力派明星寇世勋扮演黑帮老大庞德,他曾以《橘子红了》中的出色表演,在新加坡第七届亚洲电视节上荣登过影帝的宝座。在这两位极具个人演技魅力的大腕所带来的光环照耀下,观众可能一时会晕眩到难以辨清这两部连续剧中多处对历史的极大篡改,但随着故事情节的不断演绎和推进,其内容的荒谬也在荧屏上愈加暴露出来。笔者以为,一些重要史实被创作人员如此不负责任地加以捏造,实在是太不应该。这里姑且撷取其中一些实例,以证明本人所言并非空穴来风,未必无因;再者,倘若以上二剧,如真有多家媒介所介绍的那样具有口碑载道的效果,那通过本文列举的那些过于明显的瑕疵,也可达到"奇文共欣赏,疑义相与析"的目的。

实例一:时间上的明显错位。《滴》剧上乱装榫头地硬把1932年发生的虹口大爆炸案和1937年日军发动七七事变即全面开始侵华战争的时间混淆在一起,剧中人物也说过日军即将大规模进入中国的话,而该剧的故事梗概介绍更有"黑田等的死伤沉重打击了日军的嚣张气焰。但数月后,七七事变还是爆发了……"的可笑字眼。既当导演,又出任主要角色的冯远征,也不知从哪里得来的这股子忽悠时间的灵感,居然抬手间,就将整整五年的时间轻轻地给抹掉了。《刀》剧同样出格。照理说,上海的"八一三"事变是妇孺尽知的事实,继七七芦沟桥事变后不久,日寇又对上海展开进攻,自此,上海进入"孤岛时期"。"文革"中让人耳熟能详的样板戏《沙家浜》中,沙老太就有一段著名的唱词:"八一三,日寇在上海打了仗,江南国土都沦丧,尸骨成山。"因此,但凡国人,大多知道抗日战争初期发生在上海的这个重大历史事件的时间节点,作为《刀》剧的故事发生背景,既然剧中正反方人物都频频提到还有一周日军就要进攻上海或日军正打算侵入上海之类的话语,何以剧中所有的人物都像在三九寒冬那样,要大衣围巾紧裹身体,说话间口中热气连连?难道1937年的8月上旬,上海的气候如此反常?似乎历史上并没有这样奇怪的气象记载啊。

实例二:人物上的张冠李戴。《滴》剧中被刺杀的对象是当时日本侵华军司令长官白川义则大将,可该剧偏偏要将其改为"黑田大将",如果说历史上的普通人物被篡改加工尚无关系,那么,把这样一个重要的侵略军头目的名字作如此的"黑白"颠倒,本身也是不尊重韩国志士义举的表现。更有甚者,或许是追求情节紧张刺激的效果,历史上为中、韩两国民众所敬重的韩国英雄尹奉吉,在该剧中竟也摇身一变为潜伏在日本宪兵队伍中的少佐"结成京",且不说如此怪异的易名术有多么荒唐,要是该剧也像韩国著名历史剧《大长今》那样到海外播映,相信朝鲜半岛都要"皆瞠睛"(作全体瞠目结舌瞪大眼睛状)或"皆成惊"了。直到今天，在鲁迅公园（即当年的虹口公园）内还有专门纪念尹奉吉的处所——梅园，是绝大多数韩国游客必去瞻仰之地，试想把他们崇拜的壮士更改身份，用其他姓名及如此伪造的历史加以替代，他们怎么不会瞠目结舌或惊诧愤怒呢？《刀》剧在这方面同样离谱。旧上海是闻人大亨的天下，当时所谓"海上十闻人"中，有虞洽卿、傅筱庵、闻兰亭、王晓籁、袁履登、黄楚九、万墨林等人，其中名头最响亮者莫过于"三大亨"黄金荣、杜月笙和张啸林，这三个在青帮里虽分别属于"通""悟"字辈，但较"大"字辈的张镜湖之流而言，反而后来居上，尤以"小孟尝"杜月笙最为厉害。其人讲究吃好体面、场面、情面"三碗面"，在上海滩最为兜得转，故此说，有点年纪的上海人对这些闻人大亨的事情烂熟于胸也不为过。如今《刀》剧却移花接木地把沪上家喻户晓的大亨名号，用杜撰出来的什么"上海滩上的十三位老大"替代，实在不符合旧上海的帮会历史，更不符合情理与常识，除了可以骗哄那些不知道上海基本乡土知识的新新人类或其他省市的观众外，这样来愚弄知根知底的上海市民，确实太过分了。

　　实例三：史实上的荒诞无稽。《滴》剧将虹口公园的露天地点改成室内大厅，单独由金九及尹奉吉等韩人策划并实施的秘密行动，被改成中、韩两国的联合行动，还添加了刺客的嫡亲妹妹、上海滩上所谓的"十大名少"贺云翔、三六九钟表店的侏儒老板，以及警察局局长和干练的探长、当红歌女等一大堆中国人，故事也愈编愈玄乎，编导的想象力之丰富，实可用"莫名其妙"来加以形容了。至于《刀》剧，在构思的荒诞和对历史真实的背叛上，与《滴》剧可谓难分轩轾。诸如黑帮老大之间许多摆谱斗法、吃讲茶的场面；卧薪尝胆的庞德靠着三两个跟班复旧仇；郑树森凭着由四个男人、一个姑娘、一个孩子、一个瞎子共8个人组成的实力如此孱弱不堪的"棺材帮"，却硬是在上海滩活生生地杀出一条血路，成为人见人怕的混世魔王；还有庞、郑、虞三人间的恩怨情仇等，也杜撰得令人匪夷所思。如果只是刻意演绎这些曲折离奇的"故事"，倒也可以把它们视为戏说旧上海的新天方夜谭，但编导还偏要将该剧拔升到民族大义的高度上，给庞德和郑树森这两位虚拟杜撰的"英雄"人物来一个最后的壮烈场面谢幕：两位穿着大衣（！）的老大，在1937年

8月13日(编导人员倒也没有改动日期)这样一个大暑天里,以桥头沙包堆为掩护,孤身奋力抗敌,然后喊着口号,拿着拧开保险盖的手榴弹冲向日本侵略军。看完这近乎滑稽荒诞的一幕,我却一点激动不起来,有的只是被激怒的感受。按照《刀》剧编导的编造,"八一三"事变爆发后,以谢晋元团长为代表的国军将士,特别是守卫四行仓库的八百壮士都不见影踪了,全上海只有两个子虚乌有的穿着黑色冬大衣的"老大"在那里拼命,这样的描述,难道不是在对历史开最大的玩笑吗?对曾经为保卫"大上海"英勇捐躯的中国军人的英灵来说,岂不是一次无情的"大伤害"?

时下流行戏说历史,拿着上佳的历史题材作浇头,然后油盐酱醋地胡乱炮制一番来编造剧情者大有人在。但若是在事关重大的历史题材上"假作真时真亦假"地不担负任何责任,最终是会贻笑大方的。笔者觉得像由王安忆撰写原著,蒋丽萍编剧,丁黑导演的电视连续剧《长恨歌》,倒是一部相当优秀的真实反映上海风情的历史剧。这与该剧在拍摄前做足功课不无关系,所以在细节上也十分真实,让人感受到浓郁的上海风味。据丁黑说,当初有关部门在审核该剧时没有通过,后在"文革"部分作了相应改动。近来有报道说,今后电视剧的审核将予以取消,但对重大题材还是需要审核云云。窃以为,本文提到的《滴》《刀》两部历史剧,就应当属于严格审核的一类,可如此"忽悠"历史,伤害上海真实面貌的两部历史剧,却能从审核人员的眼皮底下轻松混过而得以正式播映,且有不少为之捧场的报道,实在让人感到遗憾。不知道这样的剧作算不算存心兜售"历史虚无主义"?你们信不信,反正我信了。

点点冯小刚的"死穴"

2002年马年的春节晚会刚落下帷幕,曾经在喜剧艺术领域执牛耳的相声演员们,被大多数观众的贬斥声搅得方寸大乱,而那几个在"除夕"的舞台"出席"亮相的著名大师,表现得也真没几分"出息",抖出来的活已经无法让人叫绝,明显是"姜"郎才尽的气势,只好从现成网络中抓点旧米来下饭。还有的虽说吆喝得嗓子带毛,而且以群口相声表演所谓的"颂马",但也因为就马论马地转悠,只在"马"字上做文章,思路当然开拓不到哪里去。结果就是:虽说望上去,有着相声渊源的"侯"门深似海,但府(腹)中却是空空如也,其内容失之于太浅薄。除了相声外,向来很火的小品也有了明显的危机感。据有关报道称,过去曾经以《吃面条》在晚会上笑倒观众的一对搭档,也因过分热闹的旧招而被人认为"廉颇老矣",彩排中掌声稀疏,最后连马年的晚会都没能挤入。难道说,目前的喜剧艺术真的已经走到羊肠小道,只剩下"赵大叔"在卖掉手推车后再抬着"担架"(据说已经列为明年的创意)独自前行?那也不见得。有支老歌唱得好:"东方不亮西方亮,黑了南方有北方。"春节晚会舞台上并没亮相的喜剧高人还是有,拍了好几部贺岁喜剧片的著名导演冯小刚不就是一个在开拓中国喜剧风格大路上"一马当先",甚至比马还多两点的成功者吗?

近年来一直很牛的冯小刚曾经放出话来,说他新上映的贺岁片《大腕》欢迎众人点其"死穴"。在没看过此片之前,笔者尚无法表示自己的意见,但心里就是痒痒的,憋着一股劲,很想按照当年少不更事的小郭靖那样,用手指一下子就点到被其未来的泰山黄老邪逐出门庭的陈玄风死穴上,也叫咱们冯导的肚脐眼被戳得哇哇乱叫,明年再也不向观众奉献总是千篇一律使用"哥诱"（葛优）的所谓贺岁片。说句心里话，当时我就在想，这种不变的格式，如同007邦德片英雄加美人的套路，本身就是一个现成的大"死穴"。等到春节时看了《大腕》后，看着葛优那不温不火的冷面滑稽，这个感受还是不变，即冯小刚的"葛式幽默"该考虑换招了。

有的媒体评论也曾反映，冯导的"喝水片"（贺岁片）已经成了泡淡的茶水，没味了。如今，观众的品位在不断地更换，导演的招式和他那始终让葛优出镜的思路却依然故我，这不明摆着在自个的身上多开凿几个致死的命门吗？事实上，人家英国的007还从康纳利之后，到罗杰·摩尔，以及现在的皮尔斯·布鲁斯南，中间换了好几个大牌演员呢。再进一步讲，更换男主角还只是一种治标的法子，总是靠那么几个京油子耍贫，也会让看多了的观众起腻。个中的道理，就和打1979年后，中央电视台年年除夕夜推出的"春节文艺联欢晚会"一样，早让观众摸熟了表演的那些招式，无非是：唱歌跳舞闹哄哄，集体相声添恶心；穿插两段折子戏，小品压轴挑大梁。可以说，观众看得都麻木了。而今年春节晚会的反馈结果又一次残酷地应验了老牌歌星费翔的话："除夕夜里人人看，大年初一大家骂。"看来，只有不断地翻新变化出妙招，才能让观众从新颖的艺术形式和内容中获得开心的享受。

仍旧以《大腕》为例，据说在南方诸大城市，《大腕》的上座率就不如北方各地那么"火"。我倒有个想法，咱们的冯导，不如南下到沪上走一遭，向家住上海的"亚洲笑星"王汝刚之类的南方滑稽表演艺术家虚心求教，取取经。俗话说，外行看热闹，内行看门道。在搞笑方面，冯小刚和王汝刚完全可以互补。就看冯小刚肯不肯放下皇城根下大爷的做派，前来看"望"（王）汝刚等南方笑星了。

从最近的有关报道来看，咱们冯导结果还是南下，虽说没有前去《红茶坊》（上海电视新闻综合频道的滑稽栏目）向"王老板"的扮演者虚心求教，但还是依循了笔者指出的思路，到南方来开拓戏路。没看见他变装后，耍帅扮酷地当起"大侠"，让南方的"无厘头"星爷配合他先玩了一把搞笑广告，为以后"南北合作"地生产《天下无贼》奠定了基石吗？冯导真是个聪明人，这次竟将人气极旺的南方搞笑大师周星驰笼络住，嘴里露出东歪西倒的牙口,甜丝丝地"星驰""星驰"叫唤着,明眼人一看就知道他在为自己明年的影片票房收入"搞掂"在高兴呢。只是委屈了那位曾在冯导旗下立下汗马功劳的优子,因为有"无厘头"在场,可能会没戏的葛优只怕要"歌忧"叹愁了。不过,葛优自己可能还蒙在鼓里哪。

走南北互补的创作路子,无疑会为喜剧艺术开拓出一方新的天地来,这大概正是冯、周合作的意义所在。

完稿于2002年3月16日

电视剧的优劣之别

曾经看过以北京著名老字号中药铺同仁堂为素材编撰的电视连续剧《大宅门》，感到其总体水平之高，堪称近年来少见之力作。看《大宅门》，观众身上的血会发热，会为国人中有着像白二奶奶、白景琦那样有骨气的人物而感到自豪。好的历史故事剧不啻一本优秀的历史教科书，由于电视文艺本身的特点，较之普通的书本而言，它给民众的教育更加直观而形象，因此也就更容易被广大观众所接受。

当然，《大宅门》中也有不尽如人意之处，如白景琦的那个不争气的儿子白敬生，其名是景琦的父亲"白二爷"起的。连一般的百姓都知道给小辈取名得避讳，可他好，这么一个知书达理的悬壶行医大夫，平时还舞动笔墨，甚至常以自己身子来捂热砚台的人，居然给孙子取名中带个"敬"字，音近于"景"字，于理不通，有悖于常情！也许电视剧编剧一时想到的是"敬业""诚信"之类，忘了还有避讳这一茬了。

如果说在取名字上犯忌并无大碍，和剧情的展开矛盾不大，那么，根据剧中相关的历史背景，所出现的人物与实际情况对不上号，则是不小的纰漏。如主人公白景琦的妹妹出生于甲午战争，即中国惨败于日本的1894年（根据剧中角色的对白和时间背景可知），可转眼间没几年，就到了"庚子之难"（1900），老佛爷带着皇帝和一帮大臣西遁，当时白家也随驾西行至西安，这在此剧中是个重要的历史关节，有许多与家国有关的重大事件发生。再来看本该是五六岁的白家大小姐，在电视画面上出现的哪还是一个尚未发蒙的女童啊？活脱一个即将进入青春期的少女，人见人爱，还吵着要随白二奶奶去逛集市呢（白二奶奶当时要带白大爷的三个儿子去集市上见他们那隐匿于农村的父亲）。

这个世界就分两种人

话说回来,尽管《大宅门》里有上述纰漏,笔者仍然以为"一眚难掩其大德"。该剧在给观众带来的视觉感受和思索,以及"润物细无声"的爱国主义教育效果方面,都是相当成功的。反观那些也常在电视上露面的言情戏,如与《大宅门》做番比较,实有云泥之别。观后的感受真好像是从喜马拉雅山峰顶跌落至"绝情谷"谷底,其间的落差之大,难以言表。

以屡次在各家电视台播放的琼瑶作品《情深深雨蒙蒙》来说,尽管有当红明星的加盟,并衬以许多刻意渲染的热闹场面,但仍旧脱不了整体上格调不高的毛病,不少明显作假的痕迹更是倒人胃口。如剧中提到,在临近抗战前夕,一大群平日里表现得最为爱国的青年学子(包括三个《申报》记者和一帮大学生),为了帮助一个受爱情背叛之痛而发疯的姑娘李可云恢复对当年的记忆,竟举办什么"蒙古服装歌舞加篝火晚会",以便让可云回忆起陆尔豪当年和她接吻的情景,据说有助于治病。编剧杜撰这样一个篝火晚会,实在难同当时的历史事实相吻合,也与剧中要描述的那几位爱国青年的人物性格相抵牾。众所周知,在国难当头之际,爱国学生是社会上冲杀在最前线的生力军,如果仅仅是三两个人为某个姑娘搞个派对还情有可原,让一大帮热血青年不是投入当时社会上如火如荼的抵制日货和爱国宣传运动,而是莫名其妙地跟着何书桓、杜飞、陆尔豪等人,去"跑龙套"地装扮蒙古族跳舞,真是滑天下之大稽,当时沪上难道会发生这样可笑的与时代和形势脱节的"大型篝火晚会"吗?而且所谓的《申报》"三剑客"整日里放下手中工作不干,眼里不看国家的兴亡大事,嘴上说的都是儿女情长,可能吗?该电视剧中还有让旧人说新词或做近些年国际流行的"身体语言",例如李可云在钓鱼成功后用食指和中指做现代青年喜做的 yeah 之姿势,更让人感到造作和可笑。这样的作秀(SHOW)和抛姿(POSE),最好少来为妙。

我以为,与其多次在节假期间安排播映根据琼瑶言情作品《烟雨蒙蒙》改编的电视剧《情深深雨蒙蒙》(如 2001 年国庆节由中央电视一台、2002 年春节在上海文艺频道晚上黄金档播映),不如多放映一些类似《大宅门》这样的优秀作品,后者对广大青少年的教育效果远非前者所能比拟,为何我们电视台的有关领导就看不到其间的优劣之别呢?

定稿于 2002 年 2 月 13 日 12 时 37 分

电视连续剧《李卫当官》之观感

曾经热播于各地的电视连续剧《李卫当官》，虽说仍然是一部拖着"大辫子"的清朝戏，其主角也确实有历史上的真人原型，但剧情却并不枯燥乏味，整部戏跌宕起伏，一波三折，倒也颇有几分看头。

该剧以康熙朝末年诸子争位为背景。西北的战局和两淮的盐税是命系朝廷安危的两大重要政事，作为四王爷胤禛的心腹李卫，被派到江南建功立业，说白了，就是为其主子雍亲王在地方上张罗，尽量多收缴朝廷西北用兵所急需的银两，而李卫的"抓手"，就是从增加盐税的收入上动脑筋。他不惜装扮太医，跑去为装病的盐帮老帮主号脉看病；为了和八王爷即廉亲王胤禩派来的官员闵靖元抢功，以及与狡诈奸猾的盐商和徇私枉法的贪官斗法，李卫甚至不顾自己扬州太守的朝廷命官身份，竟拜盐帮的老帮主为师，加入该帮，俨然一副未来新帮主的架势。由于撰写本文时，李卫的故事还没全部播完，我不知道编导创作人员驾驭的这辆"历史故事无轨电车"会开往何方，也就无从揣测这部戏的主角李卫在可能拍摄的续集中会如何发展。

其实，我们看现代人编写的古装戏，完全没必要替那个并不存在的"虚假古人"担忧。因为真实的李卫从历史书记载来看，实在和如今被编导大大美化了的并由新近人气挺旺的喜剧演员徐峥饰演的"李卫"相去甚远。根据前清遗老赵尔巽主持编撰的《清史稿》，李卫是江南铜山（今江苏徐州市铜山县）人，1686年生，1738年卒。他在康熙朝末年开始走上仕途，雍正上台后，他成了皇帝的心腹，是始终得宠的封疆大吏。

《李卫当官》中的纰漏可以说俯拾皆是，诸如康熙的第八子胤禩也是在雍亲王胤禛登基之后，即康熙死后的第二月才封的廉亲王，而不是

这个世界就分两种人

像剧中所称的那样,已经被手下口口声声地称为廉亲王了。在康熙末年,所谓的"八爷"还只是贝勒爷,按照清初官制,皇太极崇德元年(1636)定封爵时,置贝勒于亲王、郡王之下,在等级制度森严的传统社会,封号能反映其人地位受尊崇的程度和享受的政治待遇,因而电视剧中出现的皇八子胤禩,根据时代背景,还真不能被人叫作"廉亲王"。

类似性质而情况又相反的例子在康熙末年已经担任四川总督的年羹尧身上也存在。这位大名鼎鼎的年大将军,康熙三十九年(1700)中进士,一路仕途顺利,到康熙四十八年(1709)时,已经是四川巡抚。巡抚是总揽一省政务、军事、刑狱的最高长官,虽在地位上略次于总督,但名义上仍属平行。到康熙五十七年(1718),做到四川总督,这期间他一直在处理松潘军务,并配合入藏各军平定乱事。康熙帝在位61年间,同名同姓的大官的确有,而且两人都做到直隶巡抚,名字都叫于成龙,但两人相差21岁,为官的品行也是一邪一正。可整个清代大官叫年羹尧的却只有一个,应该分身无术,真实的年羹尧不会如该电视剧编导所描写的,在同时期弃四川军情政务而不顾,东来扬州之地,且以小小的参将身份(清代受总督或巡抚节制的各级武官递次为提督、总兵、副将、参将、游击、都司、守备、千总、把总,参将要比总督低好几级)来插手偷运私盐之事,并好不容易才升到总兵,这实在是委屈了历史上的年大总督。

除了封号和官职上的前后颠倒外,死人和活人计较斗法的事情在《李卫当官》的前十多集中也有,那就是剧中安排李卫到告老还乡的阁老高士奇家乡"苏阳县"(高实为浙江钱塘人)当县令,为修海塘而得罪了故吏门生遍布天下的高相爷。比康熙大10岁的高士奇为詹事府少詹事,官位也就三四品,只是他在权力高度集中的"南书房"当值,等于康熙帝的秘书,而且圣恩甚宠,又是让皇帝"始知学问门径"(康熙语)的师傅,从这个意义上讲,将高氏目为"相爷",也不为过。可高士奇在康熙四十二年(1703)去世,那时历史上的李卫还只有17岁,连弱冠之龄都差了3年,还不可能出道,及至他在官场上开始崭露头角,那也是康熙朝末年的事情。史称他在捐资做了员外郎后,先补兵部。到康熙五十八年(1719),33岁的李卫当了户部郎中,成为雍亲王的心腹,也应在此时。而胤禛被封为雍亲王,是在康熙四十八年,其时李卫23岁,而高士奇已死去6年了。编导杜撰了高、李两人的矛盾冲突,以此来彰显后者初生牛犊不畏虎的莽撞和为了百姓敢斗权贵的性格,也趁机给后来的剧情发展做了铺垫。有了此番的小试牛刀,并扛得一柄"万民伞",才会有后来官升扬州知府并大斗奸猾盐商及受贿官员的剧情。但据此就不惜让活人和死者较劲,未免荒唐了些。

  我总觉得,为了硬捧一位"清官大老爷",不惜生造历史,胡乱编排历史情节,似乎真应了20世纪中国大学者胡适先生曾为学人所诟病的那种说法,即历史好似一个十来岁的乖女孩,你爱怎么打扮她,就可以怎样打扮她。我想胡适也不过是说说而已,其人做学问的态度还是十分严谨的,他的一部《中国哲学史》之所以只完成上册,据说就是因对佛教哲学尚未吃透而中辍,果真像其所言可以随意写就历史的话,胡适也不会就这样搁下笔了。现在我们一些历史剧的编创人员的思想实在够"大胆"够"解放"的,也真敢"编造"和"创新"。如某位编剧所言,如"捏面团"!他们似乎是在正儿八经地写历史剧,但内容却是在和历史开大玩笑。诸如死人和活人发生矛盾冲突的事情,即便加上任何"有意义、剧情曲折"的内容,也只能因其实质的荒诞而失去说服力。当然,作为纯文艺片来观赏,还是有其可看性,但又何必去套用真实人物的名字,反而弄巧成拙呢?想来《李卫当官》的编创人员把该剧作为反映清朝隆盛时期帝王故事的姊妹或配套片来拍,因而《雍正王朝》中的一拨人马连演员都是原班人马,对号入座,从目前的剧情内容来看,甚至可以将两个电视剧嫁接在一起,无非是四皇子和八皇子弟兄间的争斗在皇城外的继续演绎而已。

  此外,我还从《李卫当官》的几十集剧中所发散的信息中感受到,编导创作人员的"清官情结"过于强烈。整治官场的厚黑现象,显然不是靠一两个,甚至是一批"清官"所能办到的。真实的历史表明,明朝不"明",清朝不"清",中国专制社会在走到最后几百年发展历程中所暴露的长期积弊,绝非通过"人治"就可以清除,做如此想,未免天真。如果编导在刻画勾勒李卫当官轨迹时,用尊重历史的态度,对这个雍正皇帝三大心腹之一中的汉人(鄂尔泰是满洲镶蓝旗人、田文镜是汉军正黄旗人)如何在官场上如鱼得水,怎样成为政坛上权势熏天的封疆大吏的历史做番深入的探讨,也许更符合该剧的剧名。事实上,李卫除了在当官任上有"治盗"的实绩,即对巩固清政府对地方的统治秩序有功外,他本人说到底也只不过是雍正的忠实鹰犬,其为人也不是现在电视剧中借那位智多星人物任南坡之口所说的:"李卫看似一身邪气,骨子里却很正。"根据史书记载,因皇帝眷遇至厚,李卫恃宠放纵,平时不加检点,连雍正有时都要为此指斥他。乾隆即位后三年,李卫病死。以后清高宗(乾隆帝)南巡到杭州,见西湖花神庙里有李卫的自塑神像及其妻妾,还有所谓"湖山神位"的称号,大动肝火。按乾隆的说法,李卫是"仰借皇考(指雍正帝)恩眷,任性骄纵,初非公正纯臣,托名立庙,甚为可异"。在乾隆皇帝的命令下,手下人撤去李卫的自塑像,并加以销毁。李卫生前为人的邪正究竟如何,其人是否有私心和野心,由此事也可得窥一斑。

定稿于 2002 年 3 月 12 日 12 时 20 分

浮生如梦无浪漫

——《罗曼蒂克消亡史》观感

丙申年岁末,2016 年 12 月 22 日,正是冬至后漫漫冬夜开始的日子,去上海的曲阳影都看了网上一直有人提到的据说是"给未来一个世纪的人观看的"新作《罗曼蒂克消亡史》(观众评分为 7.8 分)。看片名,英文名字是 The Wasted Time,直译是"被浪费了的时光",有译作"浮生如梦"的,其实按照英文将其写作"虚掷时光"亦无不可。在看完本片后,我紧接着在次日就去同一家影院看了观众打分更高的美国大片《血战钢锯岭》,尽管公众舆论给了根据真人真事编写的后者以 9.4 分的高大上评价,但不知为何萦绕于我大脑且挥之不去的电影观感,却还是那有着别样重口味的前者。虽说我也很嘉许与首肯那美国大片传递的价值观,可个人感受强烈的印象,还是前者那有着浓厚上海滩情节,且由中日演员们合作演绎的虚拟故事。

网上对 2016 年的这部片子所做的评论中不乏尖刻犀利者,如有网名"木卫二"者如是写道:"不见罗曼,只有迪克。如此大制作,却用来满足导演的怪癖、恶趣味和迷影情怀了。"的确,看了这部电影后,回想起放映期间观众压抑不住的笑声,往往就与银幕上演员们言语和行止中过于凸显的"迪克"(dick)相关。诸如取笑处男的童子鸡比喻,直接鄙夷面对面站着的一排日本兵的口吻:"他们都是小鸡鸡。"包括下面还要提到的男女多次做爱场景,这种肢体语言,都和"罗曼"无甚关系,却是赤裸裸的"迪克"在行动。

《罗曼蒂克消亡史》的故事情节很简单,按照我个人的理解,似乎由两条主线、一条辅线交织而成。黑帮老大的年轻妻子(章子怡扮演)有出轨之嫌，为了面子，当然要"乃伊做特"（把她杀掉），但同是黑道大佬、其实原型就是杜月笙的陆先生（葛优扮演）暧昧难言的心理起了作用，替她求情后，由其日本籍却能讲一口流利上海话的妹夫（日本演员浅野忠信扮演）去执行送章子怡离沪北上的任务。可在路上，陆的妹夫见色心起，打死了随行的两个帮会喽啰后，回沪后就将章子怡作为性奴幽禁于暗室，时不时地用不同体位来满足自己的淫欲。上文提到的片中男女多次做爱，就是导演程耳此次作品中的"吸睛"桥段，"国际章"在表演上也拿捏得非常到位，虽有博取眼球之嫌，若不论尺度，单就其通过面部表情表现出来的敬业精神，并不亚于《色戒》中汤唯同样尽力的用那青春胴体进行的表演。

　　浅野忠信的角色，是扮演日本军部长期安插在上海黑社会中的特务，他以一口流利娴熟的上海话，让观众在一开始还真有点受蛊惑于其对大上海的"热爱"表白上。表面上他对陆先生的妹妹，即自己的中国妻子很亲热，对两个混血男孩更是由衷挚爱，前者有装的成分，后者却不掺假。浅野忠信制止别的日本人枪杀陆先生，只是为了让内兄可以照顾自己的两个亲生孩子，其舐犊之心于此表现得可谓淋漓尽致。最后在陆先生和跟班打手（杜淳扮演）于"二战"结束后，带着两个长大了的外甥到美军管制下的战俘营来清算历史旧账时，在日本籍妹夫尽情讥讽中国人的心肠软下不了手之际，其长子已被"车夫"杜淳当其面一枪毙命。这个家伙因为要保存尚未被打死的幼子性命，才答应签署文件，走出战俘营，从而让随陆先生一行前来的"黑帮老大的女人"章子怡得以开枪报了仇，否则，身在战俘营享受着美国大兵的保护，陆先生和尚未罹患斯德哥尔摩症的性奴，是无法报此家国情仇的。

　　另一条主线讲的自然就是陆先生了，其原型是当年"蛐蟮修成龙"的小孟尝杜月笙。在上海滩呼风唤雨，何等威风，悟字辈的他，所拥有的社会地位和影响，远在许多"大"字辈和"通"字辈的黑道闻人之上，连"空子"出身的麻皮黄金荣（就是影片中那个神情木讷，由面部肌肉一直抽动很少的倪大红出演的黑帮老大之原型），其实也相形见绌。本片中仅仅通过对陆先生身边的一拨跟班一些血淋淋的活动，诸如斩断戴着手镯的女人手，放在匣中增加恐怖效果，以及活埋胆敢与其作对者，包括帮会入门不久的小弟用铁锹在活埋人前狠狠地再劈头盖脸地猛砸之镜头,就入木三分地刻画了帮会狠角色的凶残。而长期在陆先生身边的女佣人王妈(闫妮扮演)不经意间流露的言行举止和神态等,那种"宰相门吏七品官"的优越感,即对自己是帮会大佬家中倚重的生活管家那种分寸,拿捏得相当精准。这些都从不同的角度,衬托出一个在上海滩能十分"兜得转"的黑帮大佬形象。即便在日本人枪杀他未遂,必须急促离开的当口,葛优演的陆先生还是显得那样淡定自如,毫无半点慌张神色。至于陆先生在对待女明星吴小姐时,也和他对王先生的年轻女人章子怡一样,同样是含蓄暧昧的言语,黏黏糊糊地很潮很咸湿。影片中的电影明星吴小姐由长得并不太漂亮的袁泉扮演,此角色显然是影射当时大明星胡蝶。在沪语中,向来就是王、黄读音不分,吴、胡发音相同,所以黑帮老大就叫王先生(即暗指黄金荣黄先生),被那"戴先生"(即戴笠)喜欢的女明星胡蝶也自然以吴小姐作为代称。窃以为,陆先生对片中几个美女的情感,其实就是以杜月笙与京剧名优孟小冬的故事做铺陈的,一代黑帮大佬在爱情上痴迷女明星的情结,倒非空穴来风,如此演绎暧昧的情感,感觉与照实描述相比,似乎更可回味和有想象的空间。而陆先生最后无奈遁形香港的镜头,却多少有些画蛇添足的味道。

影片的一条辅线同样不失精彩,那就是章子怡、闫妮、钟欣桐、霍思燕、杜淳、袁泉等人分别扮演的黑帮老大的女人、女佣人王妈、曾帮陆先生脱鞋侍寝的黑道女子老五、用美貌娇柔来帮助帮会小弟破处的四马路妓女、车夫出身而杀人只当寻常事的黑帮杀手、被神龙见首不见尾的"戴先生"看上的明星吴小姐等,他们都是当下影视圈内腕儿不小、出道多年的名人,除了他们那笨嘴拙舌的僵硬上海话乏善可陈外,这些配角的神情、动作体态等,都还差强人意。

本片的历史镜头切换得有点乱,而刺杀张啸林的设计更是很离谱。谁都知道是杜月笙的门生林怀部刺杀了张啸林,而本片中那个与日本人沆瀣一气的黑帮"二哥"张先生(由当年曾跻身于奶油小生之列的马晓伟扮演)之死,被设计成在北站,先由钟欣桐扮演的五弟开枪打死其两个保镖,再刺杀张先生未果而被打死,然后由杜淳接着开枪打死张先生。感觉这段戏"很傻很天真"（阿娇在 2008 年"艳照门"时说过的名言）。

　　毋庸讳言，日本演员浅野忠信的出场，给这部电影加了不少分，这是一个亮点。浅野忠信坚毅的面部线条、诡诈加上玩世不恭的表情，对儿子们的真心喜爱和对性玩伴的近乎暴戾的肢体动作，既让中国人眼中的倭人形象变得更加阴险歹毒，也让本片的"蒂克"味浓郁有加。我觉得，本片两条主线相平行：葛优要演的是罗曼，这个真没有；浅野表现的是蒂克，这个可以有。若从这个角度讲，本片的片名，至少有一半是与内容相吻合的。

给精品电视剧挑挑刺

根据作家石钟山小说《父亲进城》所改编的 22 集电视连续剧《激情燃烧的岁月》（以下简称《激情》），在近来各地的电视台都挨着个儿地播放，大江南北连轴转地上映这台众人叫好的电视剧，本来就是一个罕见的文化现象。在观众的欣赏口味早就提高了好几个档次的今天，还没有哪部电视剧能够达到像当年 50 集《渴望》那样，把全国老百姓的胃口都吊足，哪怕是琼瑶大娘那没完没了、看似热闹的连台本戏《还珠格格》，也只是在少儿族和心理上长不大的所谓"新新人类"中占有市场而已。要说引起轰动效应的，除了根据金庸作品打造的几部武侠剧和由作家二月河的几部"王朝"小说改编的历史正剧之外，带有生活原汁风味的佳作精品，大概就首推 2001 年的《大宅门》和眼下热播的《激情》了。

本人还是在偶然的机会下，看到著名演员张丰毅对媒体记者提到他的前妻吕丽萍及其现在的丈夫孙海英，对前妻不置可否的他，却对后者的表演功力大加欣赏，并说孙海英这位中年演员炉火纯青的水平是长期生活的积累云云。这番话除了让我引起共鸣之外，还勾起我对已经开始被传媒炒热的《激情》观看的欲望。因为在我印象里，《笑傲江湖》中由孙海英扮演的色鬼田伯光那个色眼迷离、淫话连篇、大大咧咧的艺术形象已经很传神，让我感到十分好玩，如今由孙海英来扮演男一号的电视剧，肯定另有一番看头。

于是，我在国庆几天的休假期间，利用上海、重庆、江西、内蒙古几个不同地方电视台交错播放该剧的机会，前后颠倒地来个囫囵吞枣，基本上把《激情》看完，并在中央电视二台 10 月 5 日晚上的《精品赏析》节目中，随着《激情》剧组的部分制作人员和主持人、评论家一起，再次重温了其中的经典性镜头和听了一箩筐的赞语誉词。

　　说句大实话,我完全同意评论家给这部精品送上的所有好话,一点都不过分。特别是在眼下北京皇城内影视剧坛频刮辫子戏风,清朝故事愈说愈起劲,而上海荧屏则猛翻20世纪30年代旧黄历,娘娘腔的金童和娇滴滴的玉女层出不穷的恶性循环怪圈里,能够半路杀出这么一个充满革命英雄主义情结和满脑子蘑菇屯农民意识,吃饭都叫"造!造!造!",发怒了则会把老婆喊成"臊蛋娘们"的粗鲁、可爱复可笑的硬汉子石光荣,实在是让看惯了那些萎靡不振电视剧的观众们眼睛一亮。由罹患文化偏食症的京、沪为代表的影视制作者们所编导的东西,早让观众腻味了,如今这种原汁原味地源于生活,且又高于生活,经过编导人员精心打造的电视精品,以其细腻的人物心理描写和用不同岁月的激荡风云作背景烘托,加上演技实力派人士孙、吕夫妻档的"二人转"出色表演,当然会以大手笔的态势在全国观众面前博得响亮的喝彩。此外,我还发现除了石光荣这样的农民将军"雄起"一把,扭转当今萎靡风气是一个亮点,展示岁月的痕迹,让那熟悉的过眼烟云重新缭绕在观众面前,也是《激情》的另一大成功之处。怀旧情结,人皆有之。不惟如此,但凡看到那些将人的一生通过艺术手法闪回再现,总会深深地撼动人心。苏联的《乡村女教师》,以及反映同仁堂创办人家族成员生涯的《大宅门》,都在这方面与《激情》有着异曲同工之妙。

　　俗话说得好,金无足赤,人无完人。《激情》同样难免留下遗憾,这也是影视本身的艺术特征使然。诸如石晶在胡达凯的内蒙古长调抒情歌声中翩然起舞的不符合实际,褚琴的军衔太低不符合逻辑,已经是各种具有丰富生活经验和专业知识的评论家所指出的,也是制作人马建安等自己坦承的不足之处。据说有的遗憾花了5万元,通过电脑制作来加以补救,如最后国庆大游行时,石光荣胸前挂满军功勋章,背衬蓝天的镜头等。但我还是发现,众人都没有说到《激情》所存在的一个大遗憾,那就是对历史年代和历史事件的把握上,错误有好几个:

　　其一,石晶对骑兵部队的胡达凯苦恋了整整七年,有其在火车上相遇时的台词为证:"我从22岁等你到29岁。"而胡达凯本人则说他在上南疆战场前夕,曾给石晶打过电话。根据历史事实,我国的对越自卫反击战是在1979年初打响,那么,这一等,就应该等到1986年,而《激情》的结尾场景,是以建军57周年(1984)和中华人民共和国成立35周年(1984)为结束年代的。显然,台词的时间交代和剧情安排的具体年代对不上号。

其二,和上述同样的错误,在第十五集中也有。当时石晶和弟弟石海谈起胡达凯在上前线之前,曾经给过她一个电话:"有五年多了吧。"石晶的台词原文如此。那么,推算起来也该是1984年左右了。可事实上在剧中,当时姐弟俩的老爹石将军还穿着军装,尚未享受离休干部待遇呢。这离他赋闲居家的后六集生活岁月,至少还应有好几年的差距吧。何况以后还有石晶南下深圳一年的剧情安排。因此,我怎么"吱吧"着也不是滋味,好端端的这锅米饭在这里又夹生了一回,"造"起来滋味也就要差一截子了。

其三,石光荣本人曾和一个菜圃老农交谈,他告诉对方自己已经六十出头。可转眼间,石晶在学跆拳道时,父亲提出要与她过招比画一下,急得母亲褚琴大叫:"你父亲是七十好几的人了。"我就弄不懂了,怎么这个从花甲到古稀的年龄段就跨越得如此迅疾,以"白驹过隙"来形容,真是再贴切不过了。编导们既然在屋内的摆设背景和女主人公褚琴的毛衣等方面,从材料到式样,都细细考究,甚至还费心思去找出过时的嘎斯吉普车,来充作时代背景的道具,何以在牵涉到历史年代的台词把握上就掉以轻心呢?也许百密总有一疏,又偏巧让我这个喜欢在鸡蛋里挑骨头的人碰上,而本着呵护精品的出发点,还是憋不住让自己说了出来。

我以为,既然剧名与"岁月"相关,显然对历史时间的具体掌握,应该是起码的要求。年前观看《大宅门》时,我也曾在叫好之余,指出其中的历史年代与角色人物年龄上的不相吻合。如今,从东南西北的电视台节目来看,处处有"激情",天天在"燃烧",唯独"岁月"上出点纰漏,虽无碍大局,不影响剧情的铺垫,但对真正的精品而言,终为瑕疵,而这只要在台词录音上略加更动,想来不会耗费该剧制作方太多的人民币,不知这根"刺"挑得令该剧创作人员恼火不?希望听取谠言,喝下俺这一海碗的苦口良药吧。我不妨试着用蘑菇屯老乡请人进食的口气:"都是自家人,造!造!造!"

完稿于2002年10月6日15时

京、沪两地的"文化偏食症"

最近几年,向来被视为中国南北两大文化中心的北京和上海,都推出了不少反映历史的电视连续剧,其中不乏上乘佳作。但有一点,不知荧屏前面的观众注意到没有,那就是不管是北京,还是上海,两地电视剧编创人员的选材取向,都有着惊人的一致性:挖掘和自己所在城市相关的历史题材,将带着浓郁乡土文化气息的内容,直接表现在荧屏上,从而在给人们以视觉上享受之同时,还一并受到相关历史文化知识的教育。应该说,其本意和出发点实在是无可厚非。

喜欢在历史长河中徜徉的人们,经常会特别钟爱某一段时期,这种"文化上的偏食"倾向,其实也集中地反映在京、沪两地的文艺界创作人员中间。下此断语,并非无中生有。笔者发现,近些年但凡涉及北京的历史故事,绝大多数都和紫禁城里的皇族相连,而且几乎是"清一色"地讲述大清朝的破事,从建州女真兴起时的努尔哈赤,到后来当过伪满洲国康德皇帝的溥仪,一部满清王朝的盛衰史,通过各种作品,详尽地得到描述。不信,将这些年来反映皇城里帝王将相故事的电视剧,仔细地回顾一下,努皇顺、康雍乾、嘉道咸、同光宣,十二个拖着大辫子的皇帝,真的一个都没拉下。当然,爱新觉罗家族鼎盛时期的康、雍、乾祖孙三代,尤其受到浓墨重彩的特别"关照"。如今皇帝们的故事还没完全冷场,有关的拍摄计划表明,皇后、太妃和格格们又将粉墨登场,如《孝庄皇后》和《还珠格格》的第三部等,已经在物色人选,即便是有的明星换马,但皇家大内的生活,还是要坚持不懈,没完没了地拍摄下去,直把京城的电视创作圈闹个不亦乐乎。其实,这些年来反映北京的历史剧之所以胶着于清宫戏的文化现象,正是京城文人心目中那挥之不去的历史阴影的一种折射。

这种畸形的"八旗心态"和厚重的"辫子情结",不惟表露在电视连续剧的题材内容上,还直接表现在京城其他的文化领域中。以饮食文化为例,诸如什么西太后的养颜美容食谱,近来就大行其道,风靡京师。在旅游文化方面,同样可见其影响。2002年天坛公园恢复的所谓"祭天仪式",更是让现代的北京文化人过足了"八旗瘾",全套的八旗装束和架势,依稀让人们产生了时光倒流的历史错觉。殊不知,代表中华传统文化源流之精粹的绝不仅仅局囿于八旗兵建立起来的大清江山,那只是传统中华文化的一股"流",而非真正历史意义上的"源"。如果只把眼光聚焦在清朝,只怕会以偏概全,难以看"清"我们中华传统历史文化的全貌。

北京文艺圈内的这种"文化偏食症",事实上也产生了一定的负面效应。近期东方网上的首页标题和东方电视台都报道了"张铁林演现代戏说不来'人话'"的新闻,按这位在国内有着"皇帝专业户"称号的大腕的话来说:"十几年来一直扮演皇帝,冷不丁扮演一个现代人,都说不来人话了。"这种看似笑话的新闻,实在是对这么多年以来"文化偏食症"的一种辛辣讽刺,想当年,张铁林和女演员龚雪在反映现代城市生活的影片《大桥底下》中有上佳的表现,可长期以来从咸丰帝的同母弟恭亲王奕䜣(《火烧圆明园》)升格为乾隆皇帝,一直在"紫禁城"里吆五喝六地以帝王身份作秀,说不来现代的人话,也在情理之中,只是因此就"自废武功"般地把话剧演员应和现实生活最为贴近的现代"人话"艺术丢弃掉,实在令人可惜。当然,经过一段时间的"医治",相信张铁林本人"说人话"的功能应该得到恢复,但此事毕竟暴露了上述"文化偏食症"带来的弊病。

反观与上海有关的电视文化,似乎也罹患了同样的"文化偏食症"。只要提及上海滩的历史,言必称20世纪30年代。虽说在所占比例上,没有京城同行们那么过于拎"清"(喻指酷爱写清朝戏),但许多文艺作品,包括海内外各地文人要写旧上海的,也多一往情深地将笔墨倾注于30年代,其中始作俑者大概可算20世纪80年代中期港人制作的《上海滩》。以后竟一发不可收拾,从后来不惜重起炉灶地拍摄《新上海滩》

到《海上黄昏》，一度还很红火的《像雾像风又像雨》，以及由大陆、台湾合作拍摄的《情深深雨蒙蒙》，无不把历史背景锁定在20世纪30年代，似乎这个在近代上海历史上相对比较热闹的时代就代表了整个上海的历史面貌，其他的时代皆不屑一顾。事实上，19世纪的小刀会起义、太平军攻打上海、四明公所事件、1919年"五四"时期的"六三运动"、1925年的五卅运动、1927年的工人大起义，以及决定中国社会政治命运的两大政党国民党和共产党先后在上海成立（1919年和1921年），等等，都是发生在其他时段的重大的上海历史事件，文艺编创者们大可不必只青睐于30年代而漠视其他与上海息息相关的优秀题材，否则，很有可能让自己在"摇啊摇，摇到外婆桥"的歌谣中迷失创作方向，从而只在30年代的小圈子里来回打转转。

　　看来，要在短时间内纠正人们在涉及京、沪两地的历史题材选择上的"偏食"爱好和观念，好像不太可能。但把这个问题特意挑出来，给有关的电视剧编创人员提个醒，还是颇有益处。常言道："当局者迷。"有时，圈子外的旁观者虽说不能在创作艺术上道出个"子丑寅卯"，甚或是更简单的"甲乙丙丁"，但至少可从其他视角，说出个ABCD，或"一二三四"，抑或蹦出个"之乎者也"，甚至是"天地玄黄"来。他山之石，可以攻玉。唯愿笔者的谗言能起到"石头"的作用。

完稿于2002年3月8日8时46分

摄影机前的"关公战秦琼"

自从新拍历史电视连续剧《康熙王朝》在 2001 年岁末播映以来,收视率十分火爆,冠盖其他诸剧之上。大多数观众的反映可用香港艺人宫雪花的一番言论为代表,曾经加盟该剧演员阵容的宫雪花向媒体表示,《康熙王朝》"严谨中不失精彩,故事洋洋洒洒、大气磅礴,人物细腻生动、栩栩如生……"这位当年以"高龄"竞选香港亚姐的半老徐娘还对编剧的本子佩服得不得了,认为港台的电视剧本子无法和其媲美云云。可以说,不太懂历史的宫雪花是被这部"历史正剧"给镇住了,相信很多普通观众也在观赏是剧的同时,从中领略的不仅是艺术创造力给人带来的视觉感官上的享受,他们往往很自然地就把自己所看到的,当成了历史的真实,而这也正是编导和演创人员所企望的最理想效果。

但在众口称誉的叫好声中,也多多少少地出现一些批评和指摘是剧编导和演创人员的言辞。有的媒体报道直截了当地用给《康熙王朝》挑挑刺的方式,毫不留面子地将此剧存在的瑕疵一五一十地抖搂出来。更有甚者,还有的报道把该剧的缺点总结形容成所谓"五大历史硬伤"。从报刊转载的历史学专家的有关评论来看,该剧编导人员肯定颇感失望。更耐人寻味的是,原著作者二月河对此剧不予置评的态度,和他对同样由其另一部原著编写的电视剧《雍正王朝》所给予的充分首肯,二者形成了鲜明的对照。

平心而论,能够将一部内容浩繁的历史大剧拍到目前这个份上,已属不易。只是笔者觉得,现在包括港台地区和内地在内的我国影视剧题材,大多是描述古代社会历史的,其中较多地以古代帝王将相为对象,尤其多定格在清王朝,也就像人们所说的那样,近年来荧屏上实在可用"辫子满天飞"来形容,足见影视界的编导演人员十分热衷于清朝古装戏的题材,由此也演绎出形形色色的所谓历史"正剧""戏说""大话"等各种用自己的理解来诠释历史真实的剧本。问题恰恰就出在这里。如董鄂妃明明是旗人,却非要将她附丽于秦淮名妓董小宛的名下,而后者曾与明末四大公子之一的冒辟疆相狎互爱,清代民间传说则把顺治帝宠幸的董妃与董小宛混淆起来。有部名为《董小宛》的老电影片子,内容就依循这种谬传,其谬误至今仍被《康熙王朝》的编导奉为圭臬,以致造成贻笑大方的历史笑话。

类似的硬伤之所以还屡屡见诸近些年来拍摄的历史剧中,和编导创作人员缺乏历史文化素养和严谨的态度有关。说句实话,宫雪花之类不懂历史,还情有可原,近日媒体刊登 2001 年影视圈十大搞笑题材中,该女伶就榜上有名,据说她对人自称曾和著名影星赵薇的外公谈过恋爱,而那位在"军旗装事件"中被赵薇声明提及的"外公",是个新四军战士,早在四十年多前就已经作古,那么宫氏谈恋爱的年龄也就被大大提前至幼儿阶段了。这就是不懂历史的人信口开河的丢人现眼之处。我想起在 1978 年考入大学后,就读的历史系 77 级里有个男同学,英文口语特棒,但在别人夸赞他时,过分的得意让他丢了丑。他自诩自己的外语天赋秉承于其外公。本来,根据我们当时接受的心理学课程得知,男性确实会遗传某些特质给自己女儿的男孩,如色盲。也就是说,外祖父遗传的对象的确是自己的外孙。可是,这位仁兄说着说着就露馅了,他竟然称自己的外公当过八国联军的翻译官!姑且不论这种以耻为荣的价值观多么丑陋,让人笑掉大牙的是,当别人不无怀疑地问其外公年龄,他说其外公尚健在,已经 73 岁了!在历史系众多同学的哄笑声中,他还莫名其妙地询问原因,这才有人告诉他,八国联军打进北京城是在 1900 年,即农历庚子年,那时你的外公连一颗精子都不是!这件事在我们历史系一度成为笑谈,当外语系女生们流露出对"潇洒"(她们送给这位英俊男士的美号)口语才干的好感时,总有好事者会不失时机地用此事来臭他一回。

笔者以为,既然有志拍摄一部历史剧,而且不是什么戏说、大话类的正剧,就应该真正本着求实和敬业的精神来全力从事。20 世纪 60

年代我国拍摄的历史正剧也不少,其中如赵丹主演的《林则徐》、李默然主演的《甲午风云》就特别成功,除了演员高超的艺术涵养和水准外,编导创作人员对历史事实的尊重态度,也值得嘉许。这些首先就从根本上保证了电影艺术创作的质量。改革开放以来,有的历史正剧同样因为尊重历史事实,不搞多余的穿凿附会和画蛇添足,取得令人满意的效果,如谢晋导演的《鸦片战争》。由于不少剧组在拍摄中还请教了相关专业的历史学家做顾问把关,相应的"硬伤"自然也就少了许多。反观港台一些历史题材的影视剧,错误百出。如在有的影视剧中,太平天国的人士居然拖着一条大辫子,而清朝统治者之所以把太平军呼为"长毛"或"发贼",原因就是他们不留辫子。不过,港台的历史剧往往以"戏说"来为自己可能存在的种种历史硬伤作掩饰,人们面对戏说类或更荒诞的大话类历史题材,计较的心情自然也就淡薄了许多。

　　内地许多影视界人士由于不屑于同流合污地拍戏说,而动辄以大手笔来搞气势磅礴的所谓历史大戏者还真不少,于是乎,我们常可看见用"戏说"的思路来拍正剧,子虚乌有的现代意识浓厚的东西自然也就掺杂到对历史进程的叙述中。打个可能不太贴切的比方:众所周知,茶叶有红、绿茶之分,茶客也有对香片、花茶、乌龙茶等各种口味的不同喜好,在喝茶时,乌龙就是乌龙,龙井就是龙井,放在一起味道就怪异了。讲述历史的影视剧也是如此,戏说就是戏说,正剧就是正剧,二者风格迥异,实难混淆。观众可以接受戏说的插科打诨般地胡编,但不能容忍过于明显的"硬伤"在打着历史大戏招牌的正剧中出现,这就要求我们的影视界人士在接手制作历史大戏时,精准地掌握运用历史知识的尺寸,虚心请教相关的专家学者,从而避免在正式播映的影视作品中,再次出现"关公战秦琼"式的尴尬和无奈。

话说老戏翻新
——从《一剪梅》到《青河绝恋》

旧戏新唱，是娱乐圈常玩的把戏，与其花大力气去开拓或挖掘新的题材来迎合观众的需求，莫如从曾经创造过上佳收视纪录的旧剧中，直接翻新加工，这样获取成功的概率要大得多。原因有二：一是故事内容本身肯定精彩动人，人心相似，都是肉长的（即便是将来克隆出来的人类也概莫能外），既然以前的人能被该剧的内容"吊"住，时下的观众也多半会被一波三折的剧情"套"牢；二是旧戏翻新，往往会引来比较效应，同样一个角色，由不同时代的明星出演，本身就是一个吸引人的看点，这种手法显然会带来一批熟悉旧剧故事的老观众做回头客。

不过，将曾经脍炙人口的好戏重新拍来，在一定程度上，也要冒不小的风险。不信，有哪个白痴敢冒天下之大不韪，重拍《乱世佳人》这样的名片？由费雯丽扮演的郝思嘉和克拉克·盖博扮演的白瑞德，早已定格在电影的史册和人们的心目中，若将此戏的角色换作他人再演，恐怕都难逃"东施"的恶名。这也说明，世人皆有怀旧之心，一旦第一艺术印象留驻心底，很难接受以后的"再度刘郎"。"文革"结束后，人们最爱听的老歌中有一支名叫《洪湖水来浪打浪》，最被广大听众首肯的，还是那湖北歌剧院的演员王玉珍，虽说与众多的后起之秀相比，无论在相貌上，还是在音色方面，她都要逊色许多，但这首歌的王牌冠军，王女士都是当仁不让。因为几亿国人都已经习惯了她那浓重的鼻音，以致"文革"结束，这位半老徐娘出场"重作冯妇"，还是换来满堂的喝彩！人们怀旧心情产生的效果如此强烈，由此可见一斑。

上海新闻娱乐频道在黄金档播放的《青河绝恋》，正是依循老戏翻新的路子，除了演员阵容由原来的台湾艺人改为内地、香港的演员为主外，剧情完全和过去的台湾电视连续剧《一剪梅》相同，不要说台词，连演员的架势，都力求神似过去的那些角色，如于莉扮演的邢寡妇，活脱以前那位台湾马姓女士（好像叫马素贞？）的艺术再现。由于剧情基本上未做大的更动，对于多年前曾经欣赏过《一剪梅》的观众而言，如今《青河绝恋》中的主要角色，个个都可以拿来与以前的"第一印象"做番比较。当然，对于年轻的朋友来说，如果有条件，不妨也找来《一剪梅》的录影带，两相比照，看看到底哪个更棒。

依笔者愚见，新出笼的《青河绝恋》由于只剩下在演技艺术上的比较价值，也只能在这方面谈谈个人的感受了。就说几个男演员吧，时下当红的赵文卓和尚未完全过气的寇世勋相比，前者年轻气盛有余，但缺少了男人的凝重深沉和苍凉；而后者的"男人味"表演，相信年轻一代在李少红导演的《橘子红了》中的"老爷"角色上，也能领略到几分。与寇先生相比，新的"赵时俊"实在嫩了点，其实，以赵文卓的身手和资质，扮演剧中的青年邢正扬，恐怕要比现在贴着一绺假胡须，戴着一副眼镜充"老"的扮相要来得更自然些。剧中的反角梁永昌，可说是和以前那个梁大夫半斤对八两，只不过以前的那位阴毒狡诈多些，现在这个是狠辣凶奸更露于言表；过去那个是大奸似忠，相貌憨厚，如今这位则书生斯文相貌与豺狼噬人恶状频频互换，也真够难为香港演员刘锡明了。至于李耿明和万大权、朱奎安、哑仆福星一干人等，在演技上和过去的《一剪梅》相比，基本上也是各有千秋。感觉上，留洋归来的刘信义出演的万老爷子，似乎还胜出旧演员一筹，而邢岷山扮演的"跑腿的"李耿明，倒也有自己的个性体现，这从演员的眼睛里时不时流露出来的"怒火"可以感受到。值得一提的是，那个目前在好几部影视剧中走红的小演员叮当，大概是自我感觉太好，剧情所要求的小邢正扬的"傻气"被他演得荡然无存，观众看到的似乎还是《乱世桃花》中那个不无狡黠的调皮鬼蛋蛋！看着一心只想作秀，太想施展自己艺术灵性的叮当在荧屏上摇头晃脑，倒教人思念起过去《一剪梅》中那个扮演小正扬的台湾小演员了，他那副童真和乡下孩子的纯朴、可爱的傻气，讲话时的拖腔和口音，都远比叮当那自以为是的表演来得自然。

这个世界就分两种人

　　如果就剧中几个女角而论,除了邢寡妇到位外,水灵(蒋勤勤的艺名?)扮演的沈心慈和绣云,也并不比以前那位长得慈眉善目的台湾女演员沈海蓉逊色,水灵的扮相更楚楚动人,也就越发打动了观众的同情心,同时也就更使观众增加了对"沙河镇民众"的了解,其实,在某种程度上,那正是我们国人的自画像。全镇上下容不得一个孤立无助的弱女子,非要将人家的个人隐私刨根问底,弄个水落石出不可,看似可恶,但回过头来细想一下,我们自己有时不也在做着类似的愚昧之事吗?王艳扮演的万秋玲演技不错,遗憾的是她那丰盈的脸庞和健美的胴体,看上去哪有丝毫病容啊?而台湾女演员李烈的扮相倒挺符合剧情需要,瘦削清秀的脸和骨相毕现的体形,再加上"侍儿扶起娇无力"的扮功,也就将"万大小姐"表现得淋漓尽致了。还有一点要说,那就是如今《青河绝恋》片尾的主题歌和以前《一剪梅》的同名片首曲,二者之间实在无法相比,后者那"真情像草原宽阔……冷冷冰雪不能淹没,就在最冷时候绽放,看见阳光,走向你我……一剪寒梅,傲立雪中,只为伊人飘香"的歌词和委婉凄楚的曲调及其韵味,都让人"一剪梅"(意见没)了,只留下那感动人的爱情故事所带来的艺术享受,相信很多人在卡拉OK里也都能找到这支怀旧金曲。再看现在那《青河绝恋》的片尾歌,真像"狗尾续貂",与其让人毫无印象,不如闭紧嘴巴为好。就是如今的片首歌《一剪寒梅》也不过一般,几十集看下来,还是难以抵消当年那首风靡大江南北的老歌给人留下的无穷魅力。

　　老戏翻新须小心,搞得不好反会招来嗤笑声。由于观众的心里已有原来的艺术印象占据着,会因此变得十分挑剔。看来,哪怕是现成的艺术果子放在面前,也不是随手就可以拿起来往嘴里送的。

定稿于2002年12月6日19时48分

后记:
　　近年来,《一剪梅》作为经典又被翻出来重拍,这已经是梅开三度了。霍建华、李立群,一群老戏骨在《新一剪梅》里活跃,我已没有兴趣去看了。这真是:沈海蓉扮沈姑娘,得心应手;赵文卓演赵大叔,还欠火候。

这个世界就分两种人

　　根据著名作家老舍作品改编的 22 集电视连续剧《我这一辈子》早已落下帷幕，由张国立、李成儒与何冰三人分别担纲扮演的所谓"南城三虎"，即福海、刘方子、赵二这三个京城游民，无论是性格和言语，还是动作的招式，都表现得淋漓尽致，可说是京味十足。相形之下，主人公"我"，即做了一辈子巡警的福海那个走上人间正道的儿子顺子，则多少显得有点脸谱化，而由青年演员刘孜出演的大妹和张国立夫人邓婕扮演的瑞姑娘，却各有千秋，多少有其性格的显露，唯一美中不足的是，对于戏中人物身份和要求来说，邓婕似乎略显苍老些，刘孜则美善略多于疯野些。

　　其实，上述都还只是演员对角色的理解所留给观众的外在印象，笔者个人觉得这部电视剧之所以在众多同类的艺术作品中显得卓尔不群，还与其内在的文学魅力有着直接的关系。一个"臭巡警"，跨越几个时代，中国近现代史上的大事就在他眼前经历和发生，仅凭着这种历史的沧桑感觉而发出的感喟，就够让我们后人琢磨一阵子了。剧中可圈可点的话语实在太多，难以历数，但有一段对话却让我深思良久，越想越觉得真有道理。那时顺子已经长大成人，在和女革命青年郑里（这个角色的名字显然利用了真理的谐音，也蛮发噱的）交往；而当时福海正处在自己一生中"仕途"的顶端，即担任那个已经当上拥有实权的秘书长"吴先生"吴大成的警卫队长。平时骑着高头大马开道，穿着烫金线镶边厚呢制服，薪俸颇厚的福海，想开导儿子走子承父业的道路，也让顺子当巡警，而顺子已经改变儿时的理想，不想再走父亲的老路，父子两人遂起争执，话语中两人连带着谈到对这个世界上各种人的理解，引出如下一段对话，发人深省：

福海："你看吴先生当初是多好的人啊？和咱们穷人多亲近哪，吃点咱做的炸溜鱼条（其实就是油炸的面粉条）还屁颠屁颠的，可现在呢，净和刘方子这样的人搞在一起了，所以我说，这个世界就分两种人，就是阔人和穷人，到哪朝它也是这个理！"

顺子："您说的那种人和我交往的朋友不一样。"（顺子说这话，既对自己暗恋的女友郑里充满崇敬心情，也感同身受地觉得他们才是真正为穷人谋利益的好人）

福海："说不定你的那些朋友得势上台后，还不如他们（指吴先生）呢！"

当天看到这里，我对以后的情节已不太注意，却始终在想，"世界就分两种人，就是阔人和穷人，到哪朝它也是这个理"这句话，似乎不断地在被历史证明着其合理性，好像真有点颠扑不破的架势。再仔细寻思，感到连福海对顺子革命朋友的攻讦，都似乎也透着几分哲理。当然，历史的发展最终会验证福海说法的正误，福海在当时就下那样的断语，显然不妥。

不管怎么样，有一点我却觉得，剧中常使福海感到困惑的社会不公现象，用他的话来说："按说都民国了，大家应该平等啦，怎么还这样呢？"到现在似乎也并没完全消除，甚至有的地方还浓重地发散着这种历史上积存的官场习气和霉味，它毒害着我们每个人大脑中的健全意识，很多不应该发生的事情，照样会发生，官本位的意识在社会上大行其道，一切均以长官意志为主，官民平等的梦想根本无法成真。连老百姓也渐渐习以为常，忘记了自己在人格上其实一点也不低于那些所谓的大人物。

历史是由人演绎出来的，而有人在，就会有不平等存在。当年躬耕于垄上田亩的陈涉（即陈胜）面对穷困潦倒的现实，萌生鸿鹄之志，并要求同伴们"苟富贵，毋相忘"，及至揭竿而起，他又喊出带有平等思想的口号："王侯将相，宁有种乎？"可真在建立"张楚"政权后，做了陈王的他，还不是杀了前来看望他的当年伙伴。人一阔，脸就变，平头百姓做了官，异化也就开始了。《我这一辈子》中的主人公福海，并不像其名字那样福如东海,倒是窝囊了一辈子,原因就在于他不会"变"。我倒是希望,"这个理"最终会"变一变"。

2002 年 5 月 2 日 16 时 50 分

后记:今天从湖南卫视看到,第三届电视金鹰奖已经名花有主。张国立如愿以偿,因《我这一辈子》的出色表演而荣膺最佳男演员之列。当然,现在讲究一团和气,搞个评奖也是一大堆人马,浩浩荡荡地站在台上,男女演员奖得主还有孙海英夫妻(不知怎的,突然想起"夫妻肺片"这道菜名)、陶红等人。我还要把自己写过的《给精品电视剧挑挑刺》发出来,说实话,对他们挑刺,实际上也就是真正的呵护,希望他们将来更好!

2002 年 12 月 23 日 12 时 35 分

心语点滴

思旧事

"一·二八"事变纪念及对父亲的心祭

七十年前,1932年1月28日,大上海的上空突然战云密布,继上一年在中国的东北三省制造了"九一八"事变后,野心勃勃的日本军方,又把大上海看作进攻中国内地的最佳基地,从而在这天正式发动了"淞沪战争"。

日本对上海的战略地位十分看重,在近现代中国历史上,日本籍侨民的急剧增加,尤以上海为典型,日侨的数量在20世纪30年代甚至跃居英国之上,成为沪上外侨最多的国家。虹口四川北路、中州路、吴淞路、海宁路、乍浦路等地,皆是当年日侨聚居的地方。连日本佛教都在近代的上海落户,而那些来自东瀛的僧侣,竟然也在申城扮演着丑恶的角色。1932年1月18日,有五个日本和尚在马玉山路(今杨浦区双阳路)附近寻衅,遭到中国工友的殴打。两天后,四五十名浪人赶到这里报复,并砍死华界巡捕一名,刺伤两名。当天下午,数千名日侨召开大会,决议请日本政府派兵来沪,会后游行至北四川路时还殴打中国行人,捣毁中国商店,更为猖狂的是叫嚣"杀尽中国人!"明眼人一看即知,这是日方一手安排的事端。果然一边由日本总领事村井仓松出面,向吴铁城市长提出"抗议",一边火速调兵遣将地向上海进发大批军舰。

就在外交上的折冲樽俎尚未结束,曾经拱手让出东北的国民政府刚刚再次露出服软迹象时,迫不及待的日军已经动手。28日当晚11时40分左右,3 000多名日军已经从淞沪铁路和虬江路两处向驻守闸北的中国守军发起了进攻。日军第一遣外舰队司令盐泽幸一还狂妄地叫嚣,四个小时内就可搞定上海。但这个日军指挥官万万没有想到,这次上海不会重蹈东三省的覆辙,日军将遭遇到以打硬仗出名的国民政府第十九路军。而这场恶仗和日军在对垒中的惨败情形，也是自1894年爆发的甲午战争以来前所未有的。

其时奉命驻守大上海的这支英勇军队的前身如往上溯，分别是国民革命军第十一军、北伐时期的第四军、粤军第一师。其领兵老总在历史上依次为邓铿(粤军第一师师长)、李济深(国民革命军第四军军长、黄埔军校副校长)、陈铭枢(国民革命军第十一军军长)、蒋光鼐和蔡廷锴。当时的总指挥已经是蒋光鼐，副总指挥兼军长是蔡廷锴。较有名的高级将领还有戴戟(时任淞沪警备司令、师长)、翁照垣(旅长)等，部队将士多为粤籍，虽个子矮瘦者居多，但大多善战顽强，北伐时已经赫赫有名，一路夺关斩将，功勋卓著，虽不是蒋介石的嫡系王牌部队，但在战斗力方面，绝不逊色于所谓的中央军。十九路军在此次直接和日军交锋时，当天就把日军打得找不着北。到29日凌晨3时许，一度被鬼子攻占的天通庵站复归我军之手，此处的日军被全歼。这天，日军死伤人数逾800名，3辆铁甲车被十九路军缴获，1辆被毁。

1月29日这天，又发生激战，在地面作战中惨遭败绩的日军，借助空军战机，疯狂轰炸闸北，北火车站和商务印书馆所属的东方图书馆就在是日被炸毁，但日本的地面部队却被十九路军打得全线败阵，溃逃至租界。我军追到海宁路，为尊重条约，只好放弃到"中立"的租界路面追杀残敌，而日军败卒得以喘息，并重新调整，再从租界发动新一轮进攻。当时的租界成了日军的庇护所，战争主要就在华界展开。

战事在上海的进行，激起全中国同胞的爱国热情，申城各界人士更是全民动员，爱国的动人场面到处都是，每天收到的各种现款、衣物、食品、药品及日用品堆积如山。爱国市民的拳拳之心感天动地，十九路军将士抗敌斗志备受鼓舞。30日，被打怕了的日方请英、美领事出面召集双方，要求停战三天。中国方面因为战区内有几十万难民要疏散，也同意停火三天。2月2日，未等期满，自恃援军开到的日方提前发动猛攻，但在十九路军面前，还是碰壁。向来迷信的鬼子临阵换将，7日，撤下盐泽，改换野村吉三郎中将担任指挥官，并不断增加兵员。不过，野村这家伙也没捞到便宜。2月13日，日军三次偷渡蕰藻浜，第三次有千余名日军过河成功，但吴淞守军三面包围，双方展开肉搏，十九路军在震耳欲聋的喊杀声中,消灭了过河的全部日军。而中国方面也得到了来自张治中将军率领的第五军支援,两支兄弟部队携手抗日,在上海300万市民的支持下,再次创造了屡次击毙千余名敌军的辉煌战绩。日军则加派号称国内最精锐的第九师团,并以植田谦吉中将换下野村。2月22日的庙行血战震惊国内外,3万多敌军从凌晨3点和中国守军周旋至当晚8点半,才分出高下,这天日军被歼毙3000,余部只得向引翔港方向退却。次日,第五军和十九路军反击合围,又杀敌1700多。

在其后的日子中,迭遭失败的日军主力已经失去战斗力,日本政府只好像被"套牢"的股民一样,不惜血本地又接连增派第十一、十四两个师团到沪,还任命以前担任过陆相的白川义则大将为总司令,由陆军大将菱刈隆担任上海战事的总指挥,在29日发动了全线总攻。当时日军投入的兵力已达10万,且有百余架飞机和停泊在黄浦江面的大量军舰及陆战队员。而分别经过一个月和半个月苦战的十九路军与第五军,虽不断获胜,并坚守阵地,但消耗过大,又未得到新的兵力、粮弹补充和休整,两支疲军合起来也就在3.5万人上下,国民政府又不再给予任何增援,还要拖欠克扣各界人民的捐款,因此敌我力量的对比过于悬殊,在这样不对称的抗衡中,处于绝对弱势的中国军队的最后失败已不可避免。

在经历了2月29日和3月初的几度恶战后,中国军队且战且退。最后在3月4日,国际联盟召开大会,决议中日双方立即实行上海停战。这是因为西方列强在上海有着直接的经济利益和租界地,利害所在,不得不出面向日本交涉。而经过中国军人的英勇抵抗,速战速决的战略已经失败的日方宣称中国军队已经撤退20公里,日本目的已达云云,遂同意停火。1932年5月5日,双方正式签订了《淞沪停战协定》。中国军队按照规定,竟不能在上海华界的北部驻兵,而日军却可"暂时"在吴淞、江湾、闸北等华界享有驻军权利。此种屈辱,是战死疆场的中国军人英魂所无法接受的,也让他们活着的战友倍感愤慨!这种积怨,使得十九路军于第二年11月,即在福建公开亮出了反蒋的旗号。这些爱国的将领,包括以后到新疆做西北战区最高军事长官的张治中将军,都在1949年中华人民共和国成立后,跻身于政治协商会议的代表中,参加议决国是,蒋光鼐将军还做过中华人民共和国的第一任纺织部长。

这个世界就分两种人

李济深、陈铭枢、蔡廷锴等十九路军的老总们，也都身兼要职，李济深还担任了中央人民政府副主席一职，戴戟担任过安徽省的副省长。这些地位的获得，与他们当年爱国反蒋的政治抉择分不开，而他们那为国人所崇敬的爱国情操和热血，更是直接在"一·二八"的淞沪血战中得以升华和炼就的！

淞沪停战后，谁也没有料到，在日本人于虹口公园开侵华胜利的庆功会上，日军大将白川义则、植田谦吉中将、野村吉三郎中将等人竟被韩国人尹奉吉投掷的炸药当场炸成重伤，白川最终还难逃一死。这也是侵略者的可耻下场。当时韩国的临时流亡政府就设在上海，对日本鬼子同样恨之入骨的韩国志士总算帮上海市民出了一口恶气。在淞沪血战结束后来回顾中日双方的战绩，武器装备精良的日军竟在相当长的30天内一直占下风，以致狼狈得连换四将，毙命的日本鬼子更是尸横遍野。是英勇的中国军人和同样同仇敌忾、众志成城的上海市民一起写就了这曲在70年前响彻申城上空的爱国乐章，让我们记住这几万名南国来的中国士兵！记住这些中国"东方门神"的光荣番号：十九路军和第五军！我们更要牢牢地记住日本鬼子对中国人民，包括对上海市民欠下的笔笔血债！切勿像有的"数典忘祖"的所谓大牌明星，不知羞耻地把当年日本海军陆战队员手中的太阳旗披在身上做现代的商女。同胞们，勿忘国仇！

附记：

与个人家事相连的国史，永远不会尘封。这就是我在今天写下的感受，万籁俱寂的冬夜，我仿佛重新听见那70年前的枪炮声，就在我们这座城市的北部轰响……

本人父亲是广东人，作为黄埔军校的毕业生，曾加入十九路军的军官队伍，是陈铭枢的副官。因此，我对这支军队有特别的感受。1957年，父亲因被划为"右派"（当时陈铭枢也被定性为"右派"，蒋光鼐和蔡廷锴两位将军在1949年后，都在政协中获得席位，戴戟将军则当了安徽省副省长，他们都是民革的领导人士），由于历史问题（参加过国民党军队），被以"历史反革命罪"逮捕。当时我才两岁，对父亲根本没有任何印象，后来方知他在1969年被冲击白茅岭劳改农场的红卫兵用棍棒活活打死,因为父亲脾气刚烈,所以难躲此厄。

　　1979年,由于我的母亲写信向当时民革中央的负责人反映有关父亲的情况,在当时全国政协副主席、民革中央主席朱蕴山先生的过问下,曾把父亲打为"右派"的原单位去函通知我就读的大学,辅导员(后任校党委组织部部长,2003年初调任某区区委组织部长)接函后,特地跑来告诉我父亲被宣布平反的消息。当时,我的心里真是百感交集,因为我连自己父亲长得啥模样都不知道。只记得小时候,大约是1965年吧,已经稍有行动自由的父亲有次从劳改农场来沪,托熟人对母亲提出,想见见我们姐弟几个,迫于当时的政治气候,母亲违心地拒绝了。父亲当时很可能就站在我们家所在弄堂的对面马路上,偷偷地看过我们姐弟几个进出于弄堂。这种惨况,在我看电视连续剧《大宅门》时,有很深的感受。剧中的白二奶奶带着几个不知情的孩子"逛集市",而白大爷只能相见儿子,却不敢相认!想想我的父亲不也和白大爷一样,为了子女的"政治前途"(其实狗屁前途,反革命的成分一直到拨乱反正后才给改掉),也不敢来家里和我们相见,因为在那种"无产阶级全面专政"的恐怖年代里,"群众的眼睛是雪亮的",只要父亲露头,管保有人报告。那对于我们做子女的来说,肯定是"没有真正划清界限"的铁证。

　　1966年"文革"初期时,看到母亲因担心被抄家,曾匆匆烧过一张从箱底翻出来的16开大的照片,由于被烧的还有我心爱的《牛虻》等"封、资、修"书籍,十一岁的我当时注意力都放在几本书上,痛心不已。等听到两个哥哥低声在说,那是父亲的照片时,我只看到铝制脸盆里烧焦的照相纸和还在跳动着的火焰。以后,我只能从母亲的叙述中来揣摩父亲的长相,据说他与我那目前已在香港定居的长兄最相似,我们三弟兄中,就属大哥最像父亲。不过,不管用什么方法追忆,我都觉得看不到父亲的真实面容,是自己一生中最大的遗憾,而且这个遗憾,将伴随我的终身。

　　今年的1月28日,适逢"一·二八"事变70周年纪念,为了纪念我那也曾在十九路军中服役过的父亲,特撰此文,以示纪念。父亲,安息吧。

　　　　　　　　　　2002年1月28日凌晨3时32分;改定于11时

灿烂的生命荣归天家

2016年5月31日上午10时30分,梅康钧牧师的追思悼念仪式在上海市宝兴殡仪馆举行。作为梅牧师生前的好友,笔者早早地在一个多小时前就到了,刚下出租车,就有一位周姓弟兄趋前迎迓,并说他看了我在梅牧师去世那天匆匆写就的悼念文章,表示很感激云云,接着便带我去购买吊唁用的花篮等,这些都让我感到十分温暖,因为我知道,爱屋及乌的心情,让这位信靠主耶稣的弟兄把自己对牧者的爱戴,化作了春风一般的照拂。这其实是主的大爱和牧者个人的魅力在教会信众行止上的反映。几乎同时,还碰到刚刚下车的普安堂的堂务委员会主任宁牧师和戴倩长老,以及后来碰到的上海基督教青年会总干事吴建荣,及也是梅牧师多年好友的胡伟伟等,包括特地从南京赶来的金陵神学院的教授王艾明牧师,这几位是梅牧师生前很好的亲密朋友,他们都说看过我的微信公众号文章《睿智的牧师今夜安息主怀》,且都给予我极大的认可,这是我颇感欣慰的。同时,我也知道,康钧在天上,应该也能看得到我的文章。

追悼仪式开始前,教界方面全国基督教两会的现任领导傅先伟长老与高峰牧师,上海市基督教两会的现任领导沈学彬牧师和谢炳国牧师也都集体到场,业已荣休的全国两会领导季剑虹长老和曹圣洁牧师也送来了吊唁的花篮。在这样的人生场合,教会的领导们集体到场,对康钧在爱国爱教事工上的努力,不啻带有正面意义上盖棺论定的意涵。这样人性化的做法,也是对亡者家属的直接安慰。

政界则有上海市民宗委的领导王君力副主任、王新华副主任、统战部民族宗教处处长宗斌、民宗委的基督教处处长姜斌、普陀区原来担任民宗办的主任伍贤民等,更有我一直很敬重的上海市民宗委老领导、曾任上海市委统战部副部长的曹斌主任(现为上海市政协民宗办主任),也赶来参加与康钧告别仪式。我上前握手招呼致意,寒暄中曹主任说他和康钧是老朋友了,短短一句话,可谓言简意赅,其丰富内涵也足以表达个人的情感了。我多次听康钧私下里说起曹主任在主持民宗委工作时期,对基督教会的正常良性发展及对梅牧个人工资津贴待遇遭逢困难后提供的支持与惠助,言语中也颇多感激之意,更多的是对这位维吾尔族的领导干部在工作中体现出来的智慧与魄力,常常是赞佩有加。包括对后来政法部门调来的王君力副主任(我不熟悉,但康钧多次提起)和近几年走上领导岗位的王新华副主任(我们是多年的老朋友了),康钧牧师也常常情不自禁地表示欣赏。按照他的说法,这样理解宗教的学者型干部是越多越好。确实,与社会各界人士的关系能够水乳交融地处理得十分好,这也是康钧过人的长处之一。今天在现场看到有这么多的各界领导来为其送最后一程,实在是梅牧师平时人缘甚好的有力印证,也是对梅牧师个人的肯定和支持。

宗教研究中经常讲的政、教、学三支队伍,我刚才提到了政、教两界人士,作为一个学者型的牧者,康钧在学界中朋友也很多。今天到场的有集上海市宗教学会会长、上海社会科学院宗教研究所所长、上海宗教文化研究中心主任三个职务于一身的晏可佳研究员,宗教学会副会长、华东师大博士生导师李向平教授,音乐学院的赵伟平教授,基督教青年会总干事吴建荣博士(也是我几十年老朋友,其实他也可算教界人士的)等。梅牧师还有一些社会名流好朋友,如既是商界翘楚亦是艺术女杰的胡伟伟女士,既是学者教授亦曾担任金陵神学院副院长的王艾明牧师,上海市新闻处的李禾禾处长,包括上海市宗教文化研究中心的周啸天研究员、管欣怡研究员、研究室主任张湛博士、项目管理官曹康硕士等,以及康钧生前非常器重的好友胡先生、陈先生等多人。

至于康钧牧师的同工,普安堂堂务委员会主任宁牧师及戴长老,李牧师和桃浦堂的陈长老及其女儿,两个堂点的司机小董和宝发(坐过几次他们开的车,和他们也熟稔了),以及一大批热心的教众,更是和梅牧师朝夕相处的同道中人。共同的信仰是这些主内弟兄姊妹相互依靠的

这个世界就分两种人

坚实磐石和心灵基础。宁牧师在追悼会上的主持辞、谢炳国牧师的悼念词、梅牧师姐姐梅丽钧和梅牧师儿子梅钦豪的致辞，以及普安堂李牧师的代祷，特别是在场数十位唱诗班同工和演奏小提琴的弟兄姊妹不无哀婉凄楚同时又饱含信仰希冀的赞美诗歌声，能够让人感受到圣灵的做工和运行。李牧师那大声有力的祷告，与信众们一声声的阿门颂和，令在场者感受到信仰的力量；而大厅内哀乐低回，不无压抑的氛围，使最后与亡者告别的亲朋好友们肝肠寸断。当其时，在看到音乐学院声乐系主任赵伟平洒泪后快步走出大厅，当时我就暗暗叮嘱自己，千万要克制自己，不要泪奔。怎奈看到平时常一起喝茶高谈阔论，多次在不同会议场合评点世事，想起来就抓起电话聊上半天的弟兄一般的牧者，今天却静静地躺在那里，从此阴阳两隔，怎不教人泪奔！及至强忍心中难受，走到康钧家人亲友面前，再看到哭成泪人的梅夫人，握着我的手喊我一声葛老师，我的泪水刹那间再也止不住了，走到大厅外，我终于克制不住地失态，大声地哭了出来，还是胡伟伟女士劝住了我，周啸天老兄把整整一小包餐巾纸递上，算是让我不致继续出糗。

回家路上，搭乘康钧生前友好胡先生的车子，路上聊起，原来他也动了感情。他感喟道也许是我们的年龄大了，变得脆弱，以致身边好友的逐渐离去，会触景生情和容易感伤，对此我也深有同感。所以当日下午在普安堂内的追思仪式，我就不去参加了，因为那里有康钧的一件很小的工作办公室，里面有很浓郁的艺术气氛与宗教文化的气息，还有很多涉及各种领域的书籍，展现了主人好学博闻的特质。我因多次去过那里，就怕睹物思人，再次失态。

吃罢午饭，没有午睡习惯的我，打开电脑，决定将今天的感受写下来，毕竟以后记忆会衰退。今天追悼仪式中给我印象很深的是梅牧师公子说起，在梅牧病重期间，曾有多名教会信众每天早上六点半要赶到病房为其晨祷。"六点半啊，那是什么概念，有的弟兄姊妹住在松江，自己开车过来也要近两小时，坐公交车过来时间更多。"梅钦豪如是说，感动的还有在场的绝大多数人。这是什么样的精神！梅钦豪谈到自己被这些为其父亲做祷告的弟兄姊妹所感动，也从以前的慕道友终于接受了洗礼，成为一个有信仰的基督徒。他和在场的所有告别者们还分享了一个见证:有只飞蛾在梅钦豪痛苦万分时飞到其眉尖,三秒后飞走再也不见其踪影,他觉得这是自己亲爱的父亲之魂化作飞蛾来与他告别。我被触动的倒不是这个飞蛾的故事。我觉得梅牧师姐姐梅丽钧在致辞中提到她在身染沉疴的弟弟床前,提到一个人的生命质量不在于长短,而在于是否过得灿烂辉煌。按照旅法画家梅丽钧女士的说法,弟弟康钧的生命就过得很灿烂。当时听后,康钧的眼泪也流了下来。我在大厅队伍中听到不少人的啜泣,其实我自己也为之动容。看着追悼哀思的大厅上写着"梅康钧牧师荣归天家",听着大厅右侧唱诗班演唱的赞美诗《恩友歌》(我只熟悉这一首,记得是第 302 首),我不禁在脑海中映现了这样的题目:《灿烂的生命荣归天家》。

给通灵的玄想装上"翅膀"
——读《道教法术》有感

　　自远古以来,人类社会中就一直不乏那些与各种具有灵性或神性的天地万物相互沟通的种种尝试。在世界各宗教的历史上,也有许多关于圣人神迹或实行法术的记载,例如基督教《圣经·新约全书》中,即有耶稣赶鬼和拉网捕鱼、变水为酒、起死回生等神迹的描述,亦有使徒彼得在教会信众面前当场施行法术的内容。佛教在传入华夏之地后,类似的灵异事迹与有道的高僧大德也紧密相关,如十六国时正值"五胡乱华",其中羯人石勒、石虎叔侄建立的后赵政权实力较强,当时被该政权奉为座上宾的天竺人佛图澄,就是一个善于"役使鬼神"的大和尚。在人类文化发展的历史长河中,这种带有一定表演性质的神秘行止,往往能极其有效地起到弘传神圣文化的作用,并且是吸引包括最高统治者在内的大批民众在叹服崇敬的心理基础上,迅速皈依宗教的最佳途径之一。

　　在所有为国人熟悉或陌生的各种不同宗教的法术系统中,应以土生土长的道教所特有的法术最为博大和丰富。道教的法术系统或曰道术、道法,构成道教文化中最为鲜活的内容,具体而言,就是所谓的修仙合道之方法。道教传承历史上的重要人物对此曾有精辟论述,可1949年后的一长段时期内,有关这方面的论文犹如凤毛麟角,多少折射出今人对道教法术内容所知甚少的事实。这也更使道教法术披上了神秘朦胧的面纱。

　　幸运的是,上海文化出版社在2002年出版了著名道教研究专家刘仲宇教授的学术专著《道教法术》,给在这方面付诸阙如的学术界弥补了一大空白；而该著作在 2004 年上海市第七届哲学社会科学的评奖中，又获得专著三等奖荣誉。当初是书付梓刊行时，刘教授在书中扉页曾留有一行手迹以阐明著述心志，并自喻是"不畏涉险入瀛海深处，初探龙穴终得收获"。天道酬勤，功夫不负有心人，这本宛如骊龙颔下宝珠（即作者留言中所希冀的"骊珠"）一样稀缺可贵的著作，得到学界同仁的充分肯定和社会赞誉，从而为作者的辛劳画上一个圆满的句号。

《道教法术》一书分为八章，加上前言、绪论和结束语及后记，共 480 页，约 33 万字。如作者所说，人们在面对道教法术这种中国神秘主义的典型代表时，经常会采取两种态度：一是完全盲目地信服，二是视其为胡说和欺骗。恰如作者所言，二者看似迥异，实则骨子里都一样，都是拒绝对对象做深入的考察。按照作者的观点，必须将道教法术看成是近两千年来业已存在，至今仍旧赓续着的客观社会现象，而且它是综合了包括精神、文化、组织、行为等在内的社会现象。正是根据这样的考察视角进行详细的分析，才有可能尽量完整地体认其表现形态，令其发展规律和内涵得到充分的揭橥。这种分析也是建筑在用科学态度和科学方法进行的科学分析上，如在涉及考召中的迷魂、附体时，相应地引入心理分析。作者并不强求硬性解决目前在神秘主义文化领域中所遭逢的一切难题和谜团，姑且存疑，留待后来更发展和完善了的科学理论武器去加以诠释，实在不失为一种符合科学认识观的正确态度。

刘仲宇先生指出，在宗教学、巫术研究上受西方学者长期影响的中国学界，借鉴运用其学术成就时须切记两点要旨：一是其研究结论来自占有大量资料的厚实学术基础；二是其研究结论的理论模型主要是在欧洲、非洲、大洋洲的有关资料基础上获得的。换言之，第二点提醒中国学者注意西方学者学术研究的地域性特征。这方面包括其取样的范围有局限性，其所获结论也不可避免地带有可涵盖面不足之缺陷，即不一定适用于亚洲或中国的相关研究。刘先生风趣地将后者比喻为"中国特色"。其实，作为一个中国传统文化的研究者，除了要经常提醒自己不落他人固有的学术窠臼和人云亦云，或是邯郸学步乃至鹦鹉学舌般地直接套用西方学者的理论，本身也需要拓宽学术视野，要求尽量地扩大研究资料的占有程度。二者之间显然有着内在的相连关系。

作者在《绪论》部分通过详尽阐述,从中西方不同的文化理论角度,结合古今中外记载,对道教法术做了必要界定。原来,中国古代的人们曾把法术和艺术视为一体,人们心目中的艺术,绝非今日人们所指的音乐、美术、舞蹈、戏剧、诗歌、小说等,它还囊括了厌胜、捉鬼、降妖、除魔、祛魅等内容,相当丰富。及至南朝著名灵宝派道士陆修静总结道法定义,道为追求之目标,法乃遵循之式,在其推崇的灵宝斋法中,也蕴含有符咒、踏罡步斗等法术手段,而道法二者之间的体用关系通过其归纳也变得清晰起来。

笔者以为,《绪论》可被视作《道教法术》的总纲,对在该领域上完全是门外汉的绝大多数读者而言,单凭着对该部分的浏览,便可对道教法术有大致粗略的了解。如果没有这部分层次递进的阐释和说明,又何以能"曲径通幽"地引领读者去领略后面章节中展现的道教法术之真谛呢? 近两千年来,靠着层累地积淀而成的道教法术之庞大体系,有着众多的法术,刘仲宇先生将之归为三大类:"第一类是以个人修炼自身形质企求长生不老,与道合真为主,包括内外丹术、气功导引术、存想通神、房中术以及唪诵焚修等;第二类以积极干预想象中的鬼神世界或外部对象为主,包括各种禳灾、召劾鬼神、降妖捉怪、符咒治病、隐性变化、飞天缩地等;第三类以占验预测为主,包括相地、相宅、星命、相术、六壬、遁甲等术数"①。作者指出,其中的第二、三类才是严格意义上的法术,而作者在《道教法术》一书中重点探讨的是上述道法体系中的第二大类。这种发自主观的积极玄想,须借助于各种法术提供的通灵翅膀,而纷繁复杂的大量法术,正是道教相对于其他宗教文化的重要特征之一。

论及法术在道教中的地位,刘仲宇先生认为它是道教形成和传承的重要媒介,在道教多元的渊源中,从过往的巫术和方术中汲取而来的法术,是连接不同道派的纽带,也是道教活动的主干。他指出,"在中国历史上,人们对道教的认识,往往抓住其经典、神仙和法术三个因

---

① 刘仲宇:《道教法术》,上海文化出版社 2002 年版,第 10 页。

素"①。诚如作者所言,正史上对道教重要人物或道派的介绍,多将笔墨用在道士擅长的道术上。对绝大多数不谙灵异神秘之术的平常人而言,总对那些掌握其术的高道仙真充满着与好奇俱生而来的尊崇,也有的则抱怀疑态度,这都是人之常情,即正常的心理反应。而法术在很大程度上理所当然地成为给外人的主要印象,此即道教外在面貌的主要反映。

诚如作者指出的那样,法术是道教为民间提供宗教服务的重要的和经常的形式。这种富有道教特色的社会功能,我们在今天还能见识到。2003年是"萨斯"病毒肆虐神州赤县之际,当时笔者正在上海道教协会的研究班内讲课,遂和协会的青年才俊们(如今都是沪上各家道教宫观的当家道长)有了更多的接触机会。令我印象深刻的是,有次在课间休息聊天时,听城隍庙的吉鸿忠道长(现任中国道教协会副会长、上海市道教协会会长)说起,香港道教界已举行过几场旨在祛除瘟疫的斋醮仪式,他还面色凝重地表示自己很想为家乡父老进行类似的禳灾祈福之法事。说话间,其高度敬业的责任心溢于言表。只是有关主管部门考虑到防止病毒源的传播扩大,再加上其时人们面对病魔的无能为力和对科学近乎僵化的理解与病态的膜拜,表现在对宗教上,只能是极端地排斥。吉道长这样的筹措和设想在当时特殊的氛围中,是不大可能被放到有关议事日程上的。但不管怎样,法术作为道教活动的主干,其独有意义和能满足一定社会心理诉求的特点,亦反映了这种科仪在经历千年时光的转圜后,依然保留着对中华文化余绪的继承作用。片面地否定其存在的合理性,也有悖于传统文化发展与传承的客观规律。

俗话说:外行看热闹,内行看门道。对社会上的芸芸众生而言,道教法术实在太过于神秘奥妙,道士们的踏罡步斗、挥剑斩虬,或掐诀念咒、诵经行符,或者那些林林总总、光怪陆离的法器如照妖镜、符文剑、驱邪印、召将令、天篷尺以及手炉、灵幡、策杖和坛场上常用的铃、钟、灯、烛、香、图,业已让凡俗之人目不暇接,遑论个中类别实质和内涵要旨了。其实,揭开道教法术的神秘面纱,我们自己也许在平日生活中就

---

① 刘仲宇:《道教法术》,上海文化出版社2002年版,第16页。

这个世界就分两种人

经常有意无意地扮演着施行法术的角色,只是本身对此懵然无知或根本没有将此联系起来而已。举例而言,古代湖湘之地向有以船送瘟神的习俗,在毛泽东脍炙人口的诗词中,曾有《送瘟神》一首,在获悉吴江县消灭血吸虫后,诗人感怀不已,夜不能寐,遥望南天,欣然命笔。其中"借问瘟君欲何往,纸船明烛照天烧"的诗句,正是对南方地区沿袭的送瘟神法术场景,即扎纸船、焚华舟等活动形象而传神之描述。

　　类似规模不等的"法术",亦有可能天天在人们身边上演或进行,最典型的莫过于人们用自己唾沫来"施行法术":表现一,是将唾沫作为缓解受伤部位或疼痒处的苦楚,或当作增添力气的一种象征性手段,常见到劳动者往自己巴掌上吐口水,然后再发力;表现二,是碰到倒霉事或别人说了触霉头犯忌讳的话,人们第一反应往往就是"呸呸"声连连地以自己口水来"镇压驱邪";表现三,人们相互间有时也会爆发"口水大战",往对方脸上吐唾沫,是最让人难以接受的侮辱手段之一,污秽龌龊加恶心,会引致生理上的反感,而触犯禁忌则是心理上的原因,被别人吐以唾沫,岂不倒霉透顶？这里,我们不难看到,含有"元神"的唾沫,似乎确有令人不可思议的多重魔力。

　　民间还残留着相当多的受法术影响的遗迹。笔者曾住上海北站地区,旧式里弄房子的间隔十分狭仄,左邻右舍难免磕磕碰碰而互生龃龉。记得当时弄堂里有家挂着"河南大旅社"的迷你型小旅社,而我家住石库门房子的前楼,正对面是单人小间,一度被一个外地采购员长包下来。不知为什么,也许是在平时向居民住家的偷窥中(弄堂小旅社的住客多有这种特殊的变态癖好,以借此打发茶余饭后的无聊时间,那个年代的旅馆房间里也不会配有电视),这位仁兄发现笔者家中在某日大扫除后重新置放家具,那个嵌镜的大衣橱朝南摆放后,正对着其窗户。不知出于什么心理,这家伙竟在自己窗外悬挂上一面直径约15厘米的圆镜,显然想以此达到"反射"目的。孰料这家伙的小"法术",招惹了住在笔者楼上的一对绍兴籍老夫妇。他们当然不知道对方之举针对的是二楼居住的敝人家,由于感到受侵犯,在三层阁老虎窗前,针锋相对地放上一面半径不大的圆镜,为增加"法力","老绍兴"还另摆上三个空啤酒瓶,好似三门"大炮"一样瞄准对方房间。这种无声的"斗法",一直延

134

续到那外地客退房为止。"三门大炮"和小镜子,在对面的"照妖镜"随主人一起消失后,也撤离了"阵地"。

另外人们在为亡故亲友送别后,从火葬场归家,总有所谓"跨火"之举,据说也是因为鬼和亡灵忌火。旧时人们过江渡河,搭船动身前,有的要在身上佩带一个"禹"字,无非就是希冀借助治水的禹王来驱逐水中的溺水死鬼或凶神。这种相当于符咒的做法,无疑会给走水路的旅客心理上带来很大安全感。他如本命年扎红绳、穿红裤头,端午门前插菖蒲、艾草以禳邪招福,病人家属将患者服用后的药渣倒在街上等行为,凡此种种,不胜枚举,说明了民间禁忌和善习恶俗中因受各种法术影响而残留的历史遗痕。这在日常生活中可说俯拾皆是,只是不为人们注意罢了。

当然,凡人和能够通灵的法师毕竟不可同日而语,后者才是真正行法的主体。按《道教法术》的说法,授过箓的才可以正式编制进"太上弟子"之列,方可为人上章奏。法箓是证明法师身份的"资格证书",也有高低阶之分,而社会上道教信众对法师的信赖度,与其人道阶的高低成正比。从法术实践来看,若要认真完成一场法事,那些担纲主角绝非浪得虚名者。没有过人的机敏和灵巧反应,没有良好的乐感与身手乃至一定的表演天赋,更重要的是,没有平日里严格的持戒守律和通灵的存想秉性,法师是无法达到役使鬼将、沟通人神之境界的。

此外,有关道教法术的形成、理论原则、方法与手段、法师的资质和训练、道法的行持及其仪式、道法的分类研究、道教法术的发展趋势等,在《道教法术》一书中,都有详尽介绍。很多内容由于鲜见于时下的学术著述,读来尤感获益匪浅。令人高兴的是,作者表示今后还将撰写一部《道教法术史》,这意味着作者将进一步对道教法术做全面的整理,包括对历史典籍中的有关记载和内容做必要的爬梳甄别。对学术界来说,这是功德无量的大好事。我们期待着作者的新著能够早日问世。

行进在黄土地上的红色之旅
——人口所、青少年所、宗教所 2008 年联合考察小记

在春风拂面、鲜花盛开的 2008 年红五月上旬,上海社会科学院的人口与发展研究所、青少年研究所、宗教研究所的 26 位同事(包括一位来自会计中心的人员),利用短暂的休假间隙,开展了带有深刻教育意义的"红色之旅",按照当下时兴的叫法,这条路线也被称作"两黄两圣之旅"。所谓两黄,指的是黄土地和黄河;所谓两圣,形容的是华夏始祖——古代的轩辕黄帝和现代的革命圣地——延安。通过 5 月 3 日到 7 日短短 5 天的行程,我们一行队伍无论是对黄土地上的风土地貌及社会人情,还是对祖国母亲河黄河的壮观气势,抑或是对千年古都西安的魅力及历史底蕴,以及对中共革命发祥圣地延安及当年中共中央所在地的枣园,包括对毛泽东、周恩来、刘少奇、朱德等中共领袖的形象,都有了非常直观的感性体会和引发深思的理性认识。古人云"读万卷书,行万里路",类似我们这种文化上的寻根认祖和接受革命事迹教育的人文考察,对从事社会科学的我们而言,是走出书斋,充实更多知识见闻的好机会,其意义确实是非常重要的。

5 月 3 日,我们乘坐的国航飞机 CA1216 自浦东国际机场到达咸阳国际机场后,当地一位年轻的女导游张婷就以鲜花接机的方式,给予我们亲切而热情的迎接。这位姓名发音听上去和著名台湾女演员张庭相同的关中女子,上来就开始给我们介绍起带有浓重乡土特色的陕西话。她模仿着电影《有话好好说》中导演张艺谋客串的民工喊话台词,大声地叫唤"安红,俄爱妮,俄想妮,俄想妮咧,想得飞也飞不出"(就是睡也睡不着的意思),以及"俄想倪滴太太"(我太想你),"没有辣子,嘟

嘟囔囔"诸如此类的话语，大客车的车厢内气氛顿时为之活跃起来。老陕的口音和秦腔也让我们得以见识。车行路上，眺望窗外一座座山丘土坡，聆听着导游提到的"到了北京看砖头，到了上海看人头，到了西安看坟头"的说辞，不知不觉中，我们已经进入古城中心，下车在大雁塔水景广场，在唐三藏塑像前留影，和各地游客及当地市民一起欣赏六点整开始的音乐水景。只见那众多排列整齐的喷水管口射放出方向不同、高低错落的水柱，随着节奏鲜明强烈的西洋音乐婆娑起舞，似乎向我们跳起了欢快的迎宾舞。晚饭时，邻桌有十多位俄罗斯男女，他们不断发出一阵阵"乌拉、乌拉"的欢呼声，也提醒着我们，古城西安的厚重文明历史，对世界各国游客来说，同样是一种"挡不住的诱惑"。当晚我们入住延炼商务大厦。

在五四运动八十九周年纪念日的早晨，我们驱车前行至黄陵县，导游也更换成了陕北的"后生"徐云峰。据小伙子介绍，这里如今有13万居民，按照古代王朝的划分，他们都是守陵户，也就是说，全国13亿人口中，平均每万人里，就有一个担当了守护"天下第一陵"——黄帝陵的名分。其后又拜谒了轩辕庙。在这里，我们看到了高大巍峨的黄帝手植柏，据说七人合抱还不能将树干包裹住，其种植年代之久和粗壮，由此可见一斑。第二次国共合作时期，其时位居全国抗日阵营最高领袖的蒋中正手书的"黄帝陵"石碑，也无言地伫立在亭子里，听说"文革"时该真迹遭到毁损，改革开放后才告恢复。黄帝陵中在1997年和1999年先后树立起来的香港、澳门回归石碑，以及给台湾宝岛预留的回归石碑空地，看了叫人动容。怎不叫人感怀祖国尚未能完全统一之缺憾，同时念及台湾老兵们和李政道这样拿过诺贝尔奖的科学界巨擘，都无不在此焚香祝祷，作为同样带有炎黄文化基因的我们，也同样从心底希冀华夏子孙能早日团圆，并发自肺腑地感受到中华儿女的自豪与骄傲。

下午在陕西与山西两省交界的壶口大瀑布处，观赏到"万里黄河一壶收"的美景。这个在全国瀑布规模中位居第三的金色大瀑布，让我们对"黄河之水天上来"的天然壮观气势，有了十分真切的感受和领悟。看到大好河山，心中不由再次蒸腾起万丈豪情，真想在三秦大地上大吼一声：祖国啊，俄爱霓滴太太（我太爱你啦）！！！

这个世界就分两种人

2008年5月5日是被尊奉为伟大革命导师的卡尔·马克思诞辰一百九十周年的纪念日。这天一清早，我们就离开入住的宜川电力大酒店，开始了中国革命圣地的参观行程。在当年中共中央所在地枣园，以及毛泽东的故居杨家岭，参观了大量的珍贵文物和文献及照片，有的同人还情不自禁地在当年毛泽东等人工作过的窑洞里驻足留影，甚至还有的特意坐在当年毛泽东的书桌前，追怀其人的业绩，感受历史风云留下的遗痕。这天中午，我们还经过了延河大桥，看到了延安的象征性标志——宝塔。经过这次革命圣地的心灵洗礼，联想到当年毛泽东在此以"自己动手、丰衣足食"为号召而发动的大生产运动，以及在"纺线线"中拔得头筹，成为冠军的周副主席，工作勤勉的少奇同志，和战士打成一片的朱老总，以及理论上建树颇多的张闻天等老一辈革命家留下的种种事迹，这些都将成为单位今后搞好本职工作的宝贵精神财富。

在赶回西安的归程中，我们再次从和小说《红岩》人物许云峰同名的可爱后生导游徐云峰处，学到了诸如"米脂的婆姨，绥德的汉；清涧的石板，瓦窑堡的碳"等陕北俗语。这位因为家中二老为其打造了一口价值万元，铺好地砖的窑洞而喜滋滋的"二不楞登"后生（即将结婚的青年）在离别前夕，还在车上为我们唱起了"信天游"及《东方红》的前身"白马调"，虽说他的唱腔不及如今在神州大地上遐迩闻名的阿宝那么高亢清亮，但那青涩的后生嗓音和单薄消瘦的身板，蓬乱像鸟窝的头发，以及尚且存留的几分纯真和老实，还是给我们留下较深的印象。

当晚，我们在古城著名的"老孙家"用餐，曾被前军委副主席刘华清上将誉为"天下第一碗"的羊肉泡馍，就出自这家饭馆。在席间大家情绪高涨时，人口所的周海旺所长建议大家传念有关青蛙的猜拳绕口令，以提高大家兴致，而且宣布由他先做示范。结果，在大家的期盼和等待中，只听见周所长朗声念道："一只青蛙两条腿。"顿时，别说其桌上人口所的同志笑到要托腮帮，边上宗教所的一桌闻听后，也差点喷饭！后来"三只青蛙三只眼"的笑话自然也层出不穷，类似这种"独眼双腿大蛙"的笑话，不仅引得笑声阵阵，活跃了饭桌上的气氛，也冲淡了我们白天旅途的疲惫。只是隔壁房间的青少年所桌子上没有类似的花絮，他们的滑稽"故事"将在第二天晚上发生。

翌日(5月6日),我们从入住的延炼商务大厦出发,直奔临潼,先到华清池,参观所谓的"天下第一御汤",想到白乐天笔下提到的李隆基与杨玉环之间的爱情故事,但不知为什么,"温泉水滑洗凝脂"的场景,似乎与眼前看到的那几处并不豪华,且有点脏兮兮的水池联系不到一块,倒是对从755年到763年这为期八年的"安史之乱"造成的兵燹,给当时世界上号称东方强国的盛唐,带来从此走下坡路的厄运感到相当惋惜,要是执政者当时能多几分清醒,何至于乐极生悲?

在华清池,我们同时还看到在1936年12月12日发生的"双十二事变"中,张学良麾下卫队营长孙铭九(此人后来做过汉奸)上骊山捉拿蒋介石的地方,以及先后因政治形势的需要而由原来的"捉蒋亭"改为现在的"兵谏亭",让人不由嗟叹世事变化与传统的"春秋笔法"奥妙之所在。下午参观世界第八大奇迹秦朝兵马俑馆,以及根据电脑克隆复制而人工打造的秦陵地宫。我们对在公元前221年统一六国,并在历史上留下"书同文""车同轨",及统一货币、焚书坑儒、建立皇帝制度、设立三公九卿制等政治大手笔的秦始皇嬴政,更增加了全面的认识。这期间,我们还在导游张婷的带领下,参观军用刀具展示。现场那位穿着类似军服的高个子"婆姨"(陕西人对结婚女性的称呼)或"女娃娃"(对尚未结婚,待字闺中的姑娘之叫法)巧舌如簧,只见她手拿用锰钢或炮弹钢材料制成的刀具,飞快地做各种切丝、砍剁动作,那被削落的萝卜片或丝,如雪片般撒落下来,加上她那连珠炮一般的话语,不由让人想起《高僧传》上描绘的当年梁武帝时,云光法师将佛法说得"天花乱坠"的场景。当然,最后确实有四五位同志"心动不如行动"地上前买了这些刀具,而大多数人还就是"走过路过就是错过"地不为所动,以致这位伶牙俐齿,恰似"快嘴李翠莲"的女士还手握刀具,追上我们乘坐的大巴,继续推销,其敬业精神实在可嘉。这天在嘴巴功夫上与其可以PK的,看来只有那位兵马俑馆的讲解员"阿杜"了。个子不高的他,说话特殊,嘴唇不动,一句一句地好似从嘴里蹦出来的钢豆,按其口音,他把"我们"硬是讲成了"威猛","温度"说成是"纬度",别看其貌不扬,口才甚好的阿杜却能把我们一行听众逗得一乐一乐的,其"古事套新词""揶揄加调侃"的解说风格,还真如北方人常用歇后语所形容的那样:说话就像开瓷器店的——一套一套的。

这天晚上,大家在市中心的钟鼓楼广场"德发长"品尝"饺子宴",花式名堂繁多,有三十多种,按人头数每人一只地呈递上来,听说青少年研究所的孙抱弘副所长因为眼神不济,结果在夹了一只饺子后,又将同样的饺子再品尝了一回,后因怕影响他人,只好无奈地坚持做"最后一个动筷子的人",这也引起大家不无善意的笑声。连着两个晚上,两个所领导不经意间招来的欢笑,使我们团队的成员彼此间关系更加随和亲近,也使旅途中经常保持欢快轻松的融洽气氛。

最后一天即5月7日,上午依然像前几日那样,艳阳高照,气温很高。我们先是游览了当今世界上保存的最为完整的古城墙——明城墙。下午又接着游览了附近的回民小吃街。大部分人还特地到中国伊斯兰教"西北四大寺"之一的化觉巷清真大寺参观,由宗教所的葛壮充任临时导游,介绍相应的伊斯兰教文化知识。这里是飞檐翘角、亭台楼阁式的典型中国古代建筑,与目前国内绝大多数带有浓郁阿拉伯建筑式样风格的清真寺有着明显的区别,很有其自身的特色。这也是伊斯兰教在古代传入神州赤县,并和中国传统文化相互融合的历史见证。

在离开清真寺后,下午三点,我们上了郭师傅驾驶的大巴,赶往机场。这时天色已变,由晴转阴。等我们到达咸阳机场时,天空甚至下起了蒙蒙细雨,似乎舍不得我们离开的老天爷,也在抹泪送别我们这拨远道而来的客人。在与送到安检口的导游告别后,我们乘坐东航的MU2336飞机,当晚八点,在浦东机场降落,然后各所的同志相互道别,劳燕分飞,回到属于自己的那口城市"窑洞",从而结束了这次非常有意义,且有益身心健康的联合考察之旅。从某种角度上讲,通过此行,大家彼此间加深了了解,由陌生而变得熟悉,这也有利于今后开展所际间的交流与合作攻关课题,为进行跨学科合作打下不错的人际关系基础。

2008年5月10日凌晨2点38分,
改定于2008年5月10日下午1点整

康熙的遗诏还是让人生疑

孟轲曾云：尽信书，不如不读书。昔日忝为书蠹的本人，如今化作网虫，仍旧未敢忘记古训。对于网上各种消息，只是浏览扫描，一般不太当真。"姑妄"二字摆在那里，何必较真？可面对那些来自权威机构的"大道消息"，一旦产生疑窦，就会难以抑制发自心底的冲动，骨鲠在喉，非要吐出不可。

据东方网 2002 年 6 月 27 日消息，关于雍正皇帝是否夺嫡的历史疑团，已经被揭开，原来有关该疑团的关键性证据——康熙皇帝的传位遗诏就在台湾。报道称这件重要的历史文件收藏在台湾"中央研究院"历史语言研究所里，该研究所的文物陈列馆在 6 月 26 日重新开馆，并首次公开了清代康熙皇帝传位遗诏，诏内写明了"传四太子胤禛"，与传说中的"传位十四子"有所出入，解除多年来的疑团云云。

这则消息还说："有关专家认为，这证明了清朝雍正皇帝确实是康熙临终前钦定的继承人。雍正一向都是历史家的热门研究对象，而其一生中最为后人争议的，是他继位的'正统'问题。民间便流传一些传闻，指原先康熙在临终前已写下遗诏，传位给十四太子，后来给雍正发现，便偷偷把遗诏中'传位十四太子'改为'传位于四太子'。这个问题在 1988 年的《雍正皇朝》电视剧集上映后，惊心动魄的夺嫡之战更引起了海内外华人的关注。"

当天，本人在看毕此新闻后，总觉得有些怪怪的感觉，一时未想到毛病出在哪里。再请也关心历史旧闻和掌故的老母"奇'闻'共欣赏，疑义相与析"，孰料戴上老花眼镜的母亲看后，说了一句："太子只应有一个，哪有这么多啊？又是四太子，又是十四太子的。"家慈的嘀咕，顿时让我"茅塞顿开":问题就出在所谓的"四太子"上!宫廷大内规矩森严、等级分明,岂容民间的野俗乱呼上台面?作为国主的康熙,可以容许下人将自己的十多个儿子尊为"第几阿哥",却不大可能在自己神志清醒的状态下,把这个极其敏感的(太子)称谓随便用在遗诏中的,毕竟他曾两度废立太子,也深知宫廷的争斗之残酷。一代大帝不致昏聩到在有关龙椅传承的重大决策上草率行文!问题还是没有真正得到解决,所谓"康熙的遗诏"就一定是真的吗?或许康熙的遗诏完全是另外的内容呢?北宋初年"烛光斧影"的历史故事,难道就不会发生在大清盛世吗?依靠年羹尧、鄂尔泰、田文镜、李卫等一干满汉大员位登九五的胤禛,要在这种关节上搞点猫腻,让爱新觉罗家族后裔认可自己的"正统",其难度总不见得会大于当代韩国足协主席郑梦准吧。在各国媒体的眼皮底下,后者照样可以让技术逊色于日本的韩国球队连斩欧洲强队于马下,创造所谓"韩国是亚洲希望"的"现代"(其父是韩国最大的"现代"集团总裁)神话,那么,当年的雍正皇帝,如要编排康熙的遗诏,还不是小菜一碟?

与其相信保存在文物陈列馆里的遗诏,真不如让自己多个心眼,别急着下结论,说什么多年的历史疑团已经解开,皇族的嫡庶之争,与我们又有何相干?我们在这里庆幸百年疑团的大揭秘,说不定正是闹了一场大笑话呢。政治上的黑白,还是别去多涂抹,有时越描越黑,"清者自清"。话说回来,雍正登位的正统与否,对历史来说,已经不那么重要,倒是他的一系列政治、经济举措对中国社会的历史影响,值得后人好好总结。

下面曾经是本人在网上以"一介书生"网名所做的签名:

书中自由言入狱,书中字有谎尽误,书中只有玩众术。是故亚圣云:尽信书,不如不读书。写得汪洋恣肆,会犯自由化的禁条;说得太多,惟恐言多必失,祸从口出;想得过分,只有耍假面术哄人骗自己。这个世界,百无一用的还是书生!(书中自有颜如玉、黄金屋、万钟粟,原来据传是宋真宗劝勉后生读书之语,我用谐音换了意思)

首回上海"德比大战"结局的启示

2016年9月2日,申花队曾经的9号球星祁宏在饱尝牢狱之灾数年后,终于摆脱了身陷囹圄的厄运。这位足坛宿将的出狱,将翻开其今后人生新的一页,回首往事,却也不是那么不堪。如十四年前发生在上海绿茵场上的那一幕幕场景,像一壶酽茶,足够祁宏慢慢回味,同样也可供足球场外的各行各业人士汲取个中滋味。

人们期盼已久的同城两支甲A劲旅之间的火并,即被舆论各界炒得沸沸扬扬的上海申花和中远队的"德比大战",终于在2002年中国甲A联赛揭幕式上撩开其神秘的面纱,尽管以年轻队员打主力的申花主帅徐根宝赛前放言,要以大比分摞倒对手,虽然徐指导手中还拥有火力够猛的几杆"洋枪",如奥兰多、索萨和马丁内斯,即使申花拥有着三倍于对方的球迷数量(指预测申花会大比分赢得胜利的支持者而言,该数字来自东方电视台2002年3月9日18点的热点新闻),而且还占据了主场之利,可"球是圆的"这句被人们听烂了的老话,又一次演绎了其颠扑不破的真理:胜利的天平竟一边倒地倾向于原本不为大多数人所看好的中远队,2比0的完胜和申花的洋枪索萨主罚点球都不中的结果,无疑让不少人大跌眼镜。此番中国足球职业化历史上的首次"德比大战",以这种出人意外的结果落下帷幕,不禁让人深感足球本身的魅力之所在,也给我们带来了一定的启示。

细心一点的观众恐怕早就注意到,申花队的领导层,包括徐根宝本人在内,都在2002年初重组后就开始刻意营造一种大力培养年轻队员(所谓的"02队员")的气氛,老队员即便像刘军和谢晖这样在巴西教练墨里西时代常以"双鬼拍门"作为杀手锏派上场的,也在主教练对年轻队员的高声赞誉中显得"雄风不再"。俗话说得好：士为知己者死，女为悦己者容。单从奖掖队员积极性的心理因素出发，这句老话还是很有些道理的。一味地捧新抑老，非但对磨炼新人不利，反而会起到挫伤经验丰富的"老人"（其实也不老，只是相对而言）的恶劣效果。君不见，当闻听脾气火爆的徐根宝将回来重掌帅印，以前曾长期被封杀在"超级替补"冷板凳上的申花大将申思，不马上就卷铺盖走人？因为以前的感情创伤的旧疤，一旦面临被重新揭开的可能，申思当然会义无反顾地选择离开。

常言道：姜还是老的辣。还有句老话，叫作"甘蔗老头甜，越老越香甜"。看看胜利者一方的中远队吧，尽是一些原来郁知非当董事长时的申花旧将，从成耀东、吴兵、申思、祁宏到新近回国的足球"大海龟（归）"范志毅，个个都是久经沙场的老将。正是应了人们常说的大实话："老将出马，一个顶俩！"此次上海的"德比大战"再次验证了这句话的可信度。其实，何止是足球场上的拼搏如此，我们日常生活中和工作实践中对新、老人员的使用，岂不是同样会因过于机械地强调重用新人而将"老"人视作敝屣而弃之不顾？有的单位领导只一味地将一些专业经验尚未完全丰富，甚至是刚刚从幼稚园一路顺风读过来的年轻博士早早地拔苗助"长"，让他们出任各种部门的官长，而对过了所谓培养年龄线的"老人"（其实也就几岁之差）完全不屑一顾，甚至视而不见。这种情况真有点像艺人黄安在电视剧插曲《新鸳鸯蝴蝶梦》中唱的："由来只有新人笑，有谁听到旧人哭？"殊不知，较之讲究体力的足球比赛而言，在学术研究领域的积累方面和主要使用脑力劳动的领域里，"老人"的相对优势只会比运动场上的"老将"们所具备的优势来得更为明显。"德比大战"的结果表明，对新与老的优劣判别，不能过于机械地认识，而要辩证地去看。虽说从长远的趋势来看，"长江后浪推前浪，一代更比一代强"，但急功近利地将之理解为捧新抑老，只会在现实中惨遭碰壁的结果。

仍旧回到被申花队"蓝魔"球迷们斥骂为"叛徒"的申思和其原来的师傅徐根宝的话题上。笔者发现在"德比大战"结果出来后，担任申花主帅的徐根宝若有所失，从媒体报道他对曾被自己牢牢地打在替补"冷宫"中的申思,还不忘略带揶揄口吻地说了句:"连申思都会铲球了。"此外,《申江服务导报》上署名闫松的《复仇后申思"疯了"》的新闻报道,将申思个人的快意恩仇之宣泄,极其形象生动地展现在读者面前。作者写道:"情绪达到高潮的他一边对着球迷喊:'徐根宝!'一边把大拇指挑逗地朝下指——这时连傻子都明白,当年申思和徐根宝在申花结下的恩怨,终于在今天彻底地爆发了,申思如同喷发的火山,再也抑制不住。"刚开始,我还觉得小伙子有点得理不饶人的味道,似乎气量小了些,犯得着为一场胜利如此"发疯"吗?之后再看徐根宝不无嘲弄地"点评"申思,我总算明白为何申思在中远赢球后会一改以前"足球书生"的文雅形象,而选择近乎疯狂的宣泄方式的原因了。徐与申两人之间以前结下的"梁子"还没有真正化解。申思走人已经是对徐根宝上任的挑战,而"德比大战"中志在必得的"复仇"心理,又是他和一班申花老将想再次证明自己价值的原动力,中远队的老将们在众目睽睽之下,干净利落地让赛前在两度"超霸杯"赛上崭露头角的申花新人们俯首称臣,怎不叫他对向来看不起自己的旧主帅"反跷大拇指"!事实上,赛后徐根宝的"连申思都会铲球"的揶揄,还是不经意地暴露出这位在众"洋帅"中独自兀立的"土帅",毕竟有着自己惯性思维上的顽症。申思在国家队里呆了这么多年,会铲个球还不是小菜一碟,有什么可奇怪的?徐根宝的特意点明,故意小觑其人球技的味道也忒浓了。如此看来,申思年初的"叛逃",对发展自己的事业来说,还真是明智之举,因为在一个从来都不欣赏自己的主帅手下冲锋陷阵,是很难将自己的本事发挥到极致的。

这次"德比大战"至少给我们带来以下两点启示:

一是新人未必总比旧人好,老将也有"宝刀未老"的辉煌时刻!在培养后继者时,不要忽视对老将的倚重。笔者认识一位在复旦大学担任某研究机构领导的朋友,据说他就力主直接调用有丰富实际业务经验的人员来充实自己的阵营,而不是只把眼球盯着那些刚出炉的高学历博士。笔者以为,这种思路对于那些处在创业阶段的单位来说,尤其管用。"家有一老,如有一宝",拥有丰富实际经验的人才,就是宝贵的财富。例如刚跻身甲Ａ队列的"升班马"中远队,就通过上述老将们的效力,在对方的主场上痛快淋漓地赢了一把,这场意义重大的开门红,对今后申城球市的走势也起到重要的影响,其深远意义自不待言。首次上海德比后,也曾经是徐根宝指导麾下爱将,但赛前已被视作"廉颇老矣"而转会中远的范志毅"范大将军",不也带着一定情绪地说,比赛的结果证明自己不是被徐指导所贬斥的"空心大萝卜"!看来,中远的老总徐泽宪这第一桶人才"金",还是找准了矿脉的。

二是切忌把人看死,从而抹杀潜在人才的积极性。徐指导目前对02队员们总体的未来看好是对头的,但要避免重犯过去长期"封杀"申思的老毛病,即一旦把某个人看扁后,就再不当回事,而只有善于发现自己部将长处的主帅,才是真正的强者。曹孟德帐内勇士济济,拿破仑麾下猛将如云,所以才分别演绎出典韦拼命和拉纳救主的中外历史佳话。相比之下,与阿瞒同时代的向以智慧傲视群豪的诸葛亮,却连当年向他提出伐魏良策的魏延都容不得,仅凭着个人的第一眼印象,硬是要刀斧手将前来主动归顺的魏文长杀掉,理由竟是其脑后长有"反骨"!可以说,蜀国后来之所以人才匮乏,连东吴都比不上,搞到"蜀中无大将,廖化当先锋"的惨况,追根溯源,和孔明平时不注意延揽人才大有关系。与这种情况相关的现象在社会上不也同样存在?正所谓"墙内开花墙外香",如有的人在单位里被视为"草",毫无价值可言,但到外面的天地中,却常常会因为得以充分施展自己被人为压抑了的长处而被人当作"宝"。

球赛的过程和结果同样蕴藏着不易为人所注意的道理,申花与中远的"德比大战",就反映了有趣的人文现象和人际关系。只是限于个人的水平,还未能将之阐述得透彻清晰。用我曾在某家网站上的签名来说,这是"用小民的脑筋想问题,用百姓的眼睛看世界"。不妥之处,在所难免,还请大家谅解!

后记:

此文写于2002年首次甲A德比大赛后的当晚。一度极受媒体注意的徐根宝在申花三连败后终于走人,拱手让出主教练的席位,虽说开始还保留着所谓"总教练"的虚衔,可大家都明白那只是一个漂亮的"下台阶"罢了。同情弱者是人的天性,我也不例外,徐指导从本质上来讲,还是属于那种大器加大气的双料真男人。这里要说一声：徐指导，多多保重！

时光老人的脚步如此匆匆，转瞬间，已到了2004年的岁首，中国的足球甲Ａ在十年风雨涤荡后，将用更加时髦的"中超"取而代之。上海两支兄弟球队间的德比大战还将继续演绎下去，过去的四场比赛中前三场都是老将为主的中远（现又更名为国际）队获胜，唯独最后一场申花年轻队员们打了一场翻身仗，也正是靠着这一关键胜利，通过此消彼长得来的1分优势，在后面两场大家都无建树的情况下，申花以53分的积分拿到了末代甲Ａ冠军，而国际则以52分屈居榜眼。平心而论，他们的精彩拼搏，为大上海带来了荣誉，这是毫无疑问的。这里，我们不是同样看到新老足球人才完全可以共同谱写辉煌的凯歌乐章吗？

2003年某一天的晚上，我在中央电视台体育频道的"中国甲Ａ十佳比赛回顾"中重见那已经成为历史的镜头。当那些极度凸显恩怨意气的历史画面再一次闪回在我们眼前时，看着申思的过分激动，戴墨镜的徐指导和身边助手吴金贵同样情绪化的表情，以及那让人荡气回肠的绿茵搏杀交织的场景，不禁翻出这篇网文，虽说有过时之嫌，但里面提到的启示，还是值得其他行业的人们仔细玩味的。

我小学里的三个女同桌

1963年9月,我进上海市虹口区某重点小学念书,开始了我的学习生涯。这是一座五年制的市级重点小学,生源也很讲究,一般都是到本区质量很好的西街幼儿园和武进路上的海军幼儿园里招收,经过挑选,只有那些被认为具有潜质的学龄前儿童,方能获得入学资格。我是通过在闸北区一家市级重点小学担任教导主任的母亲,托其校的黄校长出面,才"走后门"进去的,所以每当我有劣迹时,母校教导处的正副主任们都要用略带威胁性的口吻警告我:"你本来就不属于我们这个地段,表现不好我们就会把你退回去!"这招杀手锏对我还真管用,因为自己的家庭出身"有问题",更是让我不敢轻举妄动。可是男孩子调皮的天性使然,我还是经常会积极主动地参与到许多捣蛋事件中,成为年级中有些知名度的皮大王。好在我的功课始终很好,尤其是作文,三年级时到和平公园春游写下的作业,让现在读中学的儿子看了也感到佩服。其实,我们班级里由于多为各路"精英",学习好的并不少,女同学里还有许多长得特别漂亮的,在我大脑皮层中,始终铭刻着她们的芳名。特别让我觉得幸运的是,自己在小学里曾有缘和三位班上非常出挑的女生同桌(进中学后,都是男生同桌,绝对没劲,因为我没有那种"分桃断袖"之癖好,用现在时髦的话来讲,即所谓"涛声依旧"的爱好),她们个个都属于可圈可点的美女。

第一个女同桌的气质特好,鹅蛋脸,修长的身材,白皙的皮肤,鼻梁很挺,眼睛长得相当媚人,声音带有磁性,是其给人印象最深的地方。男生背后给她起绰号叫"老母鸡",这和她的姓氏有关。据我的观察,人们只有处在特别美丽和特别丑陋的两极,才会被异性注意,包括起绰号。至于那些中不溜秋的女生,尽管我的记性极好(这是我的家人极力敦促我去参加什么《幸运十三》和《财富大考场》的主要原因,因为那些需要记忆的常识性问题,对我而言是小菜一碟),却总也记不住她们的名字,但丑陋的倒被我记住几个,这里不忍心说。由于不堪我的"性骚扰"(我常会情不自禁地用手抚摩她的光滑皮肤),同桌的母亲(峨嵋路小学校长)通过熟人向我家里告状,并到我们学校,要求班主任将她调离到另一排。殊不知,"1号女同桌"的这个调动,对我这只"小色狼"的心理打击是多么大。从此就像台湾和大陆,作为"大陆"的我,心里老想着她的"回归"。我们以后彼此再没讲过话,听说她后来是工农兵学员,又在交大做过老师,旋又出国赴"美丽茧"做相夫教子的"蚕蛹"了。至今,我的办公室桌子里还躺着一封永远发不出去的"心",信封上的题款,是写着给"交大纪某某老师"收的。看来到我撒手人寰时,唯有遗憾而已!(最近上网发现美国得克萨斯州 A&M 大学纪令克博士到中国海洋物理研究单位来指导的消息,让我产生疑惑,会不会就是这个"老母鸡"哦?)

我的第二个女同桌外貌极像现在的当红明星赵薇,但她的皮肤更美白,头发也是天然卷卷的,像欧洲人模样,我怀疑她有白俄血统,毕竟旧上海曾有数万白俄侨民留居的痕迹,况且大量白俄柳莺的出没,当时还是霞飞路(今淮海路)、金神父路(今瑞金二路)等马路上的一道"风景线"呢。她的漂亮和性感不用我赘言,只要看看我们当时体育老师是如何表现的就可以了。每次上体育课,我们一帮小男生,都敢怒而不敢言地看着当时 25 岁左右的老师(现在也应该是年逾花甲的老人了)放肆地轻薄"小洋娃娃"。只见他安排我们自由活动,自己坐在椅子上,拿本连环画给坐在他膝上的小美人看。在那个年代,电视机只有黑白的,一般的人家根本没有,小人书的诱惑力之大,可想而知。可怜的女同桌只知道专心致志地看小人书,任凭(其实也无可奈何)那个在当时我们眼里看起来像巨人般的体育老师搂抱和抚摸。我们虽说只有十岁左右,但性意识早就有了,背后给班上美女排名次即为明证。当时自己心里那个气啊,现在提起来还隐隐作痛。可以说,从那时起,我就知道什么叫性妒忌的滋味了。现在的体育老师胆子绝对没有上个世纪 60 年代男老师的色胆大,那时人们自我保护的意识也没有。好在体育课每周只有三次,其他时候都是我和"洋娃娃"同坐,别提多爽了。不过我们只是交谈,毕竟太小,而且前次"骚扰"第一个女同桌的事,被对方家长告到家里,兄姐们常拿此来揶揄我,所以有"前科"在身的我只有贼心,而没有体育老师那样的色胆。我和她之间有过许多倾心的交谈,互相把家底抖搂给对方听。我甚至连自己家里新添置了一台可以收听短波的红灯牌收音机的事情,也拿去和她一起分享。最让我难忘的一次经历,是我们小组负责大扫除,当时我站在三楼窗台上擦玻璃,这个"2号女同桌"在下面给我换水和递抹布,她那种仰着头,担心我会不慎掉下去的关切神情和一声声"当心点",以及我从"危险岗位"上下来后,她紧紧攥住我的手,给我心里带来的是小男生被异性关注呵护的幸福感觉,可惜那只是我们之间不多的几次肌肤接触而已。

也许是体育老师的大手过早地催发了"小美人"的情芽,她很快地就在半年中发育起来,弄得我们男生背后主要话题常常就是"外国人"(她的外号)的胸脯是多么地高和丰满。不久,她也因身高的关系,调到最后排,和另一个全班长得最高的女生(海军军官的女儿)同桌。留下我原地待命,等候"太后"班主任将新的"嫔妃"分派给我。关于"2号"后来的情况,我不太清楚。根据辗转得来的消息,在1969年我们小学毕业、大家劳燕分飞后,"2号"去了和我们小学仅一墙之隔的北虹中学。当时和我同年级(2)班的一位女生(后来嫁给我大哥,成为我的长嫂,现移居香港)当年也因地段关系分在该中学,听她说,住在上海大厦附近的"2号"成了当地最出挑的"拉三"(女阿飞),因漂亮之极,名气甚响,1972年分到西安缝纫机厂。虽说现在的她应该是半老徐娘,但我还是经常在梦中和她邂逅,经常出现的梦境是突然发现她坐在教室的一隅,也和我一样,是在"文革"后恢复高考并考上大学上课,我主动上前招呼,然后又坐在一起。我明白这是一种未了的情结在作祟,以致我会不下一次地鸳梦重温(她的芳名在网上查不到,可能后来生活不太如意吧)。

我的第三个女同桌长得也相当漂亮,人很高大丰腴,性格非常单纯。她有一条长及腰间的粗大辫子,油黑乌亮,在她雪白肤色的衬托下更加醒目。"3号女同桌"给人的印象,是绝对的杨柳青年画中可爱的中国女娃模样。她借给我的六本1957年和1958年的《少年文艺》,其中有印度作家克里申·钱达尔创作的《一棵倒长的树》,是分三期连载的。这几本当时小孩子十分珍惜的书刊,我一直珍惜地保存到现在,每次搬家或给儿子再看时,真恍如隔世,同时不禁会联想到自己同桌那张清纯靓丽的脸。

"3号"在毕业前夕调离到其他学校,以后我再无任何机会还书给她。最让我对这位极其信赖他人的女孩子感到内疚的,并不是我多次上课时弯腰下去将手伸进其大大的裤管里,去来回摩挲她那壮硕丰满而略带弹性的小腿肚子的下流行为,其实这是一个已经开始有性意识冲动的男孩子自然的选择,而且"3号"好像也并不讨厌我的抚摩,每次她总是咯咯地小声笑着,似乎很怕痒,但从来不为此恼火。让我觉得对不住她的,是自己曾经欺骗过她一次,至今想起还内疚。

当时我们班级男生分裂为两派,我所在的一拨人,是家长为一般职员的男生群落。另一拨人是东海舰队军官的儿子们。我们两派常打架,泾渭分明。我是个子和力气都比别人大的那种打架胚子,所以很起劲,每天课间时,就是我们这些"雄鹿"们在女生面前"角斗"的机会。此种和动物间雄性争斗没啥区别的对抗,现在想来也会哑然。一天,我拿起弹弓,跑到不为人注意的墙角落,装上纸做的"子弹",瞄准了身为"敌酋"的那个"大块头",暗施冷箭。孰料没能"百步穿杨",却射到自己同桌"3号"美丽的额头上。"哇"的一声娇啼,让男生停止了打斗,女生中立刻有人叫来班主任胡老师。这位教数学的胡姓班主任也真叫糊涂,居然主观地认定是那个"大块头"作案,因为当时我们几个对射者手中都有弹弓在手,可能因为我的功课名列前茅,给老师和女生的印象都要比功课最差的"大块头"好,所以大家都以为是"大块头"弹射的纸弹,而且"3号"是我的同桌,我没有必要去"射杀"她,大家都没有想到有"误杀"的可能。"大块头"本人当然是一口否认,但没有谁会相信他。那天上课以后,我忐忑不安地问"3号":"你知道是谁弹你的吗?"她很肯定地说:"大块头!"于是我再也不敢响了。这以后,一直没有机会,也无勇气告诉她真相和向她道歉。直到现在,我还不能原谅自己。这件事,我在前几年告诉了妻子与儿子,妻子宽容地笑笑,儿子则笑着说,爸爸小时候"料坐"(上海话,也就是北方人说的德性)老"丘"(坏的意思)的。可我还是不能谅解自己。那么善解人意,可以说与我有多次"肌肤之亲"的同桌,被我"误杀"了一回,到头来却连"凶手"是谁都不知,真是太冤了(最近在网上看到淮阴师范专科学校心理专业有个硕士文凭的老师,也叫于玲玲,不知是不是她呢)。

　　说起那位"大块头",其父是当时东海舰队驻沪部队有大校军衔的师级干部。毛泽东 1964 年来上海,接见东海舰队驻沪部队干部时,他就站在领袖身边,可见其地位之高。这张照片赫然挂在其东长治路的家中,在那个年代,不啻具有"镇宅之宝"的作用。由于部队单位在物资匮乏的那个年代还定期地将一筐一筐的各式水果发给军官家庭,所以"大块头"上学时口袋里常有橘子。在那个年代,我们就像非洲小灾民一样,很少有机会吃水果,所以总是羡慕地看着他从裤袋里摸出那些水果点心来享用,我们这些职员子弟在一旁只有干咽口水的份。"大块头"在 1969 年进上海第五中学后不久即因和人打架,用刀刺伤对方,被其父迅速地安排参了军(尽管还未到入伍的年龄),不知后来发展如何。我只知道"大块头"的姐姐比我们高两个年级,却是品学兼优的大队主席,长得倒也端庄美丽、明眉皓齿。"大块头"虽说和其姐很像,也是浓眉大眼,但眉宇间却有股蛮横的野气和煞气,我和他彼此打过好几次架。由于"文革"后,我的成分不好(父亲本是国民革命军第十九路军的军官,又是"右派",早在 1957 年即以"历史反革命"的罪名被逮捕),自己一直被"大块头"等一拨海军军官子弟视为异类,所以彼此交情不深。

　　小学同桌的故事还有很多,网上论坛中关于同桌的话题,勾起我的思绪,于是将自己小学的同桌写下,算是一种对往事的回忆吧。文中小学里的同学原来初稿中全是用的真名,后来考虑到不太妥当,于是改用代号。其实,留在我记忆中的美丽女生还有一些,虽说她们都已经是美人迟暮,但留在我脑海中的还是那一张张童稚可爱的脸蛋。男生中也有一些让我印象深刻的,我曾经到 163 网站的校友录,看到我们小学的校友录,大多为 90 年代的新新人类,1963 年入校的班级只有我们(1)

班，里面登记的也就是我一个人，形单影只，好不凄凉。由于同龄人中像我这样混迹于网上的老家伙不多，如果哪位新新人类正好是我当年同学的后代，就请帮我转告一声来自老同学的问候吧。

初稿于 2002 年 3 月 1 日 17 时 56 分

二稿于 2003 年 3 月 29 日 15 时 09 分

定稿于 2003 年 10 月 25 日 20 时 45 分

心中流淌的爱河

1982年初秋,还是在刚到杨浦区的那所市重点中学报到,开始自己短暂的教师生涯之时,为了锻炼,也为了发散蕴藏在自己体内的那股青春精力,上班时,我总是先步行两站路再乘上公共汽车。当时尚未搬家,住在老北站,每天都要经过武进路上的新华金笔厂(现已改旧名为永生,而且升格为上海股市中颇为吃香的小盘股)。最初对出入于该厂的人员尚不留意,时间久了,该厂的一位女青年渐渐引起了我的注意。

当时自己仍是"年过二十五,衣破无人补"的"王老五",进大学时为78级,同学中大多为老三届,而且男性占绝大多数。身为"文革"结束后恢复高考的头两届学员,我们那时对知识的渴求和疯狂劲头,是各个高校的师长们一致公认的。就像高尔基形容的那样,我们看到书本,确实像饥饿的人看见面包那样扑过去,图书馆里人满为患,夜自修的教室里,通宵达旦用功的也不乏其人。在这种氛围中,谁还会用心思于恋爱呢?一是大多数大龄同窗已有家室,如当时和我同室的八人中没有结婚的只有新疆来的小吴和我,其他都已为人父;二是可供选择的青年女性实属凤毛麟角,整个系里屈指可数的女生中,也是妈妈身份的居多,加上当时人们之间的男女大防程度之深,远非现在开放的青年大学生所能想象。所以,在校读书期间,除了中文系和外语系稍微浪漫一些,其他各系的学生基本上不作谈恋爱之想。可是,正常发育的我,毕竟血气方刚,从华东师大毕业后,男大当婚的念头油然而生。尽管同事也为我张罗介绍,但却难符人意,总觉得不是自己心仪的那种类型,特别是我拿这些走马灯般地在我多次"约会"中出现的女子们,和自己每天上班路上必然准时碰见的那位姑娘相比,更觉得反差强烈。这种比较自然使我一次次地拂了校内那些古道热肠的"红娘"们的美意。当然,个中的真正原因,我从来没有道破,只是推托自己还想考研究生,不想马上成家云云。同时,为了宣泄自己多余的精力,私下里猛练哑铃、杠铃和打以刚猛见长的陈式太极拳和心意六合拳,或认真复习功课,准备考研。即便这样,我的心中,仍不免春意荡漾,对天天路上撞见的姑娘牵挂不已。

说来也巧,那位姑娘每天从吴淞路方向缓步走来,经过四川北路,往往是在早上6点20分左右,而我此时也多半会迎面碰见这位让人百看不厌的姑娘。她的身材高挑出众,十分挺拔,丰润而不显胖,颀长的双腿线条特别健美动人,白皙的肤色和乌黑的秀发形成鲜明的对比。最让人难以忘怀的是姑娘的双眸望似秋水,柔美的面部轮廓更像是对姑娘的温柔做了最完整的诠释。从我看到她的第一眼那刻起,就知道自己从古书上看到的"沉鱼落雁"和"闭月羞花"之语,绝非古人生造杜撰,它们的确可以用来为我当时眼睛所承受的震撼力和大脑所产生的第一印象做最恰如其分的注解。随着以后天天上班途中的邂逅,我把每天早上的短短相遇,当成了最大的幸福享受。那时双休日还只是西方国家的作息制度,咱们还没福气享受这份舒适,每星期需工作六天,因此,除了新华金笔厂的周四厂休日,我每周有六天可见到这位望似天人的姑娘,就连我自己休息的星期日,我都会向母亲编造一个出去晨练的理由,傻傻地跑到武进路上。这样不仅可以"迎面"撞见姑娘,让她用那明眸的亮光来照射我的心房,而且能够"尾随"目送姑娘,使其美丽可人的倩影尽收我的眼底。因为礼拜天的时间全属于我,不用急匆匆地赶着上班,我在这天也就比其他日子多了一分"追随"的愉悦。

一开始,不知名的姑娘可能还没察觉到我的存在,但时间一长,我这种迹近性骚扰的每天大胆"放电"和每周一次的"跟踪"终于被姑娘发觉,但她对此好像并不太反感,原因既与我始终没有上前搭讪有关,也与我那副读书人的模样不无关系。那个年代,刚刚开始改革开放,大学生的头上都像套着无形的光环,相当荣耀,在市民的心目中,绝不比如今百姓眼里的博士生逊色。我那种青年知识分子的样子,外人也很容易看得出来。显然,姑娘从我脸上读到的信息,肯定是正气或浩然之气多于邪气与匪气。这种心底的好感,不经意地流露在姑娘的唇边,而我从她的微微笑意中,体会到的不单单是鼓舞,更是一种能够化骨柔肠的感动。遗憾的是,我却将自己对天人的爱慕行止,牢牢地拘囿在上述范围,再未敢越雷池一步。更让我感到叹息和无奈的是,半年以后,也就是学校放寒假期间的某一天之后,我没有再在武进路上见到这位不知名的姑娘。也许她已经离开工厂,或许离开了这座城市或国家,到其他地方谋求发展。不过,姑娘的倩影永远地留在了我的记忆中。

　　二十年过去了,如今的我,早已因考上研究生而离开执教的中学,并且有了自己的家庭。之所以旧事重提,是因为这位曾经让我魂牵梦萦过的美丽姑娘,最近又在我的梦中出现,居然还是记忆中的那般年轻和清纯。梦醒时分的那种无以名状的惆怅和刻骨铭心的感怀,让我看到那条仍在自己心中流淌的爱河,还根本没有干涸。

新加坡的魅力和经验

多年以来,笔者就一直向往着到有"狮城"之誉的新加坡来亲眼看看,这个华人居多,同时也有着马来裔、印度裔等其他族群居民的城市国家,经常出现在中国的报纸版面上,尤其是在中国进入改革开放后的三十年里,新加坡从与中国的建交,到通过苏州工业园区的合作模式,包括两国在政治、经贸、文化乃至军事等各项领域内的全面往来,使得双方民众的相互了解也不断增加。

但能够亲自踏上这片土地,到新加坡社会中去实地感受并了解该国独具的魅力和发展经验,毕竟是不太容易且又很有价值的尝试。笔者有幸,承蒙新加坡圣公会大主教周贤正的邀请,随由来自上海市政府管理部门、宗教界、学界三界人士组成的五人参访团,在新加坡做了为期八天的访问,我们每位来访者都对新加坡留下了十分深刻的印象。

多元文化和谐共存的社会

来过新加坡的外国旅客,第一个最直观的印象,莫过于这里让人目不暇接的多元文化特色,除了华人世界中屡见不鲜的文化元素之外,我们还能在在感受到那各式各样的族群文化和不同的宗教信仰相互共存的和谐气氛。客居新加坡的数天,正逢伊斯兰教的斋月,而即将返沪之际,又是开斋节的喜庆日子,在亚太地区圣经公会主任柯伟生的驱车陪同下,笔者一行还专门到阿拉伯街(Arab Street)转悠了一下,浏览当地的夜景。恰逢电视台采访车在做节目拍摄,也看到了穆斯林欢度节日的身影,苏丹清真寺的建筑在夜色下显得非常庄严肃穆,来自各国的游人则三五成群地围坐在街边的摊点上,有的啜饮饮料,有的在抽水烟,整个环境相当静谧祥和,异国文化的风味特别浓郁,使人仿佛真的置身在阿拉伯世界。

在访问中,我们到过圣安德烈主教座堂造访。周大主教指着毗邻的一座清真寺建筑告诉我们,那是新加坡唯一的什叶派清真寺。其实,在新加坡,类似的宗教文化场所相互间紧紧傍依的场面,可以说俯拾皆是。如在有"小印度"之称的街区,印度庙旁就有清真寺。同样,佛教庙宇、道教宫观、基督宗教的教堂、犹太教的会堂、锡克教的圣庙("谒师所")、祆教(琐罗亚思德教)的帕西会所等,都可在新加坡见到。

不同的宗教景观,给新加坡增添了别样的风采,它们也正是今天新加坡社会中多元文化和睦相处、和谐共存的最有力写照。在9月21日圣公会新加坡教区成立百年纪念而举办的"家庭日"(Family Day)上,与会的副总理兼国防部长张志贤亲切接见我们时也说,我们作为客人,应该也能够感受到新加坡多元文化和谐共存的重要性,虽说只是握手寒暄时的寥寥数语,但几天来的印象也屡屡验证了新加坡在这个方面取得的成功确实是很突出的,也正如今年新加坡国庆期间,李显龙总理所做的华语演讲主题所昭示的那样:让种族与宗教和谐继续成为社会基石,而这正是一个多民族的中国在崛起过程中要认真汲取的宝贵经验。

宗教界的社会服务

经由周大主教的安排,我们还与中国驻新加坡大使馆取得联系,专程登门拜访了大使张小康女士,张大使将中、新两国的外交友好关系,很贴切地用"高、深、广、快、新"这五大关键词来加以形容和概括,即两国的合作机制层级高(如王岐山副总理和吴作栋资政最近的互访),合作程度非常深入,合作领域和地域十分广泛,双方的关系发展特别快捷,两国合作有了新的模式,例如科学城、生态城、知识城的构想业已放到议事日程上来,这些介绍令全体参访团成员对两国关系的发展前景,有了更全面的认识。

张大使还强调指出,在宗教及学术研究的领域内,中、新两国同样可以拓展更多的合作空间,而两者之间的各种互动越是频繁,也越发会促进双方的了解。

事实上,张大使的归纳,在我们这次访问中就有集中的体现。通过我们在一周内走访的樟宜综合医院、圣安德烈社区医院、自闭症中心、戒毒收容中心、专为乐龄人员提供帮助的家庭服务中心等场所,令到访者对新加坡社会的社会服务质量感受甚深,尤其是对宗教界在参与和提供社会服务方面的作为和贡献印象极深。同行的上海基督教界领袖沈学彬牧师和国际礼拜堂主任牧师刘斌也都对此感慨良多,比照之下,中国宗教界在这方面略逊一筹,在此领域提供服务的空间尚待开拓。

因应新加坡的社会需要,加上政府也乐见宗教界出来担当社区服务事业,所以像1992年成立的圣安德烈社区医院的服务宗旨就是"不分种族、宗教或身份地位",而且对待病人也是"先医治,后谈钱"。由于每年在支付上多达200万元至300万元的亏空,故此教会需要发动义工,不是为了宣教需要,完全是配合政府,服务社会。这也是教会主办该社区医院的一个原则。新加坡东区的马来族病人比例相对较高,但却没有发生过一例穆斯林病人拒绝来此基督教医院看病就诊的事情。教会的社会服务质量由此可见一斑。他如对戒毒者提供的职业帮助,以及对乐龄人士和有自闭症倾向的患者提供社会服务,也都取得了一定的成就。

不惟基督教如此,新加坡政府也鼓励其他宗教发挥自身的积极作用,如回教学校的贫困学生有需求可以向校方求助,有的社区也有以清真寺为中心的求助方式。佛教也提供免费医疗,包括提供老人的免费居住场所等。

从我们访问的新加坡政策研究所那里了解到,新加坡还有国立的社会服务理事会机构,而在我们专门谒见社会发展、青年及体育部部长维文医生,及有幸和人力部部长颜金勇共进晚餐时,两位部长都提到了社会多元文化背景下各宗教及不同社群和谐相处的重要性,也强调了宗教在提供社会服务方面可以发挥的重要作用。这也让我们看到新加坡政府高层对此的重视程度。

这个世界就分两种人

民众脸上流露的幸福指数

陈寿《三国志》卷五十三《吴书·张严程阚薛传第八》中,有裴松之注引《汉晋春秋》,提到吴主孙休向自己遣派到蜀国求马的五官中郎将薛珝打听蜀政之得失,薛珝的回答中有"经其野民皆菜色"之名句,此言流传千古,遂被视作观察国家朝政得失的一个标杆,用今人的话语论之,其实就是看民众脸上流露的幸福指数之多寡,就是衡量该社会成功与否的重要标尺。

笔者在新加坡逗留的数日中,留心注意到大街上、社区中、机关内、医院里等所到之处的群众,以及接触到的商店营业员、餐馆服务生、海关检察官等各种身份的人员,基本上多以笑脸示人,那发自内心并洋溢在脸上的幸福指数,应该是相当高的。只有生活的稳定安逸和世局的太平安宁,才会形成这样的"指数",这绝非朝夕之间可以养成,更不是随便就能做作出来的。如若再对比一下媒体上常常提及的兵燹不断的动荡国家或灾害频仍、饥馑伴随的地方,当地民众脸上呈现的漠然甚至是绝望的神态,就可清楚地看到新加坡民众对自己生活的满意程度了。这一点,笔者在一位来自中国并移民新加坡的成功人士及家属那里,也得到他们明确的认同。开斋节夜晚,路经新加坡最繁华的地段,看到午夜时分还排着长队等待进入舞厅跳舞的群众,以及白天在乌节路上熙熙攘攘的购物者们,夜里在老巴刹集市品尝夜宵的消费者们,他们脸上对生活的满意神色都一次次地验证了笔者的观感。

此次访问中的观感其实还包括新加坡民众对国家的高度认同及凝聚力,他们在法制观念上的高度自觉。新加坡执政者们对历史的客观反思和向前看的健康心态也让我们印象颇深。

这样的心态,在周大主教作为礼物馈赠我们参访团每人一本的《白衣人——新加坡执政党背后的故事》(*Men in White: The Untold Story of Singapore's Ruling Political Party*)书中,也得到很充分的诠释。内阁资政李光耀在为此书撰写的序言中提到:"我最后的工作是确保有同样能干和诚实的继承人来接过老一辈领导人的棒子。治理新加坡的工作已经变得更复杂。他们必须维持国家的安全和稳定、管理一个更复杂的经济、继续确保不同种族间的社会公正。"

也许,对新加坡而言,固然有其自身治理目标上的侧重点,但依笔者之见,所谓"他山之石,可以攻玉",在全球金融中心排名第四、已经跻身于世界发达国家之列的新加坡,在很多方面都发散着其特有的国家魅力,其成熟的社会发展经验对如今已走上崛起和复兴正途的中国而言,更是弥足珍贵。

一本正经
聊文化

大枭雄袁项城其人

——写在袁世凯去世百年之日的随笔

整整一百年前的今天,即1916年6月6日,中华民国的首任正式大总统袁世凯(1859—1916)去世。与临时大总统不同,当时老袁这个位置,还是用选民的选票获得的。这是一个绝对有争议的历史人物。想当年,革命党人还在袁氏以足疾为借口隐退洹上村时,就纷纷致电要求其"回旗北上,犁扫虏廷",将袁氏目之为"汉族之华盛顿惟阁下是望"。李鸿章去世前向朝廷推荐的继任者,也如此说道:"环顾宇内者,无出袁世凯右者。"就连孙中山、黄兴在民国成立后应袁氏之邀去北京,三巨头首次会见后,经多次密谈,孙大炮也发出感慨:"今日之中国,惟有交项城治理。"黄克强也在接触后表示,袁总统"实为今日第一人物"。能让孙、黄两位如此服膺,也叫李合肥这样看重,足见袁氏确实不是寻常人。而到一百年前的芒种之日,即丙辰年端午节的甲戌日,老袁去世,却是全国欢庆之时。此时的袁大总统已经成为千夫所指的窃国大盗。本文就是上海人说的,"脚踩西瓜皮,滑到哪里是哪里"。随兴所至,想到哪儿说哪儿,权当聊天侃大山,发发思古之幽情。

一、从所谓的"西山十戾"说起

"西山十戾"来自清末民初北京老百姓的坊间传闻:据说北京的西山有十个修炼千年的精灵,它们分别是獾、熊、鹗、猪、驴、狼、狐、蟒、猴、蟾。由于通了人性,遂投胎转世,成为伴随大清朝始终的十位重要历史人物。从清初的洪承畴、多尔衮、吴三桂,到兴旺隆盛时期的年羹尧、海

这个世界就分两种人

兰察、和珅,再到晚清的慈禧太后、曾国藩、张之洞,以及最终让老主子寿终正寝的袁世凯,它们一一对照。拿晚清几位来说,通过辛酉政变上台的那拉氏,作为"十戾"中唯一的雌性动物,身为女性的慈禧,对应的当然就是狐狸精;在同、光年间人前显赫的中兴大臣之首,且在生理上罹患一身牛皮癣顽疾的曾文正公,对应的是蟒;而那位主张"中学为体、西学为用"的张之洞,对应的是猴;至于长得矮胖的袁世凯,在民间的传说里,也被列入所谓的"西山十戾",即列于末位的蟾。蟾即蟾蜍,民间也俗称为癞蛤蟆。袁世凯五短身材,走路呈八字脚状。四九城里多传说,袁世凯每逢阴天下雨都爱张口嘘气。袁世凯闹登基的那年,处于天安门西南侧的陶然亭里蛤蟆叫声震天,街巷传闻是袁世凯的元神到了中国四大名亭之一的陶然亭,引得那里的蛤蟆"吵坑"。俗语"癞蛤蟆难过端午节",袁项城死在民国五年的6月6日,在前一天,袁氏已经人事不知,而此日正是农历丙辰年的五月初五日端午节。更玄乎的是还有人说,在袁宫保断气时,其床下居然跳出一只大蛤蟆,怒目而视许久,后蹒跚而去,不知所终。这样的传说近乎鬼话,也是坊间对其人的一种形象毁损所致,所以说,防民之口甚于防川,百姓的那张损嘴,不是你想堵就堵得上的。做人难,做名人难,而做个最上层权力位置的名人,更是难乎其难。这也是当年孙仲谋劝曹阿瞒当皇帝,曹公要把孙权说成是想把自己放在火上烤了,那就是一种被烤的地位,非常人可以承受。

俗话说得好,三岁看到老,自古英雄出少年。史载,十三岁时,袁世凯就曾霸气外露地写成一联道:"大野龙方蛰,中原鹿正肥。"由此不难看出,袁世凯绝非一般的愚昧蠢笨的池中之物。而到了十四岁,胆儿更肥了,这位河南项城籍的少年竟然发出"我欲向天张巨口,一口吞尽胡天骄"的近乎狂妄之语,而"胡天"一语,矛头可谓直指颠顶的满清王朝。幸好此时已过文字狱入罪的高峰期,否则单凭这两句,便足以让袁世凯株连九族(当时文人可以为"清风不识字,何必乱翻书"的诗句掉脑袋,而"维民所止"的文字官司,曾让人成为刀下鬼。反过来,乾隆也因殿试者中有人名为胡长龄,就御点其为状元,可见满清对"胡"字是很在乎的)。这里,少年袁项城的行止,倒确实有点像民间歇后语说的,癞蛤蟆张嘴打哈欠——好大的口气。从某种程度上讲,蟾的形状于斯时,已微露端倪。

二、"元宵"改"汤圆"的出典

　　2015年9月，我在复旦大学给社会上的一些喜欢读书的老总学员们讲课时，曾经给袁世凯划分了这么几个历史时期：驻军朝鲜时期、小站练兵时期、戊戌变法时期、庚子之役时期、辛亥革命时期、民国初始时期。

　　因为家慈针对我发在个人公众号上的《简析"台湾主体意识"》一文而批评我，不要在微信上发大段的学术性论文，没有人要看，那是"明珠暗投"！好朋友、复旦的王雷泉教授也点拨我，文章不要太长，所以俺只是点到为止，有兴趣者自己可以钻研去。说到底，我也只是在此消遣一下，当个乐子。比如，袁的九个"如夫人"（一妻九妾）中就有三个是朝鲜女子，这显然是三只在其驻军朝鲜时邂逅的"爱情鸟"。说起袁世凯在朝鲜，其实过的也是军旅生活，险象环生。1884年，朝鲜发生甲申政变，朝鲜的亲日派在日本驻朝使臣竹添的暗中策动下，杀进王宫，企图挟持国王发动政变。此时在朝统兵的大清国军事长官袁世凯当机立断，身先士卒率兵攻打王宫，其间有一个地雷在距他不过十步远的地方爆炸，将他震翻在地，险些丧命。最终，日本人的政变阴谋因为袁世凯的果断进攻而未能得手。怎么样，袁宫保威武吧！

　　我在有关记载中看到这么一段：1916年元旦袁世凯正式登基为"洪宪皇帝"前，北京的警视厅通令全市卖元宵者改"元宵"为"汤圆"，并在店铺前书写"汤圆"二字，以便市民购买。原来，袁氏亲信认为"元宵"音同"袁消"，于新皇帝不吉，因而改"元宵"为"汤圆"（引自《民国趣典》）。

　　香港著名女歌星徐小凤以她那浑厚天然的嗓音高唱："卖汤圆，卖汤圆，小二哥的汤圆是圆又圆。"曾经脍炙人口，每每听到此歌，我的脑海里就会浮现出那"甲天下"的龙凤汤圆，盛放于一枚汤匙上，雪白糯米皮层咬破了，缓缓流淌出浓浓黑芝麻馅的画面。这支歌传遍大江南北，肯定也是对早已魂归项城的袁氏名声也是有利的，试想，如果换成"卖元宵，卖元宵，小二哥的元宵是小又小"，那见鬼了，不是卖北平大汤圆了，那是在卖宁波汤圆（以小著称）了。从民国初年袁氏亲信的做派可以看到,拍马屁的人有时也蛮好玩的。

三、"爱兵如子"的袁宫保大人

袁世凯早年就对鸦片深恶痛绝,在朝鲜统兵时,手下抽鸦片的士兵但凡被发现,即被强令戒毒,若再犯者,格杀勿论。从这点看,似乎他对手下过于严苛和不讲情面。其实不然,平时对于士兵的伙食日用,袁世凯却非常重视。他曾下令必须充分供给;遇有生病的士兵,不顾传染与否,袁世凯都会亲自携药探视。夜间巡营,若见有在外露宿者,即招呼其入室休息。部下有阵亡者,必视殓祭奠;有负伤者,必监督救治。时人称颂:当时武将中,爱兵如子者,莫过于袁项城者。这种军中传言,想来不至溢美,把它视作其笼络军心的一种手段也罢,总之定有其事。相传北洋军中士卒早上操练时,每次都会有军官大声询问:"是谁给你们发的粮饷?"士兵们就会齐声高喊:是袁宫保!这样类似洗脑的反复训练,头脑简单的军汉们当然心中只知有袁宫保,而不知大清国的天子了(无论被软禁瀛台的光绪还是小皇帝宣统,都早就不是新式陆军的效忠对象了)。

袁宫保对士兵不错,那么对待知识分子呢?用周树人即鲁迅先生的话来形容,恐怕比较形象而更接近真实。1912年冬天的一个早上,刚刚升任教育部社会教育司一科科长的鲁迅,在教育总长范源濂的带领下进见大总统袁世凯。进见持续的时间很短,周树人一生也只见过袁世凯这一面。他后来评价道:"整个民国期间,只有袁世凯略知怎样对待知识分子,对稳定统治最为有力。"看来,周科长的第一印象还是可以的,起码有获得被对方尊重的感觉,也说明袁大总统并没有颐指气使、盛气凌人。

1912年3月10日下午3时,袁世凯宣誓就任中华民国临时大总统。国人对他诟病最多的是"二十一条"和称帝。1915年,日本乘中国衰弱、列强忙于"一战"之时,提出了企图纳入其保护国的"二十一条",此时袁世凯深知如日本强行出兵,中国绝对无力抵抗,于是从1915年2月2日到5月7日,历时105天,袁世凯就"二十一条"与日方的代表大隈重信逐句逐字力争,殚精竭虑,终于耗到了美国出面干涉,日本迫于压力,最终将威胁中国主权的条款几乎全部放弃。民国著名学者胡适称:"二十一条,是弱国外交的胜利。"历史上把5月9日定为五九国耻日,殊不知,任何人在那屠弱的国家最高统治者大位上,能够怎么做?换位思考一下,你有雄厚的国力吗?换言之,容易吗?批准密约后,是老袁自己亲书两道密谕,要各省官员勿忘签约的民国四年(1915)5月9日为国耻日,"凡百职司,日以'亡国灭种'四字悬诸心目",要民众"忍辱负重"。他还授人写就《中日交涉失败史》,刊印五万册秘存于山东一处监狱里。有人说,大总统曾咬牙切齿地说:"终有一天我们翻身,会将此书公开发行!"

四、清末政治改革的实际推动者

谈到清末政改,袁世凯可算是最重要的实际推动者。为了不使改革流于表面,袁世凯不惜与当权满清勋贵公开决裂。一次在朗润园的高层会议,袁世凯与摄政王载沣就责任内阁的建立和军机处的存废当场吵得面红耳赤,两人互不相让,载沣一怒之下甚至掏出手枪作势便要打死袁世凯。

论起废科举的始作俑者和首席功臣,还应该是袁世凯。由他主持撰写的《请递减科举专注学校折》中,袁宫保大声疾呼:"如果十年后再废,人才无法急切造就,则又要二十年才能见效。强邻环伺,如何能等?"并为已受新式教育者们安排好了出路,如大学堂毕业的,给进士功名,高等学堂毕业的,给举人功名,考虑可谓周到。

五、袁氏手下的"龙、虎、狗"

就像俗话说的那样,一个好汉三个帮。袁世凯何尝不是如此,其麾下猛将如云,人才济济。中国近现代意义的军旅史上有那么多的名将,有不少追溯源头,可归并到北洋军阀的系统。著名的"北洋三杰龙、虎、狗",就是袁宫保调教出来的,他们中后来分别有两个担任总理,一个更成为总统,个个都是名留史册的响当当的著名人物。光绪二十五年(1899)冬,署理山东巡抚的袁世凯曾邀请德国驻胶州总督到济南阅操。

德国总督看到袁世凯所练的新军确实要比旧军操练精娴,赞扬主持操练的王士珍、段祺瑞和冯国璋为"北洋三杰"。时人将善操权谋于腹中的王士珍称为"北洋之龙",将常行凶残于外形的段祺瑞称为"北洋之虎",将忠于北洋且善于打仗的冯国璋称为"北洋之狗"。此三人中,段祺瑞赴德国学习过炮兵,冯国璋曾赴日本考察近代军制和日本军事,王士珍并未出过国,却有"神龙见首不见尾"之权术。其中最不济的被称为"北洋之狗"的冯国璋,后来也成为大总统。近些年来经常在春节晚会上通过表演相声偶尔露面,言必称"亲爱的观众朋友们,我想死你们啦"的冯巩,就是冯国璋的亲曾孙子。他也曾经上过银幕扮演其曾祖父,可惜气场差得太远,演不出其曾祖父的精气神来。

北洋三杰之首的王士珍曾出任民国总理,素以低调闻名。为什么要低调呢?据他自己说:他年轻时也挺狂,睥睨天下,目无余子,从军时遇到李鸿章,发现李鸿章智慧才干,不知高出他多少,可是却处处碰壁,天天挨骂。这时王士珍才知天下事之难,难就难在你干得越多,挨骂也越多,从此收起狂妄之心,低调淡定过了一生。

被称为"北洋之虎"的段祺瑞曾任国务总理、执政,有"三造共和"的美誉,是当时少有的廉洁官员。他一生的做人信条是"不抽、不喝、不嫖、不赌、不贪、不占",人称"六不总理",在物欲横流、无官不贪的民国时期,是个官场的另类。所谓水至清则无鱼,这位民国初年的"马英九",在"三一八"杀害北平学生的惨案发生后,黯然离开政坛,也有长跪不起以表悔罪担责之意的表示。用沪语形容,段祺瑞绝对是个有腔调的模子!

至于冯国璋,与袁世凯的关系其实蛮微妙。1914年初,袁世凯为了笼络冯国璋,将自己的家庭女教师周砥介绍给冯国璋为续弦夫人。袁氏父子亲自指挥部下将这次婚礼办得格外隆重,还送了大量陪嫁品,一时轰动大江南北。一说周砥嫁给冯国璋后,将冯的一举一动通过婢女密报袁世凯。袁世凯死前曾感慨道:"予豢养左右数十年,高官厚禄,一手提拔,事到如今,无一人不负予!不意一妇人,对我始终报恩,北方文武旧人,当愧死矣!"另一说则如冯国璋的四公子冯家迈所言:"她和我父亲的结合,是由袁世凯介绍和成全的。同时她还和袁的一些眷属有着较深厚的私人关系……但说她是来为袁做奸细,却不到这样的程度。"众说纷纭,见仁见智,很多事情早就成为尘封的历史。有些带有粉红意味的传说,也往往会被后世文人重新演绎,乃至当作信史,贻误世人。

袁世凯就任中华民国大总统宝座后,曾授意有"立宪派"之称的杨度、孙毓筠、严复、刘师培、李燮和、胡瑛六人组成"筹安会",这六个人当时被称为"六君子",是袁世凯称帝的吹鼓手。时有对联,上联"起病六君子"隐讽"六君子"大造政治舆论是"起病"的前奏曲;下联"送命二陈汤"的"二陈汤"暗指陈树藩、陈宦、汤芗铭三人。他们原是袁的心腹,曾出谋划策拥袁上"金銮殿",后在全国一片讨袁声中,袁世凯陷入绝境,他们竟倒戈反袁,分别在安徽、四川、湖南宣布独立。这一举动,使袁世凯更感众叛亲离、大势已去,不久便抱病命归黄泉。"二陈汤"恰好成了袁世凯的"送终汤"。

1916年6月6日上午10时,五十八岁的袁世凯结束了他复杂的一生。临终前,以手指天的袁世凯,最后的遗言是"他害了我"。至于"他"到底是指那用假报纸伪造新闻蒙骗他的坑爹"太子"袁克定,还是指那位后来被周恩来秘密发展成共产党员的杨度,或他身边的那些酸腐和自以为是的"儒棍",可就永远无人知晓了。

六、北洋军威留余绪:收复外蒙

我们长期接受的历史教科书中,袁世凯的北洋政府多表现得十分孱弱。可在中国历史中,执政者能首次海外用兵,出面保护侨胞利益和安全的,居然是"黑暗、腐朽、反动"的北洋政府,他们顶住各方压力,不顾日本的威胁警告,于1918年,让全世界对中国刮目相看!1919年10月,徐树铮将军率军出塞,武力收复外蒙。一个月后外蒙全境回归!至于外蒙在以后被苏联的大国沙文主义者、一个格鲁吉亚鞋匠的儿子斯大林搞鬼弄出去,那是后话。

行文至此,该收笔了,只是还有件事让我觉得蛮好玩。民间都知道有"袁大头",上网一查才知,现在一枚袁大头,收藏价值着实惊人,作为可随身携带的金银细软,其价值绝对不逊色于那带不走的房产。不信,自己上网查查。

高道妙手定乾坤

——读《陶弘景评传》兼论南北朝的三大道教改革家

在中国古代历史上,建树伟业乃至彪炳史册的名人有如恒河沙数,仅以发端于中国本土的传统道教而言,虽说仙风道骨的外表与超凡脱俗的气质让历史上的高道仙真们和世俗的政治始终保持着一定的距离,但在许多历史的节骨眼上,不少有德行的道士还是程度不等地卷入了社会政治的洪流中。这些高道个人在宗教和政治层面上的修为,最终令他们成为历史的弄潮儿。诸如东汉后期创立五斗米道的张道陵、张鲁,东汉末在北中国地区率领信众发动响震京师、八州并起的黄巾大起义的太平道领袖张角,东晋传承金丹道道统、留下传世名著《抱朴子》的葛洪,南北朝时期为南北方传统天师道改革做出重大贡献的寇谦之、陆修静、陶弘景,唐朝时期在引导道教徒的修炼从外丹转向内丹上具有重要作用的司马承祯,五代末至北宋初有经邦济国之才,且以"睡功"名传千古的陈抟,宋、金对峙时期能够独具慧眼选择与蒙古政权结交,率十八名弟子赶赴西域雪山去谒见成吉思汗,从而为全真教兴盛获得历史机遇的丘处机,明初振兴内家功夫的张三丰,以及清代前期令全真教龙门派玄风重振的王常月,都在各自所处的时代大舞台上演绎出绚丽多彩的人生,并让自身的生存价值得到了充分的展现。

2005年7月由南京大学出版社出版发行的《陶弘景评传》是从事道教研究的钟国发先生所撰写的一部专著,该书列为《中国思想家评传丛书》,还加附有寇谦之、陆修静的评传,正如作者在该书《后记》中所言:"本书的三位传主,都不是纯粹的思想家,而主要是实践家,都对中国传统思想文化的发展产生过重要的影响,因此放在《中国思想家评传丛书》中与其他二百多位传主比肩而立，倒也当之无愧。"①展阅全书，能令读者对身处南北朝的三大道教改革家的人生轨迹留下清晰生动的印象，对中国历史上这唯一的本土宗教在以乱世著称的时代变局中，由原初的民间宗教转圜升格为统治者接纳的官方宗教实体，亦会增加更加深刻的认识。

中国道教在南北朝时期发展到一个关键的阶段，出于适应社会的需要，在当时中国南北对峙的政治大背景下，南北道教界相应出现了寇谦之、陆修静、陶弘景这样的宗教改革家，他们的出现，不惟在教义、组织系统和制度建设上推动了道教的发展，也让道教作为典型的本土宗教，和社会政治的契合较过往更紧密。最为直接的是由于这些著名道士和统治者的接触十分密切，不可避免地参与到后者的决策过程中去，并对帝王个人产生了相当大的影响。如北魏创立"新天师道"（亦称"北天师道"）的寇谦之，通过交结当朝权贵崔浩，在得到其时在社会上门阀地望都堪称一流的"清河崔氏"代表人物的大力支持后，再由其向北魏太武帝拓跋焘进言崇道，无形中就给寇谦之铺就了得以施展其抱负的政治平台。

北魏道士寇谦之（365—448），字辅真，祖籍上谷昌平（今属北京），出身官宦人家，其兄为南雍州刺史寇赞。《魏书·释老志》称其"早好仙道，有绝俗之心。少修张鲁之术，服食饵药，历年无效"，可见寇氏早年就全身心地投入对仙真道术的追求中去，只是并没有从传袭的天师道中得益，于是萌生改革道教之心。在邂逅了"仙人"成公兴后，经过一番波折，终于得到后者的指点，随成公兴入华山，后又至嵩山修道多年。其间成公兴曾对其说："先生未便得仙，政可为帝王师耳。"②这等于为寇谦之预设了日后奋斗的志向。

北魏神瑞二年（415），也就是寇谦之到了知天命之年的岁数时，据说太上老君降临嵩山山顶，称赞寇谦之"立身直理，行合自然，才任轨范，首处师位"，并因此授予其天师之位，还赐其《《云中音诵新科之诫》

---

① 钟国发：《陶弘景评传》，南京大学出版社2005年版，第679页。
② 《魏书·释老志》。本节中凡打引号未再另外标示出处者，均引自《魏书·释老志》。

二十卷"。他还要求寇氏"宣吾新科,清整道教,去三张伪法,租米钱税,及男女合气之术"。在认为"大道清虚,岂有此事"后,太上老君要求寇谦之"专以礼教为首,而加以服食闭练"。其后数年,在泰常八年(423),即寇谦之五十八岁那年,据称太上老君的玄孙,有"牧土上师"仙界衔号的李谱文来到嵩山,授予寇氏"嵩岳所统广汉平土方万里",并作诰,称"……今赐汝迁入内宫,太真太宝九州真师、治鬼师、治民师、继天师四录。修勤不懈,依劳复迁。赐汝《天中三真太文录》,劾召百神,以授弟子",这位"牧土上师"还叫寇谦之"辅佐北方泰平真君"。这次神迹显现,再次强调了寇谦之宗教改革的合法性,也点明了已年近花甲的寇谦之个人欲与北魏政坛结合的路径和决心。

史称在北魏始光(424—428)初,即寇谦之正届耳顺之年,在古代社会,这样的年龄应该说是十分老迈了,可他却刚刚开始正式地打出自己在政治上的第一张牌。他赶到当时的皇都平城(今山西大同),"奉其书而献之",虽说北魏太武帝拓跋焘为其安排住所和"供其食物",但当时"朝野闻之,若存若亡,未合信过"。只有崔浩"独异其言,因师事之,受其法术",并向太武帝力荐寇氏。在崔浩上疏打动拓跋焘后,史称"世祖欣然",于是"崇奉天师,显扬新法,宣布天下,道业大行"。寇谦之的新天师道,在教义上增加了传统文化中儒家尊师的意涵,让新天师道在师授传道的组织运行方法上更与当时的宗法社会相适应,而他在道教具体斋醮仪范上的增订,亦令道教的发展摆脱早期道教的窠臼而逐渐成熟和成型化。

在宗教改革基本得到顺利推行的情况下,作为受到帝王高度信任的道士,寇谦之对朝廷的军国大事也表现出积极参与的姿态。如在北魏将要对大夏政权的赫连昌进行征伐,朝臣中不乏诘难者,当拓跋焘向寇谦之征询关于此事的所谓"幽徵"时,寇谦之的回答十分干脆,其回答是"必克",即北魏大军必将取得大胜。后来敌酋赫连昌果被生擒,寇谦之预测得到准确验证,更让朝廷对其意见倍加重视。

与公元5世纪前期寇谦之在北中国地区推行的道教仪式上的变革相对应,南方的道教界,在5世纪后期也有陆修静这样的高道出来,对传统道教进行整饬,遂令南方道教在经籍、斋仪方面得以规范和统一,是为历史上的南朝新道教①。

陆修静(406—477),字元德,吴兴东迁(今浙江吴兴)人。早年弃家,入云梦山修道。刘宋孝武帝大明五年(461),陆修静已五十五岁,在庐山东南瀑布岩下建起名为简寂的道观。宋明帝泰始三年(467),朝廷为陆修静在建康(今江苏南京)北郊天印山盖筑崇虚馆。其人生的最后十年,就是在此道观中度过。陆修静早年云游四方时就开始搜访鉴别和著录的各类道书典籍或药方、符图等,经其整理,共得一二二八卷,分别为洞真、洞玄、洞神三类,学贯三洞成为南朝新道教的特色,而三洞分类方法也为后世道教经书编目及经书集藏奠定了基础,在一定程度上,也对一些伪经的继续散传起到了阻遏作用。陆氏对道教的斋醮仪式也做了整理和编排,这都充实和推动了南朝江南地区道教的发展,而这一切主要都是其老年生涯中的积极作为。在陆修静居崇虚馆的十年中,史称其"大敞法门,深弘典奥,朝野注意,道俗归心。道教之兴,于斯为盛"②。崇虚馆也成为其时南方华夏道教的中心所在,这与陆修静个人在老年的活动是分不开的。

至于人称"山中宰相"的陶弘景,在萧梁一朝被尊奉为实际上的国师,而其本人对南方地区的道教演绎与整合,特别是上清派道教即茅山宗的发展,有着他人无可企及的历史作用。这也使他当之无愧地成为继陆修静之后南朝道教的又一代表人物。

陶弘景(456—536),字通明,丹阳秣陵(今属江苏南京)人。他虽出身官宦,且有地望背景,为丹阳陶姓,这在当时重视门阀世族的社会,是走上仕途的很好招牌。年轻时的陶氏,也确曾在刘宋末参与过朝廷权贵间的势力角逐,后来还担任过南齐诸王侍读,但在感到政治上终究不得意的状况下,南齐永明十年(492),才三十六岁的他,即毅然脱去朝服,将之悬挂于神武门,并上表辞官,来到江苏句容的茅山,在华阳洞里正式开始自己隐居修道的生活。因此,后世道教界人士也有称其为"陶

---

① 在一些学术著述中,亦有称南朝新道教为"南天师道",以示和北魏寇谦之的新天师道之间的区别。

② 该史料出自《道学传》,转引自钟国发:《陶弘景评传》,第562页。

隐居"的。

可是，读书破万卷的陶弘景始终没有完全放下对国家政局的关心，当早年曾号称南齐"竟陵八友"①之一的贵族萧衍拥兵代齐后，在其率大军抵达新林之际，陶弘景立即派遣弟子戴猛之前去奉表致意。他还巧妙地利用自己特殊的宗教身份，为萧衍大造社会舆论，如在"梁王"萧衍上演禅代的政治闹剧时，陶弘景又不失时机地"授引图谶，数处皆成梁字，令弟子进云"②。梁武帝萧衍采纳国号为梁，据说就与听取陶弘景的意见有直接的关系。

历史上的萧梁代齐，是公元502年，陶弘景在这年已是四十六岁的中年人。年富力强的他，并没有接受梁武帝的多次敕召及屡次礼聘，而是继续保持其山林修道的生活。为表心志，他还画上两头牛，"一牛散放水草之间，一牛着金笼头，有人执绳，以杖驱之"。而梁武帝知道其不可招致而跻身朝臣之列，还是十分器重陶弘景的意见，史称"国家每有吉凶征讨大事，无不前以咨询。月中常有数信，时人谓之山中宰相"。及至年届五十，陶弘景又移居到积金东涧，他一面保持自己的修道方式，继续研习辟谷导引之法，一面仍旧和朝廷保持联络的渠道，如曾和后来坐上龙椅的萧纲（梁简文帝）关系密切，后者坐镇南徐州时特地召见陶氏，两人竟畅谈数日之久，史称"简文甚敬异之"③。陶弘景在平日里与天潢贵胄或达官权臣们交往时，也多以诗助兴。另在梁武帝天监年（502—519）中，他曾向武帝献丹；而到中大通（529—534）初，已是年逾古稀的陶弘景还向武帝敬献过分别名为"善胜"和"威胜"的两把宝刀。这些都表明他并未全然移情留心于山林野居，只不过是以自由的隐居之身，在修道的同时，对国家的政治生活大事发表意见，从而间接地施展影响。由于萧衍是历史上最为佞佛的皇帝，整个梁朝笼罩在佛教势力的影响下，道教生存的空间在当时受到极大的挤压，陶弘景个人所施展的魅力及与王室之间的交往，客观上对南朝道教的发展也有重要的助益作用。

---

① 南齐竟陵王萧子良门下八个文学家，见于《梁书·武帝纪》。其诗作大多注重声律。
②③ 《南史·陶弘景传》。

在钟国发先生这本专门为南北朝时期的三大道教改革家做传的著作中,主要是将生卒时间上排在最后的陶弘景作为全书阐述的主角,另外两位则列为附传,正编即有关陶氏的内容,在篇幅上占了全书的三分之二,该正编又分为上下,前者讲述陶弘景的时代与生平,后者是剖析其人的思想与学术,对陶弘景在中国传统文化史上的地位做了一个有别于过往的新评判,其中还包括纠正了前人的相关误传之谬。附编亦分上下,通过对寇、陆两位缔造新道教的先驱做生平事迹与思想的重新厘定,简明扼要地刻画了北、南两地两位高道的形象,同样也给予了中肯的历史评价。

作者抓住了中国古代社会中长期保持的儒、佛、道三元一体的复合型宗教体制这个独特的文化特征,对南北朝时期业已显露中华民族文化基因之端倪的三教圆融、合流及相互影响、彼此之间既排拒又吸纳等时代现象,在钩稽文献的基础上,加以认真细致的爬梳,并结合史实,夹叙夹议,有助于读者对南北朝时期形成的这种"三教融合"的格局及当时"三教兼修"的风气加深印象。如书中提到"当时南北两方的统治者出于现实功利的考虑,对汉代以来的儒家国家体制都大体维持不变,只是渐次把新兴的佛、道两教纳入国家体制之内,构成了一种以儒教为主导的、儒佛道三元一体的宗教格局"[①]。这样的体制平衡,有时难免因外界因素而受冲击,在崇佛弊极的梁武帝带头影响下,佛教一度气势大张,道、儒两教都感受到相当大的思想压力。陶弘景并不一味屈从皇帝淫威,而是用写《难镇军〈均圣论〉》,即以和老友、担任镇军将军的沈约[②]所写的《均圣论》商榷的形式,向萧衍等各界人士发出一种信息,以表明自己对萧衍的崇佛是有保留的。另外,陶氏曾在茅山之中立佛堂、建佛塔,实行两教双修,临终前遗言请和尚道士一起来为自己办理丧事,遗体打扮兼用佛道两教衣物等,如作者所说,这是陶氏有意识地突出了一种以道教为本位而融合道佛的宗教立场[③]。

---

① 钟国发:《陶弘景评传》,第 269 页。
② 亦为"竟陵八友"之一,是梁朝重臣,也是《宋书》作者,与谢朓等人为当时"新体诗"的重要作家。
③ 钟国发:《陶弘景评传》,第 274 页。

这个世界就分两种人

笔者发现,细心的读者在经由《陶弘景评传》而对上述三位南北朝时期道教改革家有充分的了解后,不难发现这样一个事实:这三位高道都与当朝最高统治者保持着相当不错的个人关系,而在"不依国主,则法事难立"(东晋高僧释道安语①)的专制政治情势下,这类有别于一般意义上君臣关系的特殊私谊,对欲推动宗教改革或创立新宗派等大动作而言,不啻最大的政治奥援。从某种程度上讲,也正因为如此,即凭靠着皇帝为首的统治集团的鼎力支持,南北方的道教才较为顺利地得以由原先主要在民间下层流布的宗教实体,登堂入室地完成其向得到官方认可的宗教组织转圜之过程。

另外一个同样值得今人玩味的事实是:寇谦之、陆修静、陶弘景三人在宗教改革实践上的奋发有为和获得成就,并非是在他们的中青年阶段,而恰恰是在他们跨入老年的门槛后,才以各自精彩的表现,记录下他们个人最为华彩的人生篇章。笔者在注意到这点后,有意在前文对三人生平事迹的介绍铺陈中,突出了他们在不同的年龄段,尤其是老年时段上杰出的个人修为。应该说,随着人类寿限的不断延长,老年人口的日益增加,老龄化的社会问题也愈加困扰着整个人类。如何应对由此产生的种种困惑与烦恼,是今人所无法回避的,其中也包括如何克服一般老年人容易产生的消极、悲观、厌世的心理,而《陶弘景评传》中所载列的三位"老有所为"的传主,在劝勉社会上老者去积极地面对自身的人生晚年,即争取在老年再度实现自我和取得成功方面,实在是相当有助益的历史借镜。

---

① 《高僧传》卷五,义解二,晋长安五级寺,《释道安传》。

教派分野岂能当作划分民族的标尺！

据媒体报道，代表逊尼派力量的伊拉克副总统哈希米，在 2007 年 9 月 27 日造访了什叶派圣城纳杰夫，与伊拉克国内什叶派的大阿亚图拉（意为"安拉在大地上的影子"，是什叶派的最高宗教领袖）西斯塔尼就伊拉克国内的政治进程问题进行了会谈。当其时，正是伊斯兰教教历 1428 年的斋月期间，在这被穆斯林视为神圣而尊贵的莱买丹月（即斋月）里，两大教派的领袖人物会面，具有重要的政治含意。对兵燹未息、满目疮痍的伊拉克来说，实在是一个非常正面的消息。

哈希米领导的伊拉克伊斯兰党在会谈后发表声明说，哈希米决定与西斯塔尼会面是考虑到后者在什叶派穆斯林中的强大影响力，双方在两小时的会谈中讨论了伊拉克政治进程中的棘手问题。该声明还表示，这次访问是该党所在的逊尼派政党联盟"伊拉克共识阵线"向美国发出的一个强烈信号，即该联盟坚决反对将伊拉克分为一个按民族划分的联邦国家。

在伊拉克国内，逊尼派虽然只占全国人口的四成，但因在 20 世纪前期立国后，长期以来占据着社会的上层统治地位，因此其影响绝对不容忽视。自 2003 年 3 月 20 日开打以来，尽管未过多少时候，局势的演变就令其派势力退出了领导层面，可正是该派武装力量的殊死抵抗，使得美国军队始终无法从伊拉克的泥淖中拔出脚来，倒是其重要盟军英军率先开始了撤离，而美国大兵完全脱身回家与亲人相聚，至少到四年后，还只是梦一般的"思念"。逊尼派在伊拉克的国内政治问题上的分量之重，由此也可想见。至于哈希米所在党团谈到的向美国发出信号云云，并非空穴来风，其实质就是针对美国掌控政策集团近期所为而做的政治表示。

美国参议院在 2007 年 9 月 26 日通过一项非约束性决议,提出把伊拉克按民族分成什叶派、逊尼派和库尔德三个实体,在首都巴格达的联邦政府则只掌管伊拉克石油收入并负责边界安全。与此同时,就在哈希米与西斯塔尼会谈的前一天,伊拉克伊斯兰党通过了一项名为"民族契约"的政治计划,希望与伊拉克其他党派共同努力推动国内政治进程。看来,面对凌驾于伊拉克国内各方势力之上的山姆大叔试图将伊拉克分而治之的政策及做法,伊拉克国内不同教派早已了然于胸,通过此次逊尼派冠以"民族契约"名号的政治计划,以及两大教派领袖人物的会晤,伊拉克民族的立场已向世界做了鲜明的昭示,其中也多少反映参与两派会晤的什叶派之态度。

在后萨达姆时代能否实现真正意义上的民族和解,是伊拉克面临的最大政治课题。2007 年 4 月以来,已有近半数的部长先后退出或抵制内阁,马利基担任总揆的"民族团结政府"也因此变得有名无实,总理马利基其人的政治身价,在美国眼里跌去许多,媒体上甚至还传出布什总统对其不满的信息。两大教派高层的此次会晤,且不论期间究竟能否达成多少和解共识,单就贵为政府副总理的逊尼派领袖能放下身价,主动到历史上穆罕默德堂弟兼女婿的阿里陵墓所在地——什叶派圣城纳杰夫,去谒见对立教派的最高领袖大阿亚图拉,并专门会谈国内亟待解决的政治难题,本身就是一个释放善意的重要举止。

在 20 世纪第一次世界大战后方才形成现代国家的伊拉克,境内那些操着相同的阿拉伯语,长期共同生活在两河流域地区的各民族民众,彼此间虽因教派分野而造成巨大的心理鸿沟,且有老死不相往来的传统,但其国的广大民众彼此间却并无现代意义上的鲜明的民族畛域意识,大家对伊拉克国家的认同感还是相当强烈的,这从两个月前在亚洲杯足球赛上夺冠的伊拉克队员众志成城之事例上也可见一斑。这也正是逊尼派要坚决反对美国按民族划分伊拉克做法的重要原因,它本身也是伊拉克国内相当部分民众社会心理的反映。

俗话说:天下本无事,庸人自扰之。四年前陷入政治沼泽的美国急于脱困,从战争伊始,就因只看到什叶派长期以来对秉政的萨达姆政权有积怨的一面,而没有顾及其毕竟属于伊斯兰文明和阿拉伯民族传统的另一面,同时也忽略了逊尼派本身长期积累的政治资源和实力,且没有在伊斯兰教的相关历史、教义、价值观念上做好功课,以致一直穷于应付。如今又居然想就伊拉克国内三大力量进行"民族"划分,特别是逊尼派和什叶派作为其中的两大"民族",显然是在用教派分野作为划分民族的标尺,而人为地强行肢解伊拉克国家。真是一着错,步步皆错。握有制定政策权柄的美国参议院贵族老爷们肯定没有想到,按照什叶派和逊尼派的教派分野来划分民族共同体,实在是十分荒唐的政治错误,且与伊斯兰教教义不符,违背每个穆斯林都会秉承和遵奉的宗教准则,即"天下穆斯林是兄弟"。如果日后真的就依照美国参议院决议"圆凿方枘"地去乱接榫头,不出乱子才怪。其实,历史上阿拉伯各国之间的边界在地图上的笔直划分,就是当年西方殖民者的"杰作",它造成的许多恶果,至今还难以消化。前南斯拉夫境内波黑共和国的所谓"穆、塞、克"三族之划分,也是按照所谓宗教信仰来划分当地原有的塞尔维亚、克罗地亚两大民族,结果平添了一个世界上各国都没有的"穆斯林族",这个政治炸弹的雷管,可以说早在半个多世纪前铁托政府强行人为划定民族时就预埋下来,虽说它基本上还只是按照宗教信仰,而不是同一信仰下某种教派的分野来划分,但毕竟违背了民族共同体形成的客观规律,这种行政政策的负面影响,还是不断地积累增加,最终导致内战在1995年达到高潮。这些都可谓殷鉴不远。倘若当下美国不根据伊拉克的各派反应而及时改弦易辙,乃至悬崖勒马,一旦伊拉克境内在山姆大叔设计下,真的实行比前南更离谱的以教派分野为标尺的民族划分,出现诸如以"什叶族""逊尼族"命名,而实际上彼此却有着文化、传统、语言等多种共同点的所谓民族共同体,笔者相信,那将标志着不幸的伊拉克又要遭受更大的历史灾难。而对自始至终在伊拉克问题上好像"盲人骑瞎马"的美国秉政者而言,其"夜半临深池"的危险也恐难轻松排除。用民间俗语形容,届时美国更会出现"湿手沾面粉,想甩甩不掉"的尴尬局面。我们姑且拭目以待。

科学真是抵御邪教的灵丹妙药吗?
——关于社会转型时期防范和抵制邪教措施的一点思索

笔者曾在《浅析邪教》(《当代宗教研究》1997 年第 3 期)一文中对"邪教"做过阐释,认为它在我国一般是用来作为旁门左道的代名词,是人们对一切不正派的宗教派别或有害社会和民众的秘密组织之统称。若从客观历史效果来看,在任何一个秩序井然的社会,邪教组织的活动都蕴含着对社会的破坏性和危害性。而在对今后邪教发展趋势所做的分析中,我认为,今后一段时期内,邪教的发展将出现这么一些趋势:一是高科技化和神秘主义相结合;二是组织上发展的小型化、多样化和年轻化;三是在教义上将进一步强化"末世论";四是其发展将对传统宗教造成更大的冲击,并将加速传统宗教的分化过程;五是反社会的暴力倾向和施行恐怖手段的可能性将增大;六是跨国境的扩展现象增多。

现在看来,当时所做的关于邪教的预测性估计,基本上还比较准确。考虑到当今转型社会中反对邪教的需求呈不断扩大的趋势,而强调构建社会主义和谐社会时,同样有必要进一步强化防范邪教的社会机制。因此,我想集中地针对目前反邪教斗争中存在的误区提出异议,这种认识误区主要集中地体现在那种片面地将科学作用夸大化的观念,以为提倡科学,尤其是强调科普知识的教育重要性,好像这就是对付邪教的金匮良方,似乎掌握科学知识就是医治邪教的灵丹妙药。其实这样做,对有效地防范邪教并无太大助益,这样只会让人们在反对邪教时流于形式地走过场,而这样的观念之所以成为口号式的表态,也是长期以来人们惯性思维作祟所致。在城市社区文化建设中提倡科普教育,或利用大众传媒来简单地宣传科普常识固然是一种手段,但对解决深藏于邪教信众心底的那些邪说歪论所造成的认识问题，其实未必会产生实在的效果。诚如明代鸿儒王阳明所言，破山中贼易，破心中贼难。

以往在邪教产生原因等问题的分析上，人们多将那些邪教信众的选择，归咎于缺乏自然科学观的指导或缺乏普通的自然科学常识等，并且从这种推论出发，多少有点一厢情愿地认为，只要让群众适量地弥补自然科学常识，加大这方面的宣传，对全社会抵制邪教定有极大的作用。这也是很多场合我们可以看见"提倡科学，抵制邪教"口号的缘故。事实上，将科学旗幡高高地祭起，并不等于就此万事大吉了。笔者以为，在对人类文化的接受机制上，如果下如此粗浅的断语，是比较偏颇的。因为，对科学知识的拥有，并不意味着对邪教谬说的完全阻断，如果一旦发生在某种层面上的共鸣，让那些打着科学旗号的邪教妄说歪理，堂而皇之地占据人们认识外界事物的大脑空间，邪教的相关观念将会牢固地被痴迷者自身原有的科学常识或理念包装得更加隐蔽或更具诱惑力，从而黏附在其大脑皮层，令他们难以摆脱邪教的说教及影响。如果我们记忆犹新的话，当年那个所谓的邪教"大师"，不也借用照搬或杜撰生造出不少貌似科学的货色及赝品吗？受其毒害，真正的科学知识反而对许多痴迷者不起作用，或者干脆被他们曲解为邪教的歪理邪说。

可以说，对有些邪教死硬骨干分子或痴迷入魔者而言，外界的批驳邪教谬论的科学观点固然正确，但根本无法撼动其头脑中早就呈根深蒂固状的邪教观念。这些现象也正是我们屡见不鲜的：那些在自然科学方面已经达到很高水准的学者，或理工医科的精英人才，也居然会成为诸如奥姆真理教、天堂之门、雷尔教派等邪教组织的上层中坚人物或活跃分子。由此可见，片面地把宣传科学理解为向社会上的广大受众灌输科学知识，尤其是诸如天文、人体医学等自然科学常识，远非真正解决邪教社会问题的良方。

再从另外一个角度看，这些年来，境外活动的邪教分子多次利用掌握的现代科学技术，多次干扰我国的鑫诺卫星，造成极其恶劣的社会影响。邪教组织在近年还曾与台湾当局相勾结，利用国际民用通信卫星频率、频道公开的特点,又转而对亚洲3S卫星进行攻击等罪恶事实,也表明一般意义上的高科技手段,完全可以被邪教组织当成工具,用来作恶施虐。如日本邪教奥姆真理教在1995年制造的东京地铁车站毒气案,生产制造毒气的正是该邪教内部的科技人才。我们同样还可看到,类似雷尔教派曾多次宣布要克隆婴儿,以此来扩大自己的社会影响,至于该邪教组织能够在国际上制造一定的声势,也与该邪教组织确实拥有相当数量的高科技人才是分不开的。我们可以把这些亵渎神圣科学的邪教行止,视作"伪科学"的外在表现,但在客观上也不得不承认,高科技手段正在被邪教加以充分的利用。无视这点,或者只是简单地将邪教理解为同科学势不两立的歪理邪说,以为只需强化人们的科学知识和理念,就会杜绝社会上一切邪教势力的萌生、发展,显然是太天真和太理想化了。

媒体报道,某些省、市地方针对邪教组织的一些说教和所谓"练功",用诸如"科学健身"来针对性地应对,不少城市社区的文化建设过程中,也加大了对科普常识的宣传力度。当然,这些在20世纪对付算命、看相和种种迷信曾经大显身手、派上用场的手段和措施,在抵制和防范邪教时,也会同样起到一定的作用,但几年下来,尽管我们的社会反邪教协会大多以科技界人士充作主力军,虽然我们在众多的场合大力强调自然科学知识的宣传,可各种滋生蔓延的邪教,依旧会时不时地冒出来,扰乱我们正常的社会秩序,给我们希冀保持的社会稳定与和谐发展造成了很大的破坏性负面效应。

对已经成为邪教信徒和受到邪教谬论蛊惑的群众来说,仅仅采用传统的宣传科学常识的老套路来加以教育,是很不够的,而对于那些痴迷者来说,你对他们进行科学启蒙式的宣传教育,更是苍白无力的说教,其效果不啻鸡同鸭讲。这也表明,科普知识并不是反对邪教的最佳利器。

在当今社会处于转型的历史关节点上,由于不少社会经济制度及举措的实施还刚刚起步,很多社会矛盾的产生,种种社会不良现象的普遍存在,下岗、医保、竞争、三农、贫富两极分化加剧和收入差距不断扩大等问题引发的社会压力之陡增,房价的飙升和股市的狂跌及由此引起的民怨,相当部分的官员腐败堕落等都是毋庸讳言的事实,而人们的内心失衡和不无抱怨的社会反感心理,以及精神世界亟须填补的空白等,都会让邪教乘虚而入。在我们强调构建社会主义和谐社会,争取大力化解社会矛盾的同时,尤有必要加强社会的综合治理,其中就包括增加防范和抵制邪教的具体措施。

各级相关防范邪教机构和人员,切不可泛泛地一味强调宣传科学而止步于做表面文章,从而忽略对症下药具体分析解决问题的重要性。以目前情况看,结合国内反邪教的实践,其实无须继续进行几年前所采用的那种模式,即大呼隆一窝蜂地宣传自然科普知识。我们可以改变思路,不妨将传统的人文社会科学知识和自然科学知识一并整合为综合的科学人生观,同时把着重点放在结合传统宗教及新兴宗教发展的历史,将之与新兴宗教的极端类型——邪教加以比较,并向社会进行介绍性的宣传,让人们对什么是宗教和邪教有更多的感性认识,在消除社会上更多"宗教盲"的同时,也相应地会提高人们对邪教与宗教正信的辨析能力。总之,这要比单纯地介绍自然科学常识更有针对性。从沪上大学来看,在为数不多的邪教痴迷者中,读人文科学的大专学生比例相对要少许多,文科学生在这方面的"免疫力"较强,值得引起我们的注意。

除了有必要加大对宗教文化的介绍以外,我们更应该重视人类社会生存环境的改善,设法提高人民群众的物质生活水平,解决贫困群众具体遭遇的疾苦,惩治和尽量争取杜绝社会腐败、黑恶现象,真正做到更有效地加强党和政府的执政能力。俗话说,心病还得心药医。只有在根源上解决社会转型期间遭逢的困难,搞好物质、精神和政治三个文明的建设,并充分地发挥传统宗教自身抑制邪教的"天敌"作用,就会在全社会形成防范邪教的深厚群众基础,同时也能达成全民的反邪教共识,从而在精神文化和信仰的层面上为构建我国的和谐社会创造更理想的氛围。

浅谈中国古代文化的南北差异[①]

中华民族是世界上历史最悠久的民族之一,古老的中国文化丰富多彩,源远流长。当我们试图将祖先所创造的文化与世界上其他地区的伟大文化进行比较研究,或者试图对文化的发展战略做出预测、规划时,首先就应该对中国文化的历史发展规律及其宏富的内容进行深入的探讨。在此,只要我们对祖先所创造的文化做一鸟瞰,就不会不注意到,如果把中国古代文化看成是一个母系统的话,那么,在这个母系统下就存在着众多的子系统。其中,主要存在着以黄河流域为中心的北方文化和以长江流域为中心的南方文化两大系统。探索中国古代文化中存在的南北差异,有助于加深对中国文化全貌的理解。

中国古代文化的起源可以追溯到石器时代,以北方的仰韶文化与南方的河姆渡文化为主要代表。可以看到,早在六七千年前人类文明进入一个关键阶段时,南北地区的文化就显示出不同的特征。仰韶文化以粟、彩陶、半地穴式建筑为主,而河姆渡文化以稻、灰陶、杆栏式建筑为主。由于地理、气候等自然条件的不同,以及交通的极不发达,不同区域的早期文化在历史的发展进程中逐渐形成了各自的体系,以后中国文化就表现为南北两大系统。这在哲学、宗教、文学、社会风俗等方面都有着不同表现。

在哲学社会思想领域,由于古代南北地区交通的极端落后,自然地理条件在很大程度上限制着人们的活动和交往,当然也影响了各个地

[①] 此文系与大学同窗李晓路合作,曾全文发表在 1986 年的《江淮论坛》第 1 期上,本人为第一作者。收入本书时略有修改。

区在文化上的交流。因此,各种学派的形成,就必然受到地域的限制,带有浓厚的地方色彩。如春秋战国之际是我国古代学术极为活跃的时期,诸子百家蜂起争鸣,前人归为九家十流。其中影响较大的如并称显学的儒、墨二家出于邹、鲁,法家出于三晋,阴阳家出于燕、齐,故都可归之为北方学派。广大的南方则是道家和农家的摇篮。从各学派的主张来看,北方学派一般都对社会政治抱着极大的进取心,无论是儒家的仁政学说,墨家的尚贤思想,还是游说各国的公孙衍、张仪、苏秦之流的纵横学说,韩非集法、术、势之大成的法家理论,虽然所见不一,但在他们的思想中都有着如何适应社会大变革,实现改造社会的政治蓝图,对施展各自的政治抱负都充满信心,也都积极从事各种政治活动。以北方学派的名家为例,他们的学说主要是对名词概念做深入探讨,以建立自己的逻辑理论体系,但从各个人的政治活动来看,又都是不甘寂寞之辈。如惠施曾出任魏相,主谋魏齐会盟,徐州相王,又"欲以荆齐偃兵"①,是战国时合纵政策的实际组织者之一。反观南方学派,则与北方学派大相径庭。他们不同于北方学派在政治上都有的积极进取的精神,在社会生活发生大变动的时代,都采取消极避世的超然态度。如道家始祖老子就认为,统治者应采取"无为而治"的施政方针,从而提出了那种"邻国相望,鸡犬之声相闻,民至老死,不相往来"的小国寡民的社会思想。再如庄子,他对当时郡县制度已在各国得到确立的现实便采取不合作的消极态度,按他的话来说:"我宁游戏污渎之中自快,无为有国者所羁,终身不仕,以快吾志焉。"不仅如此,他还把自己的意志强加于他人,如《庄子·让王》中提到,曾子居于卫国时,生活极苦,"三日不举火,十年不制衣",但依然能做到"天子不得臣,诸侯不得友"。这里,北方贤哲曾子在南方哲学家笔下也依然成为隐居不出的山人了。庄子在哲学上更具思辨性,提出"齐物我,齐是非"的学说,在更大程度上发挥了老子思想中的消极面,形成南方道家学派的独特风格。这种观念也影响了南方其他学派,如农家代表人物许行,从《孟子·滕文公》所记来看,也是一个消极避世的理想主义者。至于历史上有关南方隐士的

---

① 《韩非子·内储说上》。

记载比较多的情况,也与南方学派所奉行的社会思想有一定的关系。

比较南北文化的社会思想,它们的差异主要表现在:后者紧密联系现实,政治上积极进取;前者则脱离现实,消极保守。但在哲学思想上,以儒道为主要代表的南北文化都有各自的思想体系,并给后世以深远的影响。这集中表现在以下方面:道家学说的最高范畴是"道"与"德",而儒家学说则是"仁"和"礼"。在天人关系上,道家主张因任自然,"不以人助天""无以人灭天",儒家(如荀子)则主张人定胜天,人能改造自然。他如道家尚虚无,重幻想,主意象,赞自然;儒家则尚实际,重现实,主理性,赞人工。儒家追逐功名,重视仁礼,强调义理;道家则轻禄傲贵,逍遥齐物,鄙薄仁义。道家宣扬"柔""弱",儒家则大谈"刚""勇"。如此等等针锋相对的哲学观清楚地表明了南北哲学思想体系间的巨大差异。对此,孔子早有所识:"宽柔以教,不报无道,此南方之强也;君子居之,衽金革,死而不厌,北方之强也。"其实,在中国哲学史上,儒道二家正是诸子百家中最早产生的两大学派,也正是历史上南北两大文化系统在哲学领域演化进展的结果,而二者的对立又正好起了互相补充的作用。因此可以说,儒道学说的对立和互补构成了中国文化史上一大奇观,老子和孔子分别创立的南、北两大哲学思想体系丰富了中国哲学思想的宝库,也成为中华民族的骄傲。孔子被誉为东方的圣人,老子的学说则成为西方哲学家汲取不尽的智慧之泉。

在宗教上,同样存在着南北差异的历史现象。自佛教于西汉末年由印度传入中国后,中经东汉,到魏晋南北朝时期,佛教先盛于北方,后又昌于南方。魏晋之际,南北方已并行佛学两大派别。南方偏重色(物质世界)、心(精神世界)皆空的般若理论,它和当时盛行的魏晋玄学有诸多相似之处,所以传入后易与玄学合流。晋室南迁后,般若学理论更是大行于南方地区,东晋时已衍化为六家七宗。北方地区流行的则是主张默坐专念,构成"心专一境"的禅学。南、北两大佛学流派中,南方般若学重教义研究,北方禅学则重宗教修持,直到隋唐,这南、北两家佛学才在"定慧双修"的主张下统一起来。不过,在大一统的隋、唐两代,在相同的佛教派别中,同样因文化传统上的不同,按地域形成了南北不同的分支,典型例子莫过于禅宗的南、北二宗了。禅宗南祖惠能和北派教主神秀,同出于五祖弘忍法师门下,因地处南北有别,便各以弘忍传人自居,即有"南能北秀"之称,亦即禅宗南派的"顿悟说"和禅宗北派的"渐悟说"。由此,我们亦不难看出意识形态上的分歧有时是以地域的区别为条件的。

中国文化上的南北差异在语言文学上也表现得比较明显。以汉语来讲,在其七大方言中,除以黄河流域为中心的北方地区基本上以北部方言为主外(由于历史的原因,北部方言还分布于长江流域中部及西南各省),长江以南各地还分布着其他六大方言——吴方言、赣方言、湘方言、客家方言、粤方言、闽方言。尽管南方六大方言之间存在着明显的语音、词汇的差别,但与北方方言相比,南方方言却有着一些共同的特征。如它们的语速都比较快,而北方方言的语速却较慢;南方方言的音调都比较柔软温和,而北方方言则铿锵有力。这种语音上的南北差异古人早已注意到了。晋人郭璞在为《山海经·海内东经》作注时指出:"历代久远,古今变易,语有楚、夏,名号不同。"此外,诸如"著述之人,楚夏各异"①,"音有楚、夏"②,也屡见记载,表明语音自古即有南北之分。这种差别甚至表现在中国文化对日本文化的影响上。今天日文中汉字发音还有吴音、汉音之别,其中吴音是六朝时传入东瀛的中国南方音,汉音则为隋唐时传入扶桑的中国北方音。如"人"字,在"三人"和"人民"这两个词汇的读音上就有区别,前者在日语中发吴音,而后者却发汉音。关于南北语音的差别,《颜氏家训》的作者颜之推曾做了形象的比喻:"南方水土和柔,其音清举而切诣,失在浅浮,其辞多鄙俗。""北方山川深厚,其音沈浊而讹钝,得其质直,其辞多古语。"可见南北语音的不同,是受其地理条件的因素制约的。实际上,今天汉语中存在的南北两大方言系统,就是"语有楚、夏"的历史延续。

不同的方言,用文字表达出来,又造成了文学作品及其风格的不同。远自先秦时代起,文学上就出现了两大文体,一是以《诗经》为代表的北方文体,一是以《离骚》为代表的南方文体。以《诗经》中的风、雅、

---

① 《颜氏家训·音辞第十八》。
② 《文选·魏都赋》。

颂而言,其中富有艺术感染力,描写既生动又形象,语言朴素优美者首推国风,而十五国风主要都是北方地区的民间诗歌创作,他如大小雅,商、周、鲁三颂,也都是北方贵族统治阶级的作品。南方在战国时产生了具有极浓厚的地方色彩的新文体,此即屈原开创的楚辞体,亦称"骚体"。楚辞作品运用了大量神话传说及丰富的想象,文采绚丽,气势磅礴,其代表作为《离骚》。历史上作楚辞而留名于世者有战国的屈原、宋玉,西汉的淮南小山(淮南王刘安部分门客的共称)、东方朔、王褒、刘向,东汉的王逸等人。他们之中除东方朔为山东人外,余皆南方楚地之人,这多少能反映出南方文体发展的历史继承性。综观《诗经》和《离骚》,它们在文学创作上自成风格。《诗经》具有现实主义倾向,擅长状物传情,是一种朴素的美;而《离骚》则更具浪漫主义色彩,富于想象,是一种华丽的美。这种现实主义与浪漫主义、朴素与华丽的区别和结合,一方面既体现了南北文风的不同特征,另一方面又共同发展了中华民族的优秀文化。另外,从美学史的角度看,南方文学一般比较清丽委婉,北方文学则多质朴刚健。以南北朝时大量涌现的民歌为例,如将最有名的勾勒北方草原壮美景色的《敕勒歌》与以描写刻画男女爱情见长的南朝民歌代表作《子夜歌》相比较,可以看到前者豪放质朴、雄健粗犷的气概与后者纤巧细腻的情调迥然不同。这种风格上的差异,与前述南北哲学思想、宗教意识、语音表达方面的差异,显然是有一定关系的。

即使在艺术方面,南北差异也很明显。举书法为例,在西晋末全国政治上处于分裂状态后,书法也开始分为南、北两派。清代阮元所著《南北书派论》中就以东晋、南朝为南派,十六国和北朝为北派,指出两派不同特点在于"南派长于启牍,北派长于碑榜"。唐太宗酷爱东晋书圣王羲之书法传为历史佳语,到宋朝更是盛行阁帖,不重中原碑版,"于是北派愈微矣"。这种书法崇尚法帖的风气一直延续到清朝中期嘉庆、道光年间,当时书法家包世臣又大力提倡北朝碑刻,影响了后来书风的变革,一时又大盛崇尚碑刻之风。据此,人们称"碑学"为书法北派,"帖学"则被目为书法南派。确切地说,书法中南、北两派的区别,实际上表明东晋后南北地区流行的书法艺术已有不同的特色,如南宗赵孟坚《论书》称:"北方多朴,有隶体,无晋逸雅。"从这种"北朴南雅"的不同特色中,不难看到南北方不同的文化传统对书法艺术的影响。正是在这种传统的影响下,书法上出现"南帖北碑"的现象,而不同源流的发展,客观上也极大地丰富了这门传统艺术的内容。

我们再来看看绘画艺术。晚明之际,也曾出现由江南华亭人董其昌所创的"山水画南北宗"论,他把从唐到元的著名山水画家分为南、北两大派系,并有崇南贬北之意。是论一度滋蔓明末清初画坛,并使画界受到不小的影响,以致有不少人起而倡和。但由于此论不尽符合中国画这一大画科中师承演变的史实,且带有明显的地域偏见,如崇南宗为文人画之正脉,故失之于偏颇,不过,是说毕竟觉察到了唐、五代以来日趋成熟的山水画在发展中所存在的南北差异。以五代北宋间的山水画来讲,陕西关同、李成、范中立代表了当时北方的三个主要流派,而当时南方山水画的主要流派则以后世并称"董巨"的江南人董源和巨然为代表。前者与后者在表现山石的技法上也各有千秋,都对后世影响很大。南北地区不同的地理环境如不同山石的地质结构及树木表皮状态,使南北方画家在对自然界事物进行艺术创造的表现方法上,必然存在不同之处。再加上南北地区的社会历史、风尚习俗、审美观点和文化传统的不同,绘画的风格特色也就相应地存在着南北差异。

除上述外,南北文化的不同在人们的社会生活、风尚习俗中也有所表现。举婚丧大事为例,南北各异,甚至沿袭到近代。如宋元之际南方地区出现的典雇妻女的鄙俗,尽管执政者出于礼教而屡颁禁令,但此陋习到民国时期在作家柔石的作品中还有所反映。北方如河南、山东、陕西一带则有为少子娶大女的习俗,甚至有年长一倍以上的。在这种习俗的束缚下,不知有多少对怨偶被结成,而此风俗又与北方自古就有的专以妇女当家持门户的现象相关联。《颜氏家训》注引《玉台新咏》中的一首古乐府《陇西行》中就有"健妇持门户,胜一大丈夫"。颜之推将此"内当家"的风气视为"恒代之遗风",指出"河北大事,多由内政";夫妇之间也较平等,"倡和之理,或尔汝之"。南方则与此相反,西晋傅玄《苦相篇·豫章行》中称南方地区是"男儿当门户,堕地自生神"。在南朝时,一般破落的士大夫,只顾自己外表整齐光鲜,而"家人妻子,不免饥寒",这和当时北朝风俗又截然不同。丧俗之别,江南人哭葬时有哀诉之言,而河北一带则唯呼苍天,也有号而不哭的。在南方,凡遇重丧,若同在一城中的朋友,三日内不来吊唁,彼此即断绝来往之情,以后相遇也形同路人;因故未能来或住地偏远者,则应致书问候,否则亦会顿失友情。北方则无此俗。

即使在朋友亲属之间送别时,南北方也有不同举止的表现。南方人在分别时,往往下泣言离,将之作为相互间情感真挚、难舍难分的表现。梁武帝萧衍就因其弟在分别时没有像他一样落泪伤心,只是"密云不雨",最后竟不准其弟前去赴任。而"北间风俗,不屑此事,歧路言离,欢笑分首"。唐代龙门人王勃诗中有"无为在歧路,儿女共沾巾"[1],就是反映了北方人的这种性格。

南北地区在取名称谓上也有相异之处,《颜氏家训·风操第六》称:"北土多有名儿为驴驹、豚仔者。"后人注释中也提到"江南人习尚机巧,改其小名多是好字,足见自高之心;江北人大体任真,改其小名,多非佳字,足见自贬之意"。近代江南一带生儿多名贵、福、宝、财等,也能说明确实存在这种情况。在统治阶层中,称谓居然也有南北之别:"江南轻重,各有谓号,具诸书仪;北人多称名者,乃古之遗风。"对此,颜之推表示:"吾善其称名焉。"这主要是从先秦起,王侯就自称孤、寡人、不,连孔子一代圣师与门人言皆称名,因而他对江南士大夫鲜于臣仆之称就不以为然了。

我们还可以看看在服饰上存在的南北差异,这点古人也已经看到。如《战国策·赵策》中提到南方越人"剪发文身""臂左衽";《新论》中提到越人"首不加冠"等特点。《说苑·反质》中则载称:"鲁人身善织履,妻善织缟,而徙于越。或谓之曰:'子必穷。'鲁人曰:'何也?'曰:'屦为履,缟为冠也,而越人徙跣剪发,游不用之国,欲无穷可得乎?'"这里反映出南北服饰的不同特点:履冠在北方为日常服饰用品,在南方的越国却成无用之物。再以楚国而言,其冠服也有别于北方地区。如晋国国君一见被俘的钟仪就知道"戴冠者"非晋人,一问,果然是郑国所献的楚囚,以致"南冠"和"楚囚"一起成为后世犯人的同义词。楚墓出土的木

---

[1] 《送杜少府之任蜀州》。

男俑多戴扁平的小圆冠,此即南冠。秦灭楚后,曾为楚国国人效仿楚王所戴的"獬冠"被秦始皇赐予近臣,嗣后又在更大的范围内推广开来,显见楚服对中原之影响,反映了南北服饰的彼此融合及渗透。再如楚汉相争之际,鲁人叔孙通穿儒服去见汉王刘邦,史称"汉王憎之"[1],他只好换上楚制短衣,才使刘邦看着顺眼。据《史记》索隐引称:"短衣便事,非儒者衣服。高祖楚人,故从其俗裁制。"服饰上的差异,正体现了南北文化的区别。

  本文关于中国古代文化中存在着南、北两大系统的命题,仅仅是就两大文化系统在哲学、宗教、语言文学、社会风尚习俗等方面的不同,提出一些看法,罗列了一些事实。从研究中国文化的丰富内容和发展规律的角度说,这是极肤浅的。有关中国文化南、北两大系统产生的原因,它们各自的源流及其演变发展,以及它们对中国文化整体发展所做的贡献,尚待进一步深入探讨。

---

[1] 《史记·刘敬叔孙通列传》。

台湾宗教界表态的意义

据《元史·释老传》称,尚在蒙古军队与南宋处在军事对抗时期,南方地区正一道领袖张可大在 1259 年邂逅蒙古王室成员忽必烈时就曾预言,称二十年后,天下必将一统。这给当时尚处潜邸状态的忽必烈(其于 1260 年才登上大汗之位)留下非常深刻的印象。等到 1279 年,业已建立"大元"的忽必烈终于完成灭掉南宋的大业后,在他与后来的正一道领袖张宗演会面时,还特地谈及张可大当年的预言之准确。元世祖对正一道的好感便与此大有关系。宗教界人士的话语,有时会对世俗的帝王起到奇特的效力。这两代张天师与蒙古族皇帝的交情,当然已经逾越一般意义上的政教关系了,天子恩泽自然也会惠及正一道。东晋高僧释道安的历史名言,"不依国主,则法事难立",在这件事例上也再次得到验证。

之所以在这里重温故事,主要是看到台湾岛上近日来在蓝、绿两大阵营对垒的激战关头,原来一直保持相对低调和持中立地位的宗教界人士,终于也有站出来发声亮相和表态支持的镜头。这也再次证明,宗教并未远离政治,每每在历史发展到关键当口,宗教界有影响的人士,就会当仁不让地站出来发表"独具慧眼"的看法。过去南非的黑人主教图图,波兰的红衣主教维辛斯基,都曾在其国的历史上发挥过不可或缺的重要作用。前者还因在反对南非白人当局的种族歧视和种族隔离上所做出的卓越贡献,在 1984 年荣获诺贝尔和平奖。

此次台湾的道教界一马当先走在头里。2008 年 1 月 28 日中央电视台《海峡两岸》节目里,还专门报道了台湾道教界在台中大甲镇成立马、萧后援总会的消息。报道称:"国民党 2008 参候选人马英九 27 日晚先到大甲镇澜宫参拜,民众夹道欢迎,随后举行道教后援总会成立大会,台湾道教总会、大甲镇澜宫首次出面力挺马英九。"据台湾媒体报道,大甲镇澜宫董事长颜清标在会上说,台湾的神明都是从大陆来,不分族群,现在不能再分芋头和番薯。用台湾道教界领袖的话来说,宗教和政治是一样的,追求的是人民的福祉和社会的公理,但八年来台湾不断在向下沉沦云云。可以认为,这是宗教界在蓝绿继1月12日立委选举大较量后再次决战前夕的正式表态,按照台湾媒体的评论,这是台湾道教界首次站出来力挺台湾地区领导人候选人。

无独有偶,就在道教总会做上述宣示大动作的同日,为一贯道精神领袖陈大姑(陈鸿珍)去世而举办的告别仪式也染上了浓厚的政治色彩,蓝、绿双方的重量级人物在这天均到场参加,马英九还罕见地双膝下跪,行三叩首的大礼,而绿营的"超级助选员"陈水扁也在马离开后到场亲临致意并颁发褒扬令。不过,据陈大姑的亲信透露,陈大姑弥留之际,还以其仅剩气力,用纸笔颤抖地写下"马"字。据亲信转述,这就是陈大姑的最后遗愿,希望马英九能够当选"总统"。其政治含义和社会影响力及相应的发酵效果相信是不容小觑的。

至于近日来一些命理师亦开始纷纷预测马、谢二人的运势,以及发表最后将鹿死谁手等说辞,与上述宗教界人士的表态意味,是不可同日而语的。这些混迹江湖的看相人士虽说也有很大的市场,有的也曾让政治人物在他们面前低下高贵的头颅,如谢长廷在担任高雄市市长时,就曾力挺过素有"怪力乱神"之邪行的宋七力,以致不少人认为谢氏遇"邪长挺",有消息还称谢家是假借神迹行诈骗之实的宋七力之门下信徒等,看来,谢、宋之间的关系是"剪不断,理还乱",但这些命理师们并无实际政治立场宣示和阐明支持缘由等内容的猜测,充其量只是大选前的一种追下赌注式的喧嚣,对社会民众的投票影响毕竟有限,远不如上述宗教界人士的正式表态。

台湾的宗教生态比较复杂,除道教外,还有基督教(主要是长老会)和佛教,以及伊斯兰教等,宗教界和官方、党派的关系向来渊源极深,各宗教背后的蓝绿色彩也极其浓厚,如堪称绿营基础底盘的"台独"基本教义派,就有长老会的背景,这是人所共知的事实。长期以来,面对着

这个世界就分两种人

八年中间台湾的不断沉沦和经济下滑,民生走向凋敝的现状,宗教界人士似乎都缄默不语,鲜见有什么重量级的宗教大师公开发声痛斥民进党当局的不当作为,即便有什么不满的话语,也只是私底下说说。这也正是中国传统社会中宗教始终保持低调,尽量和握持权柄的执政当局保持一团和气的文化基因所致。到头来,宗教界的不作为,招致自身沦落成当政者手中利用的棋子,只是被随意摆弄罢了。如在2007年岁末,为了赢得立委的选战,律师出身、惯于滥用辞藻的陈水扁,便借"去蒋化"的连番行动,从代表威权统治的"戒严",到意思下流的LP,真是随心所欲到极致。一个掌控着生杀予夺大权的政治人物,说话到了"成随便"的地步,也不管自己将来在历史上的名声会"成碎區",真可谓名副其实了。在扯到与宗教相关的话头时,他又表示什么宗教教化人心,他会全台走透透,从台湾头拜到台湾尾,如果有时间便会"逢庙必拜",还说这是他的信仰,身为"国家"领导人,要为全民和台湾祈福求平安等等。好端端的宗教,庄严的神明,刹那间,似乎都可被其用作强化自己阵营选举的道义力量。

中国向来就有"头上三尺神明在"的老话,一般比较忌讳做出对神明不敬的行止,可阿扁却如此滥用各种宗教信仰,从源自大陆本土的道教和妈祖崇拜,到来自欧美社会的基督宗教,各路神明似乎都成为其手中可以随意调拨的棋子,被他用来为确保民进党利益的选举服务,甚至让妈祖到大洋彼岸的纽约去出巡,为全无半点可能的"入联"活动造势,实在是亵渎神明到了极点。陈水扁这样不是信仰的表白,根本就是在拿信仰开涮。

反观蓝营的态度,马英九对宗教的倚重虽说也很着力,但说话的立场多落在与民生相关的话题上。比如说,台湾全民领导人不分族群、政党全都要照顾,就像神明要照顾信众,他当选不会出卖台湾,会卖台湾农产品到大陆,当选后会开放大陆观光客来台湾花钱,不会取消老农津贴。应该说,宗教界人士因相对远离政坛,所秉持的立场较为客观,一旦他们凭依自己的观察,在人前正式做出表态,相信与民意的契合程度也是比较大的。回到本文的开头,当年来自南中国的道教领袖张可大对北方朝廷掌控大权者忽必烈王子的一番话,既是政治的期许,也是民意的反映,又是一种政治上的押宝和表态。如今台湾道教界人士终于公开站出来力挺他们看好的政治人物,不管将来选战结果如何,在笔者看来,这样的作为,本身就是宗教界敢于担当社会责任、维护社会公理的积极表现,这样总强过于长期以来噤声不语和明哲保身的态度。但愿天遂人愿,让台湾的广大民意在3月22日的选举中得到真正的体现。

完稿于2008年1月29日

后记:

　　此文写于2008年台湾国民党大翻身的历史年份,当时选前"马上就会好"的政治许诺和吹得胀鼓鼓的政治气球,果然让马英九如愿上台,但随着台湾经济一直徘徊在低谷而不见起色,民众的怨气恰如马英九的眼袋那样愈来愈大。八年中国民党可谓耗尽了政治支持的民心资源,回首看当年这篇文章,再看政治选举钟摆效应的后果,未免要嗟叹感慨!

太极虎成了纸老虎
——有感于韩国的再次落败

当同样是笑容可掬的科威特主裁判亮相时,除了号称"红魔"的韩国球迷外,心中存疑的各国观众肯定会犯嘀咕,这回可别又是一个克隆的埃及裁判冈多尔吧,因为那位也是笑眯眯的阿拉伯人不就是微笑着将西班牙队送回伊比里亚半岛的吗?眼下这个执法韩日世界杯季军争夺赛的黑衣法官,也是一个阿拉伯人,会不会如法炮制地向东道主献殷勤呢?随着上半场局势的剧烈演变,人们的担心已经不复存在,倒是韩国人会寻思一番:莫非这个主裁也是穆斯林,内心偏袒也是穆斯林的土耳其队?球场上的事实最终表明,科威特人还是公正地主持了比赛。上半场3比1的比分,一度都让太极虎成了纸老虎。

荷兰人希丁克终于未能摆脱命运的捉弄,他又"重温"了上回法国世界杯赛的旧梦:那次在率领荷兰队杀入四强后,先告负于半决赛,接着再与季军说拜拜。此次他作为东道主的教练,虽占尽天时、地利、人和等全部有利因素,但最终还是眼睁睁地看着自己那群"快乐的小狗们"(希丁克向媒体形容韩国队员之语)与第三名的奖牌失之交臂。有道是:"画虎不成反类犬。"尽管队员中也有人把自己的头发染成教练那样的黄发,但"小狗"们在全场近乎疯狂的球迷呐喊声中并没像赛前表示的那样,"要显示真正的实力",也就是说,他们没能在最后一战中脱胎换骨地成为真正的猛虎。看来,多喝高丽参汤,也无法如愿以偿地再一次向世界证明自己才是"亚洲的希望"。韩国队此番落败,反倒给那几支被莫名其妙击败的欧洲队拿住话柄,更使他们有理由将鄙夷的目光投向整个亚洲的球队。

怀疑韩国队如此幸运的理由，不仅是那些糟糕的二流裁判在场上的三流执法表现，而且还有韩国队本身在场上的"凶悍"表演："全武行"的肘击脚踏，无赖般地扯衣抱人，处处展示了韩人为夺得胜利不择手段。当然，场外和幕后的动作还包括"向草皮洒水"，聪明的希丁克和韩国队在世界杯前的几场与法、英等强队的热身赛中，已经屡屡得手而大占便宜，这种令人恶心的"秘诀"在国际足联尚未制定出专门的遏制规则之前，或许还会被一些球技和求胜的野心不成正比的球队多次使用。但愿被这次强大的"韩"风吹得身上"布拉脱"的国际足协领导们会早下决心，尽快杜绝这种胜之不武的阴招和损招。

韩国队的失利，又一次让各国球迷看到"东道主的克星"土耳其队的厉害。这帮大多在德国长大的移民后裔，有的甚至不会讲母国的语言，可当土耳其有机会在48年后（上次是1954年）重新进入世界杯决赛圈时，作为穆斯林的他们，都义不容辞地站到了红色的星月旗下，在有着不同的四大宗教文化背景的四强中（德国是基督教新教势力占优的国家，巴西是天主教国家，韩国则是典型的东亚儒家文化覆盖地区，土耳其则是伊斯兰教国家），他们的精湛球艺，给各国球迷及观众留下了深刻的印象。最后的一幕尤其让人感动：主裁判吹响结束的哨声时，土耳其队员像事前说好似的，纷纷主动上前拉起不无沮丧的韩国球员，一起向观众致意，土、韩两国的小国旗在两国队员手中挥舞，韩国队员们在这种现场气氛中，也渐渐扫去脸上的阴霾，毕竟他们已经在这届比赛中"过五关"（胜波、葡、意、西和平美国），在用被水浇得湿湿的草皮铺就的"成功坦途"上走得够远了。此刻，看台上又亮出了两面硕大无朋的土、韩国旗，所有的人都明白，3比2的比分已不重要，今天场上的两队都是胜利者。

韩国球迷"噢……噢"的阵阵吼声，通过电视荧屏，仍在不停地冲击着人们的耳膜，韩国足协主席郑梦准和主教练希丁克先后被韩国球员们抛掷起来，全场的欢呼再次达到鼎沸，不少人打出2006AGAIN的横幅，希冀这位荷兰人在四年后的德国再次让韩国美梦成真，足见韩国球迷的勃勃野心，还真有一种"蛇吞象"的气势。只是四年后的事情实在难说，夜长梦多，几年后能"真梦准"（郑梦准）吗？难说。"河东、河西"

的道理谁都知道,说不定到时候还是由希丁克或特鲁西埃等高水平大腕教头执教的中国队在绿茵场上"演示多"(阎世铎)呢。不过有一点可以肯定的是:届时德国的草皮肯定不会像今年这么潮湿,因为球艺过硬的日耳曼人是用不着东施效颦的。

完稿于 2002 年 8 月 28 日

西欧历史上的伊斯兰教

一、历史的回溯

公元732年10月的一个星期六,在当时法兰克王国境内的图尔与普瓦蒂埃之间(今法国中部的图尔),由阿卜杜勒·赖哈曼指挥的阿拉伯骑兵,与法兰克王国宫相查理·马特(绰号"锤子")统领的重盔铁甲军队在维埃纳河与克勒恩河交汇处展开激战,经过一整天的厮杀,穆斯林军队终因自己的主帅阵亡和损失惨重,被迫于当夜弃帐远遁。此后,阿拉伯人的势力未能逾越比利牛斯山脉而向西欧腹地做深入的挺进。

这次战役在世界中古史上的地位十分重要,著名的历史学家吉本和其后的许多史家都说,假如阿拉伯人在此战役中获胜,那么,人们在巴黎和伦敦看到的,会是清真寺,而不是大教堂;人们在牛津和其他学术中心听到的,会是有关《古兰经》的讲解,而不是《圣经》的解释。[1]

事实上,该役的确给基督教与新兴的伊斯兰教以后的历史走向及其分布划出了经纬。20年后,查理·马特的儿子,继任墨洛温王朝宫相的"矮子"丕平,在教皇支持下,废黜国王"笨人"希尔德里克三世,自己登基称王,建立加洛林王朝,由此也开始了与教皇间的同盟关系。756年,丕平出兵意大利,击败伦巴德人之后,向教皇捐赠拉文那、彭塔波利斯等意大利中部地区,构建所谓的"教皇国",成为后世教皇世俗权力的基础,他的投桃报李之举,即为有名的"丕平献土"。公元800年的

---

[1] Gibbon, *Decline and Fall*, ed. Burry, vol. vi, p.15;参阅 Lane. poole, pp.29—30,转引自(美)希提:《阿拉伯通史》,下册,第597页。商务印书馆1979年版。

圣诞节前夕,丕平之子查理曼大帝在圣彼得教堂由教皇利奥三世行加冕礼,上其尊号为"奥古斯都与罗马人之皇帝"。罗马教皇也名正言顺地成为西方教会的最高权威。当其时,除西班牙部分地区尚还残留着阿拉伯势力外,西欧从此成为基督教的一统天下。

反观伊斯兰教,从先知穆罕默德(约570—632)逝世100年以来,图尔之役是伊斯兰世界遭遇的第一次大挫折,倭马亚王朝时期的对外大扩张也因此而告中辍。18年后,它被阿巴斯王朝所替代。新王朝和以后相继崛起的伊斯兰教诸王朝尽管也有过军事扩张的势头,尤其是奥斯曼帝国曾将其疆域拓展至东南欧,但西欧各国却再未受伊斯兰势力的染指。不惟如此,西欧基督教世界在1096年至1291年的近200年内,曾前后发动过8次十字军东征,一度还在东方世界建立起十字军的据点。从15世纪末叶到17世纪初叶,西班牙的君主还不断地兴起迫使当地穆斯林改宗皈依基督教的运动,其间约有300万穆斯林被放逐或被处死。这样,西欧基督教国家在图尔战役后的1200年历史长河中,基本上向信奉伊斯兰教的穆斯林关闭了大门。

随着地理大发现与科学技术的高度发展,以及军事上的强势与殖民扩张的加速,西欧基督教各国逐渐在与传统竞争对手的较量中占尽上风,及至近代,广大伊斯兰教国家在军事、经济和政治上均屈居其下,这些国家和地区大多沦为西欧诸国的殖民地或附属国。如穆斯林绝对人口数最多的印度尼西亚,第二次世界大战之前曾是有着"海上马车夫"之称的老牌资本主义列强荷兰的殖民地。印度次大陆和伊朗、阿富汗及北非诸国,也都分别被划入英、法列强的势力范围,有的成为"保护国",有的更直接沦为殖民地。从西欧宗主国来的基督徒,俨然成为许多伊斯兰教国家的统治者。与此形成鲜明对照的另一种情况,却是西欧各国仍未对穆斯林敞开大门,直到20世纪初,西欧诸国穆斯林的总数还未逾万人,遑论伊斯兰教在是地的发展了。有的欧共体成员国家如西班牙、葡萄牙、比利时、爱尔兰、丹麦、挪威、卢森堡七国,在20世纪60年代初,甚至还没有一所清真寺。但从某种程度上讲,作为基督教文化的中心区域,西欧从迈进20世纪以后,特别是在"二战"之后,毕竟开始真切地感受到伊斯兰文化的存在了,这首先即凸显于该地区穆斯林人口的迅速增加上。

二、西欧穆斯林人口的增加

西欧从狭义上仅指欧洲西部濒临大西洋的地区和附近的岛屿,包括英国、爱尔兰、荷兰、比利时、卢森堡、法国等国。因冷战时期的历史因素,除了上述地理上的含义外,它还有其特殊的政治含义,即从广义上讲,西欧也可通指欧洲所有的资本主义国家,包括中欧的德国、奥地利及北欧的瑞典、挪威、丹麦等国,还包括南欧的意大利、西班牙、葡萄牙和希腊等国。本文所指称的西欧,主要是指这15个参加欧共体的成员国。

欧共体成员国家共拥有321.6795万平方公里的领土,其总人口在1991年为36 594.3万。穆斯林人口数在这些国家的增长极其迅速,从1901年的不足万人,猛增到1971年的约450万人;而20年后的1991年,已在1 000万之上,1995年时估计约1 150万人[①]。

如果说,东南欧尤其是巴尔干半岛的阿尔巴尼亚、波斯尼亚、科索沃等地区穆斯林民族的生息繁衍,是中世纪奥斯曼帝国军事征服的历史结果,那么,西欧诸国在本世纪中后期冒出来的庞大的穆斯林人口,当属西欧各列强殖民主义制度的衍生物,因为进入西欧各国的穆斯林移民主要有两大来源,它们多少都与西欧资本主义列强的前殖民地有关。

其一是曾为宗主国效力而同自己祖国的解放运动力量作战的那些"为虎作伥"者们,他们在殖民者大势已去,独立运动告捷的同时,也因无法在国内立足而尾随主子撤退至宗主国,成为侨居西欧的政治流亡者。典型的如从阿尔及利亚到法国的"哈基斯"(Harkis)和从印度尼西亚到荷兰的"马鲁古人"(Moluccans)。后者于1950年4月25日,还在

[①] M.Ali.Kettani, *Challenges to the Organization of Muslim Communities in Western Europe*, *Political Participation and Identities of Muslim in Non-Muslim States*, by W.A.R. Shadid and P.S.Van Koningsveldceds, KokPharos Publishing House. the Netherlands. p.15.

美国与荷兰的支持下,发动叛乱,建立过所谓的"南马鲁古共和国",其大部分成员曾在殖民地时期的荷兰军队中服过兵役。政治上的失败,使这些信奉伊斯兰教的穆斯林被迫做出避居异国的选择。

其二是大量从前殖民地及伊斯兰世界拥入的劳动力,他们是更主要的来源。从20世纪60年代到70年代,"二战"后迅速崛起的西欧各国,正急需大量廉价的劳动力来充实和扩大经济发展。从第三世界国家或前殖民地吸纳所需要的廉价劳力资源,当属近水楼台的捷径。以西欧几个第三世界穆斯林人数相对居多的国家来看,拥进法国的穆斯林多来自北非地区;流入英国的穆斯林主要来自南亚诸国;而在德国打工的穆斯林,大部分原籍为与德国历史渊源关系颇深的土耳其[①]。

除了上述与政治和经济因素相关的来源之外,西欧各国穆斯林人口的增加还包括非法移民的流入,也有从伊斯兰国家来欧洲求学深造的穆斯林学子,以及第一代穆斯林移民组建家庭后所产生的第二代乃至第三代穆斯林后裔,甚至还有原籍欧洲国家的改宗皈依者。这些人有的因婚姻关系,有的出于文化上的选择,从而成为穆斯林队伍中的新成员。据1991年的统计,如按所在国穆斯林人数的多寡来排列,欧共体国家中的穆斯林人数依次如下:法国400万,德国250万,英国150万,荷兰45万,比利时45万,意大利40万,西班牙35万,希腊30万,奥地利12万,瑞典10万,丹麦10万,挪威5万,葡萄牙2万,爱尔兰2万,卢森堡1万。[②]

以上穆斯林人数共计1 037万,在当时欧共体的人口总数中占2.8%。通过上述的排列亦可看出,西欧的穆斯林人数在分布上呈相对

[①] 奥斯曼帝国在第一次世界大战期间,参加德国为首的同盟国方面作战,战败后帝国瓦解。1923年10月,成立土耳其共和国。第二次世界大战时保持中立,但较亲德。1961年,第一批土耳其工人根据德、土两国之间有关输出劳动力的协定抵达当时的联邦德国。

[②] M. Ali. Kettani, *Challenges to the Organization of Muslim Communities in Western Europe*, *Political Participation and Identities of Muslim in Non-Muslim States*, by W.A.R. Shadid and P.S. Van Koningsveldceds, KokPharos Publishing House. the Netherlands. p.15.该文作者M. Ali. Kettani在提供此数字时表示,穆斯林人口数字和有关国籍的百分比综合了很多信息来源,特别是各国穆斯林社区自身所做的统计。笔者根据所了解的其他有关材料,同意其看法,即官方提供的数字通常都有偏低之嫌。

集中的特点，3/4以上的穆斯林聚居在法、德、英三国。

法国历史上自图尔战役后，一直是天主教势力强大的国家，根本没有穆斯林落脚插足之地。1832年，阿尔及尔落入法国之手。传统的伊斯兰教敌手已不再被高傲的法兰西人视为危险的因素。野心勃勃的拿破仑三世还曾梦想通过征服更多的穆斯林来建立一个法兰西穆斯林帝国，而且在他之后的法国殖民统治者也都始终未放弃在非洲各穆斯林居住地区的开拓和扩张。尽管如此，20世纪前在法国本土羁留的穆斯林人数未逾千人。"一战"前后，从阿尔及利亚及其他殖民地来的穆斯林开始拥入法国，1924年时，他们的人数已上升到12万，但1935年时又回落到7万。"二战"后因法国急需更多的劳动力，致使在法穆斯林人口回升，1952年为24万。20世纪60年代民族独立运动风起云涌，如前文所述，为数甚多的穆斯林出于社会阶层、价值观念、政治立场和文化氛围等方面的考虑，在感情的天平上更倾向于宗主国一边。出于这样的原因，许多穆斯林移居法国本土，到阿尔及利亚独立后的第二年，即1962年，法国穆斯林人口竟高达百万。而1975年，翻番至200万。进入20世纪90年代后，在有关穆斯林人口的统计上，又以400多万的数字，高居西欧诸国之首。

德国是基督教宗教改革的发祥地，是地除新教影响甚大之外，天主教的势力同样不容小觑。该国最早出现的穆斯林社区是由奥斯曼帝国的外交官们在18世纪的强国——普鲁士首府柏林创建的。此外，第一次世界大战爆发后，与德交战的协约国士兵中有不少穆斯林曾以俘虏的身份被德国囚禁，战争结束时，他们在被开释之际做出定居德国的选择。汉堡和柏林两地，是其时德国主要的穆斯林居住中心，穆斯林社区还包括一些商人及数量甚少的德国籍皈依伊斯兰教者。1920年，德国穆斯林为1 000人左右，1951年达2万人。德国穆斯林的真正骤增，是在20世纪60年代大量从国外输入劳动力之后。1961年，德国与土耳其政府签订有关输入劳力的协定。10年后在德国已有15万穆斯林，1991年更增至250万人，在穆斯林人数上，成为欧共体诸国中仅次于法国的国家。值得指出的是，德国的穆斯林中，有75％是土耳其人。近年来因欧洲战事频仍，遂使很多穆斯林难民流入德国，他们多来自南斯拉夫联邦共和国。

英国也是基督教传统势力极其强大的国家,除安立甘宗以外,新教的很多重要宗派也都源于大不列颠,基督教文化在是地的基础和影响之深,于此即可想见。伊斯兰教在此地的存在,其文化根源只能溯自昔日大英帝国的海外殖民地。最早在英国出现的穆斯林移民,是19世纪后期来自亚丁湾的也门人。20世纪上半叶,早期的穆斯林定居者们中有莘莘学子,也有军队的遣散人员。50年代后,穆斯林移民开始受到人们关注。从印度次大陆、塞浦路斯、埃及、伊拉克等地前来英伦的穆斯林日见增多。60年代早期,大多穆斯林移民为巴基斯坦人,70年代后又有不少亚裔移民从东非向英国迁徙,还有很多的穆斯林移民来自新生的孟加拉国。在英定居的穆斯林中,也有伊朗人和原籍中东各国的阿拉伯人[①]。就人口统计而言,"二战"前,穆斯林人数已达5万,"二战"后的1951年,翻番到10万。1971年时为75万,20年后再度翻番至150万,目前已在180万之上。

在上述三国中,穆斯林中取得当地所在国国籍的情况并不一样。据1991年的统计表明,英国有100万人,约占66.7%;法国次之,有250万人取得国籍,为62.5%;德国最低,为4%,只有10万穆斯林成为德国公民。英、法两国在这方面也是欧共体15个成员国家中最高的,而德国则是最低的,甚至不如比利时(6.7%)[②]。其实,这也是伊斯兰教在欧共体各成员国中不平衡发展的真实反映。

三、西欧社会中的伊斯兰教及相关问题

穆斯林于近年来在西欧诸国的骤增,客观上也促进了伊斯兰教在该地区的迅速发展,当然也因此引发了一系列相关的社会问题,这些也都是那些制定输入廉价的外籍工人等经济政策的"始作俑者"当初未曾

---

① Jacques Jomier, How to understand Islam, p.126. by SCM Press Ltd.
② M. Ali. Kettani, *Challenges to the Organization of Muslim Communities in Western Europe*, *Political Participation and Identities of Muslim in Non-Muslim States*, by W.A.R. Shadid and P.S. Van Koningsveldceds, KokPharos Publishing House. the Netherlands. p.15.

料及的。当吸纳外籍工人的传送带转动起来时,绝大部分异国劳力是被预想为数年后即会返回故国,并由新的年轻劳动力来弥补所出现的空缺。输出劳力的国家则因希冀缓解国内不断增加的失业压力,以及对能够通过外出打工者寄回各种硬通货外币而形成一个现成财源的状况感到满意,故此对移民的控制兴趣甚浓,也更乐于轮换外送人员,以利加强官方的控制力度。接受方国家一般在开始阶段也多在处理外来劳工问题上倾向于将事务移交给输出方国家,类似的运作思路和实践,在德国与土耳其两国关于外籍劳工的问题上表现得尤为明显。从德国政府在20世纪90年代时仍不愿向那些外来的劳工敞开登记加入国籍的大门上也能得到印证,伊斯兰教一直被德国视为"客籍宗教"。而就在德留居的穆斯林来讲,不要说赴德国打工谋生的外籍工人自身难以入籍,就连他们组建家庭后所生育的子女,即便在德国出生,都不能得到公民资格,只有那些在血统上具备条件的,才能成为德国公民。这是指那些原籍德国,后来改宗伊斯兰教的,或者在双亲中有着一个德国公民身份的(通常是母亲)穆斯林后代,方可以享有德国公民的资格。

虽说留居并不容易,可随着时间的进展,来欧的穆斯林单身汉们开始在欧洲组建家庭,婚后那些在西欧呱呱坠地的孩子们心目中的"家",显然与父辈们大相径庭。不过,维系穆斯林社区全体成员的共同纽带——伊斯兰教文化,毕竟是能让穆斯林家长们的心病完全化解的唯一良药。至于在基督教文化占主体地位的社会环境中,能使穆斯林移民的文化归属感得到满足的主要去处,则非清真寺莫属。哪里有穆斯林的聚居,哪里就一定有清真寺的存在;而哪里出现清真寺,该地区的伊斯兰教文化也定会兴旺发展起来。这是伊斯兰教作为世界宗教文化的重要发展特征,是由其教义所决定的必然结果,这也是世界各地的伊斯兰教文化在各个历史时期发展壮大的历史规律。

清真寺在每个信仰伊斯兰教的穆斯林心目中的地位极其重要,作为人们崇拜安拉的圣所,它的宗教意义是显而易见的。穆斯林每日的五番拜和每周五的聚礼,以及每年两次的会礼,都须在清真寺进行。清真寺是穆斯林的宗教活动场所,同时也是伊斯兰文化中心,它兼有寺院教育、议事等多种社会职能,是故穆斯林有"围寺而居"的生活习惯,并就此形成一个个以清真寺为中心的穆斯林社区。因此,根据清真寺数量的变化状况,就能对伊斯兰教发展的程度做出较准确的评估,这在西欧各国亦不例外。从西欧各国清真寺增加的情况来看,其发展之迅速实属罕见。

本文提及的欧共体 15 个国家直到 1961 年时,清真寺数量的总数为 382 个,其中出于历史的原因,有 350 个清真寺位于希腊的西色雷斯和罗得岛等地。其余 14 个国家中,德国和英国各为 10 个清真寺,荷兰为 5 个,法国为 4 个,意大利、瑞典、奥地利则分别只有 1 处供穆斯林祈祷的场所,而其余 7 个国家如前文所述,干脆没有清真寺。当穆斯林人数逐渐增多以后,宗教生活的需要,使清真寺顺理成章地迅速增加起来。1971 年,全西欧的清真寺已跃居至 607 所,1981 年,已猛增至 2 124 所,而 1991 年时又增至 4 845 所,1995 年,清真寺更增至 6 000 所左右。其中,穆斯林人数最多的法国、德国和英国在 1991 年,分别有 1 500 所、1 000 所和 600 所清真寺,而荷兰、希腊、比利时等也都分别有 400、400 和 300 所左右的清真寺[1]。从有关各国的情况来看,清真寺数量与各国穆斯林人数的多少成正比。这些为数众多的清真寺,作为迥异于西欧传统的基督教教堂风格的宗教文化景观,立体地展现在西欧社会中,它们正是伊斯兰教文化业已在是地立足扎根的重要标志。

面对穆斯林移民数量的急剧增加,西欧各国政府中除了有的坚持将穆斯林视作外国人,仍把伊斯兰教看成是非本土宗教之外,大多已持较务实的态度,如英、法、荷等国,政府方面鼓励穆斯林与当地居民的结合,促进他们尽快地同化于主流社会。这种前景曾引起伊斯兰教界人士的担忧。已故的巴基斯坦著名学者,伊斯兰促进会创始人阿卜杜拉·毛杜迪在晚年造访欧洲、美国、加拿大时,曾告诫侨居欧美的穆斯林,要他们避免同化于自己所处的新环境,或者干脆离开西方,以避免

---

[1] 有关西欧穆斯林和清真寺数量的统计,说法不一。本文主要根据 M. Ali. Kettani, *Challenges to the Organization of Muslim Communities in Western Europe* 一文。

在那难以捉摸的道路丧失自己的灵魂①。也有的学者对此持以异议，他们认为毛杜迪的说法是对穆斯林的误导。在他们看来，穆斯林在西方的存在，给穆斯林提供了一个前所未有的绝佳机会，以完成其宣传伊斯兰教信仰的义务。在此过程中，他们不仅遵行了真主号召人们信仰伊斯兰教的旨意，而且将西方社会从它的罪恶路上拯救出来，并令其重新回到皈依真主的路上。事实上，伊斯兰教在西欧地区的成功也可从一定数量的欧洲人改宗其教上得到印证。及至1990年代中期，法国有3万至5万的本国人改信伊斯兰教；英、德两国略同，各在5 000人左右②。

伊斯兰教文化在西欧的兴盛，还表现在各种伊斯兰教团体与组织的建立，在这方面，来欧求学的穆斯林青年学生们往往扮演了先驱的角色。如从天主教根基深厚的几个国家来看，法国在1963年成立了"法兰西穆斯林学生协会"和"伊斯兰教协会"。在其邻国西班牙境内，1971年，第一家伊斯兰教组织在格兰纳达由外国穆斯林留学生正式创立，不久，该组织的分支机构即在全国各地分布开来。比利时境内的穆斯林组织得到塞内加尔、巴基斯坦等伊斯兰教国家使馆官员的支持。1963年，一些穆斯林青年成立了"伊斯兰教总董事会"，并在比国首都布鲁塞尔建起第一所清真寺。

伊斯兰教在西欧的发展可谓成绩斐然，但穆斯林居民的激增和其社区的扩大也引发了相关的社会问题。西欧国家中近年来出现了势力不小的排外主义倾向，种族歧视和宗教敌对的逆流也时有涌动，如德国就发生过多起袭击甚至焚烧土耳其居民住处的恶性事件，英国也刊登过有人向印、巴移民居住地区投放炸弹的报道。另一方面，穆斯林移民或难民中因良莠不齐，亦常有暴力倾向和采取极端手段的事例发生。此外在英国，也有的穆斯林组织鼓吹在英国境内建立"伊斯兰国"，笔者

---

① Yvonne Y. Haddad, *Towards the Carving of Islamic Space in the West*, International Institute for the Study of Islam in the Modern World, (ISIM)Newsletter 1, p.5. October 1998.

② *An Introduction to Islam*, by David Waines, Printed in Great Britain at the Cambridge University Press, 1995, pp.257—258.

就曾目睹有人在街上散发此类传单。这种为宗教狂热意识所驱使的行为只会引起本地民众的反感,其负面作用也可想而知。

总而言之,通过数十年的发展,伊斯兰教已跃居为西欧的第二大宗教。据预测,到2015年,西欧各国穆斯林的数量将在1995年的基础上再翻一番,达到2 300万,占总人口的7%,伊斯兰教也将更深地植根于欧共体社会,从而在政治、经济及文化等各个层面上,对整个西欧乃至国际社会产生深远的影响。鉴于目前有关西欧伊斯兰教的研究,特别是对其近况的了解在我国尚属薄弱环节,为了加强对正在日趋一体化的欧洲诸国做全面的探研,草拟本文,权充引玉之砖,还祈方家教正。

后记:

此文撰于20世纪末,对了解西欧历史上的伊斯兰教状貌而言,具有一定的参考性。

新加坡的经验不只是苏州工业园区

2009年6月19日，时任基督教圣公会新加坡教区领袖的周贤正大主教率团访问上海社会科学院，并做了名为《全球变迁对我们社会—文化的影响，以及我们的应对方式——以新加坡为例》之精彩演讲。笔者有幸聆听了这位新加坡教会领袖对国家及社会的回应，以及教会在这方面参与和贡献的体会，觉得获益良多。周大主教在演讲中，从新加坡立国的生存环境，到阐述政治、经济、社会文化三个环节之间错综复杂的关系，娓娓道来，让听众对新加坡在"连水都由国外控制"的生存条件下能成功地"挣扎"到现在并取得成功的经验，平添一份敬意。

演讲者在教言教，讲话中当然有多处提到教会方面在新加坡社会进步上做出的努力，特别是20世纪90年代以来，基督教团体在参加社会工作方面，已不需要政府下指导棋，而且在类似政府发动的"洁净新加坡"行动、"微笑运动"等一系列旨在提高国民素养的活动中自觉投入，贡献良多。笔者印象比较深刻的是，周大主教谈到了新加坡与中国合作的象征——苏州工业园区，在2009年正好是15周年。但他特别指出，新加坡的经验不只是局限于苏州工业园区，新加坡的国家不大，很多方面与上海有相同之处，也就可以给上海这样的向着建成国际大都市目标努力前行的城市提供很多借鉴。联系到中国政府层面近年来确实有意加大对"新加坡经验"的撷取，包括组织国家干部到新加坡汲取成功的经验，扩大和新加坡在各个领域的合作等，足见在这方面业已达到共识：新加坡成功的经验不仅仅是苏州工业园区就能涵盖得了的。

更有深意的是，周贤正大主教在其演讲中还提出了如下问题，即在日益复杂的全球化的国际—区域—本国环境中，如何做到既生存又发展？这里面牵涉到政府的主导作用、社会团体的伙伴作用，许可及成熟信任、分工合作的互动张力，以及对动态互信不时做调整的社会实验等。在公民（Citizenry）、市民（Civic）、文明（Civil）的参与程度上，则有被动、主动和带动之分。笔者感觉到，周大主教的演讲内容，其实包含着三种层面上的关系：

一是政治智慧的体现：所对应的是官方与团体的关系。有很多事情，政府出面管不好，或不宜管，也不会管和不能管，社会团体接过手去，却可以很顺当地处理好，这就既减轻了政府工作的压力，也让社会团体尽到相应的社会责任和义务。如新加坡绝对不可能走那种纯西式的政治道路，这里体现了文明价值取向的问题，已不是单纯的政治问题。如在对待同性恋问题上，2001年11月，其时担任副总理的李显龙先生在接受英国广播公司记者采访时表示，社会总有一定的道德和价值观，这种平衡并不一定由政府设定，而是取决于公众的态度。新加坡是一个具有多个种族和宗教的国家，这里面许多人士在个人观念方面非常保守，他认为政府应该承认这一点。李副总理明确表示同性恋者在新加坡并没有受到骚扰、威胁或者挤压，但政府也不会鼓励同性恋生活方式招摇过市，或者通过将之呈现为主流生活方式的一种而使之合法化。这就是政治家智慧的生动体现。

二是伙伴角色的扮演：所对应的是团体与团体的关系。新加坡是一个文化多元的移民国家，如若处理不好，不同文化板块断层造成的罅隙，必定会给社会造成不安定的因素。就以伊斯兰文明的影响来说，新加坡周边的国家基本上属于伊斯兰文化圈，如毗邻的马来西亚，以及全世界穆斯林人口最多的印度尼西亚，穆斯林占多数的泰国南部、菲律宾南部，它们将华裔民众居多的新加坡紧紧地裹在中间，因此，让有着不同文化背景的新加坡民间社会团体彼此之间做到互相信任，在加强对话的基础上建立起社会合作伙伴关系，其重要性也可想而知。

三是社会关怀的反映：所对应的是民众与团体的关系。爱心的付出和来自社会的回报，在全球化的时代中，尤其是当下面临金融海啸袭击之际，显得弥足珍贵。宗教界的社会团体可在这个领域长袖善舞地发挥自己的优势，在凝聚人心、共度时艰方面，宗教话语和行动往往有着他人无法代庖的特殊心理慰藉作用和影响,民众怎样看待社会团体,如何评价其发挥的效应,当然与该团体的付出成正比。这同样可给转型中的中国提供有益的经验。

笔者以为,在我们的惯性思维中,往往在强调政府管理的同时,有意无意地忽视社会团体的作用。在看到类似宗教社团这样带有特殊吁求和利益的民间组织存在时,不去注意其蕴含的可资发挥乃至借助的特殊能量,最多只是将其作用固着或局限于社会慈善事业,却对其积极参与社会活动和发挥有益作用方面戒心重重。诚如周大主教在演讲中反复提到的,新加坡的经验不仅仅在于15年来成功运作的苏州工业园区,其实还有其他方面的成败、顺利或困难的经验,都值得我们分享和借鉴。看到宗教的社会作用,注意发挥宗教界团体的影响力,何尝不是值得参照的经验!三年前,即2006年岁末在沪上召开的中国境内首届基督教与伊斯兰教对话和交流研讨会,正是在国内宗教管理部门的支持下,由当时任上海市基督教"三自"爱国运动委员会主席的傅先伟长老(现为中国基督教"三自"爱国运动委员会主席)和上海市伊斯兰教协会会长白润生阿訇两人牵头并举办起来的。笔者当时也参与了此次对话会议的筹划,曾从傅长老那里得知,原来此次相关的对话与交流构想,与来自新加坡社会实践中类似活动的启发有很大关系,而标示着"和合共生"主旨的该次研讨会,亦取得理想的社会效果。由此可见,在构建社会和谐发展、加强不同文明间的交流方面,新加坡类似的经验还真不少。从这意义上讲,周大主教访问沪上的演讲,其弦外之音不啻善意的提醒。

后记:

此文撰于周主教演讲当日,我没去餐厅用餐,而是匆匆赶回家中,根据当时聆听周大主教演讲时的笔记和主要印象,匆匆写就,并当天投寄新加坡《联合早报》的《今日观点》,被报纸采用。这年9月,我应邀去新加坡访问时,周主教提到李显龙总理在看了这篇文章后,特意约其谈话,表示想看一下周主教演讲稿。"可我是即兴发言,没有讲稿啊。"周主教作如是说。宾主哈哈大笑。

伊拉克战争背后的宗教因素

2003年3月20日，屯聚在海湾已有多日的美、英联军正式向伊拉克发动了大规模的军事打击。至此，从1991年第一次海湾战争以降，12年来始终高悬在伊拉克总统萨达姆头上的那把达摩克利斯剑，最终还是落了下来，围绕着世界上大多数国家所主张的"在联合国框架内解决伊拉克问题"的所有努力均告落空，无情的战火由南到北地烧遍了整个伊拉克，无辜平民的生命和财产也在兵燹的巨大破坏力下化为乌有。由于伊拉克统治集团在战争方酣之际的突然"蒸发"，军队将领在敌方的贿赂面前丧失了继续作战的勇气，以致美、英盟军很快就在4月中旬将伊拉克全境摆平，长达24年的萨达姆独裁统治也就此画上了句号。

综观这场倒萨战争，众说纷纭，随着战火硝烟的尘埃最终落定，许多战争期间凸显的国际社会间紧张的关系，以及错综复杂的利益冲突，似乎又渐趋平缓，而战争背后一些原来就不太为人所关注的因素，如宗教，更易受到忽视。有鉴于此，本文主要回溯倒萨战争中所展现的宗教因素，或许，这对我们正确解读国际各方的表现和反应，多少会具有一定的启迪意义。

这次战争伊始，国际社会和世界各地的反战努力就日益高涨，尤其引人注目的是，那些和伊拉克穆斯林民众持有相同信仰的伊斯兰教国家或组织，更旗帜鲜明地表示了反对美、英等国发动这场未经联合国正式授权的战争之态度。这与第一次海湾战争时期大多数伊斯兰教国家的表现相比，形成极大反差。当时伊拉克由于出兵侵占另一个阿拉伯主权国家而失道寡助，是故一些伊斯兰国家主动参与多国联军，以打击入侵科威特的伊拉克，而像沙特这样在宗教上相对保守的国家，甚至还允许美国大兵入驻自己的领土,以致竟惹恼了以"血腥大鳄"著称的国际恐怖分子大亨本·拉登及其追随者们。据说后者正是由于此事,即所谓"伊斯兰圣地受到亵渎"而滋生出反美意念的,从而在20世纪90年代开始策划了一系列矛头对准美国的恐怖活动,而2001年有多名沙特人参与的"9·11"事件,更标志着这种恐怖活动达到了巅峰状态。耐人寻味的是,沙特政府在这次伊拉克战争爆发后的表现,却截然不同于上一次海湾战争。除了明确拒绝美国军队借道本国转运物资装备人员,使美国不得不绕道海上来运输战略物资和部队之外,它还在3月26日正式警告美国,声称若不停止战争,将会直接影响沙特与美国之间的现有关系云云。

在另外一个有着重要伊斯兰教传统的国家那里,也有类似沙特的外交表现,那就是作为北约成员国的土耳其。它在军事上、政治上早已经是美国的战略盟友,在历年来美、英等国对伊拉克展开多次打压时,它都站在美、英一方。按理说,就此番行动来讲,它仍应保持密切合作的态度,何况它还巴望着美国上百多亿美元的经济援助,加上其国境内也同样存在着诸如跨境的库尔德民族等问题,这些都足以促使它答应美国方面提出的借道其西南边境而进入伊拉克北部,开辟所谓"北方战线"的要求。可偏偏土耳其议会中的大多数人,就是坚决反对政府向美国人提供军事上的方便,可以说,该国绝大多数穆斯林民众的政治意向和宗教情感,在这次伊拉克战争中表现得淋漓尽致,使向来以"美元加武力"傲视各国的山姆大叔,也不得不因为土耳其的作梗而被迫放弃原来的打算,最后只得改由派遣空降旅,并借助伊拉克北部的库尔德反政府力量,来达到南北合击巴格达政府的目的了。

上述沙特、土耳其两国的态度,之所以会与第一次海湾战争时期的外交表现有明显区别,应该说和伊斯兰教信仰及其国穆斯林的感情有着重要的关系。当一个穆斯林国家受到如此公然进犯,确实会在伊斯兰世界激起公愤。远离中东的马来西亚,其外长赛义德就曾在3月31日的声明中发出过警告,认为美、英发动的战争若再不停止,在世界各地的西方人士会由此遭到袭击。

不惟伊斯兰教国家政府,就是穆斯林个人,甚至是西方国籍的穆斯林,也会以各种方式来表达自己的愤怒,因为最直接受到战争戕害的,毕竟还是广大的穆斯林民众。举例来说,战争刚打响的头几天,尚在科威特境内的美国第 101 空降师的"宾夕法尼亚"兵营指挥所的帐篷里就被人投掷手榴弹,当场炸翻 16 人,后有两人伤重而亡。此事所为者不是别人,正是服役于该部队的美军士兵阿桑·阿克巴尔。根据人民网消息,这位肇事者为穆斯林,从其姓名上看也似乎能印证这点。这位"身在曹营心在汉"的美国现役大兵真实的行为动机尚无从得知,但据笔者看,多半与他对美军此番旨在严厉打击伊斯兰教国家的军事行动不满有关。类似的文化心理,实质上从这次伊拉克战争爆发后,各国民众,尤其是伊斯兰教国家,包括穆斯林居民数量颇多的法、德、荷兰等国不断有反对战争的浪潮涌现,也可得到反映。在有的伊斯兰国家,代表着现代美国文化象征的麦当劳快餐店,竟会成为所在地民众抗议的众矢之的。这种对立的情绪,往往和抗议群众的宗教情感密切相关。

无独有偶,伊拉克战争爆发的第一天,萨达姆在对全国军民的讲话中,也直接把对抗美、英盟军的行为称之为"圣战"。看来,曾经自诩为阿拉伯民族主义领袖,且对国内什叶派群众实行过严厉压制和打击的萨达姆,还是深谙穆斯林心灵世界的个中真谛:在面对占据着绝对军事优势的西方强国进攻时,用伊斯兰的"圣战"口号来激励穆斯林民众,实在是最理想的精神武器,它对个人在战场上发挥主观能动性而言,往往能起到意想不到的作用。3 月 29 日,伊拉克发生人体炸弹袭击事件,导致美军 4 人被当场炸死的严重后果,显然就是一个佐证。翌日,伊拉克副总统拉马丹就公开号召全国军民采用更多的自杀式人体袭击来打击美、英联军,美国五角大楼也被迫开始着手研究如何对付这种令其心悸胆寒的战术。据当时伊斯兰"圣战"组织和伊拉克军方宣称,正有为数 4 000 人的"人体炸弹"由巴勒斯坦等地潜入伊拉克,准备向美、英联军发动袭击。穆斯林这种殊死而顽强的抵抗,既是保卫国土和家园的意志体现,也是有着坚定的宗教信仰支撑的客观反映。穆斯林一般都知道"圣战"(音译为"吉哈德")即"为主道而奋斗"是一项重要的宗教义务,凡在"圣战"中阵亡的牺牲者都享有"舍希德"(意译为"殉教者")的尊贵称号。这种现象对进占伊拉克的美、英等外国军队而言,无疑会起到极强烈的震慑作用。伊朗外长在 3 月 31 日的言谈中，已警告美国可能会面临越来越多的自杀性袭击，他认为曾经在巴勒斯坦境内多次发生过的类似事件正在伊拉克得到上演，而美、英军队将会因此陷入"泥潭"。如果不是后来伊拉克军队被美元贿赂而放弃抵抗，随着战事的拖宕延续，类似人体炸弹的恶性事件难免不断发生，那对美、英部队而言，才是真正意义上的噩梦。

绝大多数伊斯兰国家认为，这次伊拉克已完全迥异于 12 年前霸占穆斯林兄弟邻国的侵略者形象，如今在美、英、澳等基督教国家的强大军队面前，它只是一个被动挨打的伊斯兰教国家。更重要的是，这片国土上还保存着大量的伊斯兰教圣迹，如巴格达曾是历史上阿巴斯王朝的首府，巴士拉是伊斯兰教兴起初期重要的穆斯林军政要地和伊斯兰教传播的文化中心，纳杰夫和卡尔巴拉则是什叶派的著名圣地，前者有阿里（穆罕默德的堂弟及女婿，第四任哈里发）的陵墓所在，后者是侯赛因（阿里和妻子法蒂玛的次子）在公元 680 年殉难牺牲的地方，也是什叶派穆斯林心目中的神圣之处，平日里每天都会有上千人来谒陵。如今这些地方都惨遭炮火蹂躏，民众生灵涂炭，当然会激起世界各地穆斯林群众的极大愤慨。仅从这个角度来看，美、英等国目前虽然在军事上得手，它们在战后的治理也将面临极其复杂和困难的局面，除非它们不选择直接治理的管理方式（如 20 世纪 20 年代起英国对伊拉克实行的委任统治），否则，穆斯林民众自发而又自觉的反抗，将使这些代表着基督教文明的外来势力在伊拉克的统治永无宁日。战后从伊拉克各地传来的消息表明，穆斯林的示威和抗议，甚至零星的袭击美军事件，都时有发生，就是例证。

从另一个角度看，骨子里秉承和笃信哈佛教授塞缪尔·亨廷顿"文明冲突"理论的美国政客们，宁肯耗用可以购买几十亿到上百亿桶（号称石油储藏量占世界第二位的伊拉克，其实也不过 1 120 亿桶的储藏量）的金钱，敢冒天下之大不韪，强行发动战争，除了可以直接控制极具战略意义和经济价值的伊拉克，有利于推行其单边主义霸权政治，为解决巴、以冲突做好铺垫等之外，非要把那长期以来被阿拉伯社会的广大民众普遍看作是"抗美英雄"的萨达姆赶下台，在中东伊斯兰世界打进一个政治楔子，实在是他们从政治上对"文明冲突论"的最直截了当的诠释。应该看到，对那些被他视为异质文明的中东伊斯兰教国家，美国为首的西方政治家们始终抱有戒心，在"9·11"事件发生后，美国总统布什最初给反恐战争所下的定义，就是袭用了历史上的十字军旧名，尽管白宫及时做了更正，但就算是总统一时不够严谨的"脱口秀"吧，毕竟语言是思维的外壳，它多少反映了美国最高决策层人物的潜意识，这也是被本·拉登为首的国际恐怖主义势力拿过去当作蛊惑一般穆斯林民众，进一步挑起宗教间的敌视，从而为其恐怖活动寻找宗教借口的最好材料。

由于伊拉克国内除了存在着宗教派别上的分野外（这点在此次伊拉克战争中也曾被美、英军方的宣传机构所利用，如曾有消息称3月22日，在被英军攻打的南部重镇巴士拉，发生过什叶派居民的"起义"），北方地区也长期存在着的库尔德人寻求自治独立的民族问题，因此在外部力量企图瓦解现有的伊拉克政权时，这些固有的宗教与民族矛盾，都会被有意甚至是恶意地加以激活。世人不难看到，只是战争出人意料地迅速终结，这些与宗教或民族密切相关的因素才没有逐一或完全浮出水面。事实上，我们如果充分考虑到萨达姆长期当政时一直存在着的教派间的宗教矛盾，包括萨达姆政权与同属逊尼派信仰的北方库尔德族之间的民族矛盾，也应准确地估计到该政权的社会统治基础的相对薄弱性，而不至于在有关媒体的报道上出现尴尬的被动境况。战后从搜查截获的大量美金以及媒体所揭露的"万人坑"，包括萨达姆家族如其长子乌代的胡作非为和荒淫无耻等，到共和国卫队最终时刻放弃为该家族卖命的表现，都再次清楚地验证了这样的历史真理：独裁暴政的政权终究不得民心。可以说，多年来萨达姆对什叶派和库族的行径，致使宗教矛盾日趋激化，民族冲突愈加尖锐，这也从根本上决定了，这次伊拉克战争不可能转化成如国内个别权威军事专家在电视上所预言的那种"人民战争"。显然，我们不能对萨达姆政权处理宗教及民族问题的残暴手段所带来的恶性后果避开不谈，单是他操纵选举后获得的"百分之百"的政治支持率，这种强奸民意后做出来的表面文章，明眼人一看即知，而且，这种虚假的民意支持率在关键时刻分文不值。

综上所述，这次伊拉克战争背后蕴含的宗教因素及其所具作用实在不容小觑，忽视这点，或者只是简单片面地把此次伊拉克战争定位在

"都是石油惹的祸"上,未免失之偏颇。如果我们在剖析与此次战争相关的各种因素,如各国之间的战略利益和政治经济意图,以及国际力量对比之外,还多注意一些诸如不同宗教文化心理方面的因素,对我们事先正确估算和拿捏这场战争的大致走向,包括相对准确地预测伊拉克战后重建时期,国际格局的演变趋势,分析伊斯兰教各国与美国的关系,以及对在曾经达成的反恐共识基础上,国际性的反恐联合阵营是否会就此出现罅隙等做出判断,或许会更有补益。

伊拉克问题所蕴含的宗教因素值得重视的原因还在于,该国以及阿拉伯社会乃至伊斯兰世界中广大穆斯林民众的心理会发生怎样的变化,国际性宗教极端恐怖组织的动向又会如何,都还是很大的政治变数。至少,目前伊拉克南部什叶派力量与美国占领军当局最初的政治蜜月感觉,在共同的敌人萨达姆消失后,很快化为乌有。双方彼此间已经显露端倪的龃龉,足以使美国感受到穆斯林的难以驾驭。而"基地"恐怖组织和一些宗教极端势力在沙特、摩洛哥、车臣、以色列等地制造的连环爆炸案件等,也表明那曾经让美国视作芒刺的国际性恐怖活动,即便在所谓的"后伊拉克战争时期",也丝毫不会有所削弱,甚至会更加活跃。这种国际反恐活动中出现的反弹,绝非简单的战争手段可以压服。按王阳明的说法:破山中贼易,破心中贼难。高精尖的军事科技力量的确能够使山姆大叔"打遍天下无敌手",而面对不同宗教信众的心理敌视,包括屡次成功地利用这种宗教情绪来实施自己行动(如怂恿青年女子充当人体炸弹)的恐怖组织,美、英联军极难再现在倒萨中曾经达到的那种"灭此朝食"的气势。从这个意义上说,如何解决处理好因彼此间宗教迥异及对立而引起的社会矛盾,将是美国占领军当局在伊拉克重建中面临的主要问题。否则,一旦由此陷入那种"湿手沾上面粉,想甩都甩不掉"的尴尬,美利坚新的噩梦也必定会接踵而至。

后记:

此文完稿于2003年3月底,当时伊拉克战争正处于进行时状态,国内媒体的报道大多忽视从宗教角度切入来看待这场发生于新世纪的国际性的局部战争,是故有了提笔的冲动。

伊朗为什么敢向美国叫板？

2006年才刚开始，国际政治舞台就出现不同寻常的迹象，伊朗同欧美大国的关系，因有关其国核设备的谈判再次陷入僵局而陡然紧张起来。更让希望和平的世界人民揪心的是，美国有关高级官员如国务卿赖斯，公开表示伊朗恢复核研究的行为已跨越极限，国际社会必须加紧将伊朗交由安理会裁决。她一点都不掩饰想让伊朗受到制裁的目的。而美国两党的一些参议员甚至放言美国可能不得不对伊朗实施军事打击，以遏制其核野心，但动武应是最终选择云云。如共和党参议员麦凯恩称伊朗核僵局是自冷战结束以来美国面临的最严峻局势，他主张制裁，认为即便会造成油价上涨，也是必须承受的后果。在其看来，假如出现拥有核武器的伊朗，那比美国选择军事行动还要糟糕。

再看伊朗，自从被人们普遍目为强硬派的内贾德当政总统后，果然不同凡响，他屡屡以让国际社会瞠目结舌的话语，"秀"出自己鲜明的政治态度，诸如要把以色列这个国家从世界地图上抹去，以及直接否认"二战"中纳粹对600万犹太人的大屠杀，为了寻求这种说法的学理性支持，伊朗官方还在近日举办了旨在针对这一主题的学术研讨会。德黑兰的这种做法，其实招招都是剑走偏锋，它向国际社会传递的信息十分明确：伊朗就是不买美国的账。

面对类似三年前美国对伊拉克动武前的紧张局势，战争阴霾似乎再次笼罩在波斯湾的上空，而此番对面积有164.5万平方公里，人口约7 000万的伊朗（1995年人口估计为6 672.7万）来说，周遭的环境似乎比当年萨达姆统治下的伊拉克更为严重。与之接壤的阿富汗、巴基斯坦和伊拉克、土耳其等东西邻国，要么直接有数十万虎视眈眈的美国大兵驻扎,要么就有可供山姆大叔这个国际宪兵直接调派使用的军事基地,加上伊朗已被美国总统布什视作"邪恶轴心"之一,早就有趁机拔除之意。诚可谓"卧榻之旁,岂容他人酣睡"!让人费解的是,为何伊朗却偏偏在局势明显对自己不利的情况下,还要选择向世界头号军事强国叫板呢?

对此现象,有关国际问题专家通过媒体进行的阐释,多从政治和经济的角度进行分析,较有代表性的看法不外乎从下述两方面切入。一是维系伊朗的精神动力是其"强国梦"。传统的波斯帝国在世界历史舞台上就长期扮演着强者的角色,从巴列维王朝到"伊斯兰革命"后的伊朗,对强国宝座的觊觎,始终是该国一个挥之不去的重要政治情结,而对核能力的握持,是实现这个民族希冀的重要保障,这也正是面对欧美大国要求其停止核开发时,伊朗会举国发出同仇敌忾声音的原因所在。二是支撑伊朗的经济武器是其国丰富的石油资源。由于伊朗掌控着这张足以使世界石油市场发生地震式颠簸的"石油王牌",会令美国为首的西方国家投鼠忌器,不敢轻易动武,虽说美国的权要人物也有表示不惜让石油价格暴涨乃至失控,并说对由此造成的巨大经济危机有心理准备,但军事动武这步险棋,终究会造成两败俱伤的局面,想来这也是伊朗会在外交上表现得如此强硬的底气所在。

客观地说,上述因素的存在,的确和目前围绕伊朗核问题的国际政治风云密切相关,但笔者以为,如果国际问题专家只是把该问题的症结剖析到这个程度就戛然而止的话,显然是不够到位的点评。事实上,伊朗在大兵压境、战争一触即发的局面下,依旧硬碰硬地向美国叫板,在核问题上甚至不惜惹翻法国在内的欧盟,完全表现出其不屑和西方国家套近乎的做派,与当年萨达姆借用法、德、俄等国力量来掣肘美国的做法大相径庭。此外伊朗现总统内贾德还一再公然地向美国在中东关系最密切的盟国以色列挑战,以致说出让国际社会惊愕的话语,这一切都充分表明,其外交作为是依循了已故的宗教精神领袖霍梅尼的治国方针,是刻意走这位大阿亚图拉所指引的"伊斯兰道路"而在外交事务上必然体现的执政风格。若要深层次地看待这个现象,还得从文化方面,尤其是与宗教密切相关的历史轨迹上去追溯探询其中的复杂原因。

这个世界就分两种人

众所周知，20世纪70年代全球范围内勃然兴起伊斯兰教复兴运动及其思潮，从1976年圣地麦加召开的首届"国际伊斯兰经济学会议"上所发表的会议公报来看，与会穆斯林的语境已经微露端倪，伴随着伊斯兰教力量的重新崛起，关于"人类的未来"之视野，不应只局限在资本主义或社会主义的两端，走伊斯兰的道路，建立寄寓着穆斯林理想的社会，成为穆斯林有识之士的首选。这也是几年后，在震撼世界的"伊斯兰革命"发生于伊朗后，其国精神领袖霍梅尼会喊出"不要东方，不要西方，只要伊斯兰"响亮口号的重要原因。当时的美国被霍梅尼形象地形容为"大撒旦"，在宗教热诚的强烈驱动下，美国驻伊朗使馆在1979年11月还受到激进学生的占领，这些使美国和伊朗之间结下了难以化解的历史宿怨。至于伊朗在"伊斯兰革命"后所表现出来的强烈反西方意识，包括对西方政治思想、价值观念、生活方式的指斥和抵制，也说明该国的秉政者们（大多为什叶派教士）十分反感西方文化对伊斯兰世界的渗入，并集中地体现为对美国为首的西方社会的敌视和抵制。这种根深蒂固的敌对意识，通过长达八年的两伊战争，以及在黎巴嫩及巴、以之间的各派军事冲突、海湾战争、阿富汗战争乃至迄今尚未全面结束的伊拉克战争等，不断地得到强化和加深。而从宗教上讲，要求穆斯林誓死捍卫国土的"圣战"精神，更成为支持伊朗在外交上不向长期有意遏制自己的强敌即美国俯首称臣的强大支柱。

因此，在遭逢美国为首的西方国家强权大力打压的历史关头，有着当年"伊斯兰革命"传统和长期反美心态的伊朗执政者们，特别是在伊朗社会历史上始终有着举足轻重地位和发言权的什叶派教士"乌里玛"（宗教学者）阶层，采取公然向美国叫板的做法，也是其必然的选择和反应，其中既有前述实现强国梦想的抱负和政治期许，也有石油武器作依托的实力后盾，更有宗教情怀的宣泄和"圣战"精神的激励作用等诸多因素在起作用。这点还可从刚刚赢得大选胜利的巴勒斯坦"哈马斯"组织宣布的永不承认以色列国家的生存权上再次得到印证。那种把伊斯兰世界与欧美西方国家对峙的问题只定位在政治与经济方面，或者只片面地强调"都是石油惹的祸"（伊拉克战争爆发时期上海电视台财经频道连篇累牍播发的广告语），显然把问题看得过于简单和流于表面化了。

美国学者塞缪尔·亨廷顿于1993年提出的"文明冲突论"曾在国内学界引发过相当激烈的争议,有相当多的学者虽未对此嗤之以鼻,但也认为只是美国冷战思维的继续,是为美国强权政治服务和张目的假说,是带有鲜明的西方意识形态色彩的理论。笔者以为,我们在看到该理论所蕴含的政治实质的同时,没有必要去全盘予以否定,其实从很大程度上讲,该理论在解释日益复杂的国际冲突事件上所揭橥的"不同文明之间的断裂线",恰恰也给我们多维度地观察重大的国际问题提供了特殊而有益的视角。

颐养天年不是梦

——历史上修道者多享高龄现象之解析

南宋著名爱国诗人陆游一生写诗万余首,据说是迄今为止古代中国传留下来诗作最多的一位。他去世前所作的《示儿》也广为人知,八十出头的陆放翁在走到人生最后尽头的关口,还在念叨"死去元知万事空,但悲不见九州同",从诗句上看,其爱国的拳拳之心依旧感天动地,他对人生的寂灭倒是看得相当地淡泊。我们若从陆放翁其他诗句所流露的意思来看,这位大诗人对自己的寿限确实也并不怎么太看重。他曾有诗称:"余生已过足,不必到期颐。"①从而直白地表明了其人在生活观上的豁达与开朗。至于陆游在该诗句中提到的"期颐"之年,即百岁老人的年龄,实在是历代人们都十分憧憬,但往往又是遥不可及的一种境界,所谓的"颐养天年",不过是众人美好的奢望罢了。

值得一提的是,在西方社会中,《圣经》特别是《旧约全书》中的《创世记》和《出埃及记》里,提到的人类始祖亚当及其后代们,往往都是百岁以上的寿限,如亚当为930岁,塞特为912岁,雅列为962岁,义人挪亚与方舟之事为世人所熟知,按《圣经》上记载,大洪水是在其600岁那年暴发的,之后挪亚还活了350年。另外愿将爱子艾萨克献给上帝的亚伯拉罕,活到175岁才去世,其子艾萨克为180岁,亚伯拉罕的另一个儿子以实玛利为137岁。那个代法老治理全埃及地的约瑟享寿110岁,而带领犹太人走出埃及的摩西,死时年龄为120岁。在众多的圣经长寿人物中,尤以玛土撒拉为最,寿命竟长达969岁。在中国的道家、

---

① 陆游:《初夏幽居杂赋》之五。

杂家、神仙家及道教的各种文献记载中,类似的长寿仙真老道也是不乏其人,如彭祖有八百岁,安期生则号称"千岁翁"。如果说,上述东西方宗教典籍或神话传说中的长寿人物之寿命,实在太过于玄乎了一些,有可能与古代先民对日月时辰的计算出入迥别于今人有关,那么,在我国正式的史册记载中,长寿老者却也并非屈指可数,而且颇有意思的是,他们中有相当一部分人是道教界人士。我们若从中国历史上查考那些著名修道之人的生卒年份,不难发现那些绝对会让现代人都瞠目结舌的高寿年龄,如张道陵、于吉、樊阿、吴普,都是年龄过百或接近百岁的寿星老人。这个历史现象确实值得引起今人的重视。

我们就先从几位唐朝著名的高道说起,他们大多属于享有高寿者。根据《旧唐书》《新唐书》的相关记载,有"药王"之美誉的高道孙思邈,自述其出生年为581年,此年是隋文帝杨坚从自己外孙那里篡夺大位、建立隋朝的年份。显然,它与相同史书上所记另外之事,即西魏权贵独孤信在当年夸赞幼童孙思邈,及孙思邈在北周宣帝时避居太白山等事,在时间上不相符合。因为独孤信是西魏(557年为北周替代)时期的"八柱国"之一,其膝下三女,长女、第七女分别为北周明帝和隋文帝的皇后,第四女嫁给"八柱国"之一的李虎之子李昞,他们正是唐高祖李渊的父母双亲。在李渊后来建立唐朝后,尊谥其亡父李昞为元皇帝,尊其母亲为元贞皇后。因此,独孤信三个女儿贵为周、隋、唐三朝皇后,在古代历史上,作为人臣,能够享有这样的"殊荣",可算是绝无仅有。不过独孤信本人后来为北周权臣宇文护所逼迫,在557年被迫自尽。是故曾受到独孤信赏识的幼童孙思邈,至少也得在557年之前出生,而周宣帝在位时间仅一年左右,为578—579年。所有这些史实都发生在581年前,所以孙氏的出生必须提拉上升到早于581年,才符合正史上的这些记述,但笔者以为,如若这样按照史实中相应涉及的人物来计算时间,那么其卒年也应相应地往前推移,不应该是目前书上所称的唐高宗永淳元年(682),否则孙氏享年要有一百几十岁之久,实在有悖常理。不过,无论我们怎样算,医术娴熟的"药王"孙真人都是年逾期颐之人。这也表明,修道者确实在长寿方面有其独到之优势。

和孙思邈年纪相仿的王远知,是在《旧唐书》《新唐书》等正史记载

这个世界就分两种人

上正式留下 126 岁记录的又一个著名高道。其高徒潘师正生卒年为 586—684 年，享年 98 岁。潘师正的名徒中，除司马承祯活到 88 岁外，另一个当年因仕途不顺而到嵩山师从潘师正学道的吴筠，其出生年已无从考稽，史载其在大历十三年（778）辞世，根据吴筠师承关系及活动经历来看，其年寿之高亦可想象。另如在初唐时与帝室关系密切的道士叶法善，也是活到百岁以上。王希夷则隐居嵩山学养生达 40 年，喜好《周易》《道德真经》，90 多岁时还到宫中和唐玄宗晤谈，并拜国子博士，依旧还居山中。还有曾经把李白称呼为"谪仙人"的著名诗人贺知章，曾官至太子宾客，后辞官做道士，其享年亦有 86 岁。时至今日，这样的岁数，也都是足以让人称羡的高寿了。

唐末全国经历黄巢大起义的政治地震，社会乱象频仍，而政权上接续唐朝的五代，也如走马灯一般地更换替代。道教界著名人士陈抟（？—989）就在这样的乱世中，隐居于深山，咏嘲风月，笑傲云霞，全然不把红尘世情放在自己眼里。他在后唐长兴年间（930—932）举进士不第，遂去武当山九室岩隐居，后又移居西岳华山云台观和少华石室。在离开仕途，不去博取任何政治功名的同时，还选择了追随邛州天师观的高道何昌一，向其人学习锁鼻术，其实就是研习高深的内丹修炼术。在后周大将赵匡胤发动"陈桥兵变"、黄袍加身、废周自立为帝后，除与契丹族的大辽政权及党项族的西夏国保持着对峙状态外，北宋赵氏王朝基本上结束了五代十国的纷乱割据局面，认为天下从此安定的陈抟，遂正式出家当了道士。其人独特的睡功更是名传青史。陈抟的生卒年岁虽不可考，但这位被后世道教中人尊称为"老祖"的高道，也相传享有百余岁的高寿。

倘若我们再来看看宋代著名道士中的高寿情况，被道教全真道尊奉为"南五祖"的宋代五位道士，除后两位外，前三位的寿龄之高，尤其让人感到惊诧。第一位张伯端，即紫阳真人，984—1082 年，98 岁；第二位石泰，1022—1158 年，136 岁；第三位薛道光，1078—1191 年，113 岁[①]。其中紫阳真人张伯端的经历比较特殊，因为从其悟道的年龄来看，实在要

---

① "南五祖"中前三位的生卒年时间，引自任继愈主编：《宗教词典》，上海辞书出版社 1981 年版，第 585、249、1147 页。后两位中的陈楠生卒不可考，白玉蟾的寿命不长，只有 35 岁。

比一般修道之人晚得多。根据他在《悟真篇·自序》中所言,自幼即涉猎三教,博览群书,广学众术,但凡刑法、书算、医卜、战阵、天文、地理、吉凶死生之术,都为其研究对象。张伯端在成年后长期担任府吏之类的职务,为吏约40年,因烧毁了案卷而获罪,遂遭流放岭南之厄。直到年过八旬,张氏才又被朝廷镇守桂林的陆诜录用为掌管机要的随员,并在宋神宗熙宁二年(1069)与上司陆诜来到成都,算来已是85岁老人的张伯端,却在是地终于得偿个人修道的夙愿,更让人称奇的是,他在得道至羽化的人生最后十多年里,还撰写了堪称道教内丹发展史上继东汉末魏伯阳《周易参同契》之后最重要的道书《悟真篇》,张伯端也因此番修为而被后人尊奉为内丹理论家及成为"南宗"的创始人。张氏在人生旅程的最后时段能"见末悟本,舍妄从真",并将自己的理解与感悟体验写下来和世上同道一起分享,这样的晚年生活,自然是十分充实的,若用"颐养天年"来形容这位紫阳真人,那倒是很恰如其分的。

及至明清交替之际,身为全真龙门派第七代律师的清代高道王常月,以在南北各地公开放戒,广度弟子千余名的活动,令教风颓败多年的龙门派宗风大盛。虽说该派的中兴得到当时刚刚入关而君临天下的满清帝王顺治、康熙父子的支持,但龙门派玄风重振的最大功劳,还是得归功于王氏个人名下。这位道号昆阳子的高道,也是一个特别高寿之人。根据道门记载,在王氏134岁时,其奉旨主讲于白云观,是年为顺治十三年(1656)。如此看来,他出任方丈时,都已是现代社会里所说的"人瑞"年龄了。直到康熙十九年(1680)以衣钵授弟子谭守诚为止,王氏任方丈时普度众生,传道放戒长达二十多年,期间扩建宫观,整肃道门,结果使得他主持的白云观成为全真龙门第一丛林。按照其生卒年代来看,出生于明朝嘉靖元年,殁于清朝康熙十九年,为1522—1680年,足足享有158岁的高寿。也许是王常月这样的年龄实在让人咋舌称奇,也令人难以置信,因此,《中国大百科全书·宗教》在"王常月"的词条中,对其出生年份的记载付诸阙如。[①]笔者以为,对于秉承全真道

---

① 参见罗竹风主编:《中国大百科全书·宗教》,中国大百科全书出版社1988年版,第410页。另外,由任继愈主编的《宗教词典》中没有"王常月"的词条。

先性后命的丹法理论传统，且一直注重戒律，强调持戒为主的王常月来说，作为其长期修身养性的必然结果，享有超乎常人的寿龄，也是完全可以理解的，我们似乎不必过于看重其158岁寿龄数据的准确程度。

再从近代的道教人物来看，就所发挥的个人影响之大而言，当首推人称"近代道学大师"的陈撄宁。他出生于清朝光绪五年（1880），出身儒学家庭的陈撄宁，自幼即熟读儒经，10岁时还看了《神仙传》，家中父辈对道学、道教神仙思想抱有的浓郁兴趣也令其慧根早植。陈撄宁15岁在乡试中了秀才，因病而中辍仕途之心，遂起幼时学仙之念，并接触到《周易参同契》《悟真篇》等道书。28岁时，他更是外出漫游名山，遍访洞天福地，寻师访友，拜受口诀。以后又在杭州海潮寺月霞老法师开创的佛教华严大学（该校由上海哈同花园原址迁来，为中国历史上第一所佛教大学）习读佛经一年，在儒、佛、道传统文化的交互熏染下，陈撄宁个人最后选择了向道学的皈依，并阐发了仙学的原理，还创办了《扬善半月刊》《仙道月报》等道教杂志。中华人民共和国成立后，他先后担任了全国道教协会秘书长、副会长、会长之职。1969年，正是"文革"狂飙猛烈荡涤着全国各地的动乱年头，陈氏悄然仙逝于北京，享年89岁。必须承认，在人类平均寿命还停留在较低水准的20世纪中叶，这样的寿龄在我国是绝对不多见的。

上述古代至近代的道教界长寿人物，不啻向我们展示了增寿实践方面的成功范例，而就这些寿星所具有的各种习性爱好及个人履践的经历来看，他们大多呈现以下三个特征：

一是不涉足官场，远离政治，宁愿选择避居深山的遁世修道生活，寄情于山水，过逍遥自在的日子。如孙思邈当年在北周末落脚于太白山，吴筠和王希夷在嵩山过隐居的日子，贺知章最后辞官入道，陈抟对官场生涯的摒弃，都是一种与向来官本位意识极其浓厚的传统社会格格不入的另类表现。他们一个个放着大好的仕途前程不去闯荡，偏要沉浸在潜心修道的快乐中，恐怕是这些看破俗世丑陋、躲避世态炎凉者们能够真正怡养心境，陶冶情趣并得以延年益寿的重要心理因素。

二是知识渊博，视野开阔。上述高道之所以在道教界的声望和地位都非常显赫，与他们博览群书，学富五车的知识根基是密切相关的。

按照《青琐高议前集》所说，陈抟"年十五，诗、礼、书、数之书莫不通究考校，方药之书，特余事耳"。《宋史·陈抟传》也称其"颇以诗名后唐"。正是有了非常丰富和深厚的学养基础，才有可能令其融贯诸家学说，改道教传统的外丹黄白术为内丹修炼之道，并开启宋元道教内丹派。而作为陈抟之后的重要继承者，创立内丹南宗的始祖张伯端，同样也是学识非凡之人，非如此，不足以令其大器晚成，在耄耋之年仍可参悟道经，发扬传统。而近代道教学者陈撄宁出入于儒、道、佛三教文化的个人修学经历，也同样说明了这个道理。

三是对养生之术兴趣浓厚，有强烈的贵生意识，肯花心思在长寿方面做不懈的努力，持之以恒地将道教特有的养生术弘扬光大，给人类提供了极其珍贵的文化瑰宝。从以自己独特"睡功"名传遐迩的陈抟的例子来看，高深莫测的睡功，的确是他得享期颐高寿的重要因素。这种希冀不断延长生命的探索在古代社会显得十分金贵，也带有很大的神秘性，在当今社会同样有巨大的魅力和实际效用。陈抟睡功诀即所谓的"蛰龙法"，亦为"胎息法"，这种睡法，看似熟睡，实质上在睡眠中含藏着修炼之奥妙，按其所称，"至人之睡留藏金息，饮纳玉液，金门牢而不可开，土户闭而不可启，苍龙守乎青宫，素虎伏西室，真气运炼于丹池，神水循环乎五内，呼甲丁以直其时，召百灵以卫其室，然后吾神出于九宫，恣游青碧，履虚如履实，升上若就下，冉冉与祥风遨游，飘飘共闲云出没，坐至昆仑紫府，遍游福地洞天"①。在如此致虚守静、神气相抱的状态下，修炼者便可进入只能意会，无法言传的玄妙境界，从而炼养成其大丹。陈抟的睡功传承至后世，又衍生为多种多样的内丹修养功，如"张三丰的睡丹诀、罗春浦的先天睡功、虚靖天师睡功、陈自得大睡功、尹清和小体丹睡法、抱龙眠睡功法、小搭桥卧功法、大搭桥卧功法等，都是由陈抟睡功演变发展而成的"②。

就一般情况而言，如上所说，人们对长寿的渴求是随着年齿见长而

---

① 《太华希夷志》卷上，《正统道藏》，上海涵芬楼影印本，第160册。
② 李远国：《陈抟其人其事》，载《文史知识》编辑部编：《儒·佛·道与传统文化》（道教与传统文化专号），中华书局1990年版，第75～80页。

与日俱增的,那些健康年轻之躯可能还根本感觉不到死亡威胁,也不会太多地去在意个人在老年时段将做如何安排。由于绝大多数人都无可避免地要经历"老年"这段人生的最后旅程,而到了年迈体衰之日才开始为自己的生活质量(包括物质和精神)做打算,只怕对增福延寿已于事无补。如果今人能够从古时先贤的行止及旨趣中感悟到一些人生的真谛,并亡羊补牢地对自己平时生活中容易疏忽的地方做些修正,在培养贵生意识和增寿实践上多下些功夫,相信颐养天年将不再是人类难以企及的梦想。

圆了一个鸭蛋梦

《水浒》中曾经提到天王晁盖出征攻打曾头市前,聚义厅前的那杆杏黄旗竟突然折倒,作者施耐庵借此预示晁天王的出师不利,由此看来,古人非常相信这类征兆。

如果袭用这种思维方式,来看看今人的一些举止,似乎也可以说出一些子丑寅卯。就拿中国足球队而言,由于赛前曾担心韩国的伙食不对胃口,据说中国队确实带了不少咸鸭蛋出征,作为佐餐的佳肴,这也是我们拒绝韩国泡菜的一大壮举。只是很可惜,这个举动无意间竟成为令人难堪的"预兆",以致连博拉(米卢之名)这样的大师级人物,在其个人连创五次带不同的国家队杀进世界杯决赛圈,而且前四次都能冲入 16 强的佳绩后,最终也未能打破那么多咸鸭蛋吃下去后产生的"神奇"蛊咒效应,打着咸蛋(可惜不是"仙丹")饱嗝,且又身高马大(这在东亚三国中可算是雄居榜首)的中国队员们这次硬是让神奇教练"老猫烧须"了一把,在参赛的 32 支队伍中,始终未穿过红色队衣的"博啦"军团居然获得进攻最差的评价。

其实,米卢个人也和以前的身份有所不同,不知大家注意到没有,这个至今还被国内媒体(如央视体育频道制作的节目)称作"南斯拉夫人"的外籍教练,此番实际上已经没有了那个曾经雄视巴尔干半岛的国家实体作依靠。世界杯赛前不久,南斯拉夫联盟也刚刚宣布取消现有的国名,好似希腊神话中失去大地母亲依托的安泰,塞尔维亚人米卢的"力量"和底气已经削弱了许多。我们真不如在此次出线后,请以前曾经执教过国家队的霍顿大叔重出江湖,届时一切"祸遁"于球场,剩下来的就只能是运气了。无奈网民当时的建议,足协不采纳啊(参见 2001

年"十强赛"后东方网论坛的本人网文《国足出线奥秘歪解》)。

类似的其他预兆在中国电视广告上也能看到,巴西队6号卡洛斯主罚任意球,虽说广告中面对的是另一个东亚国家队的人墙,但那一次次的重复播放,终于在中国队的身上成为可怕的现实,而那正是中国队从巴西队那里捧来的第一个鸭蛋!另外,堂堂中华大国的足球啦啦队队长居然由一个叫赵守镇的韩国女子担任,常言道,"非我族类,其心必异"(此语为西晋江统《徙戎论》中的主要观点,也是孔子以后夷夏之辨传统文化的心理余绪),难道真能指望外国人为中国球队吆喝么?这么多的中国球迷中,就找不出一个胜任啦啦队队长的人吗?这同样预示着中国广大球迷的人气都被韩国那个美女"招手征"去了,难怪技术不如日本精湛的韩国队会在世界杯赛上走得那么远!

中国队的世界杯征程提前宣告结束,三场比赛结果宛若孔夫子搬家——尽是书(输)。中国队带回九个大鸭蛋,确实让在场的中国球迷们寒透了心,看着别国稀稀拉拉的球迷队伍在那里喧哗,人数上占尽优势的中国铁杆球迷却只能默默地背着本来用以庆贺的锣鼓喇叭,悄然退场,镜头上留给我们国内观众的只是那无言的回首和让人伤心的背影。

最后一场打完,绰号"大头"的李玮峰豪情仍不减当初"十强赛"时的劲头:"中国队在2006年会站起来的!"且不说四年后中国队能否在韩、日两支劲旅在场的情况下冲出亚洲,只要伊朗队和我们同组,就够我们喝一壶了。与其用那个长在大头上的嘴巴来大发豪言壮语,还真不如让自己的脚下功夫了得。

四年一次的世界杯是强者的对话,高手过招,本是间不容发的快速碰撞,谁会乖乖地等在那里让你从容抬腿射门!很多平时练就的花拳绣腿,上场后就会变形而无法施展,同样是击中门框,人家土耳其队员的球会反转掉进网内,而我们的球却会见鬼似的向外弹出,这难道全是命运的捉弄吗?也不见得。君不见,热身赛上,但凡是来自欧洲的强队,无论是荷兰的埃因霍温队,还是现在的葡萄牙国家队,都不让我们的国脚过把瘾,只有身为弱旅的亚洲泰国队才会将自己那不值钱的球门向中国队洞开。"十强赛"上我们面对的三流球队之所以会俯首称臣,其实也是这个道理。我们能够在此次韩日世界杯赛上到现场和高手较量一番,已属侥幸,队员的心态一场比一场稳定,拼搏起来也开始有了章法。真有机会再打下去,相信即便像中国这样的"臭棋篓子",最后在与众多高手的颉颃对垒中,也会登上一个新台阶的,只是世界杯的游戏规则已经不容我们继续"玩"下去了。

最初看到中国队捧回鸭蛋时,还有些遗憾,甚至有点无名怒火在心头乱烧,怒其不争,恰似家长看到子女读书考试成绩不佳时的心情,于是借题发挥,从教练到队员的名字,和他们的用兵排阵,以及场上遭遇等想起,随口胡诌顺口溜两首,权当开涮。

其一:

  主帅"迷路""掩饰多",将军原来是"饭桶"。
  "好懂"球迷一片心,技不如人"无逞英"。
  面对红牌"少加疑","骂名愈"加"输帽增"。
  损兵折将须"深思","晕龙""堵胃""呕出粮"。
  "威风"豪言似"起哄":四年以后站起来!

(2002年韩日世界杯赛事的中国队中有米卢、阎世铎、范志毅范大将军、郝董郝海东、吴承瑛、邵佳一、马明宇、宿茂臻、申思、柳云龙、杜威、区楚良、李玮峰、祁宏等)

其二:

  "马儿""扬尘""演示多",将军"自疑""输帽增"。
  "大头""赌威""少假意","云龙""趣搏"缺"深思"。
  "灶君遮""海冻""麋鹿",方知"黎明"无"斜晖"。

(还有杨晨、曲波、肇俊哲、黎明、谢晖等人)

当时对李明、申思、谢晖等好手被米卢赶出国家队的抉择有点不满,于是就一厢情愿地做起"假如"的白日梦。假如有他们在场,或许会有别样的风采?现实的答案当然是否定的。中国的水平放在那里,是秃子头上的虱子,明摆着的。发发牢骚,说说怪话,甚至调侃一下,说我们和世界冠军队(法国队)的差距也就是一分,大家都吃到了鸭蛋,都没进入16强云云,无非发泄一下郁闷的心情。等到释然后,再想想国脚们真不容易,尽力了,作为江东父老的我们,也该再次选择无怨无悔的态度支持他们。想到这里,对自己挖苦国脚的刻薄,觉得有点过分。由于这种爱恨交加的心情兼而有之,想必大家也会宥谅。

可再一想,又觉得不对劲,比比同在东亚的韩、日两国球队队员的玩命也似的精神,泱泱大国的中华球队队员空有一副好身板,内在的精、气、神何在? 坚强的意志何在? 团结一致和同仇敌忾的胆识胸襟与抱负又何在? 我们在赛后从媒体听到的一些有关中国队内部矛盾重重的传闻,恐怕不全是空穴来风;而有的队员看到主教练米卢的下课已经指日可待,竟在下场时拒绝和米卢握手,诸如此类,在在表现出国人民族性格中的丑陋一面。巴西大牌球星卡洛斯赛后拒绝和中国队员交换球衣,事后说什么准备到更衣室再换云云,但只要看看他在和欧洲"红魔队"比利时队踢完比赛后,立即在球场上扒衣服的举动,就知道他在心中对不同的国家和不同的球员还是有着衡量身价的秤砣。我们的队员既然知道对方这样的行为很伤人,为何自己也要做出"人走茶凉"的举动,拒绝和一度被奉为恩师的教练握手,或者态度变得前恭后倨,对教练不肯买账呢? 比起"洋大牌"卡洛斯的举止来,我们这些曾经受惠于米卢的土产"大牌"的表现似乎更恶劣一些。但愿足协上下不要在输球后再输人,如果再说什么神奇教练并不神奇,宣称国内自己的教练老金、大迟、小沈等人,同样可以将中国队带到世界杯赛,不啻典型的阿Q之语,传扬出去,那真要叫世界看扁中国了。

曾有消息称,日本有意敦请米卢执教国家队,以替代担任四年之久的法国人特鲁西埃,真不知中国足协官员,包括那些在世态炎凉方面出镜作秀的国产大牌球星们会作何感想? 有诗云:"工夫在诗外。"整天浸泡在墨水中的文人,不一定能吟出一首好诗。同理,一头扎在运动场上傻跑的最多也就是李铁的水准了,好好学会做个真正"大写的人",也许是目前某些国脚们的当务之急。

制造文明冲突的庸人

　　近日读报获悉，荷兰极右翼议员怀尔德斯执意要将批评《古兰经》的短片 Fitna 上传到互联网，引起了伊斯兰教国家的强烈不满，如印尼指责短片将伤害宗教之间举行对话的努力，而巴基斯坦则传召驻伊斯兰堡的荷兰大使，要求荷兰政府采取一切必要措施，以减少事件所带来的冲击，同时对刻意伤害伊斯兰教徒感情的怀尔德斯采取处分。

　　看到这则报道，不禁联想到几年前，丹麦漫画事件也引起过波及全球各国的"文明冲突飓风"，其余波至今还在，前不久就发生有人要暗杀漫画作者的未遂事件，为此，丹麦竟有人针锋相对地重新印发漫画，此举除招致伊斯兰世界的一片抗议声外，还引出有"血腥大鳄"之称的本·拉登出来，恫言恐吓欧洲国家，其攻击矛头甚至直指当今教宗。凡此种种，似乎都印证了美国学者亨廷顿那著名的"文明冲突理论"：冷战结束后，政治意识形态领域方面的对立状态确实已让位给不同文明乃至不同信仰文化之间的相互抗争。

　　进入 21 世纪后，国际局势的发展走向，更越发清晰地标示着基督教文明与伊斯兰教文明这两大体系及所属营垒的抗衡，上升到了新的历史高度。可以说，对那些被他们视为异质文明的中东伊斯兰教国家，美国为首的西方政治家们始终抱有根深蒂固的戒心，这也是不争的事实。例如在"9·11"事件后，美国总统布什最初给反恐战争所下的定义，就袭用了历史上的十字军旧名，尽管白宫及时地做了更正，但哪怕那只是美国总统一时不够严谨的"脱口秀"也罢，毕竟语言是思维的外壳，它多少反映了美国最高决策层人物头脑里的潜意识。这也是被本·拉登为首的国际恐怖主义势力拿过去，将之当作蛊惑一般穆斯林民众，进一步挑起宗教间的敌视，从而为其恐怖活动寻找宗教借口的最好材料。正因为双方剑拔弩张，火药味十足的氛围由来已久，因此，一般谨慎的政治家对此都是火烛小心，尽量避免在文明价值观念相迥异的话题上踩踏地雷，而安排不同宗教间的对话，加强彼此的沟通，实现增进世界和谐的美好愿景，业已成为爱好和平、希望消弭对抗与隔阂的人们之共识。如新加坡副总理兼内政部长黄根成就表示，荷兰极右翼议员怀尔德斯为批评《古兰经》而制作的短片 Fitna，对伊斯兰教徒是一种侮辱。他执意发表这部短片的举动，让人感到遗憾。黄根成先生在回应媒体询问时指出，拥有言论自由，并不代表一个人可以去诋毁他人的种族和宗教。他表示自己有信心，新加坡人能像在过去发生其他类似事件如上回丹麦的漫画风波时一样，以理智和冷静的态度看待这部短片，因为他们珍惜新加坡目前所拥有的种族和宗教和谐。

古训有云："己所不欲，勿施于人。"一般来说，按照常情，人们对自己皈依的信仰文化及所包含的所有内容，都看得十分神圣和崇高，有时更不惜以自己的生命来捍卫其信仰不受玷污。世界各国历史上无数次各种侮教案及相应的护教斗争之发生，就是最明显的例证。

以笔者之见，西方国家这样的事情频频发生，有其深层次的原因。从 20 世纪 70 年代早期开始，西欧、北美的发达资本主义国家就已开始遭遇到与伊斯兰教及穆斯林相关的社会问题。从全球各地拥来的穆斯林移民，给西方社会带来了纷繁复杂的少数民族与宗教信仰方面的社会问题。伊斯兰教的价值观念在西方社会与原有的资本主义、民主自由价值观的传统相互渗合，而对那些抱有犹太教—基督教信仰文化至高无上传统观念的人来说，他们那种单纯的种族、文化及世界观都直接受到了伊斯兰文化传统的挑战与威胁。穆斯林作为少数族群体，被视作对西方理念社会的一种明显的不和谐因素或特殊的社会成分。随着穆斯林移民的后裔出生，在不少西方国家中，穆斯林的绝对数字已经变得十分可观，相应地，伊斯兰教及其文化影响也在各个方面凸显出来。在目前的欧盟国家中，伊斯兰教已成为仅次于基督教的第二大宗教，而各种层出不穷的伊斯兰教社会团体与组织也像雨后春笋一般，遍布欧洲、北美各地。与此同时，穆斯林移民及其后裔要面对来自欧美各国右翼政治党派或社会团体如基督教基要派团体及其人员的歧视和攻击，从种族的偏见到文化的差异引起的反感，从宗教信仰的不同到经济利益上的矛盾所发生的排拒也日益加剧，穆斯林在西方社会就可以感受到各种层面都存在的压力和挑战。

"9·11"恐怖袭击发生后，许多失去理智的西方人一度将仇恨迁怒于所有穆斯林和阿拉伯人。在美国积极筹备对阿富汗塔利班政权进行战争之时，伊斯兰国家竟担心全球反恐怖主义战争会不会由此演变成针对穆斯林的战争，伊斯兰世界会不会四分五裂等。至于直接生活在西方国度的穆斯林民众，作为社会相对弱势群落，他们更是处在一种由敌意、愤怒和偏见交织而成的氛围中。所谓"城门失火，殃及池鱼"，在西方社会的舆论中，本·拉登为首的以伊斯兰教激进主义思想武装的恐怖主义团体，经常被有意无意地和伊斯兰教或穆斯林混为一谈。说到底，西方人普遍对伊斯兰教的了解非常缺乏，以致上述"庸人"才有造势作秀的市场。

行文至此，笔者觉得有必要引用歌德对《古兰经》的一段评价，他说："《古兰经》是百读不厌的，每读一次，起初总觉得它更新鲜了，不久它就引人入胜，使人惊心动魄，终于使人肃然起敬。其文体因内容与宗旨而不同，有严正的，有堂皇的，有威严的——总而言之，其庄严性是不容否认的……这部经典，将永远具有一种最伟大的势力。"看看这位德国文坛巨擘对他人宗教经典高度尊重的观点，再比照一下那位荷兰右派议员肆意攻击同一部经典的恶毒做法，二者的人格及心境之高低，不啻云泥之别。

看来，当今西方国家，就有那么一些人，喜欢惹是生非，似乎硬要在无形的文明畛域所造成的心理伤口上抹上一把粗盐，以迎合西方社会极右翼政党或种族歧视势力的欲求。荷兰议员怀尔德斯如此，丹麦那位侮辱穆罕默德圣人的漫画作者维斯特加德又何尝不是如此？中国有句俗话，叫作"天下本无事，庸人自扰之"。很多事端的发生，就与这些"庸人"的兴风作浪大有关系。世人对以本·拉登、扎瓦赫里等为首的基地组织等国际恐怖主义势力的所作所为无不痛恨，其实，参与搅浑清水，破坏世界和谐状态的人，不仅有拉登这样的人，还应包括上述西方

这个世界就分两种人

社会中如怀尔德斯、维斯特加德这些同样带有极端宗教主义色彩、以专事诋毁他人宗教和种族为快意的政治庸人,对于他们赤裸裸地拿伊斯兰教作为攻击目标的言行举止,世人也都要予以坚决地口诛笔伐,包括像巴基斯坦政府建议的那样,要求荷兰政府对肇事者采取处分,以儆效尤。

后记:

此文写于2008年,并曾发表在新加坡《联合早报》上。必须承认,在西方世界中,这样的庸人还是有的。

中国历史上的几次佛教法难事件

宗教是人类社会发展进程中的必然产物,它是一种能够深刻影响信仰者个人的思维与生活方式,以及心理情趣和行为准则的社会意识;同时,作为一种社会实体,它又是人类社会结构中极其重要的合成元素,各种宗教庞大的教团组织、广大信众构成的社会群体等,对人类社会的政治、经济、文化等各个方面,也都会发挥其独特的历史作用。从某种程度上讲,探研宗教的发展轨迹,是全面而准确地了解人类社会历史的重要途径。佛教在中国流传的两千年历史就清晰地凸显出这样的特征:在历经初传、冲突、改进、适应、交汇及融摄等漫长的文化整合后,它已深深地融入中国传统社会的文化之中,成为其不可分割的重要组成部分。然而,佛教的中国化过程又不是一帆风顺的,若与其他宗教在华发展的历史相比照,它所遭受的厄难,即佛教界所指称的法难,其程度之惨烈,以及佛教自身在屡遭毁灭性打击后,又都能奇迹般地复兴重振,其适应力和生命力之强,皆非其他宗教可比拟。

祆教、摩尼教等外来宗教文化之花,虽一度由域外移入中土,无奈因遭逢唐朝"会昌法难"的政治风暴摧残而香消玉殒。基督教在华发展历史同样一波三折,早期的景教(聂斯脱利派)也在"会昌法难"后绝迹中原,以后元朝中基督教虽以"也里可温"面世,但随着蒙古统治者的北遁,基督教的发展势头再度受到遏阻。明末清初来华的天主教传教士所打开的局面,也被"礼仪之争"后龙颜大怒的中国皇帝封杀,只是在鸦片战争后,倚仗着炮舰的威力,天主教和新教的传教士们方才可以公开地在华传播福音。

伊斯兰教自传入中国后,经历了一个从"侨民宗教"到"民族宗教"

的漫长历史发展过程，其最大特点可说是内聚力强，从不主动对外传教，这也令它避免了与传统社会主流文化的直接冲突，中国境内的伊斯兰教是故并未遭遇佛教那样的法难，至于清代朝廷多次镇压进剿穆斯林的军事行动，从严格意义上讲，只能被视作统治者与民众之间的民族矛盾与阶级矛盾的爆发，这与历史上君主消灭佛教的事件在性质上截然不同，不能混为一谈。有感于此，本文希望通过阐述中国佛教史上的几次法难，以期增强我们对汉魏以降中国佛教盛衰兴替的全面把握。

一、北魏太武帝灭佛事件

印度佛教约于两汉之际逐渐传入中国内地，作为一种外来宗教，它必定会在植根于中国社会传统文化土壤的过程中，不断加强自身的适应性，其衍变和拓展自己生存空间的过程，必然深深地受到中国社会上层建筑和经济基础的制约，而中国历代最高统治者所竭力维护的君权神授观念，以及中国社会所固有的那种"神权绝对服从于王权"的政治特性，都在在表明佛教这一宣扬出世思想的宗教文化，根本无法游离中国社会严苛的具体条件。由于绝对摆脱不了王朝的管理和控制，也难以同强大的君权相抗衡，佛教界转而通过寻求君主的扶持来弘法兴教，并且基本上确定了力求为王朝统治服务的发展走向。用东晋名僧道安的话来说，就是"不依国主，则法事难立"（《高僧传·道安》）。其高足慧远也是一代佛教领袖，虽"卜居庐峰三十余年，影不出山，迹不入俗，每送客游履，常以虎溪为界"（《高僧传·慧远》），甚至连晋安帝途经庐山时，他都称疾不下山觐见皇帝。权臣桓玄路过庐山，慧远也作此态而不惧其怒。但实际上，慧远又并非真的绝离尘世，广交朝中显要权贵和当朝文人名士，当属其全方位地开展佛教活动的一个重要方面。尽管在当时有关"沙门拜俗问题之争"上，只因主张无君无父的佛教基本教义受到朝臣政要的诘难，僧人不拜王者和父母，只合掌致敬的行止与传统的儒家纲常名教形成尖锐的矛盾，为回应权贵们提出的"沙门应尽敬王者"之议，慧远特地著有《沙门不敬王者论》，借以调和佛教义理和名教纲常的扞格之处，但他还是在其文中表示佛教有"助王化于治道"的社会功能,可见慧远深悟个中的奥妙。而居处北方的僧侣领袖法果对此的表态更是"旗帜鲜明",他带头礼拜君主,并说"太祖明睿好道,即是当今如来,沙门宜应尽礼"(《魏书·释老志》)。按其说法,"能鸿道者人主也"(《魏书·释老志》)。这位最早出任北朝最高僧官"沙门统"的僧人,直接表示沙门跪拜皇帝,是拜佛而非拜皇帝,因为皇帝是佛的化身,其说法反映了其时中国北方政教关系的实际情况。

佛教在北魏一朝的发展极为隆盛,道武帝位登九五的同时,还鼎力支持佛教事业,除颁诏建寺庙、造佛像外,道武帝还在皇始年间(396—397)将沙门法果召到首府平城(今山西省大同市),并任命其为"道人统"(后称"沙门统")。及至公元439年北魏统一北方地区后,从中央到地方的较完备的僧官制度也正式建立起来。北魏历朝皇帝从道武帝、明元帝、文成帝、孝文帝和宣武帝都十分重视对佛教的扶植和利用,只有明元帝的儿子太武帝例外,其在位年间(423—451),发生了中国佛教史上的第一次大规模运用政权的力量来全面毁灭佛教的事件。

太武帝拓跋焘灭佛之举,并非个人一时冲动所致。早先他也曾信仰过佛教,还经常敦请佛教界一些著名僧侣进宫说法论道,遇到每年四月初八的佛诞日来临,还要亲自登上城楼观看民众的庆祝活动,并以向佛像散花的举动来表示自己的虔敬礼佛之心。不过,太武帝更是一个穷兵黩武的君王,特别热衷于征战杀伐,为满足其"锐志武功"之心,必须充实足够的后备兵源,亦需厚实的经济实力。面对佛教日渐膨胀的寺院经济力量及庞大的僧侣群体,宗教实体与世俗政权之间在政治、经济权力方面再分配上所存在的不均衡状况,当然会促使太武帝采取行政手段来解决日益激化的僧俗矛盾,改宗道教和盖吴造反之事,只不过起到催化加速的作用罢了。

在太武帝身边,有两位重要人物对其灭佛起到直接的影响作用。一为历仕道武帝、明元帝和太武帝的三朝老臣崔浩。此人出身名门,为清河崔氏家族,当属北方地区的世族领袖,史称他"尤不信佛法"(《资治通鉴》卷一百一十九)。另一个为北天师道领袖寇谦之,他在明元帝末年从嵩山入平城后,与崔浩结交。在汲取儒家学说和佛教经律及斋戒祭祀仪式的基础上,寇谦之成功地将汉魏以来的五斗米道改造成能用来为君王统治服务的新天师道。他看准时机,向朝廷奉上道书,自称遇神人授其《图录真经》六十余卷,"使之辅佐北方太平真君",其时朝野很少有人相信其说,而"崔浩独师事之",并上书向魏主"赞明其事"(《资治通鉴》卷一百一十九),崔、寇两人"二人转"式的政治配合,让尚未坐稳龙椅的拓跋焘欣然皈依了道教。他特地派人奉玉帛、牲牢去祭嵩山,并将寇谦之留在嵩山的弟子们接到平城。太武帝始光元年(424)年初岁首,皇帝下令在平城东南建天师道场。自此,道教势力开始崛起,并相应地在以后与佛教的竞争中占据了上风。

太延四年(438),太武帝采纳崔、寇两人的建议,颁旨令五十岁以下的沙门一律还俗。这就给国家争取了为数甚大的劳动力,因为处在这种年龄段的僧侣正身强力壮,罢使为民,可以满足朝廷征役的需要。第二年,前秦苻坚统一黄河流域之后,中国北方再度结束分裂状态。公元440年,志得意满的太武帝宣布改元太平真君,这一举措再次清楚地表明了最高统治者的意向。已是经常参与机要的寇谦之,也不失时机地进言,声称"今陛下以真君御世,建静轮天功之法,开古以来,未之有也,应登受符书,以彰圣德"。太武帝果真在太平真君三年(442)正月备法驾,亲诣道坛受符录,并由此开创北魏以后诸帝即位皆登坛受录之先例。寇、崔还力劝太武帝在道坛的东北兴建所谓的"静轮宫",耗资费工,经年不成。笃信佛教的太子晃上谏规劝,却并不为太武帝采纳。由于在长达二十多年的统治生涯中,拓跋焘个人对佛教的厌恶与日俱增,最终导致他向佛教举起了撒手锏。

太平真君五年(444)正月,朝廷诏令禁王公、庶人私养沙门、师巫及金银工巧之人。至是年二月二十五日,"过期不出,师巫、沙门身死,主人门诛"(《魏书·世祖纪》)。其实,这也可视作太武帝意欲灭佛的一个政治信号,当为其大规模灭佛之前奏。一年以后,关中地区发生卢水胡盖吴起义,由于民间讹传"灭魏者吴",因此当盖吴在杏城(今陕西黄陵西南)打出反旗时,居然有十多万民众响应。为消灭这一心腹大患,太武帝在446年御驾亲征,率兵镇压盖吴起义。军入长安,有官员在一所佛寺里发现了大量的兵器,太武帝得到报告后大怒,出于政治上的敏感,他立即将此与盖吴通谋联系起来。在下令诛杀该寺沙门后,官兵对其寺的搜查又有新的发现,他们"大得酿酒具及州郡牧守、富人所寄藏物,盖以万计。又为屈室,与贵室女私行淫乱"(《魏书·释老志》)。随军从行的崔浩平时就常在太武帝面前抨击佛法虚诞,认为应该废除。这次他借机"说帝悉诛天下沙门,毁诸经像"(《资治通鉴》卷一百二十四)。拓跋焘竟首肯其说,先尽诛长安沙门,焚毁佛经、佛像,敕留台下四方,让各地依照长安行事。在正式颁令灭佛的诏书中,太武帝称:"昔后汉荒君,信惑邪伪,妄假睡梦,事胡妖鬼。以乱天常,自古九州之中无此也。"在批贬了历史上东汉明帝夜梦金人之说后,他表示自己要"除伪定真,复羲农之治",并宣布"自今以后,敢有事胡神及形象泥人、铜人者,门诛。拓跋焘还说:"有非常之人,然后能行非常之事。非朕孰能去此历代之伪物!"在具体灭佛的措施上,则是"有司宣告征镇诸军、刺史,诸有佛图形象及胡经,尽皆击破焚烧,沙门无少长悉坑之"(《魏书·释老志》)。用消灭肉体的残忍手段灭佛,魏太武帝拓跋焘确实可算是历史上的"非常之人"了。此举就连他所器重的道教领袖寇谦之也不赞同,寇氏为此还与力主灭佛之议的崔浩发生过争论。从事宗教职业的寇谦之,也许从太武帝使用极端暴力手段来解决宗教问题的做法上,看到了其中所包藏的恶果:统治者凭着个人的好恶及意志,居然就可以为所欲为,那么一旦道教失宠,道士们所面临的也将同样是倾巢覆卵的灭顶之灾。

由于虔信佛教的太子拓跋晃时为留守平城的监国,他利用秉政之机,有意缓宣太武帝的灭佛诏书,使远近各地的僧侣得到消息后亡匿免死,或可将经像收藏起来。不过,全魏境内的佛塔寺庙,却无复孑遗。此次灭佛的结果,对北地佛教的打击是极其沉重的,按《高僧传》的说法,"一境之内,无复沙门"。两年后,寇谦之死。又过两年,即太平真君十一年(450),司徒崔浩因在撰写国史一事上触怒龙颜,竟被灭族,除自己身首异处外,还祸及宗族、姻戚。正平元年(451),太子拓跋晃死。太武帝拓跋焘自己则在次年,即452年被太监宗爱杀死。是年皇孙拓跋睿即位,此即魏文成帝。他下诏复兴佛教,使北朝的佛法比以前有了更大的发展,如在平城西郊的云冈石窟,就是在文成帝时期开始营造的。它始凿于文成帝和平元年(460),主要的石窟完成于其后的三十多年间,是我国古代三个最大的石窟群中的一个。在历史上著名的北魏孝文帝拓跋宏(后改称元宏,在位期间为471—499年)改革中,佛教的发展也没有停滞。太和十八年(494),北魏正式迁都至洛阳,而与敦煌莫高窟、云冈石窟合称中国古代佛教石窟艺术三大宝库的洛阳龙门石窟,就是开凿于这个时期。如其中的古阳洞,就是一批支持孝文帝迁都的王公贵族、高级将领开龛凿像的集中地(见《宗教词典》第266页)。

二、北周武帝灭佛事件

除北魏太武帝的灭佛以外,北朝还发生过另一次规模较大的法难,此即北周武帝宇文邕统治时期所发生的灭佛事件。北魏末年,社会动荡加剧,先是在公元515年爆发过冀州沙门法庆聚众造反之事,其众多达五万以上,法庆自称"大乘",鼓吹"新佛出世",所至即毁寺、杀僧、焚经、烧像,故此对当时的僧俗统治阶级形成了极大的威胁。北魏镇压了"大乘起义"后不久,在公元523年,又爆发了规模更大的"六镇起义",接着各处纷纷出现反魏起事,群雄并出。十年后,原北魏纷乱多变的政局基本上定格,成为盘踞齐鲁、河北一带的高欢集团和扼控关中地区的宇文泰部众相抗衡的东西对峙局面。公元534年,北魏孝武帝元修因不堪权臣高欢所逼,奔赴长安,投奔宇文泰。为避免政治上的被动,高欢另立元善见为帝,是为孝静帝,并迁都于邺城。第二年初,宇文泰鸩杀孝武帝,将南阳王元宝炬扶上帝位,是为文帝,以长安为都,自此北魏分为东西。西魏太师宇文泰于556年去世,次年岁首,其子宇文觉取代了西魏傀儡政权而称周天王,是为孝闵帝。事实上,他自己也是一个傀儡,大权统统掌握于宇文泰的侄子晋公宇文护的手中。557年,宇文护杀死宇文觉,又立宇文毓为帝(周明帝)。不到三年,宇文护再杀明帝,将鲁公宇文邕立为天子,是为北周武帝。大概深谙宫廷斗争之险恶,周武帝一直未敢在政治上有所作为,韬晦多年后,他在北周建德元年(572)杀死宇文护及其诸子,成为真正名副其实的最高统治者。除灭佛外,宇文邕和北魏太武帝还有共同之处,即两人皆重视武功,且都完成统一北方地区的伟业,继东魏而立的北齐政权,就是亡于其手。北周武帝亲政以后,在北周统治区域就曾颁诏废除佛、道二教,伐灭北齐后,在更大的统治范围即北方大部和川、鄂部分地区实行灭佛,其出发点,还是由于当时北方地区的僧、道阶层过于庞大,促使国家政权采取极端手段,以扩大经济来源来充实国力。

北周前的北方地区,虽曾在公元 5 世纪时发生过大规模的灭佛事件,但佛教的社会基础并没被破坏殆尽。如前所述,北魏文成帝兴佛和以后历代统治者也都崇佛,致使佛教发展十分迅速,寺院经济的过分膨胀,对全社会造成的影响是巨大的。根据《魏书·释老志》称,正光(520—525)以后,不少原属国家的编户民众,为避苛役重赋,相继投入空门。此外,其时社会政治动乱的加剧,亦令普通百姓寻求相对安全的宗教实体之庇护,以致全国的佛寺竟有三万之多,僧、尼数目则有 200 万之巨,这在当时北中国的人口比例上,达到了极高的程度,约占全国总人口数的 1/16。建德六年(577),北周灭北齐后,针对继续发展的佛教实体,立即推行灭佛政策,毁寺四万,强迫 300 万僧、尼还俗,相当于当时总人口数 1/10 的人重新成为国家编户,这对急需兵源和财力的朝廷来讲,其意义之重要不言而喻。而周武帝"求兵于僧众之间,取地于塔庙之下"的做法,对已成势力的佛教僧侣地主集团的打击,及由此造成的对佛教的破坏性影响,当然也是极其沉重和在所难免的。

从客观的历史角度来看,周武帝的灭佛之举,还与其个人重视传统儒学,以及受到身边道士张宾和由沙门改奉道教的卫元嵩两人的影响有关。卫元嵩原籍成都,幼年出家为僧,师从西魏名僧释亡名,遵其师傅指教,以"佯狂"博取名声,浪迹天涯,并编撰预卜未来的谶纬歌谣。由蜀地进入关中后,在长安结识一些北周的达官贵人。早在周武帝尚未亲政,必须用"谈议儒玄"及只管祭祀来防止权臣宇文护猜忌之际,卫元嵩就于天和二年(567)向皇帝上书建议"省寺减僧",他认为寺塔佛像无益于治国安民,应当废除。卫元嵩还提出彻底改革佛教,寓佛教于国法世俗之中,以及通过经济措施来改变佛教界的贪婪腐败之风(见任继愈主编:《中国佛教史》第三卷,第 66—67 页)。有人据此将卫氏目为"北周毁佛主谋者"。倘若单凭卫元嵩之奏议,其说只不过是企图改革当时佛教弊端的构想而已。

这个世界就分两种人

周武帝个人曾屡次召集群臣和沙门、道士,以讨论儒、道、佛三教优劣,辨释三教先后。关于这点,他在亲政前后对此的态度有所不同。先以道教最上,儒、佛次之;亲政后则以儒教为先,道教为次,佛教为后。在建德三年(574)的僧、道廷辩中,道士张宾被沙门释智炫辩败后,周武帝甚至亲自出马,与沙门斗嘴。而次日又干脆下诏一并禁断佛、道二教,经像皆毁,罢沙门、道士,其个人意志体现得是那样淋漓尽致!这样的结局,恐怕是一度在周武帝身边得宠多时的道士张宾等人绝对预料不到的。除并废佛、道二教外,周武帝灭佛的同时,没有像魏太武帝那样采取杀戮手段,只是令其还俗而已。他还下诏设立"通道观",并选取佛、道二教共一百二十个名人为学士,讲授有关的经典,目的是在强调以儒家为正统的基础上"会通三教"。在灭北齐后,周武帝再次大规模地灭佛,出发点依然是维护自己的统治,其结果当然会改变北方僧俗集团势力的对比和消长状况,但作为一种已经成功地完成其中国化过程的宗教文化,佛教又绝非统治者个人及其社会政治力量,或行政手段所能彻底铲灭得了的。公元578年,即灭北齐后第二年,宇文邕病死。即位的周宣帝次年又传皇位给年幼的太子,是年周境已弛造佛及尊像之禁。

公元580年,周宣帝死,子周静帝宇文阐尚幼,其时大权掌握在外戚隋国公杨坚之手。就在该年六月,北周复行佛、道二教,佛教很快又兴盛起来。以前曾与卫元嵩一起"唇齿相扇,感动帝情",力劝周武帝排佛的道士张宾,见北周国祚不永,遂向杨坚进言,鼓动他废周称帝,《隋书·律历志》称:"时高祖作辅,方行禅代之事,欲以符命曜于天下。道士张宾,揣知上意,自云玄相,调晓星历,因盛言有代谢之征,又称上仪表非人臣相,由是大被知遇。"不过,在公元581年废掉外孙周静帝,自己登上帝位的隋文帝杨坚,并未像周武帝那样"信道轻佛",他从小就出生在寺院,耳濡目染的结果使其对佛教有天然的亲近感。称帝不久,他即颁诏允许天下人出家为僧,并大建寺塔,鼓励度僧。公元589年灭陈统一南北后,他对佛教的扶植仍不遗余力。在杨坚当皇帝期间,全国建佛寺达四五千所,所度僧、尼为五十万之多,写经三万余卷,当时流行的佛经比儒家经书多出了"数十百倍"(《隋书·经籍志》)。由此可见,最高统治者个人的意志对佛教的兴衰有着多么大的影响。

三、唐武宗和后周世宗的灭佛事件

入唐以后,佛教继续发展,寺院经济的恶性膨胀,再一次与王朝的政治经济利益产生了尖锐的矛盾,最终在唐武宗时又爆发了更大规模的灭佛事件,甚至"城门失火,殃及池鱼",这场政治灾难还波及其他宗教。

其实,寺院经济的高度发展,与最高统治者的支持也有必然的联系。隋代皇帝曾先后赐田给寺院,而李唐代隋后,并没有改变这种方式。武德八年(625),唐高祖李渊一次就赐给少林寺四十顷地。尽管唐代帝王自诩为道教教主李耳之后裔,以致唐太宗李世民于贞观元年(627)下诏称:"朕之本系,起自柱下,道士女冠可在僧尼之前。"(《唐大诏全集》第一百一十三卷)他还表示"朕于佛教,非意所遵"(《全唐文》卷八),但李世民对佛教也并不薄,支持西行求法归来的玄奘开展大规模的译经活动,为之组织专门的译场,为其新译佛经作序等,都反映了他对佛教的扶持呵护态度。即便是崇奉道教最疯狂的玄宗李隆基,在"安史之乱"发生时逃难至成都,还一下子赐给新建的大圣慈寺地一千亩。也许是企盼佛祖保佑的心理,令其做出了这样的决定。及至唐武宗灭佛前,寺院占地已达数万顷之多,时人所称:"十分天下之财,而佛有其七八。"(《旧唐书》卷一百零一)寺院经济急速发展到这种状况,已非世俗政权所能容忍得了的,僧俗利益上的冲突可以说是势在必然。唐武宗灭佛政策,也就是在此背景下炮制的。

从思想界三教融合的趋势来看,三教间的争辩和价值理念的冲突分歧,并未能阻遏三教归一,即彼此调和融摄的趋向。三教在各自的发展中都深切地感受到了相互汲取对方所长的必要性,也参悟到彼此互补圆通糅合的益处。从佛教方面来讲,由于隋唐时中国佛教的发展进入创立宗派的重要阶段,不少佛教思想家都提出了三教融合的观点。如华严宗名僧宗密以为:"然孔、老、释迦皆是至圣,随时应物,设教殊途,内外相资,共利群庶,策勤万行。……三教皆可遵行。"(《华严原人论》)宗密人称"圭峰大师",其说对历史上三教融合的思潮影响很大。

但在现实生活中,儒、佛、道三教间毕竟也为争夺各自在国家中政治地位的高低而展开争夺。三教间的争论多少也会对王朝的统治层产生直接或间接的影响。隋唐两代不同帝王对三教的不同态度,反过来又加剧了三教间在政治层面上的互相排斥和倾轧,武宗时佛、道间的斗争,与后来发生的灭佛事件不无联系。耽于黄白之术的唐武宗身边,就有道士赵归真、刘元靖等人的鼓唇弄舌和兴风作浪。崇尚道教长生不老之说的武宗,从连年限制佛教发展,到最后立志灭佛,正是道士们长期以来向皇帝"排毁释氏"的必然后果。同时,其时担任宰相的李德裕等朝臣儒士也赞同武宗的灭佛行动,因此,后人不难看出唐武宗灭佛事件中所带有的三教斗争及相互排拒的痕迹。

唐武宗于会昌五年(845)颁布废佛诏令,当其时,全国佛教遭到巨大的打击,佛教界称之为"会昌法难"。根据史书记载,这位"颇好道术修摄之事"(《旧唐书·武宗本纪》)的皇帝废佛的一个重要理由,如其身边受宠道士赵归真所言,佛教"非中国之教",属于"异俗"。受此牵连,那些流布于波斯、中亚一带地区,又传入华夏,在唐朝颇受统治者礼遇的外来宗教如袄教、景教和摩尼教,也同遭禁止。会昌五年七月,在佛教被"拆寺四千六百余所,还俗僧尼二十六万五百人"(《旧唐书·武宗本纪》)的同时,这些在中土传习的外来宗教也共有僧侣两千余人被勒令还俗。几个月后,即第二年的三月,和唐代历史上因服食丹药而死的宪宗、穆宗、敬宗等皇帝一样,唐武宗最终也步上不归之路。唐宣宗即位后,又下敕恢复佛教,遂令佛教得以流行。但佛教本身经此毁灭性的打击,其发展渐趋衰微。

中国佛教史上最后一次灭佛事件,是在"会昌法难"之后一百多年发生的,即五代十国时期的后周世宗柴荣显德二年(955)的沙汰佛教之事。就严格意义上讲,这位五代时较有作为的君主所推行的"灭佛"之举,出发点仍是为加强国家的赋税兵役来源,以求改变社会上寺僧过多过滥的状况。此外,"敕天下寺院,非敕额者悉废之。禁私度僧尼……禁僧俗舍身、断手足、炼指、挂灯、带钳之类幻惑流俗者"(《资治通鉴》卷二百九十二)。可见,此举带有整顿当时北方弊端丛生的佛教之性质。

除废 3.033 6 万所寺院外,周世宗也没有对佛教徒大开杀戒,这次颇为温和的"灭佛事件"之余,政府还保留了 2 694 所寺院,以及留存僧 4.244 4 万人,尼 1.875 6 万人。另外,政府规定了悉毁天下铜佛像以铸铜钱,民间存铜像者过五十天还不交,满五斤者即定死罪;五斤以下者,量刑不等。这更直接显露了周世宗灭佛的经济动机。

综上所述,中国佛教史上的几次法难,主要与当时僧俗地主间日益突出的经济利益矛盾有关,也大多与意识形态领域内不同文化的碰撞交汇相关,更直接与统治阶层,尤其是最高统治者个人意志和决断密切关联,在集权机制的运作下,皇帝个人对佛教所持的态度,对佛教的兴衰程度甚至可起决定性的作用。从这个意义上来讲,东晋名僧释道安的那句"不依国主,则法事难立",既是参破专制政权实质的至理名言,又是身处空门的僧人面对君主淫威的苦涩之语,也多少吐露出沙门的一丝无奈。历史上的"三武一宗之厄",则用残酷的事实基本上框限了中国佛教文化特有的发展轨迹。

中国"宗教复兴"之说欠准确

2008年5月12日,中国发生汶川大地震。是年6月9日新加坡《联合早报》上载有该报驻北京特派记者叶鹏飞先生撰写的报道,标题为《中国人宗教信仰震后或复兴》(以下简称"叶文"),显得特别醒目。

文章称"中国人的宗教信仰可能在四川汶川大地震的灾区中找到复兴的种子",并认为在救灾工作进入安顿灾民的新阶段后,宗教有可能在受灾民众的心灵建设方面发挥重要作用。用作者的话来说,"宗教团体虽然也捐赠不少金钱与物资给四川灾区,但是它们的主要作用显然还在物质之上"。作者还援引了学界一些人士的话语,及各地一些宗教团体的祈福消灾的宗教活动,来阐述和说明宗教在灾区民众的心灵慰藉层面上的重要性。

诚然,八级大地震的灾难性后果,不惟给罹难的灾区,也令全社会受到极大的震撼性打击,但笔者以为,纵然如此,从中国社会的各阶层总体反应来看,事实并非如叶文所说"惨烈的规模和巨大的创伤迫使幸存者及全社会必须从信仰中寻求答案"。《左传·庄公三十二年》上曾载有太史史嚚之语:"国将兴,听于民;将亡,听于神。"如若客观地评判现下中国在遭受汶川大地震后的社会心理,以及冷静而又兼具理性地来看待时下一些相关的社会现象,也许有助于我们对古人的这段话有更深层次的体认。

窃以为,宗教的心理疗伤作用是客观存在的,这点毋庸置疑。几年前,笔者在台湾开会时,就亲耳听到台北宗教界人士谈及当年"9·21"大地震后各宗教在心理帮助方面所发挥的特殊而又积极的效应;叶文所引用的中国民族宗教网文章《大地震之后的哀伤治疗》,以及官方相关部门领导在"5·12"震灾后不久到灾区指导四川省宗教工作部门和宗教界的赈灾工作等，也都能与此相互印证。

但是，笔者以为，宗教在震后可以发挥的心灵慰藉作用，并不等同于可以用宗教信仰的语言或理念，来通盘诠释此次自然灾害的因果关系和给出所谓的答案。况且，宗教也并不是化解这场大地震的唯一灵丹妙药。毕竟，赈灾救难和重建家园的努力，更多的是要靠人们用自己的双手，去尽全力实施完成的。

通过此次大地震及震后的全国反应不难看到，来自宗教方面的美好祈愿与祝福，的确可以给予人们以精神上的加持和无形的襄助，这也是在为期三日的全国哀悼日期间，各地民众在网络上和博客上，甚至在官方的主流媒体上，都一度出现"天佑中华"的字眼之重要原因。如果说，在无神论作为占统治地位的官方意识形态的中国出现这样的全民意识，确实让人很难不将它与传统中国文化中人们对"天"的敬畏，及与所谓的"天人感应说"挂上钩。从这个意义上讲，叶文所指的"宗教复兴的种子"，似乎又非空穴来风。

那么，地震是否会刺激更多人信教？叶文中还提到一些学界人士之语或文章与调查报告，如朱学勤先生对在"佛诞日"发生地震的感言、宗教社会学家李向平教授的文章、华东师大的调查报告，但并不就能说明宗教在中国的回流已成为不争的事实。坦白说，叶文所举的这些上海学者和调查报告执笔的教授，有些还是笔者非常熟悉和了解的朋友，他们中的一些人，对当下社会现象有着非常深刻的洞见。以笔者之见，他们那些对中国社会目前存在的一些宗教现象及客观事实的描述和揭橥，并不是阐明或宣示"宗教复兴"的简单结论。

至于叶文提到中国网络上有人将2008年发生的所有天灾人祸之日期，牵强而具蛊惑力的演绎成与8有关的数字组合，以此来解释中国面临的各种社会危机的现象，从实质上讲，其所透射的文化意涵，还是难脱传统的"天人感应说"之窠臼。

类似的说法其实对中国民众而言，向来就不陌生。古代皇帝"天子"去世，官方会将之形象地称为"山陵崩"。1976年年初天上落陨石雨到吉林境内，其中有三颗特大陨石，还在中央电视台上反复向全国观众展示过,加上该年 7 月又发生了死亡多达二十多万人的唐山大地震,这些与周恩来、朱德、毛泽东等三位党和国家最高级领导人先后去世、政治上主持国家事务的邓小平被打倒,以及最后"四人帮"倒台等大事件恰好发生在同一年里,可谓是多事之秋。长期以来,这一直是老百姓津津乐道,挂在嘴边供茶余饭后消遣的典型例子。即便如此,也不见人们的宗教热情为之有多么高涨,更不见宗教信仰者人数的大幅度飙升。素来宗教观念相对淡薄的中国人,并不会因为对"天"保持或增加几分敬畏感,就必然地去加强其对某一种具体宗教信仰的皈依,其间并无必然的内在关联性。

从叶文列举的华东师大进行的调查报告来看,中国信仰宗教的实际人数为 3 亿,是官方统计数字的三倍。这个数字由于与当时官方公布的数字不同,因而引起海内外的高度关注。事实上,这个数字确实客观地反映了中国在近些年来宗教信仰上的现状,但若依据这个 2007 年得出的数字,并不能就此简单地得出 2008 年汶川大地震后宗教复兴的结论。诸如"汶川大地震或将进一步刺激这个数字上升"的提法,在某种程度上说,毕竟只是臆测,其准确性尚待客观事实的检验。

宗教经典的异同
——三大世界宗教文化的核心价值之比较

一、《心经》《圣经》《古兰经》的重要性及其特点

历经两千多年的传承和发展，多达万卷以上的佛教经籍可谓汗牛充栋，目前国际佛学界常用的汉文藏经版本如《大正藏》（全称为《大正新修大藏经》），就收有佛典三千三百六十部共计一万三千五百二十卷，共分《正篇》《续篇》《别卷》三个部分，其中《正篇》中有印度撰述经部中的阿含、本缘、般若、法华、华严、涅槃等内容，而为佛教信众耳熟能详的《般若波罗蜜多心经》（简称《心经》，下同），一般被认为是有六百卷之多的《般若经》的提要，僧界曾有说法称：把玄奘翻译的六百卷《大般若经》浓缩为五千字的是《金刚经》，再把五千字的《金刚经》浓缩为二百多字的是《心经》，由此也可想见它在佛教经典中的重要分量。至于《圣经》和《古兰经》，它们分别是基督教和伊斯兰教这两大一神教信仰中最为神圣的宗教经典，其重要性更是不言而喻。

从上述分别属于三大世界宗教的经典来看，基督宗教的《圣经》与伊斯兰教的《古兰经》在各自宗教内无可替代和唯一经典的特性上与《心经》有明显区别。但这并不影响后者虽作为佛教诸多经典中的一卷，却也具有其鲜明而典型的代表性特征。

《心经》全部内容二百多字，可里面已经富含佛教的基本教义如"苦、集、灭、道"四谛说、"三法印"即"诸行无常、诸法无我、涅槃寂静"等佛教的基本思想，若将其内容演化延伸开来，同样可以领略佛教精义的真谛，所谓水清月现，心清佛现，但凡展读或研习揣摩《心经》，就是朝着

明心见性而万法皆通不断努力的修行过程,从而修得般若智慧,达到"照见五蕴皆空"的境界。故此对一般的佛教信徒来讲,将《心经》熟记于心,掌握每句经文的深邃意涵,实在不失为一条在自己心田上播下菩提种子的上佳路径。

反观同属于亚伯拉罕宗教类型的基督宗教(包括天主教、东正教、新教三大支)和伊斯兰教,其经典也有几个显著的共同或类似的特征:

经典自身的卷帙都不繁复。与足可让人皓首穷经的佛教典籍那数量庞大的规模形成鲜明对照的是,无论是《圣经》,还是《古兰经》,其经卷数量都不过百。如《圣经》,分《旧约全书》和《新约全书》两种,前者就是犹太教的《圣经》,它传承自也归属于亚伯拉罕宗教类型即为希伯来民族所信仰的犹太教,包括"律法书""先知书""圣录"三个部分;天主教应用的是《七十子》希腊文本,并收该书中未见于希伯来文本的七卷希腊文补篇,合计为 46 卷。新教的大多数宗派只认可《旧约全书》的希伯来文原本,只有 39 卷。至于纯属于基督宗教的《新约全书》,包含"福音书""使徒行传""书信""启示录"四个部分,共 27 卷。再看穆斯林视为极其神圣的《古兰经》,主要分《麦加篇章》和《麦地那篇章》两大部分,数量总共为 30 卷,114 章。

具有共同的宗教传承渊源。最明显的体现在对一神教信仰特征的继承和发展上,另外从宗教故事背景、一些著名的历史人物及各种相关因素来看,都有来自犹太宗教与闪族文化传统和习俗的历史印痕。如《圣经·旧约全书》中的亚当、亚伯拉罕、摩西、大卫、约瑟夫,《圣经·新约全书》中的耶稣、玛利亚等人物,在《古兰经》中也都同样被提到,如人类始祖阿丹、易卜拉欣、穆萨、达伍德、优素福、尔撒、麦尔彦。

都宣扬相信有后世的教义。关于"死后复生""末日审判"等,在《圣经》和《古兰经》中都有类似的阐述。只是在接受审判后行恶之人的归宿地有所区别,基督教里提到的"地狱",在《古兰经》中出现的对应地是"火狱"。而行善者都是去天堂享受永久的幸福。此外,除了《古兰经》中对下临诸河,流着蜜与奶的"天园"有非常具体的描述外,基督教也有"伟大上帝的永生通路,有葡萄酒、蜂蜜和牛奶的三条泉流"之类的憧憬,只是这些出现在"新约伪经"中的段落,未被列入目前教会采用的

《圣经》正文而已。

均看重信徒们的共同礼拜。《圣经》中点明圣灵会在众人"奉耶稣基督之名"聚会的场所做工的要旨,而《古兰经》同样强调聚礼的重要。如《古兰经》第 62 章第 9 节就称:"信道的人们啊!当聚礼日召人礼拜的时候,你们应当赶快去纪念真主,放下买卖,那对于你们是更好的,如果你们知道。"

有崇奉先知和使者的传统。有关先知的故事和传说,在《圣经》和《古兰经》中俯拾皆是。如《圣经》中的摩西、以赛亚、以利沙、耶利米、阿摩司、但以理、耶稣,《古兰经》中的穆萨、穆罕默德,都被信众奉为道德的楷模和表率。

另外,上述分属于三大宗教的不同经典,自身还都具有相同语音韵味上的曼妙动人的特征和美学欣赏价值。梵音朗诵的配乐《心经》听上去让人心净如水,动听柔和的曲调和异域语音幻化出空明的境界。而《圣经》段落的朗读同样能收奇效,如《旧约全书》中的《诗篇》《箴言》及《新约全书》中的《保罗书信》和《主祷文》,也都是虔诚的基督徒熟记于心的金句。有个叫穆罕默德·皮托尔的穆斯林学者说过:"神圣的《古兰经》,它那无比的和谐,它那悠扬的声音,使人感动得流泪,使人陶醉于其中。"

二、不同宗教经典的相异之处

客观而言,若要对三大世界宗教文化进行核心价值层面上的比较,《圣经》和《古兰经》完全具备包含其宗教思想上全部要素的条件,而《心经》虽说可以视作六百卷《般若经》的浓缩提要,但相对于车载斗量的更多其他佛经宝藏来说,也只是沧海一粟。不过虽受内容规模的限制,如从经文中撷取饶有哲理的段落或关键字眼,再联系其他相关经文、佛偈、禅诗,也多少能展示佛教蕴含的一些精华。

上述三大宗教的经典存在的相异之处大致如下:

由宗教类型所决定的信仰皈依对象的不同。从表面上看,佛教属多神教,佛陀多如恒河沙数,不可计量。禅宗东土初祖达摩说过:"我只求心，不求佛。"东方有恒河沙数佛，南西北方，四维上下亦有恒河沙数佛，到底要求哪一尊佛呢？此正所谓"我本求心不求佛"。明心即为修行目的，即心是佛。所以净土经云："是心是佛，是心作佛。"而《心经》就恰恰在这个"心"字上做足文章，其妙自现。而一神教的《圣经》《古兰经》中，对上帝、安拉的尊崇赞美触目即是，对唯一神圣对象的敬畏和顺从之意，可说是遍布于经文的字里行间。

在个人修行和人神关系上信仰模式的迥异。佛教相传，释迦牟尼佛讲般若经，讲了整整二十二年，就是因为无一法离开般若。《心经》起首讲的道理，就是讲个人须借助无相般若之力，照见五蕴皆空，才能显出菩提心，只有从菩提心修起，方可修至成佛。反观《圣经》与《古兰经》，在人神关系上着力甚多，前者强调人类始祖亚当、夏娃的"原罪"，以及耶稣被钉十字架旨在"救赎"，而只有信靠基督，才能得到赦免，死后得以升入天堂。后者则如11世纪最著名的穆斯林学者安萨里所说的，安拉给穆罕默德降示了《古兰经》，用《古兰经》来教育他，而"他（穆罕默德）的道德便是古兰"。穆圣是这种方式教化、熏陶的第一个对象，然后这种教诲之光由穆圣延伸到整个人类。穆圣是用古兰培育的，穆圣也用古兰去培育人。因此，穆圣说："我的使命是完成一切美德。"

各自采用的术语和标志性概念范畴的区别。以佛教而论，戒、定、慧三学，经、律、论三藏，佛、法、僧三宝，般若、波罗蜜、三法印、四谛、五蕴、八正道、六识、六根、六尘、十八界、众生平等、佛性、十二因缘、业力、涅槃、轮回等，都是极具自身宗教特色的专门术语，而慈悲观、不杀生等带有鲜明佛教印痕的观念，在理论色彩极为浓厚，且富有哲理的佛家处亦有独到的诠释。再以被基督徒誉为"上帝的话语"的《圣经》来看，信、望、爱的握持，反对贫富不均的平等思想，主张忠顺、友爱、和平与公正的理念，天使与魔鬼，灵魂与肉体等字眼，十字架的象征性救赎意义，圣父圣子圣灵三位一体的神学观点等，都构筑着基督教基本教义的思想大厦。同样被穆斯林视为"安拉的语言"的《古兰经》，也饱含着诸如真主独一、顺服、顺从、和平、纯净、敬畏、公道、恩惠、主道、教化、主宰、宽恕、斋戒、万物等具有伊斯兰文明自身特色的术语。

有关如何对待人生和社会方面的观点相左。佛教的人生观相对消极,提出人生及其苦难环环相扣的因果链接关系,即"十二因缘",其中"无明"是人生痛苦的根本原因。而基督教和伊斯兰教对人生与社会的思考有较大的差别。作为入世的宗教,《福音书》上说耶稣教导门徒要做世上的盐、路上的光,汤里有盐才有味,黑夜的路上有光更明亮,基督鼓励信徒以好的行为成为社会之楷模,所以要服务社会,服务人群。伊斯兰教对待人生的态度同样积极,主张两世吉庆,鼓励穆斯林以诚实的劳动去获取财富。

三、各宗教文化核心价值的共同处

三大宗教文化的核心价值取向有很大的区别,但在有些方面,其实还具有一定的共同之处,这点在1993年的世界宗教议会全体大会上得到通过的《走向全球伦理宣言》中可以窥见端倪。《走向世界伦理宣言》认为世界各种宗教之间已经有一种共同之处,它可以成为一种全球伦理的基础,此即一种关于有约束力的价值观、不可或缺的标准,以及根本的道德态度和最低限度的基本共识。具体细分来看,有如下述:

扬善惩恶的观念上有重合处。佛教广为人知的《七佛通偈》里就有"诸恶莫作,众善奉行"(见《法句经》)的观点,而这也是基督教和伊斯兰教教义中较多提及的观念。《圣经》在阐发善恶方面也是观点鲜明,如《诗篇》第1首就有"不站罪人的道路,不坐亵慢人的座位"的道德吁求,而《哥林多前书》第13章在阐述基督教价值观时,指出"爱是恒久忍耐,又有恩慈;爱是不嫉妒,爱是不自夸,不张狂,不做害羞的事,不求自己的益处,不轻易发怒,不计算人的恶,不喜欢不义,只喜欢真理;凡事包容,凡事相信,凡事盼望,凡事忍耐;爱是永不止息"。这不啻爱的宣言,给信徒指明了什么才是行为上的真善美。在传统的伊斯兰教社会中,严谨的宗教学家们则非常强调穆斯林守正自洁,即坚持不渝地依循正道,而这种对身心两方面,尤其是心灵的净化洗涤,是帮助穆斯林个人抵御邪恶因素或贪恶之欲的有力保障。至于具体的善行,在《古兰经》中就倡导了很多种美德,例如指明恪守宗教功课的穆斯林本身即在行善,如每个穆斯林必须遵行的拜功就是如此,在该经典的第11章第

114节上说:"你当在白昼的两端和初更的时候谨守拜功,善行必能消除恶行。这是对于能觉悟者的教诲。"保持警醒,时刻提醒自己恪守教义戒律,这种来自宗教的约束力,其影响之大,不可小觑。伊斯兰教的伦理道德观念在对人们的善恶行止的劝谕方面,与中国古代贤哲"勿以善小而不为,勿以恶小而为之"的提法亦有异曲同工的相通之处,《古兰经》第99章第8节称:"行一个小蚂蚁重的善事者,将见其善报;做一个小蚂蚁重的恶事者,将见其恶报。"世界各地穆斯林每日进行的面向麦加克尔白天房的"五番拜",也都是穆斯林直接向真主祈祷和忏悔的时刻,而宗教的劝诫功能借助礼拜的仪式完成,必须看到,宗教的功课在帮助人们战胜心魔和克制欲念、扬善抑恶上,确实有着特殊的功效。

平等思想的提倡上有相似处。佛教倡导的平等思想是与生俱来的,在冲破婆罗门教编织的种姓制度等社会不平等网罗束缚时,佛教就喊出了婆罗门、刹帝利、吠舍、首陀罗四姓平等的呼唤,其后更推而广之地提出"众生平等"的理念,而且"一切众生皆有佛性",通过行善皆可成佛。基督教对平等的渴求也在很多经文中可以找到。早期基督教就是以平等的思想作为武器来对抗罗马帝国的阶级统治和压迫。伊斯兰教的信仰理念中亦蕴含着极其鲜明的平等思想,如伊斯兰教传统的经济制度的核心是其财产制度,而这种经济制度本身就带有很强烈的平等色彩。《古兰经》第53章第39节称,"各人只得享受自己的劳绩"。在伊斯兰教看来,人世间的一切财产皆为安拉所有,私人财物的多少都是安拉所赐,世人有同等的权利来占有、获取、享用安拉赐予的财富,只是个人能力有大小差异。伊斯兰教社会的其他经济制度,都由其财产制度衍生而来,诸如功修中的天课制度,以及商事制度、金融制度、瓦克夫制度,尽管涉及范围较广泛,但它们都有共同的特点,即宗教道德对经济活动的约束力在在可见,禁止投机取巧,严禁放高利贷,禁止重利,似乎和现实生活中人们为利益所驱动的经济活动大相径庭,其实际效果确实有限。不过,通过社会上各种宗教机构及道德团体,按照伊斯兰教的经济制度行使社会产品的再分配,让一部分财富经由天课或瓦克夫等制度来救济资助穷苦的穆斯林,从而部分地解决社会存在的贫穷问题,积极鼓励穆斯林施舍财物给穷人,这些多少有助于消除一些不平等的现象,也有益于社会的和谐发展。

宗教戒律的内容上有共同点。佛教戒律既多且严格,而杀生之戒尤为重中之重,不管是五戒、八戒还是十戒,还有适用于僧、尼的250戒条或500戒条,戒杀都是第一条。这种非暴力原则固然与佛教的慈悲观密切相关,同样也显现出佛教对生命的珍视。另外如不偷盗、不淫邪、不饮酒,在《圣经》和《古兰经》中也有同样的反映。如《旧约全书》中上帝与摩西订立的"十戒"中就有,《新约全书》中的《罗马书》第13章对此也有重申:"凡事都不可亏欠人,唯有彼此相爱,当常以为亏欠,因为爱人的,就完全了律法。像那不可奸淫,不可杀人,不可偷盗,不可贪婪,或有别的戒命,都包在爱人如己这一句话之内的。爱是不加害于人的,所以爱就完全了律法。"而《古兰经》中对偷盗、妄杀、奸淫、饮酒等行止也加以禁绝和责罚。有的伊斯兰教国家还一度按照"沙里亚法"(伊斯兰教教法)来对小偷采取剁手的酷刑。上文提到的《走向全球伦理宣言》中,恰恰是根据各宗教伦理的不同表述而提出了相关的四大"不可取消的规则",即不可杀人、不可偷盗、不可撒谎、不可奸淫。这正是从各大宗教的伦理思想宝库中摘拾的具有普遍适用性的现成宝物。

人际关系的处理上有互补处。佛教非常注重"众缘和合"的理念,从而在缘分的前提下给处理人际关系注入正面而又积极的"润滑剂"。不惟佛教僧侣组织内部讲究群体和合原则,有所谓出家修行者必须努力依遵的"六和敬"即相互友爱、敬重,还有推及一切社会人群,努力促进和谐环境、协调人际关系的重要手段,即所谓的"四摄法"。《诸法最上王经》中称:"以四摄法摄取众生,何者为四?所谓布施、爱语、利行、同事。令彼众生悉得安乐。"这也有益于和谐社会的理念得以实现。基督教强调"爱人如己"的黄金律,就是《马太福音》中耶稣在登山宝训中所说的:"你们愿意人怎样待你们,你们也要怎样待人。"在《新约·马太福音》第7章里更作如是说:"你们听见话说:'当爱你们的邻人,恨你们的仇敌。'只是我实实在在地告诉你们,当爱你们的仇敌,为那逼迫你们的祷告……有人打你的右脸,你把左脸也让他打;有人要你的里衣,连外衣也让他一同拿去;有人逼迫你跑一里路,你就同他一道跑二里。"伊斯兰教所褒奖的人类美德,即真主喜爱的美好德行,主要是针对社会不同成员彼此对立、民众失和及社会不公的现象,突出了对人际之间关系处理的教化功能,故此要求穆斯林平和宽仁地对待他人,甚至对不信仰伊斯兰教的异教徒"卡非尔",或是不遵从真主戒律的纵欲者和行为不端之人,都主张谅宥和宽恕,并提倡和睦共处。上述这些表述不同的各宗教的观念,都有助于人际关系的和谐发展,彼此也能起到有效地互补作用,这些观念如果真的深入人心,对整个社会形成关爱他人的氛围应该是很有益处的。

  除上述几个方面外,在注重知识和教育方面,自然生态环保方面,敬畏和珍视生命方面等,三大宗教文化的价值取向也都有同有异,囿于篇幅,未能一一展开。上述比较难免挂一漏万,还待读者矫正为盼。

宗教与人类社会的终极关怀

一、宗教就是终极关怀

终极关切,又称终极关怀。追寻终极存在是西方传统哲学思维方式的首要特征。这种研究"作为存在的存在"即终极存在或本体的学问,被称为本体论或存在论,它构成了西方哲学史的核心内容。

终极关怀包含三重基本内容:一是对终极存在的关怀,即探寻世界的终极根源,寻求世界的统一性,在最深层次上或最高意义上把握世界,它是终极解释和终极价值的基础和根据;二是对终极解释的关怀,即通过对终极存在的逻辑推演和论证,对一切事物和现象做最终的说明,也就是在最终的意义上或根源上解释整个世界的存在和发展;三是对终极价值的关怀,也是终极关怀的根本指向和目的,通过对前二者的探求,确立人类在世界中的安身立命之本,奠定人类生命意义根基,从而在最深层次上确定人类在世界中的地位和价值,为人类认识和改造世界活动中的一切相对的价值目标、准则提供根本性的依据和评价标准。

"文化神学"创始人保罗·蒂利希曾提出"宗教是人的终极关切"之说。按照其诠释,人必须深入世界,在其自我生存和与他人生存的关系中,才能找寻到作为一切存在基础和意义的上帝本真。宗教指向人类精神生活中终极的、无限的、无条件的一面。宗教,就这个词的最广泛和最根本的意义而言,是指一种终极的眷注。在他看来,基督教在人生生存体验中所昭示的终极关切,阐明了世人期待的一种全新的真实性,而人的灵性追求正是要在并不安全的人生条件下求得安全和找到终极希望。事实上，不惟作为基督教徒的保罗·蒂利希会感悟这样的人生真谛，对持有其他信仰的宗教徒而言，类似的宗教体验尽管会因人而异，但他们所皈信的宗教本身所具有的文化精神，却在本质上有着惊人的相似，即对人类普遍渴望终极关怀的心理需求，能够给予最直接的满足。无怪乎，在有着各自不同传统文化背景的德国哲人如叔本华，或是中国名流如王国维，对寻找精神解脱的终极意义方面的诠释，却是英雄所见略同，他们都认定人类精神解脱的根本之道就是宗教。

国内学者张立文先生在名为《生死边缘的沉思》的文中曾说过："在诸多宗教中，佛教对人生的种种烦恼和痛苦是最关怀的，如生、老、病、死，是肉体的、生理上所遭受的苦；爱别离、怨憎会、求不得、五取蕴是精神的、心理上所遭遇的苦。佛教以前四苦属于自然性的，后四苦属于社会性的，这便是'苦谛'。'集谛'探讨苦的聚集和生起的根源；'灭谛'是彻底断灭一切苦及其根源，而达到佛教最高理想境界，即涅槃或净土；'道谛'是通向涅槃的道路。'四圣谛'作为佛教的基本理论，是佛教对现实人生之苦的关切，即是对众生爱的体现，凸显佛教以人为本的人本主义精神的终极关怀。"[①]

笔者以为，正是东西方宗教文化在具体教义上的迥别，才会令人对来自宗教层面的终极关怀产生程度不同的感受，但它们其实都改变不了宗教即终极关怀的本质特征。在不同的宗教信仰生活中，无论是神圣的宗教经典，还是信众恪守的清规戒律，或者是不同形式的修行，都是旨在解决人类社会现实生活所面临的诸多烦恼、苦难。它们或是对产生人类苦难的原因做出特殊的神学意义上的解释，或是争取用外在的制度及内心的挣扎和严苛的修炼来化解苦难带来的困厄和折磨。诸如基督徒的虔敬祷告、穆斯林必须完成的"五功"(念、礼、斋、课、朝)、佛教徒的禅修、道教徒的养生，都在在体现了宗教特有的终极关怀特征：通过精神的寄托或信仰的皈依，从神秘的彼岸世界来寻求终极的希望。

---

① 张立文：《生死边缘的沉思》，载《书屋》2002年第2期，网址为 http://www.housebook.com.cn/200204/200204menu.htm。

二、在强调社会关怀方面提振宗教的作用

当今的社会变动急剧,国内社会转型所催生的各种矛盾和问题踵连不断,国际社会因政治、经济而动荡的局势同样给人们造成强烈的不安全感和困惑。在这种情势下,人们无疑大大增加了对传统宗教扮演的社会角色的重视程度。根据马克思在《黑格尔法哲学批判导言》中提出的观点,宗教是"对现实苦难的反映","宗教的苦难既是现实苦难的表现,又是对这种现实苦难的抗议。宗教是被压迫生灵的叹息,是无情世界的感情。正像它是没有制度的精神一样,宗教是人民的鸦片。"虽说人类已经步入科学高度发展的 21 世纪,但从某种程度上来说,人间现实生活中的苦难程度却并没有发生太大的变化,只不过是它们表现的形式有所不同罢了。从 1949 年以来的历史来看,我们曾经把"鸦片"看作是对宗教的贬义形容词而据此对宗教大加鞭挞,而偏偏忽略了"鸦片"本身具有的"镇痛"作用,也就是对宗教在这方面所具有的特殊社会功能视而不见,实在失之偏颇。

21 世纪的科学昌明,反映在从载人航天飞船遨游太空,到克隆生物及人造器官移植等医学问题的解决,似乎人类已经无所不能地可以满足一切愿望,但最让人类沮丧的,最终还是面对自身死亡的无奈和无能为力。宗教在处理、沟通神秘经验或彼岸世界的能力方面,恰恰存在着能够满足普通民众在终极诉求上的特殊需要,至少在人类历史的长河中,还找不到其他能够与宗教在终极关切上相匹敌的任何社会意识形态。一个最有力也是最明显的例证就是,当今地球村中占总人口数的五分之四以上是有着各种信仰的宗教徒。这就足以表明:即便是被人们奉为圭臬的科学或视若智慧之源的哲学,同样无法完全替代宗教特有的社会功能,尤其是在涉及终极关切的层面上,在为人们摆脱精神困惑和寻觅灵性的追求上,都需要宗教的填充。

至于宗教在社会关怀方面能涉足的相关领域,其实有很多,例如人的心理健康现在已成为在衡量具体个人全面身心健康时不可或缺的重要尺度,而在解决因外部压力引致的精神焦虑问题,包括向不同个人提

供精神慰藉等方面,如身染沉疴者的临终关怀或下岗待业人员的心理咨询,就有宗教的用武之地。

在社会慈善事业上,传统宗教实体向来就是承担重载的主力部队,在整个社会强调关注弱势群体的时下,不同的宗教都有充分的机会来展示各自救济解难、慈悲为怀的特殊文化魅力。

对改善日趋复杂的社会人际关系、加强各社群的联络、注重社区建设方面,宗教在各自的信仰文化圈内,也有其独到的凝聚人心和净化心灵的功效,这是毋庸置疑的。就是在人类日益关怀的环境保护领域,宗教界人士在提倡维护环境和美化自然方面,同样也不遗余力地做出了自己的贡献,上述这些都体现了宗教与社会关怀二者之间联系的紧密程度。

事实上,我们从近年来国内外一些社会现象中也可察觉,当传统的制度性宗教在社会关怀方面出现脱节和萎顿时,新兴宗教必然会应运而生,迅速填补传统宗教在该领域留下的信仰真空。新兴宗教除了往往带有"快餐宗教"的色彩,或因在汲取以往宗教的教义而具有"大杂烩"的特征之外,其极端类型往往演化为危害社会的邪教。这也从反面说明人类社会在这方面的需求不容忽视,而我们在强调社会关怀的同时,尤有必要来提振传统宗教的功能,这既能在社会精神文明建设和社会道德教育中起到应有的补充和襄助,亦可作为形形色色的邪教道门组织的天敌而发挥其强大的遏制作用。在当前社会转型时期,由于经济运行体制的转轨,财富分配不均程度扩大,社会人心浮动加剧,人类自身在精神上的需求相应增强,在我们对反社会和反人类的邪教组织口诛笔伐,坚决杜绝其乘虚而入地占领当前这块荒芜园地之同时,也更有必要对能够在很大程度上满足人类社会的精神需要的传统宗教提供必要的护持和襄助,这对社会的安定和人心的拯救,都有极其重要的社会意义。

我们一直呼吁宗教要加强同社会主义社会相适应,在肯定宗教界爱国人士发挥积极作用的同时,我们可能会忽视这点,即宗教自身作为超越的精神信仰体系和社会意识形态,以及非官方的民间团体,其实还具有独特的社会批判功能,在与急功近利和物欲横溢的世俗社会潮流相搏、争战中,宗教所倡导的种种理念和个人修为,不啻当头棒喝。它也是针对人类固有之贪婪邪念的一剂解药。诸如佛教界大力提倡的"人间净土",何尝不是社会关怀的又一体现?在对人类社会生活各方面进行深思反省的基础上,宗教界所拥有的话语权,具有纯化洁净世俗社会厚黑邪恶现象的特殊功能,也是有目共睹的不争事实。

  世界的一体化在21世纪更加快了其进程,佛教所称"无尽缘起"的全球文化也早露端倪,各种宗教文化间的抵牾甚至冲突,依旧会以不同的形式表达出来,但人类社会和平与发展的主流也日益呈现,反映在意识领域内就是各种思想、不同宗教之间的对话,越来越成为相互交流的重要方式。而作为社会主义社会主流意识形态的马克思主义,也同样存在着与宗教对话的必要。不可否认的是,在我们很多人,哪怕是一些干部中间,由于传统的思维惯性作祟使然,他们在对宗教并无多少了解的情况下,对宗教抱有相当偏颇的看法。这种情况可谓积弊甚深。事实上,马克思主义的宗教理论也应该与时俱进地加以发展,才能使我们在社会实践中更准确和完整地认识宗教的历史作用和社会功能。

我们身边的伊斯兰教

伊斯兰教是三大世界宗教之一,全球皈信伊斯兰教的穆斯林,人数在 15 亿之上,这还是 2009 年的相关统计。在中国,人们对伊斯兰教,可以说是相当陌生,按照学界普遍认可的说法,伊斯兰教的传入以唐高宗永徽二年(651)第三任哈里发奥斯曼派遣使者来华为标志,自此,伊斯兰教渐渐在中国落脚生根。虽说唐宋由"番客"到"土生番客"的外来穆斯林逐渐华化,伊斯兰教基本上还是保留了很多移民宗教的特征,从时人留下的相关著述来看,一般的中国人对伊斯兰教是根本谈不上有什么正确的认识的。这也很好地解释了何以在会昌五年(845)唐武宗灭佛时,偏偏也是外来宗教的伊斯兰教可以有别于祆教、摩尼教、景教等其他外来宗教,免遭池鱼之殃的荼毒,以致几年后来华的大食商人苏莱曼对康府(广州)的穆斯林社区内的生活安定境况赞叹有加。我国素有东南沿海四大古寺之说,泉州、广州、扬州、杭州出现了中国最早的清真寺,就是伊斯兰教最初通过海上香料之路传入中国的最好证明。

与中国内地以和平传入的方式迥然有别的是西域的宗教战争,喀剌汗王朝与信奉佛教的于阗、高昌的拉锯战争,持续了将近百年,在刀光剑影勾勒出来的血与火的历史舞台上,信奉伊斯兰教的一方最终成为胜利者,往昔佛教文化的底色被伊斯兰文化所覆盖,栖息生养在西域的几个突厥语系民族,先后接受了伊斯兰教信仰,包括曾经是统治者的蒙古民族,后来在东察合台汗国与叶尔羌王朝期间,也有许多人成为虔诚的穆斯林。在蒙古大军征服西域和中亚,乃至全中国的历史过程中,组成探马赤军和西域亲军的很多士兵,就是被征发调集过来的各地区的穆斯林,随着元朝的建立,他们的足迹遍布大江南北,"元时回回遍天下"不为虚言,正是客观历史的写照。

及至明朝初,还有所谓的"十大回回保国"之美誉,社会上对常遇春、胡大海、沐英、蓝玉、冯国胜、冯国用等骁勇善战的回回将领印象深刻,加上朱元璋对圣人穆罕默德的百字赞,明成祖朱棣颁给米里哈只的敕谕等,都在在表明穆斯林的社会地位并不低。更值得指出的是,回族在元明之际的形成,已成不争的事实。我国历史上信仰伊斯兰教的民族,除了回族以外,还有维吾尔族、哈萨克族、东乡族、柯尔克孜族、撒拉族、乌孜别克族、塔吉克族、保安族、塔塔尔族,总共10个穆斯林民族,根据全国第六次人口调查数据,迄今总数已逾2300万人。

有清一代,以乾隆年间的两次对西北回民举事的血腥镇压,包括同期前后发生在东南沿海地区的文字狱——海富润案,都折射出伊斯兰教的处境相对前朝而言,已呈恶化状态,而西北地区门宦教派的分化也已成型。到了清代晚期所谓的"同光中兴"之际,朝廷因为镇压西北及云南两地的回民起义而又一次大开杀戒,致使各地的穆斯林与清廷的关系更趋紧张;而新疆伊斯兰教的发展在很大程度上集中表现为白山派与黑山派长期的教争上,浩罕山国军官阿帕克的入侵,及在南疆一度建立的"哲德沙尔"分裂政权虽因左宗棠大军的荡涤而灰飞烟灭,但民族因素的复杂状况与宗教教派的分野态势依旧故我。

民国肇建,孙中山等革命先驱提出的"五族共和"口号深入人心,尤其得到国内穆斯林的热烈响应,当时"汉、满、蒙、藏、回"中的"回",与我们现在的民族观念中的回族有一定的区别,其涵盖面更广,还包括了维吾尔族等突厥语系的民族,是对中华大家庭中所有信仰伊斯兰教的穆斯林的简称。而为期达30年之久,一直赓续到1937年抗战爆发才中辍的"回教文化运动",更是高潮迭起,它极大程度地激发了中国各族穆斯林学者的热情。在这场"回教文化运动"即伊斯兰教文化高潮中,一些伊斯兰教的著名人士王宽、丁竹园、马邻翼、哈德成、达浦生、王静斋、马松亭、杨仲明、庞士谦、虎嵩山、赵振武、白寿彝、马以愚、马坚、傅统先、杨志玖等,先后在振兴伊斯兰教文化的运动中做出重要的贡献。鉴于其时穆斯林在国内政治、经济与文化各个方面所处的弱势地位,教内有识之士率先喊出宗教必须改良和发展回民经济文化、兴办教育的口号。类似的社会吁求,表达了穆斯林中先进分子要求提高伊斯兰教群众文化素质的强烈愿望。穆斯林学者们与教外学者的研究活动形成合力,将伊斯兰教研究推上了新的学术台阶。

宗教和政治的紧密关系,即便从清末民初出现的伊斯兰教新兴教派的命运上也可见诸端倪。伊赫瓦尼在西北上层军阀集团的强力支持下,其发展势头极其强劲,同格底木老教及其他门宦教派之间在伊斯兰教义学理上的争辩十分激烈,在西北地区甚至一度出现新旧教派势同水火的局面。而同样也是新兴教派的西道堂,则饱受马安良等军阀的打压,其发展的韧性在这种艰难的历程中愈加得到展现。

1949年中华人民共和国成立后,随着各族广大穆斯林群众在政治、经济上获得翻身,以及因社会地位的巨大变化带来的心理感受等,相对1949年前受到的各种压迫而言,都获得了新生,穆斯林的宗教信仰和风俗习惯得到社会方方面面的充分尊重。政府根据伊斯兰教的特定节日如开斋节、古尔邦节,颁布使各族穆斯林享受假期的规定,并发布节日期间穆斯林食用的牛羊免征屠宰税等。1952年7月7日,中国伊斯兰教协会筹备委员会在北京宣告成立。它为穆斯林群众反映意见和提出诉求,宣传政府相关政策法令,指导和推动各地伊斯兰教界人士学习了解时事政治、参与社会公益、慈善及和平活动,经营文化出版事业,促进中外穆斯林之间联系等,提供了非常重要的活动平台。

中华人民共和国成立初期,各族的信教群众普遍心情舒畅,宗教界和政府的关系基本上处于融洽的状况,但在1957年全国反右运动开展以后,伴随着反右斗争的严重扩大化,"左"倾思想在执政党内作祟的情况日趋加剧,极"左"路线的肆虐,给制定和执行宗教政策带来了很大的负面因素,一些正常的伊斯兰教活动受到粗暴的干涉和废除,这让教门虔诚的穆斯林群众产生很大的怨怼情绪。另如关闭及合并大量的宗教活动场所,也有考虑不够周全之嫌。在整个政治大环境中,民族宗教工作中的"左"倾错误始终占据上风,接踵而至的政治运动不断升温,持有宗教信仰者,竟然被理所当然地视为政治立场上有问题之人;宪法上规定的宗教信仰自由政策遭到严重破坏,穆斯林群众和党的对立情绪增大;宗教民族问题的日益恶化,在为期十年的"文化大革命"中更是达到巅峰状态。

十年动乱中,宗教信仰自由政策全面遭到破坏,党和政府的宗教事务工作基本瘫痪,宗教活动场所完全关闭,群众宗教活动限于停顿。穆斯林及爱国的宗教界人士与政府曾经建立起来的良好互动关系被破坏殆尽,穆斯林群众的精神生活受到来自外界的非正常的巨大压制与恶性摧残,典型的例子如1975年7月发生的云南"沙甸事件"中,许多教职人员受到审查,清真寺则毁于炮火。这样的历史教训是极其深刻和惨痛的。

"文化大革命"结束后,政治阴霾渐渐散尽,一切工作重新走上正轨,宗教信仰自由政策经由党中央的重申,让全国信教群众看到恢复其精神生活的希望。拨乱反正、正本清源的措施具体体现在全面贯彻落实党的宗教政策,过去一直困扰着人们的"左"倾错误思想,不再被奉为圭臬,社会主义初级阶段中的宗教问题再次为人们所认识。1982年,中共中央发布了《关于我国社会主义时期宗教问题的基本观点和基本政策》(又称"19号文件"),该文献系统地总结了中华人民共和国成立以来我国政府在处理宗教问题上正、反两方面的经验,也继往开来地为今后的宗教事务工作指明了前进方向。

与其他宗教一样,伊斯兰教在全国各地的场所也陆续开放,宗教团体的活动与穆斯林群众的宗教生活都逐渐恢复了"文革"前的正常状态,历史的冤假错案得以纠正。如1979年,为云南"沙甸事件"正式平反,在当地重建和新建清真寺。当时,全国清真寺总共开放了2.6万多座,在职的阿訇、教长等教职人员共计6.6万人,这就在很大程度上满足了穆斯林在精神生活层面上的迫切需求,穆斯林的感激之情溢于言表,教职人员在"卧尔兹"中也由衷称许这是中华人民共和国成立以来最令人欢欣鼓舞的时期。截至1995年岁末,全国范围内得到批准而恢复开放的清真寺共达3.401 4万座,其中新疆就有2.333 1万座,甘肃2 610座,宁夏2 984座,分别接近或已经超过了中华人民共和国成立初期这些地区清真寺的数量。随着对外开放力度的不断加大,改革的成效日益显著,各地各族穆斯林群众的生活水平也有了明显的提高。1979年10月19日,曾中断了14年的朝觐活动又得到恢复,以安士伟大阿訇为首的16人朝觐代表团到达麦加完成朝觐功课。1986年中国伊协开始设立专门的朝觐工作团,并使之成为每年可以运作的工作机制,以后去圣地的穆斯林也逐年增多。这些都足以说明我国伊斯兰教的发展,终于步上较"文革"之前更加正常的良性运作轨道。2014年的最新统计数据表明,经过相关登记的清真寺等伊斯兰教活动场所有3.913 5万座,包括清真寺3.901 9万座,道堂、拱北106个,礼拜点10个。其中为数居多的新疆维吾尔自治区清真寺2.41万座,新疆生产建设兵团清真寺432座,甘肃省清真寺4 606座,宁夏回族自治区清真寺4 203座、拱北及道堂102个,青海省清真寺1 327座、拱北及道堂4个。

20世纪末即1999年开发大西北的战略得到实施以来,由于退耕还林、退耕还草的举措,许多西北农民离开了传统的农村,加入流动人口的大军,其中流入东南沿海发达经济地区的就有不少是原来进行农业耕作的穆斯林,他们的谋生模式主要有两种:一是以经营清真拉面馆为主的餐饮业,二是通过翻译或提供类似中介服务来从事外贸活动。与此同时,外来流动穆斯林也开始了艰难的融入城市社会的历史过程。

以上简单大致地概述伊斯兰教在中国的流布演绎过程,虽则历史的变化可谓日新月异,然而伊斯兰教在中华大地上的传播还是有其非常清晰的发展脉络及轨迹。美国著名学者J. L. 埃斯波西托曾不失公允地指出:"在伊斯兰世界而且在西方连续出现暴力行动的氛围之中,我们所受到的一个诱惑依然是通过宗教极端主义和恐怖主义的视角来观察伊斯兰教。由于少数异见者的偏颇行为和被扭曲变态的声音而使一个伟大的宗教传统被恶魔化,仍然是我们今天所面临的真正的威胁,这一威胁不仅使伊斯兰世界与西方的关系受到冲击,而且使西方自身愈益增长的穆斯林人口受到冲击。"[①]他说的固然是西方社会中人们对伊斯兰的误解和妄评,乃至会有失之偏颇的臆测、论断,并会对在西方

[①] [美]J. L. 埃斯波西托:《伊斯兰威胁——神话还是现实?》,东方晓等译,社科文献出版社1999年版。转引自刘一虹:《伊斯兰原教旨主义探析与存疑》,http://www.cass.net.cn/chinese/s14_zxs/facu/liuyih/03.htm。

语境中的穆斯林带来不利的因素。这些情况对我们中国而言,也有直接的参照性。我们要谨防由于自身的文化价值观和宗教信仰存在的客观歧异,给我们的认识瞳孔带来相应的"白翳",以致遮蔽住自己的观察视角,从而容易对伊斯兰教的文化价值和相关内容产生偏见乃至敌视。

古语云:"他山之石,可以攻玉。"从客观的角度而言,对有别于我们自身熟悉的传统文化的其他文明体系了解得越是透彻和详细,对看似陌生的别样文化价值观念与信仰理念越是予以充分的解读和探研,也越会拓展我们的眼界和视野。从伊斯兰文化的璀璨宝库中,我们同样可以汲取有益的正能量,为我们实现中国梦的努力,提供有启发意味的理论参照和历史借鉴。

浓浓乡愁里的宗教元素

一提起"乡愁",人们会很自然地将它与台湾作家余光中脍炙人口的佳句联系起来。其实,将人们对家乡秀美的山水、丰饶的物产和血肉相连的人脉等诸多复杂情感,一并用邮票、船票、坟墓、海峡来表达,乃至近人用更多的词语,将之衍生为更宽泛的地理形貌或感性的人文情愫等种种描述,都只不过是释放处在不断变动的人生轨迹中的所有过客的胸中块垒。乡愁是萦绕于人心,且挥之不去的一种思绪。它时不时地会浮现出来,让人们在瞬息万变的现下,能够不忘自己的根基和固化自己的文化认同。

无独有偶,2013 年岁末举行的中央城镇化工作会议所提及的"乡愁",其着眼点也正是落在赓续城市历史文脉上。以笔者观之,在城镇化大潮澎湃而至的历史节点及关口上,能够让各地城市的居民真正把握历史文脉和保留原乡情结的,恐怕离不开那在浓浓乡愁中氤氲弥散的宗教元素。

宗教是有信仰者的文化归属,各具规模的宗教场所是信众们精神生活中最重要的去处,哪怕是为谋生求学而浪迹天涯,或漂泊于他乡异域的外来移民,对带有原乡文化记忆的宗教元素,也最是敏感和亲切。它们那些看似不经意的文化标识,往往就会触动人们心中最为柔软的地方。举国内东、西两处相距遥远的大城市上海和新疆首府乌鲁木齐为例。前者在 1843 年开埠后,逐渐跻身于中国最为开放的经济大都市,但是也就此成为近代中国历史上最典型的移民都会,具有不同信仰文化背景的外来移民,在这里开始了他们崭新的人生旅程,而矗立于沪上各个角落的宗教去处,就直接承载了人们的乡愁记忆。如号称当时远东最大的基督新教教堂慕尔堂(今沐恩堂的前身),里面就有专门满足沪上潮汕籍基督教徒礼拜需求的每周六潮州话礼拜活动,届时讲经宣道牧师的浓浓乡音,让每日里鲜有机会在人际交往中讲潮州话的信徒们在主内的灵性交通,有了更为鲜活亲切的内容。

　　同样,近代开埠后,19世纪中叶的大水泛滥和太平军占领南京及引发的"长毛之乱",令很多难民向当时有着外国租界且相对安全的上海市区迁徙,其中就有不少是信仰伊斯兰教的穆斯林。如其时沪上的外来穆斯林中,就以带有南京口音的回民为多,他们最初群居于南市的沪军营和九亩地一带,致使沪上的民众将之直呼为"南京街"。除了有来自南京的,江苏淮阴的也有不少回族穆斯林到沪上,他们主要住在杨浦区八埭头(东起平凉路许昌路,西止于景星路)等地,另外也有的来自山东、河南、湖北,分别散居于沪上各处。在穆斯林日常精神生活具有重要影响作用的清真寺,如福佑路清真寺和小桃园清真寺,主要的建寺和管寺的乡老社首,就是从事金玉、古玩、珠宝行业等相对比较富裕的南京籍回商。直到今天,路人若有机会走进民国期间上海滩上这两个相当有名的清真寺,还不难听到那些上年纪的本地籍乡老们彼此问候交谈中那浓重的南京口音。而公共租界的戈登路(今江宁路)上,有所谓的山东老派清真寺,江宁路清真寺之所以有此别称,也是因为平时来此参加主麻礼拜的,绝大多数为山东籍而且教派上属于格底木老派的外来穆斯林民众。至于坐落在杨浦区的景星路清真寺,则因参与建造这个简陋弄堂清真寺的人,以及平时来礼拜者,基本上为江苏淮阴来沪的哲赫林耶(属于板桥门宦)穆斯林群众,由于该清真寺有着自己鲜明的地域特色,因而被该地区的民众形象地称为"苏北回教堂"。

　　我们再来看乌鲁木齐城市中存在的与上海相同的情况。这里为伊斯兰教文化所覆盖的区域,该城市中的清真寺,除了大多属于维吾尔族穆斯林礼拜的清真寺外,还有诸如撒拉寺和陕西大寺等带有十分明显的民族特点和地域文化的礼拜场所,谁能说在这些庄严肃穆的宗教场所里,人们交流的话语中所带有的浓浓乡土气息,不具备特殊而难以替代的文化魅力呢?笔者曾在1992年时,有幸拜谒过当时陕西大寺的掌教马安泰大阿訇,同时还接触过几位在场的乡老,印象中,他们都是陕西籍人士。从某种程度上讲,位于乌鲁木齐城市中这所最大的清真寺,不啻新疆境内陕西籍穆斯林保留自己原乡文化,记得乡愁的最典型的精神家园。

类似的情形,即便在当今钢筋水泥大楼林立的繁华都市如上海者,亦会以别样的形式投射出来。1999年在中央发展大西北的战略构想提出以来,随着"退耕还林""退耕还草"等保护生态环境举措的付诸实施,大量的西北各地农民离开自己的乡土,东移到全国各地,尤其是沿海经济发达地区。其中在流动移民人口中,穆斯林是非常令人瞩目的一个主要群体。上海近年来外来流动穆斯林已达十多万人,其中大多数来自有着浓厚伊斯兰教文化氛围的西北各地,这个情况在长三角地区乃至珠三角地区的都市圈中,都是很突出的带有共性的社会现象。在这些原来"面朝黄土背朝天"的种地农民或逐水草而居的放牧民成为城市新居民后,文化心理上所感受到的冲击之大是毋庸置疑的。而在该群体如何更好更快地融入城市社会的过程中,宗教所扮演的社会角色,以及宗教自身具有的文化功能,又是不容小觑的。近些年来,在上海市周边各区县出现不少伊斯兰教临时礼拜点,恰恰暴露了原有的清真寺网点格局在布局上的不平衡和数量上的不足等问题,如何解决好外来穆斯林群体正常的宗教需求和帮助其克服面临的种种困难,是有待我们认真探索的重要课题。

由于信仰文化在人类社会中享有独特而重要的地位,宗教往往作为赓续延伸传统历史文化根脉的主要传承介质,会最为有效地强化人们的心理归属和文化认同。我们不妨再举与祖国大陆一海之隔的宝岛台湾为例。是地大多数民众的先民系历史上从福建渡海而来的汉族移民,而源自大陆福建湄洲的妈祖信仰,也落地生根地在台湾成为目前最普遍的信仰文化。台湾各地的通衢街巷,随处可见装饰得金碧辉煌的妈祖庙,据说全台湾就有五百多座妈祖庙。甚至大甲镇的妈祖金身绕境巡游,都能与伊斯兰教的麦加朝觐、印度教的恒河洗礼并列为世界三大宗教盛事,其规模之浩大,可以想见。

其实,熟悉台湾民间信仰文化及相应的宗教盛事者也都知道,除了有妇孺皆知的妈祖信仰外,台湾还有同样源自中国大陆福建或其他地方的各种林林总总的信仰。这些都可说是体现了由大陆来到台湾的先民对乡愁的一种集体性的文化记忆。

台湾的宗教生态非常特殊，信仰现状十分复杂，其中大多数宗教信仰都来自大陆，和大陆有着千丝万缕的联系，又各自生发出独具特色的信仰模式。除前述为人熟知的妈祖崇拜，其他有以"王爷总庙"之称的位于台南的"南鲲鯓代天府"为代表的五府千岁王爷崇拜（高雄等各地也都有代天宫等庙宇），以及各地的五灵公崇拜、临水夫人和一贯道等，都在台湾有着相当庞大的信仰群体。以五府千岁崇拜为例，其主要信仰群体遍及台、澎、金、马，尤以台南为甚，近乎九成的民众信仰明末传自大陆的五府千岁（李、池、范、朱、吴），它们当年随郑成功入台而演化成王爷崇拜。每日的进香、朝拜、庙会活动均络绎不绝，每年进香的人次多逾500万，乃至台湾有"三月疯妈祖，四月疯王爷"之说。在民众信仰模式中其实蕴含着很强的大一统认同意识。纵观历史上五府千岁仅有的几次出巡（最近一次是2008年大选之年的"戊子年出巡"），大多是在民族危亡的关键时刻，这样的宗教活动，具有凝聚人心、同仇敌忾的作用，也传达了台湾民众反抗外侮、心系祖国的不屈决心。

如上所述，浓浓乡愁中有宗教元素，难以忘却。细细观察各种宗教文化，其实都带有各自浓郁的地域特征。俗话说得好：一方水土养一方人。文化的衍变生长，又何尝不依循这样的法则呢？正因如此，我们在落实中央城镇化工作会议提出的具体要求时，不能忽视宗教在帮助人们"记得乡愁"上的特殊作用，在丰富与满足上亿新城镇居民精神生活需求的过程中，最大地促进宗教元素能够起到的积极作用，发挥其蕴涵的正能量，将有助益于进一步完善社会主义和谐社会的构建。

针砭时弊
道世凡

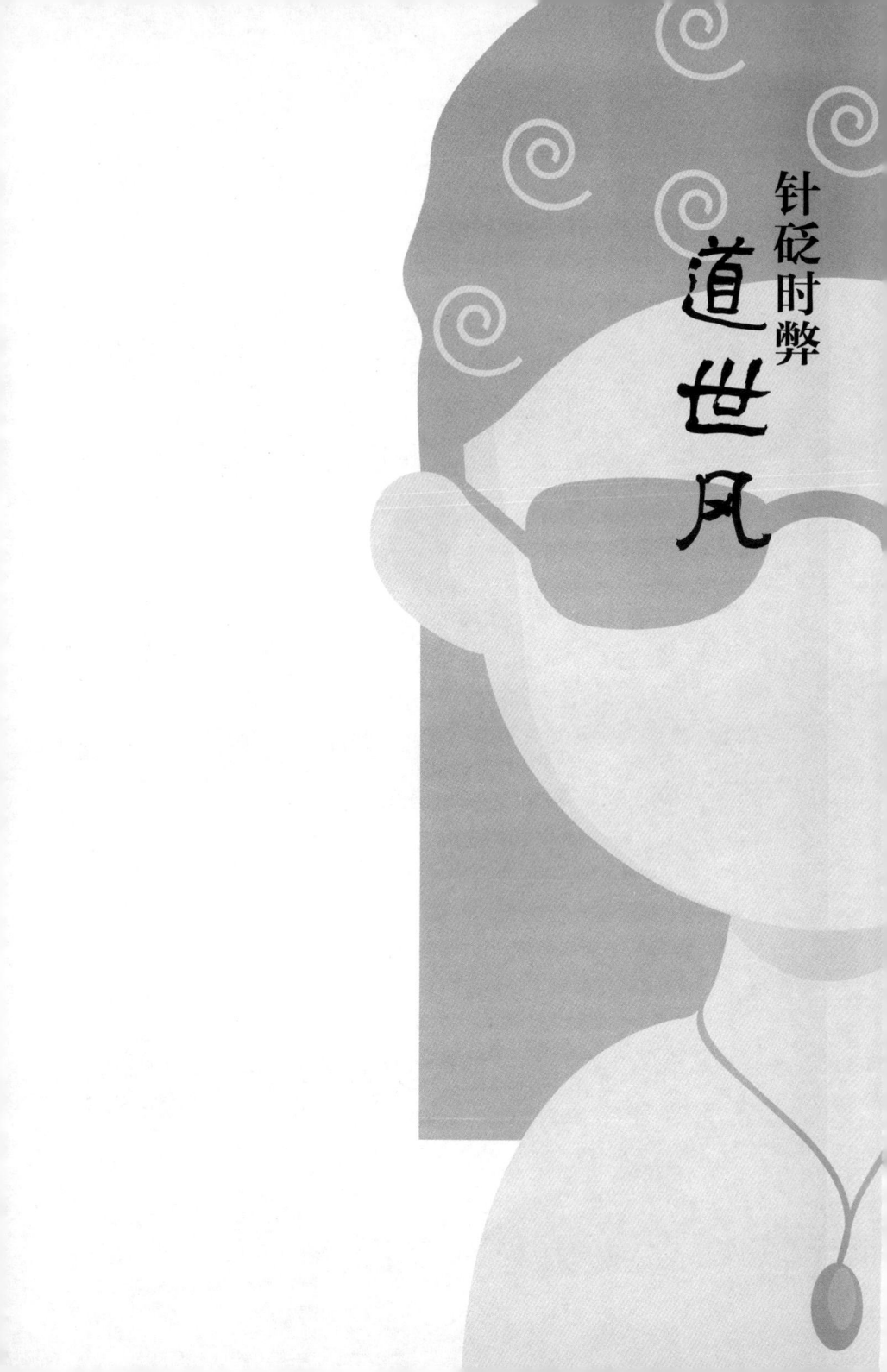

贩卖民族感情的奸商就应施以重罚

据东方网曾引载的有关媒体消息,南京和武汉两地在2002年都出现了公然贩卖日本军旗图样的情况。这两座分别在1937年岁末和1938年接踵沦陷,惨遭侵华日军践踏的历史名城,竟然出现这种情况,实在是匪夷所思。尤其是南京,当年多逾30万的中国军民在此地被日军疯狂屠杀,居然有人胆敢售卖和当年杀害南京民众的日军所挥舞的军旗图案一模一样的"围巾"!也真叫吃了熊心豹子胆了。人们也许还记得,当某位大红大紫的女明星在纽约披日本军旗装拍广告的事件曝光后,就是江苏省电视台等媒体第一个宣布对此明星采取封杀措施的。可一旦对于就在媒体眼皮底下的几个社会混混之类的奸商的同样行为,再用类似的封杀,未免有点滑稽了,感觉有点大炮打麻雀,轰得不对路子。

在德国,政府采用法律手段来对付那些公然鼓吹纳粹主张的人或组织。我们有必要向德国人学习,对于在街头或商家店铺公开叫卖与日本侵略军旗帜图案相同之围巾者,也该加以一定的惩治。名人做此举动,会遭到全中国国人的同声谴责,为何几个见利忘义的奸猾商贾,就可以堂而皇之地把国耻当作赚钱的手段而逃避哪怕是道义上的责罚?古时有所谓"王子犯法,与庶民同罪"之说,可目前宁、汉两地个别商贩虽不是达官贵人,却比名人还得实惠与便宜,因为名人如果触犯众怒,难逃媒体法眼,即便主管部门不予追究,社会舆论的口诛笔伐,也会让名人恨不得挖个地洞钻进去躲避风头。而那些厚颜无耻到极点,眼里只有铜板的奸商们,什么国家民族的荣誉和耻辱,什么正义感和爱国心,对他们而言,是不能当饭吃的"摆设",完全与其无关。就是路上的

这个世界就分两种人

巡警（如今上海已经取消这个警种了）见了也是敢怒而不可管，因为不属于警察的执法职责，工商部门的有关人员这时候又往往会令人遗憾地"缺席"，以致在南京，路过的群众也只能窃窃私议而无人当场上前指责；而在武汉，把围巾公然挂在店门口的小姐，据说口气比在场发出责问的记者还要冲！

抗战时期，中国曾经有那么多的汉奸为虎作伥，多达数百万，可以说是我们这个民族的悲哀。本来嘛，林子大了，什么样的鸟儿都有，在几亿国人中，难保不出一批汉奸。而今虽然国家强盛，人民素质有了很大提高，但在缺少系统公民教育和道德伦理观念培养的当前社会，类似上述昧着良心做生意的家伙，其实大有人在。也许他们觉得与那些卖假酒和贩假药害死人的奸商相比，自己还是"守法"的商贩呢。殊不知，他们贩卖日本军旗围巾的做法，在感情上直接伤害了全中国民众之心，而且与那个在纽约尚不知就里，愚蠢地披上"旭日方巾"作秀的"大眼"明星相比，这些奸商的性质更加恶劣。因为，那个女明星的"日本军旗装事件"经媒体多次报道披露后，这种标着什么"平和"字样的围巾是什么货色，早应是家喻户晓，妇孺皆知，可这些家伙还敢冒天下之大不韪"顶风作案"，显得特别可恶。可悲的是，他们的"生意经"，还蛮有点道行，大概正是参透了人们那种偷食禁果的好奇心加部分人的社会逆反心理，这种日军军旗图案的围巾竟然还卖得挺火。2002年1月31日，南京管家桥华新商场那卖围巾的摊位，10元一条的日本军旗围巾，就有20多位买主眷顾！

我们的国民素质有待加强，是个老得掉牙的旧问题，但始终没有得到过全社会上下一致的重视，党中央关于加强精神文明建设的有关会议和决议，也在几年前触及此类问题，但彼时轰轰烈烈的推行效果究竟如何，以及此时是否得到落实和巩固，也是容易被有关执行部门忽视的地方。有的时候，完全可能是雷声大，雨点小，很多情况下只是走过场而已。看来，如何像建立居民社会安全保障制度那样，卓有成效地设立一种社会机制，来推行公民的素质教育，争取做到全社会动员，全面地设法提高公民的整体文化素质水平，包括用法律的手段来对公民的遵纪守法、社会公德和爱国意识等加以强化，实在很有必要。窃以为，上海市府出台的关于重罚市民随地吐痰和便溺的法令条例,就是一种值得拍手叫好的积极举措。

"乱世可用猛刑",同理,"刁民应施重罚"。也许,对宁、汉两地,包括上海地区也出现过的公开贩卖日本侵略者军旗的那些奸商们,以"有辱国家尊严和伤害国民情感"的罪名课以重罚,让他们赔得贴本失血,才会起到最有效的惩治和警告作用,从而使我们的国内各座城市,不至于再出现这种公开兜售"鬼子"军旗的丑恶现象。

2002年2月4日凌晨1时20分

"钱烟"的问世说明了什么？

曾经看到有报道称，2002年3月2日，湖南省邵阳市有个刘姓中年男子在一个烟摊买了一条芙蓉王烟，拆开一包一看，发现这包烟每根都是用100元钞票卷成的，摊主见状，强行抢回了已卖出的这条烟。顾客和摊主为了此烟的"所有权"当即发生争执（见2002年3月3日的东方网报道）。我不知道这个事件的最终结果是什么，对"花落谁家"，即这笔财富（如果是一包，20根卷烟就是2 000元，如果这条烟都如法炮制，那整条芙蓉王香烟就是2万元人民币）最后归谁拥有，并没太大的兴趣，倒是那个制烟人的行为和动机引起了我的思索。

很显然，精心制作这种"钱烟"的家伙是一个行贿人，相信他或她是绝不会有胆量出来向人们宣布自己的猫腻行为和对该笔钱财的所有权。一则无法证明，也无济于事；二则更重要的，即那样做岂不是让自己阴暗的心理公开示众，成了"阳光下的罪恶"？也许最让这个行贿者想象不到的是，这种"苦心孤诣"制作出来的钱烟，居然没有被受礼者发现个中的奥秘，而是被他本人或家属当作一般的纸烟转手处理给二道贩子了，这才会出现报道中提到的主顾双方抢"钱烟"的情景。若还原当时的场景，或许当时行贿者无法向对方点明或哪怕是暗示，或许更有其他隐情。由于这是"天知、地知、当事人知"的秘密，我们最多只能做些猜测而已。有一点可以肯定，这种"钱烟"的浮出水面，是当今社会腐败风气氤氲中必然滋长的衍生物，类似的花样和招式可谓古已有之，看过电视剧《李卫当官》的人也许会记得两淮盐道送给两江总督的生日礼品就是用赤金打造的生肖属相动物。比起赤裸裸地送钱，送带有"名正言顺"意味的礼物似乎更能让双方在面子上抹得过去。至于在烟里塞钱，或者像上述报道中那样，以百元钱币煞费苦心地一根根重新卷制成

"烟",骨子里还是想让行贿的事实更为隐蔽罢了。

2002年,时任国务院总理的朱镕基在其所做的《政府工作报告》中,并没有对2001年中国的辉煌成就做太多的回顾,而是罗列出目前社会上较多的尖锐问题如农民收入增长缓慢、有些地方拖欠工资严重、生态环境问题依然相当突出、地方保护主义屡禁不止、有法不依和执法不严问题比较普遍、重大安全事故时有发生,其中也点到了广大人民群众最为痛恨的社会腐败现象。腐败其实和所有的社会隐痛问题都密切相关,此种丑恶现象的存在,使本该解决的问题被人为地延宕下来;通过腐败造假,令很多成堆的社会隐患"化腐朽为神奇",甚至可以被重新包装为成就而得到肯定。正因如此,严厉惩处社会腐败,才成为关系到社会安定局面的稳固,以及执政党安危存亡的重要关键。

笔者以为,腐败分子之间关系的形成和彼此的交易往来,即行贿和受贿过程中最直接的润滑剂,莫过于"送礼"。正如电视剧《绝路》里的台词所言,"现在连小孩子都知道办事情要送礼"。而被人们听滥了的风靡神州各地的某保健药品广告词,也是用诸如"今年我家不收礼,收礼只收什么"的话语来一遍遍地加强该商品的礼品功能,无形中也使人们强化了"办事拉关系必送礼"的观念。"钱烟"的问世,就是表面上无伤大雅的烟酒礼品掩盖下的行贿实物,它的出现值得人们思索,为什么"钱烟"会"前度刘郎又重来"地回到烟贩摊上再成为商品呢?还不是因为接受香烟的受礼者可能没想到"烟中自有黄金屋",以致将其当作普通香烟而接受并再折价卖出。说不定,当时受礼者的心目中,还真不把对方小心翼翼呈献的"礼烟"当回事呢。

"钱烟"的问世,表明在我们这个送礼成风的社会中,肯定会有很多行贿者假借赠送薄礼的名义"明修栈道,暗度陈仓"。它给打击惩处腐败及行贿现象带来一定的难度。不过,天网恢恢,疏而不漏,真要以身试法地搞腐败,哪怕是再隐蔽,终究要露出马脚。奉劝那些在制作"钱烟"等类似行贿物上花工夫、费脑筋的各式人等,与其想方设法地变着花样搞这些玩意,还不如将这种"聪明智慧"用到干正事上去。"多行不义必自毙",现实生活中"钱烟"重新沦为商品大大"贬值"的"下场",大概就是冥冥之中命运女神所开的一个玩笑吧。

2002 年 3 月 16 日 22 时 15 分

"无畏的生产"和"无谓的死亡"

宋人王安石曾有诗《元旦》，描述百姓喜迎新春佳节的情形，所谓"爆竹声中一岁除，春风送暖入屠苏"，当然，他所提到的元旦，是指中国农历的正月初一，并非我们现在在全球各地普遍采用的格里高利历即公历的元旦。诗中的屠苏是指旧俗国人在大年初一要饮的药酒，至于爆竹，更是传统文化习俗中人们用来表示喜庆的物品，其主要作用就是用燃烧竹子时发出的毕剥响声来驱除山鬼瘟神，因此叫作"爆竹"。到我们向来引以为骄傲的"四大发明"中的火药问世后，人们在喜庆日或节日时，改用多层纸密卷火药，接以引线，点燃后能爆炸并发巨响，但名称依旧，仍叫"爆竹"，也作"爆仗"或"炮仗"。

过去曾有人说，中国老祖宗发明的火药传到西洋，被外国人用来制造枪炮，而在自己的子孙后代中主要还是用来放爆竹辟邪驱瘟。笔者以为，仅就对这项伟大发明的"专利权"运用方面而言，我们的确有"暴殄天物"之嫌，当然，这只不过是对中国在历史上落伍现象的一种揶揄。现实生活中，今人对鸣放爆竹的喜好和热情丝毫不亚于古人。每逢传统佳节，或乔迁开张，或迎婚嫁娶，我们的耳边都少不了那种轰天的巨响和连珠炮似的噪声，并经常会在这种燃放炮仗的过程中，"喜极生悲"地发生突如其来的惨祸。眼睛炸瞎和耳朵炸聋是常有之事，有时更有夺去人命的恶果产生。笔者大学同寝室的习慧泽先生，现在已经是《新民晚报》的资深名记者，1983年他刚到《新民晚报》工作时，成功采访的一个重大社会新闻，就是讲沪上一个新嫁娘在出阁时，其姐夫点燃"高升"，孰料这个高升偏巧掉落在新娘子头上炸响，新人就此香消玉殒，撒手人寰！稍有一点年纪的上海人，对《新民晚报》的这个报道应该还有点记忆。一时街头巷尾争说此事,在信息尚不发达的当时,"炮仗炸死新娘子"的生活悲剧,成为人们茶余饭后唏嘘不已的聊天话题。前几年,有关部门出于防止火灾及安全因素的考虑,也曾经几次对城区燃放烟花爆竹做过限制性的规定,但终究收效不大,因为不具法律性质的行政命令和措施,难以消弭千百年来早已根深蒂固的传统意识在人们头脑中作祟。因此,我们的耳朵还会时不时地听到有着各种由头的爆竹噪声,对此,人们似乎对前些年有过的要不要彻底禁止燃放爆竹的讨论,都失去了兴趣。驱邪避瘟和营造气氛,已经成了天经地义的东西,谁还会敢冒天下之大不韪,去提些拂逆大众的建议呢?

正因为存在着如此巨大的爆竹需求市场,才会相应地在各地雨后春笋般地涌现出各种规模的专门生产烟花爆竹的厂家,甚至有的只是些家庭小作坊。由于有利可觅,有的地方更因为素有生产烟花爆竹的传统,居然成为遐迩闻名的"烟花乡"。《左传》称:"祸福无门,唯人所召。"意思是祸福都是人们自身的行止所招致的。爆竹生产,固然可以产生诱人的利润,但它也是一种危险性极大的行当,这些"拼死吃河豚"的爆竹生产者们,每时每刻都在和死神打交道,比起燃放爆竹的消费者来说,他们不啻坐在一个随时可以发生大爆炸的火药库旁。刚刚过去的一年里,作为媒体所列中国的十大劫难之一,2001年3月6日发生在江西万载县的因刑事案件引发的大爆炸惨案,殃及芳林村小学的许多孩子。这个有着"烟花之乡"名号的地方,一下子就成为国内外的聚焦点,死亡数字达40多人。惨祸的规模如此之大,与爆竹生产地易爆原料的堆放有着直接的关系。更让人难以接受的是,祸不单行的爆炸惨案毫不给当地进行"无畏生产"的人留面子。离2002年元旦还差两天,2001年12月30日,在万载县黄茅镇又发生特大烟花爆炸事故,截至2002年1月11日所做的正式报道,仅死亡人数就达到14名,伤者更多。当地生产规模最大的攀达烟花制造有限公司原是一家港商独资企业,此次爆炸从礼花弹生产工区开始,造成连锁爆炸,整个厂区一片废墟。由于担心还放在地下仓库30吨炸药会发生连锁爆炸,当地已有上万居民在政府部门的组织下,向湖南省做紧急疏散。

看到这样的人为因素造成的惨祸发生,再联想到江西万载各镇各

这个世界就分两种人

村,因这种危险行业生产的存在,早就屡屡发生大小不等的类似横祸,万载县真成了名副其实的"万灾县"。社会上不少人在2001年的"3·6"惨案发生后,已经提到过类似的问题:难道就不能下令停止烟花爆竹的生产?为什么外国人不做的危险活计,我们就非得没完没了地做下去呢?

答案很简单,爆竹生产是当地财政的主要来源。根据东方网的消息,万载2001年的财政收入是1.2亿元,而鞭炮生产的税收就占了约四成。"如果所有鞭炮企业停产,万载的财政就彻底垮了。"万载的一个干部如是说。而对受教育程度不高的当地农民来讲,这种来钱快又无多少技术可言的生产,同样是直接的奔富之道,无怪乎当地十家农户中倒有八家在做这种鞭炮的加工活计。由于发达地区多已停止这种"无畏的生产"(只能是打着引号,有谁不珍惜自己的宝贵生命?),因此万载的烟花生产也就更加"红火"。据说,是地的农民之所以不像外界想象的那样贫困,很大程度上就仰仗着烟花爆竹生产这棵"摇钱树"。

如此看来,想要从根本上杜绝这类恶性事件的发生,大规模地缩小对鞭炮、烟花等各种爆竹的需求,似乎应该列入我们的议事日程,重新拾起过去的争论话题,切实地将有严格限制禁放烟花爆竹的规定制定为公民必须遵守的法律条文。在市场需求大大减少的情况下,万载各镇烟花爆竹的"无畏"生产规模自然将相应缩减,而"无谓"的死亡率也会随之降低。其实,"无谓的死亡"之威胁不仅仅光顾生产者,它也会将恐怖的阴影笼罩那些燃放爆竹的人们。据法新社报道,80%以上信仰天主教的菲律宾民众竟然也有燃放爆竹、放火及鸣枪迎接新年的传统。而2002年燃放爆竹引致的意外事故,已经造成484人受伤,1人死亡,另有21人被流弹所伤。显然燃放爆竹因为更普遍,其造成人身伤害的可能性,反而远大于朝天鸣枪。

说到这里,笔者不无欣喜地发现,2002年元旦在我居住的小区及其周围,竟没有听到如往年元旦那样的爆竹声!尽管人们在以往主要选在除夕夜、大年初一和初五零点(接财神)之前的日子燃放鞭炮,但元旦和正月十五的日子,同样有人放炮仗。今年的阳历新年,少了许多鞭炮声,喜庆的气氛在申城照样到处洋溢,满城的通明灯火所烘托的佳节气氛,就见诸媒体的报道。我从心里期盼着二月新春佳节到来时,耳边的炸雷声能够比往年少许多。果真那样,也许是 2002 年岁尾的那只"超级巨型爆竹"(万载爆炸事故)发出的轰天巨响,终于让人们从中悟出点什么吧。不过,这毕竟是笔者个人的梦想,残酷的现实依然是:"无畏的生产"不会停止,"无谓的死亡"也有可能再次降临那有着制造爆竹传统的土地。

后记:

此文写后不久,从媒体报道所载消息来看,笔者最后的担忧被证明是多余的。根据东方网 2002 年 1 月 10 日消息:江西省委、省政府从结构调整全局和安全生产实际出发,痛下决心,要求全省工业企业两年内陆续退出烟花爆竹产业。在当年 1 月 9 日召开的经济工作会议上,江西省委书记孟建柱强调,江西省决不能将经济发展建立在高危产业的基础上。全省今后一律不得审批具高危性质的生产企业。现有生产烟花爆竹的企业将分批转产,从事其他领域的生产。看到这则消息,我不禁由衷地为江西省领导的举措拍手叫好!这种不啻壮士断腕的决心,真正体现了老百姓的根本利益(对此不以为然者也大有人在)!

与此同时,我还看到关于湖南祁阳花炮厂发生爆炸,包括厂长在内等 6 人死、8 人受伤的报道。而据湖南省公安厅统计,自 2001 年 9 月份以来,这个省已发生烟花爆竹爆炸事故 10 多起,造成 30 多人丧生、30 多人受伤。另外,河北省和重庆市也有类似的报道。联系上面提及的江西退出爆竹生产的高危领域,笔者又产生新的担心:会不会有其他的省市趁机"进占"这一空缺呢?毕竟现实生活中还存在着那么多的对烟花爆竹的巨大"需求"。连远在美国纽约的几十万华人都因现任市长朱利安尼离任在即,又旧话重提,要求开禁,让他们在中国的传统春节燃放真正带火药的爆竹,而不是以前只有声响的电子烟花炮仗。由此可见,千百年来形成的中国传统文化习俗力量之大,有时用法令禁绝,还会有反弹。何况我们神州大地的老少爷们,在没有明令禁止的情况下,更可以让自己在点燃爆竹,制造那巨响无比的噪声和闻到那浓烈的硝烟味中享受那份别样的快感和满足感。看来,只有在哪一天,禁止私人在公众场合随便燃放爆竹的法律条文正式出台和颁行,才会真正地从源头上堵住目前此起彼伏的爆竹生产发生灾难性事故的祸水。

应试教育阴魂不散

当"素质教育"的呼声日益增多,而且被教育部门当作一件实事来抓时,中小学生的减负也像模像样地搞起来了,据说如果有哪些校长还热衷于给学生补课的话,自己就要面临"下课"的处治。照如此趋势,传统的"应试教育"似乎已经走到尽头,广大中小学生期盼已久的减轻负荷和轻松过好节假日的愿望,好像成了可以随时兑现的"支票",这可算是社会上莘莘学子及其家长的福祉了。

如果以为应试教育会就此拱手让出自己一直占有的领域,那也未免太天真了。俗话说,道高一尺,魔高一丈。应试教育就像一个修行千年的魑魅,阴魂始终不散,说其阴影实际上还遮蔽着教育界的天空,一点也不过分,其实连年纪轻轻的学生哥都明白个中的奥秘。有个在沪上教育部门多年担任领导工作的老专家,曾经向一些重点高中就读的学生询问,减负了是不是觉得高兴和轻松些了,压力是否不再大了呢?那些身为"尖子"的读书郎回答得很干脆:"白痴才会去相信那些减负的说法呢!"是啊,谁又会拿自己的前途开玩笑呢?

正因为社会各方人士都不敢怠慢应试教育这个恶煞凶神,大家怎敢不恭敬有加地争着讨好它?于是乎,有名义上减负,却变着法子来达到满足应试教育的咄咄怪事出现:明明是变相组织学生集体补课,让学生在寒暑假期间都照常到校上课,却美其名曰"冬令营"或"夏令营";特别是那些民办学校,为了在学生的应届毕业考试和升学择校的竞争中创立出自己的"牌子",甚至出现"恶补"的情况,有时更是达到疯狂的状态。尤其是众所周知的原因,中考在大家的眼里,比高考的竞争程度更为惨烈,因为只要考进市重点中学,不啻一只脚踏进了"一本"高校的大门。因此，应试教育的负面效应，在中考上益加凸显出来。笔者有位亲戚，其子在沪西某私立民办学校上初三，从读初二放暑假时，就提前整整一个月到学校参加所谓的"加强训练"。而初三开始后，每周二、四、六地到校去做各种模拟考卷和上复习课，更是家常便饭。尤其荒唐的是，沪上有的学校早在初二就把教学大纲规定初三学习的课程全部提前"消化"掉了，而这种"寅吃卯粮"的做法还相当盛行，已经是不少学校不成文的定规，其目的很明确，那就是在初三学年的两个学期里通过"炒冷饭"地复习旧课，大量地参加各种模拟考卷练习，来"最后一搏"！看上去，校方和教师们是在用"温故而知新"的方法培养学生，实际上，还不是被应试教育那个怪物的魔力乖乖地牵着鼻子走！

千万莫以为只有校方即施教者，才是仍旧坚持应试教育惯性思维和相应做法的始作俑者，其实，他们还有强有力的同盟军，那就是广大对自己子女抱有殷殷期望的家长们，几乎很少有家长会去和上述采取"恶补"手段来"修理"自己孩子的学校做番理论，公开出面去要求学校减负的。相反，更多的家长在心底里，唯恐自己孩子就读的学堂会在这方面"逊色"于其他学校，至于该学校在满足应试教育需求时采取的手段如何，根本不在他们的考虑中。有一个很具讽刺意义的事实就是，尽管上海教委力主素质教育来替代应试教育，但口号可以喊得震天价响，相关的奖惩措施也可以接二连三地出台，但知情者都知道，哪怕是市、区各级教委部门的所有处长、科长们，凡是有子女尚在未入大学门槛前，又有几个会不把自己孩子安排到那些特别擅长应试教育的学校里去呢？真要做个统计，那些会咬咬牙，坚持把素质教育和减负真正落实到自己的公子或千金身上的教育局干部，只怕是凤毛麟角式的"反潮流"人物。每到小学升初中，初中升高中，有关重点学校或特色学校的校长门前，总是说客盈门，这里当然也包括手中有着一定权力的上级主管部门干部，他们也都会在为自己或亲朋的子女寻找路子的活动中施展手脚。

重点学校的客观存在，重点学校在各种关键的升学考试结果统计上所呈现的压倒性优势，都让包括学生自己在内的社会各界看得清清楚楚：只要现行的考试方法不变，只要重点学校继续存在，想要在一个晚上就心血来潮地用所谓素质教育的配套措施来替代早已制度化和相对固定的应试教育,只会是让美好的减负设想成为无法兑现的空头支票。因为,各种各样的学校仍会"明修栈道,暗度陈仓"地来蒙混上级部门,而"被骗"的领导干部们其实也不昏聩,他们的眼睛闭着,心里明镜雪亮也似的明白:真要把那些巧立名目的"补课大王"全部处理得一干二净,叫自己的孩子上哪去找可以对付升学考试的学堂呢?而为人父母的,在应试教育依旧吃香的氛围中,当然也是反对减负的铁杆分子,在人人拼命加重学习负荷的情况下,天真地给自己孩子减负,不等于金庸武侠小说中那种"自废武功"般的蠢举吗?所以到头来,在应试教育阴魂不散的事实下,真正遭罪的还是那些孩子们。前几年的《扬子晚报》上就登载过这方面的相关消息,看了让人心里沉重。一则是《当今社会孩子最累,疲劳患者四成学生》,说的是哈尔滨第一医院疲劳门诊的学生患者占总数的 40%。另一则是该报《新市民茶座》登载一个邳州市官湖初级中学的学生抱怨学校占用寒假来补课的做法。这些消息说明,不仅在申城有应试教育在作祟,其阴霾还笼罩着其他城市,莘莘学子们的寒暑两季的休假期也会因此真的变"假",而得不到应有的休息,实在可怜!

看来,要真正解决应试教育而大力提倡素质教育,还应从根绝现行考试的因由和弊端上想办法。依笔者愚见,一是对大学本科生采取"宽进严出"的方法,以此杜绝"一考定终生"和"六十分万岁"的弊端;二是尽量消除重点高中和特色学校与普通完全高中的差别;三是在推行教育产业化的同时,对素质教育的培养机制进行各种途径的探索,参照和汲取国外先进的办学经验,在提高人的整体素质上下功夫。而不是像现在这样,"寅吃卯粮"于前,"炒冷饭"于后,照此教学模式,不把我们的学生教傻才怪。

由"巴别塔"产生的联想

据东方网 2002 年 2 月 27 日消息,美国航天局近日已经计划建设一座通向太空的升降机,传说中的通天塔即将成为现实。该项消息所提到的通天塔,其实就是犹太民族古老传说和"摩西五经"(《创世记》《出埃及记》《利未记》《民数记》和《申命记》)中提及的"巴别塔"。

《圣经·旧约全书》的首篇《创世记》第 11 章中说,大洪水之劫过去后,挪亚的子孙繁衍起来,他们都说着同样的语言,并且在示拿地的平原开始建造城池,在城中还打算兴建一座通天的高塔,上帝担心同心协力的人们将无所不能,于是就有意变乱他们的口音,使他们的语言不通,散居各地。于是,该城和塔的建造都停顿下来,由于此事起因于语言的变乱,而希伯来语将"变乱"读作"巴别",是故该城就被称为巴别,而那座原本计划要达到"塔顶通天"高度的宏伟建筑,也被叫作"巴别塔",竟半途而废,只能以象征性的意义永远地存留在《圣经》的故事传说里。

在本文开头转述的消息问世之前,上述这个宗教故事,多少让我们人类感到有些沮丧和气馁。看来,至高无上的创始主从一开始就给人类设定了不准逾越的雷池禁地:人可以是百兽万物之灵长,但也要受到很多天然的客观制约,凡事皆须有"度",与飞禽走兽相比较,人类不仅有着最发达的思维器官,还有着动物无法比拟的"思维的外壳"——语言。正因为居住在不同的地域,也就有了不同的语言和文化,它们在客观上起着既推动又制约人类社会发展的双重作用。设想一下,倘若地球上所有的民族都使用同一种语言进行交流,那么人类社会的历史发展演变,将呈现完全不同于现在的另一种版本!先不要急着给上帝下定义,让他老人家戴上"嫉妒"人类聪明的帽子,换种角度来看,也许这正体现了造物主的最大仁慈呢!没有丰富多彩的万邦众国的语言,当今世界何来那么多精彩纷呈的民族文化?反之,如果没有大自然客观存在的"巴别"机制,其效果就好似那花苑苗圃,如果只有一种颜色的花朵,岂不让人扫兴之至!

由语言上的"巴别"效应,我不禁想到人类社会的发展在很多方面其实都存在着一定的"巴别"机制带来的制约,只不过我们在抱着"人定胜天""伟大而又崇高"的理想时,往往看不到"巴别"机制对人类社会的保护作用。我们人类在数千年来有了书面语言——文字以后,在创造文明的发达程度上,早就远远地把当年在示拿建造通天高塔的以色列人甩在后面。随着文艺复兴、地理大开发、工业革命到如今的信息革命和微电子技术的发明,进入网络时代的人们还有多少会把远古先民们曾顶礼膜拜的造物主当作一回事?不少人一边并不算时髦地跟着19世纪那个发疯致死的德国哲学家尼采鹦鹉学舌:"上帝死了!"一边心中也确实连丝毫的敬畏之心都没留下。与此同时,高科技的飞速发展,似乎让人类觉得自己就是上帝的感觉越来越强烈:克隆技术的发现,不亚于诸民族神话传说中造物之神的"抟土造人"。航天飞船和电脑技术的运用,包括前边提到美国航天局能够造出现实生活中"通天塔"的实力,更使人产生无所不能的感觉。最荒唐的,莫过于有的邪教教主,将自己直接装扮成神佛化身,居然也会有人相信而拜倒在这些当代的江湖骗子、所谓的"某老师"脚下。凡此种种,都在在重现了当年示拿地建筑工地上以色列人的"巴别前兆"。

我觉得,"上帝"的干预,换言之,即大自然的客观反应,其实也开始在不少地方显现。人类的过"度"发展,早就激怒了冥冥中客观存在的那位"上帝",我们且不要执着于宗教层面上的理解,正视一下人类在近几个世纪大踏步发展所带来的"巴别"效应吧。仅举一些最明显的例子来看,诸如大气臭氧层的破坏,全球气温的逐年趋暖,各地海平面的因此不断升高,厄尔尼诺现象和拉尼娜现象的踵连相接,艾滋病的迅速蔓延,人类社会吸毒、淫乱和暴力犯罪现象的加剧,都是伴随着人类社会物质文明急速发展而同步产生的"巴别效应"。

目前国际上有些宗教界的有识之士,面对人类社会,包括宗教界本身也受到的社会毒素浸染,不仅忧心忡忡,出于宗教信仰的理念,他们自然担心上帝"巴别"式的干预手段启动时,会给人类自身带来巨大的灾难。但同时,也有些人不无希望地预言 21 世纪是宗教的世纪。因为面对人类集体无意识的疯狂行为和过度与过分的发展所造成的后果,人类毕竟有着反思的机制和传统,沉浸到宗教的玄思里,有时或许可以帮助人们抵挡或摆脱更多的诱惑。当然,宗教不可能是解决所有社会问题的灵丹妙药,然而我们从类似"巴别塔"的一些宗教故事中,多少还是可以悟出一些道理来的。

2002 年 2 月 27 日 15 时 48 分

被宠坏的"孩子"

媒体曾经登载了有关"大牌"明星乘坐国航飞机时擅自升舱,揣着经济舱的机票,却硬要吵着坐头号舱,弄得飞机起飞都被耽搁80多分钟,使同行的其他乘客十分不满,以致被媒体披露,有个导演居然还不依不饶地扬言要将有关报道此事的媒体告上法院。无独有偶,刚从2001年的"十强赛"中获得殊荣的国家足球队和他们的小弟弟国青队,也在2002年的年初被传媒揭露出无良品行种种,看了真是让人感到齿冷:这些国脚们中,酒吧泡妞者有之,对着支持爱戴他们的球迷大耍威风者亦有之,更要命的是,有所谓"酷哥"之称的某队员,在十强赛上并没有什么出彩的表现,却在有女性在场的情况下,竟当众"掏家伙",便溺于墙根。不知是否有带相机或摄影机的好事者拍下这种丑恶的镜头,如果有的话,真要给这位有"曲乐恒车祸官司"缠身的"酷哥"雪上加霜地增添丑闻了。也许是债多不愁,虱多不痒,更可能的是这个国脚心中,根本没有什么做人的基本准则,才会如此"随便"地我行我素。

看了这些"大牌"或万众瞩目的天之骄子们如此地在个人行止上不加检点,我想,只能用一句在老百姓中常用的俗话来形容:这些"孩子"是被宠坏了。众所周知,小孩如果太受大人的溺爱,只会给其个性的发展带来负面效应,他们那"自我第一"的意识会变本加厉地无限膨胀,甚至不把一直"看顾"他们的"父母大人"放在眼里,直到生活中栽了跟头,才会有所收敛。古话云:棒下出孝子。苏联著名教育家凯洛夫有所谓的"惩罚教育"理论,就是针对人性中蕴含的"恶",来有的放矢地加以训练和教育,不让那种"恶"的天性无限膨胀。美国有名的坏拳王泰森,其实就是心理上的劣根性未被及早铲除,早早地送往训练拳法的地方,以致在心理上依然是个孩子,时不时地做出常人难以理解的事情。

　　反观我们的那些国家队运动员和一些大腕明星们,不少人出道甚早,有的从小就在自己的业务上受到严格的系统训练,如运动员有少体校的集中管理。即便是那些演艺圈的青年才俊或佳丽,也是在业务上比常人受到更多的训练,但在如何做人的道理上,这些人都还欠着许多课。比如在如何尊重人,特别是尊重社会普通民众方面,这些人的表现就实在让人失望透顶。本文所提到的"升舱事件"中,一位大牌女歌星也"有幸"被列入名单。我也曾经从有关报道中,看到她对前去采访的记者发脾气,说自己脸上"除了鼻子以外没有一处是真的",这叫什么话呢?离开了摄影机后的脸立刻阴沉下来,和刚才亲切可掬的灿烂笑容判若两人,到底哪张脸是真的?莫非记者看到的,是小说《镜花缘》中"两面国"里的人吗?昆明一位热心的大款球迷刘先生自掏腰包摆宴招待国足队员时,有个大牌国脚竟以千余元的海鲜不屑一顾为由而懒得举箸;另有一位刚刚当选"中国足球先生"的大牌球员,对追着他签名的球迷恶语相向:"你再敢跟,看我不揍你!"这些对着平时痴心不改的铁杆球迷发脾气的球员,其表现和被大人宠坏的孩子对着父母大耍威风的可耻行径并无差别。

　　我以为,这些大牌明星们在人品上所欠缺的,应该由"大人",也就是全国的老百姓,即广大球迷、观众们来加强"教育",而"大人"的嘴和手,形象一点说,也就是媒体和舆论,是应该用来"指点"这些才艺过人、品性尚待补课的"孩子"们的。该说时就说,该打时也完全不用心疼。有道是:打是疼来骂是爱。真要不把"他们"当孩子了,撇在一边,只怕这些平时被宠坏和受公众注意惯了的家伙,还真受不了那份冷清呢。

　　至于那位前面提及的"随便"(不妨借用为"随地便溺"之简称)过分了的大牌球星,我想他在这方面的"爱好",其实与很多"大人"的平时行为也有关。所谓"养不教,父之过",这个不是什么宠坏的原因所致。因为"大人"中,也就是我们国人中间在这方面还相当多地存在这一陋习,即成年男子随地小便。这在有着国际大都市之称的上海,我都见到过很多次,有外来务工人员,同样也有本地的上海居民。举本人经常路过的上海江湾镇仁德路而言,就好几次看到一些堆放三轮车(又名黄鱼车)的路边围墙,公然成了某些看似外来谋生汉子的方便之地。虽说对面马路就是好几路公交车的停车站头,若干候车人中不乏女性,但这些人还是旁若无人地污染环境,把一堵围墙根尿得湿漉漉的。耳濡目染,怎不教"孩子"中的个别人养成和"大人"同样的恶习?这不该是暴露癖的心理问题,完全是个人的修养和文明素质的高低问题。我在伦敦街头也曾看见过一个男子,放着街边近在咫尺的公共厕所不去,而是离开同伴,大大咧咧地跑到路边,利用树木的遮蔽来"方便"。当时我还纳闷,怎么英国人中也有此好?可当这位西装革履的男子转过身来,我才不无遗憾地发现他那张明显带着蒙古人种特征的面容。过后不久,我又更加沮丧地听见他和同伴说起了粤语!不管是从中国内地来的,还是来自香港地区或其他国家的,总之,他是一个华人,而不是我所希望的日本人或韩国人。直到今天,我还记得那个穿着天蓝色西服(相当鲜艳)的中年男子当街小便的背影。我揣测他不去公共厕所的原因,不会是想和大自然更加"亲近",而多半是可省下那20便士的如厕费(1996年的标准价)!虽说那位随地方便的"酷哥"不会出于同样的原因,但随地便溺的恶劣形象却何其相似乃尔!这多丢中国人的脸啊!

总而言之,我们做"大人"的,有必要管束好自己,提高自己的修养和素质,同时也有必要"管教"好自己的"孩子",即那些各类明星们,哪怕是那些在事业上如日中天的明星,也不能宠坏他们,在用我们的眼睛深情款款地聚焦在这些公众人物身上,并用我们的"嘴"为其大声喝彩的同时,千万不要忘记用来呵斥他们冒出来的缺点,护短和溺爱只会害了我们大家都关心的这些"孩子"。

从河南杀人案所想到的

本人从网络新闻中曾看到一则有关河南省的杀人案件,奇怪的是,老百姓都纷纷要求法院对杀人者网开一面。原来,杀人者王顺子在多年畏葸之后,终于举刀砍向公然霸占其爱妻郭秀秀的同村恶汉李洪贵。被杀者生前作恶多端,奸污妇女无数,而且横行于当地,是个死有余辜的流氓。是故乡民们才会集体请求法庭开恩。

看罢这条消息,笔者不禁感喟长久。何哉?河南这块中州之地号称华夏民族的发祥地、黄河文化的摇篮、九朝故都之所在,但如今却真像柏杨先生所指斥的那种"酱缸文化",不,应该是"河泥文化":数千年来,它积淀着多少充斥着人性恶臭的污泥浊水!它又染黑了多少国人的心灵!大大小小的李洪贵之流,能在地方上横行霸道,势焰熏天遮日,靠的是什么?还不是依仗着官本位的权力效应给他带来的好处!

古人向来指望后代能登科高中,"金榜题名"往往就意味着家族利益得到了保障,封妻荫子只是一方面,事实上,连老子也能跟着当官的儿子一起享福。李洪贵这个早该千刀万剐的老流氓,之所以能鱼肉乡里,就因为其子的官职不断升迁,给他在乡里和县里编织起一张无形而又庞大的保护网。在时下"官本位"依旧吃香的情况下,普通的小民百姓有谁能够斗得过他?王顺子的最后选择,是悲壮的"鱼死网破"。但是,破掉的网,还会自动修复,因为人们头脑中的惯性思维还在自觉地把这种丑恶的人际关系网编织得更加牢固而有韧性。上海电视台曾经播放的《新闻观察》里,就提到河南省有一桩拖宕九年的警察打人致死案件,还是在河南省籍的全国人大代表们坚持不懈地向有关部门递交申诉材料和关心过问下,才刚刚有了迟到的公正判决。但正如该节目主持人所说的,其中被封冻的隐情和有关关键材料,还是一个未解的谜。什么谜?其实就是官场现象在这件案子上的折射而已。

  河南的人口数早已高居国内各省之首。曾经震惊全国的洛阳商场大火,更是暴露了官僚体制运作周转的弊端。那家原本早该停止营业以改造消防设施的娱乐场,竟然能够照开不误,老板照样赚着自己的黑心钱。正是有关主管部门官员的因照顾关系户而造成的失职,致使祝融施虐,多少人成为黄泉路上的冤鬼。

  这不能不让人深思。

从商贩自诩看"士"的悲哀

上视新闻综合频道的《案件聚焦》栏目中,经常有发人深省的案例,诸如那些作奸犯科、杀人越货之人,皆因触犯法律,最终都难逃被惩治的下场,对世人来说,它们足以起到应有的警世和教育作用。有的人本来可能是良民一个,但在人世间歪风邪雾的侵袭下不免迷失方向,一步不慎,踩上了邪道,有的甚至就此会走上不归的灭亡之路。

有一个案例讲的就是由山东来沪做水果生意的刘永乐。按照上海有关水果批发行的职工所讲述的,刘某本是老实巴交的农民,和发妻到大上海经商后,靠着讲信誉和勤俭肯干,很快就把生意做得红火起来,门路摸熟后,其妻回家乡照顾两个孩子,刘某一人在沪经营。孰料在偶然的情况下,在欢场邂逅东北来沪女子郭某,两人旋即姘居,由于心思不用在正道上,刘永乐的生意从此一落千丈。在经历了感情上的几番波折后,近因纠纷再起,刘某居然用水果刀猛戳曾经相好多日的郭某50余下,遂以故意杀人罪锒铛入狱,等着他的也将是不可逃避的法律严惩。

从认识刘某的一些人的话语中,不难感觉到众人对刘某多少有点惋惜之意,例如他的两个孩子也都争气,大女儿已经考上大学,小儿子也在重点高中就读。从这方面来看,刘永乐的家教还是不错的。他本人生活也挺俭朴,平时只住设备简单的水果行招待所,常吃速泡方便面等。其为人诚实,做生意讲究信用,这些也都给水果行的职工们留下较好的印象。但刘永乐本人给我的印象最深的倒不是这些,而是他面对采访记者的摄影机所说的那句话,也就是阐述他为何向东北女子郭某行凶的动机。据说已与他人结婚的郭某,在感情上仍与刘某藕断丝连,当得知刘永乐有了所谓的"新欢"后怒不可遏,当然也包括恶语相向。"士可杀而

这个世界就分两种人

不可辱！"这是刘某"掷地有声"的豪言壮语。看着刘永乐在摄影机镜头前那副"大丈夫"气概，我不禁觉得这位来自孔孟夫之乡，身为读书上进的两个孩子之父，且进大城市经商的农民，未免有点可笑的"书呆子气"。此外，我对刘某嘴里所自诩的"士"，总觉得似乎对不上号。但仔细想来，却又感到问题不那么简单，它反映了关于社会阶层的传统固定区分已经相对模糊，如果再去刻意地勾勒其间的差别，无异于缘木求鱼。

　　从严格的意义上讲，按照社会分工来划分，从古到今，刘永乐之类的商人确实都与"士"属于两类人，岂可随意混淆。过去社会士、农、工、商，等级壁垒分明，商人的社会地位在重农主义的传统社会里，曾有意被压得很低，甚至连出门的车辆和衣着服饰的材质，都有明确的规定，不可造次。即便到了夸张地号称"全国人民都经商"的当今时代，传统意义上的"士"，还是存在着，只不过已经转圜为知识分子阶层。别看社会上那些一掷千金的富商巨贾们在表面上编排和揶揄什么"教授教授，越教越瘦"之类的顺口溜，但骨子里，"万般皆下品，唯有读书高"和"学而优则仕"等传统的靠读书来提升社会地位的意识，仍旧占据着主导地位。而"士"也就成了商贾们内心十分向往的名号，有的下意识就把自己当成了"士"，如刘永乐就是如此。有的干脆赤裸裸地要跻身于士林，不是常有有钱商人"攻读"MBA或经济学博士的事例吗？因经济犯罪而服刑的沪上某证券公司前总经理管某，不就在上海某大学的经济系拿过博士学位吗？但整日里忙于证券业务的这位大券商，哪来时间撰写博士论文啊？所以，其中的奥妙，只有天晓得。

　　话又说回来，随着拜金主义的沉渣泛起，"士"的地位大不如前也是事实。不惟"商"要忝居士林，以求附庸风雅，就是风流倜傥的"士"们，又何尝不是巴巴地期待着走出书斋进政坛，从而给自己加上一个单人旁，由"士"转为"仕"呢？或者就是"投笔从商"去下海，哪怕只是湿湿鞋也好哪。所以，怨不得人心不古，也别太在意士、商的社会角色大反串，放眼望去，社会上亦官亦商又兼博士教授的不知有多少！只是随着这种现象的不断衍生，纯而又纯的真正的"士"，恐怕也快成稀有动物了，这才真是"士"们的悲哀。

2002年2月1日22时52分

地上的药渣何日才能绝迹？

从小时候起，笔者就对上海城里的一种所谓旧俗感到无比厌恶，那就是在大街小巷的地面正中，时不时地会看到一大摊煎熬过的中药渣子。少不更事的笔者，最初还总爱往这些药渣上踩，听着那些大块的药材渣子在自己鞋底下发出"吱吱"的声响，看着被身体的重量碾碎踩扁而变形的赭色药渣，似乎还挺好玩，所以从来不放弃对每一堆药渣的"践踏"，直到有一次和舅婆到菜场买菜，路过铺着药渣的地方，笔者又想故伎重演，结果被舅婆一把拉住。她的一番话，不仅让笔者永远地杜绝了这种"爱好"，而且还对此深恶痛绝到如今。按照舅婆的说法："千万别去踩那些药渣，那是生了重病的人吃剩下的，是病人家里人倒在地上让人踩了好把病转掉。"世上竟有如此龌龊卑劣的念头和做法！从那时起，笔者对地上屡屡看见的药渣就产生了心理上的反感，甚至不喜欢煎制的中草药，生病时最多服用中成药，这样也可避免对药渣的处理。

每逢岁末入冬以来，也许是乍暖还寒的关系，患流感生病的人往往会陡然增加。每天清早出门，如果套用近年来曾相当流行的词语，那有碍观瞻的地上药渣，竟也成了经常可见的"一道风景线"。当然，清扫大街的工人会及时地把这折射着人性肮脏的浊物处理掉，但入夜后，还是会有人采用盗贼式的方式，神不知鬼不觉地将自己罹患重病的亲属服用过的药渣撒播在通衢大道上。让笔者一直纳闷的是，从来没有当场看到那些当街倒药渣的家伙鬼鬼祟祟地"现行作案"，平时和亲友及同事聊及此类现象，大家都痛恨这种"丧良心"（某邻居阿婆之语）的行止，但众人却都没有看到过有谁当场倒药渣，可药渣在大街上的存在，却又是不争的事实。这说明当街倒药渣者很清楚：自己所干的事情是多么地见不得人。

　　如果"上纲上线"地来看,在街上倒药渣的做法,与明火执仗地夺人性命并无本质区别,只不过前者是心理上的欲望和意念,现行的法律对其奈何不得。这种倒药渣者的出发点十分明确,就是要无辜者在无意间踩上他们有意倾倒的药渣,把折磨他们亲属的病魔转带走,从而达到用他人的健康来换取自己亲人病痛的丑恶目的。虽说此种下三滥的恶俗看似可笑荒诞,但仍然有相当数量的人会迷信其"功效",将此当作救命的稻草。听老人说,江南各地似乎都有这种在公开场合受人唾骂的习俗存在。闻听是言,笔者不禁为国人中有此等败类的存在而感到羞耻和悲哀。可以肯定,这种人在现实生活中也绝对是百分之百的自私自利者,任何利他的行为也必定与其绝缘。我甚至在想,倘若是病人自己有此想法,并嘱其家人去干倒药渣的下流事,那还真不如让命运之神快点褫夺其生命,以减少我们城市马路上经常出现的药渣;更重要的是,还可在茫茫人海中去掉一份"人渣"。

　　鲁迅先生在《药》中,提到绍兴家乡的老百姓迷信,患痨病者只要吃下蘸过人血的馒头,身体就会痊愈。文中的小栓吃了花钱从刽子手那里买来的人血馒头后,并未见好,被杀害的革命者夏瑜母亲和病死者小栓母亲最后在上坟时不期相遇。这种描写,入木三分地刻画了愚顽落后之国人丑陋的一面。我觉得,小栓母亲当时在私下里,肯定对夏瑜的被砍脑袋比谁都性急,她期盼着这位反对清王朝统治的革命者的一腔热血来涂抹馒头,以早点"挽救"自己那病入膏肓的儿子。当其时,其嗜血的心情绝对不亚于职业的刽子手。至于对方的家庭主妇是否要面临丧子之痛,全然不在其考量之中,更遑论被杀之人的革命者身份了。其实,上个世纪初叶为鲁迅所针砭的那种国人的冷漠、自私、迷信等丑陋的文化基因,即便在科学昌明的今天,似乎仍未得到彻底的改变,撒播在城市大街上的药渣,即为显例。

　　鉴于目前大街上还会遭逢这种带着恶毒诅咒心理的药渣,笔者只好对涉世未深的孩子做专门交代,切勿去踩踏那些撒在地上的凌乱药渣,其中的道理不用多说,孩子一听就明白。虽说大家明知道倒药渣者迷信行为的荒诞可笑,可又有谁会愿意拿自己的健康开玩笑,当作破除迷信的筹码去"赌一把"啊？毕竟我们自己也不情愿"踩进"那些虎视眈眈的倒药渣者所布下的蛊咒式的"陷阱"。何况一脚踩到那肮脏的药渣上，确实会让干净的鞋子沾上污垢。

倒药渣之恶俗之所以长期传袭而不绝迹，与我们社会家庭教育中容易被忽视的一个方面也有重要的关联，那就是大人们常常会习惯性地对童稚小孩灌输一些所谓的常识或禁忌之俗，有些是对生活起助益作用的，如黄瓜和花生不能一起吃啊，吃完油炸食品别马上喝凉水啊，但其中也不乏带有迷信色彩的鄙俗陋习甚或是恶劣行止，诸如往写着仇人或竞争者名字的小布头人身上扎针，说错话马上敲碰木头，以及倒病人的药渣可以转移病情于他人，等等。试想，类似的别样"教育"长期地在我们社会中存在而不为人所察知，只怕单纯的学校正面教育对孩子的引导会大打折扣。

笔者真诚地祈望：随着人们对科学文化知识掌握的增多，个人所具备的道德素质相应地不断提高，绝大多数家长对下一代的教育也会真正到位。也许到某一天，人们走在街上时，再也不用担心踩到那可恶的药渣了。换言之，大街正中的药渣如果真的绝迹，完全可视作国人整体素质得到提高的标志。

国人的丑陋

读完东方网论坛上评论明末大将袁崇焕的文章,看到那些皇城根下的老北京们当年愚蠢地凌辱用血肉之躯保卫他们的袁督帅,血脉贲张,直教人像岳武穆所说的那样"怒发冲冠"。囿于现代城市的混凝土建筑中,又多少忌惮邻家会产生异样的眼光,因而不敢"仰天长啸",只得在心中发出海涅诗中的"我们织,我们织!"在心中编织出对那些丑陋而愚恶的"黎民"的仇恨和蔑视。

关于国民性的讨论,早在上个世纪初叶已展开。直到柏杨先生的大作问世,为"伟大的中国人"喝彩的仍执迷不悟。有时想想,国人的爱国境界,连一度沦为亡国奴的韩国人都不如。不是有位胡先生在上海的淮海路一家珠宝店里看到,用不同颜色的钻石来镶嵌标识的"地球仪"居然将钓鱼岛算到日本名下了,当即向店员指出。可那位20来岁的店员竟恼羞成怒地破口大骂好心指出商家错误的胡先生。及至电视台曝光此咄咄怪事,该店经理还恬不知耻地声称不知钓鱼岛的归属云云。这是一种很直接的丑陋,即无知到极点,犹如当年皇城根下的老北京们竟不知袁崇焕曾获得过两度大捷一般,对国家大事可谓充耳不闻。

当年日本侵略军发动"八一三"事件,遭到爱国将领谢晋元部的拼死抵抗。令人气愤的是,一些苏北籍的上海贫民,被已占领闸北的日军收买,为些许小钱,竟利用自己"中国人"的身份,堂而皇之地混到苏州河中国军人的阵地及军事目标处,向天空发信号弹,以引日军炮击或轰炸。其时的《申报》痛骂这些人的"汉奸行为"。说实话,这些人中大部分可能不像曾贵为中共一大代表的陈公博、周佛海那样,具有当汉奸的自觉性,后者是惯于政治投机的政客,行动经过深思熟虑的选择,就像他们当年会抛弃自己的信仰，一头栽入政坛死敌国民党的怀抱。而为日军为虎作伥的苏北人，确是"穷而无奈,甘坠青云之志"。上海本地人向来就看不起"江北人"，源起于1861年李鸿章率领的"叫花子兵"（淮军）入沪，这支衣衫褴褛的军队，当年专抢沪上家道殷实的富户，平时则晒太阳、捉虱子，故此给上海人留下恶劣印象。以后江北地区几度向上海拥来难民潮，这些人到沪后绝大多数从事"三把刀"（菜刀、剃头刀、抟脚刀）的活计，或者拉黄包车、掏大粪（连民国时以"粪霸"称雄一时的沪上大流氓顾竹轩，都有"江北大亨"的别称）等，自然又被自命清高的上海人看不起。干出发信号弹的可恶之事，多少反映了他们的无耻和赤裸裸的捞取实惠的贪欲。这又是另一种丑陋。

　　1995年中秋节那天，笔者曾在英国伯明翰的一社交场合邂逅一北欧女士，当天自己身着一件质地不错的丝绸夹克。两人寒暄时，她先入为主地问我是日本人吗，我摇头后，对方继而猜我是韩国人，我再次摇头后，她就猜我来自新加坡、香港地区、台湾地区，我告诉她，自己是中国大陆来的，对方有点窘，后来支吾几句，便走开了。看得出，对方的反映有意识形态上的原因，但让我多少感到沮丧的是，她是按日、韩、中的次序来排列的！在其看来，向一个有明显东亚（蒙古人种）特征的人询问国籍，将日本人放在前面，显然是属于"礼貌"的举止！以后类似的尴尬，又碰到几回。所以，老外瞧华人，那是连印、巴人都不如的。地处南洋的新加坡，就是因为当初居民中的大多数Chinese不想再受可恶的马来人辖制，才勇敢地独立，但在入学分数等方面，还是不得不照顾境内的马来族，因为旁边正有"大妈"（马，即马来西亚）虎视眈眈地看着呢。由于黄皮肤、黑头发的人种特征，加上千百年来华裔的传统习俗文化和语言，仍旧会让异国人士把他们视为当然的Chinese。因此，即便是祖居于新加坡的华裔，有时也会"享受"这份令人难堪的鄙夷。大概这也是不少来自这个城市国家的华裔在海外要刻意强调自己是"新加坡籍"的原因。我好几次碰见留学海外的新加坡华裔青年，无论男女，都会讲汉语，但又都只用英语和我这样有着和他们同样文化种族根脉的华人交谈。对这种刻意，我当然有些反感，但站在对方立场上，还是理解了他们。

　　邹韬奋的《萍踪寄语》中曾讲到很多外国人鄙视华人的事例，尤其

这个世界就分两种人

是那位"青田小贩"在德国的遭遇。可笑之余,却透着更多的可悲。如今更多的青田小贩们走出国门,有多少人被外国的海关官员鄙视凌辱啊。1999年春,我飞赴荷兰,在巴黎转机,出飞机时,居然有20多位护照"有问题"的中国青年男女被机场当值的法国佬揪出来,叫他们蹲在一旁。由于我是访问学者,又有荷兰政府颁发的短期工作准许证,那个前面还凶巴巴的黑人官员对我还是相当客气。我经过那些同胞身边,心中真不是滋味。我与他们中的几个还在虹桥候机厅聊过几句,毕竟有同行之缘啊。其他走出飞机的老外看着这些中国人时流露的表情之丰富,让我一辈子都记得。2000年6月发生的多佛惨案,更让世界看扁华人:死者即偷渡者,竟然"清一色"的是中国人。太贱了!想一想,反而觉得那些在巴黎机场被作践的同胞们,命运要好过活活闷死在运货卡车中的国人。不幸的是,多佛惨案似乎还不是最后的悲剧。2001年深秋惨死在偷渡韩国船上的数十名大陆华人,又向世界"克隆"了一回"中华牌"偷渡客的人间惨景。

　　住在大马的赵姓青年诉说于网上的苦恼,即喟叹自己身为华裔的烦恼和无奈,我能理解。因为生活在周围主体民族不是华裔的社会中,当自己母国的同胞丑陋行为加深了异族对自己的歧视,那份心情确实难以振作高扬起来。但愿申奥成功后迅速兴起的民族主义狂热,能适可而止。2002年世界杯足球预选"十强赛",中国终于出线了,也希望国人冷静对待,以一颗平常心看自己。"龙的传人"没有多少可骄傲的,想办法去掉国人根深蒂固的劣根性,才会让世界各国真的在意识上,而不是口头上尊重中华国民。有时,老外甚至会赤裸裸地表示对中国人的藐视。曾从报章上看到,有个名为长谷川的日本青年,在网上称自己只承认宋朝以前的中国人,至于宋代以后的中国人,按照其说法,一律被他视为"支那人"。网上也有人说这个所谓的长谷川是人为杜撰编造的,并无其人其事。但笔者真的从电视上看到过,在上海电视台以前的《纪录片编辑室》节目中,有专门描述外国人在上海生活情况的,栏目组有次将镜头对准一个在沪打工的美国人迈克,其中文名为蔡满寿,此人闲时常泡酒吧,喜欢和中国妞跳舞。只见他对着采访记者的摄影镜头说:"中国人真傻!看到我就问,你会用筷子吗?你中文怎么讲得那么好?废话!我当然学过中文，当然会用筷子啦！"确实，接下来的电视纪录片中，那些嬉笑着围住这个"鬼佬"的中国姑娘们，果真发出一些他所说的白痴问题。拜托各位同胞，以后千万别对老外讲中文大惊小怪了。人家既然会操国语，当然下过功夫，自然也会用筷子。老外的智商又不低，中国人可以讲"番语鬼话"，人家当然也能通晓普通话。试想，进入21世纪的今天，有人若冲着你发出颇带几分惊奇的问题："你会用电脑啊？"你会有何感想？

2002年12月21日的《文汇报》笔会专栏有人撰文，提到中国的国粹京剧团访问日本，东道主设宴招待远道的嘉宾，但演员们卸装未毕，有个充当翻译的国人，竟跑到演员更衣的后台催促，并称东道主早已入席，怎么你们还在磨蹭云云。这个"东洋文翻译官"全然不顾京剧的特点，即演员的行头拆卸也须费时不少的事实，只想到自己伺候的"东道主"在干等，不由让这个汉奸基因不少的家伙如坐针毡，于是不停地催促，似乎太怠慢招待方的主人了，言辞中大有兴师问罪之势，弄得演员们匆匆丢下戏装于案台，连脸上的油彩都来不及擦掉就赶奔宴会厅。这下反倒让耐心等待的日本东道主们纳闷了，因为他们深知中国京剧和日本国粹歌舞伎一样，打扮和卸装都是十分耗时的，所以等待对日方而言，本来是十分正常的一件事。现在看到中国演员们如此急不可耐地带着油彩勾描就餐，实在有点匪夷所思了，而中国的演员们则有苦难言。这种因为那"狗翻译"而搞出来的闹剧，其结果非但没有给来自礼仪之邦中国人长脸，反给对方留下滑稽的印象。像这样凭仗着手中一点小小的联络特权，就如此洋奴气十足地大发淫威，对国人同胞颐指气使、大发淫威者，实在不在少数，在很多类似的场合，我们都可以看到这样的"二毛子"。想来这是国人中的另一种丑陋吧。

北京申奥、上海申请世博接连成功，"我们赢了"的口号声响彻云天，但愿国人在洋溢着那份民族自豪感的同时，千万留意和改掉身边，甚至是自己那不经意间流露出来的劣根性。自强可真正自豪，自尊方能拥有自信。没有综合国力的增强和国民素质的提高，上述的惨案、丑事、闹剧，还会接踵而至。我们在外国人眼里，还会不时地显露让人难堪的"丑陋"。

2002年12月30日

金"玉"其外，败"叙"其中（外二篇）

首先说明一下，这个篇名，取自我的一个朋友刘树康先生微信上的神回复。我觉得很妙，遂撰此文，借题发挥。

相信 2016 年 10 月 6 日看过中国足球队与国内还苦于兵燹肆虐的叙利亚足球队交战的国人，莫不觉得有点难堪，以致第二天立马就有段子上来调侃，说叙利亚国内在那 90 分钟的较量中，阵地上枪声静寂下来，最后的 1 比 0 胜果，令叙利亚街头枪声再次大作，叙利亚的政府军、反政府军和 IS 三方战士们紧紧相拥，大家在一起集体鸣枪，庆祝这伟大胜利的瞬间。毕竟这是十二强赛叙利亚的第一次进球，就让他们得到来之不易的三分。所以，坊间舆论认为，国足失去的是三分，但却起到了联合国五大常任理事国们无法起到的效果：有力地强化了叙利亚民众认同国家的凝聚力，成功地化干戈为玉帛了。有人甚至提议，中国国足队员可以集体获得本年度诺贝尔和平奖的提名资格。还有的段子则从经济利益考虑，认为从赌球的角度看，若从 1990 年起，只要拿出 1 000 元，每次国足比赛都押输，如今就可以获得 459 万的巨款了。股票、银行理财，还有什么比国足的成绩更稳定？不是每ван牛奶都叫"特仑苏"，不是每支球队都叫"特能输"，专业输球 30 多年，一直被模仿，从未被超越。我们兢兢业业的球员不干进球的事，只是足球搬运工！

更有神段子做了数据上的排序，然后宣布：中国男足世界排名第 89 位，高于中国在世界上的人均 GDP 排名，高于中国教育投资排名，高于中国医疗体系排名，高于中国人均收入排名，高于中国官员清廉指数排名，高于中国社会福利排名，高于中国环境指数排名，高于中国人均自然资源排名……你们居然还有资格嘲笑中国足球哪。

确实,我们没有资格讥笑国足。什么时候我们的男子三大球能够像推挡功夫深湛的乒乓小球运用得娴熟自如(难怪国家训练总局会把曾经的男子乒乓球冠军蔡振华拿来当外行领导内行的足协主席),猴年马月我们的社会不搞官本位,而是让有真才实学的懂行者去掌舵?如本届巴西奥运会上中国女排主教练郎平就力拒来自某种政治势力的压力,不要什么政委之类的鱼朝恩一样的人事安排,不也照样取得看似不可能的冠军?上海话里党委书记听上去像"打弯司机",可见,有着美国籍贯的铁榔头还是深知个中奥秘的,玩政治、搞掣肘、讲羁縻,有时中国社会的特色,确实存在那套欧美西方国家都没有的体制,大学校长之外还有老司机在边上看着呐,这样也便于更上一级的领导掌控下面。而郎平就是说不,怎么样?人家就是成功了。好啦,不多说了,把十四年前写的两篇与足球有关的帖子一并发上,看看,中国的足球有无长进?足球绝对是文化,如何踢好足球,理解其中的真谛精髓,是很值得研究的。

2016年10月7日16时29分

猜猜看,两队相遇谁会赢?

和甲A联赛相比,足协杯赛的胜负据说被很多甲A队的老总和教头们看得很淡。"只是练兵而已,我们更在乎的是联赛的名次",这似乎成了不少甲A风云人物的口头禅。果真如此?其实不见得。真到赛场上,有谁肯轻易放过对手啊?作如是说,不过是赛前给自己的队员减压,或者是放放烟幕弹来蒙蔽对方,可如果以为别人真的会相信这种明显带假的表示,那就真是自欺欺人了。因为每个参赛球队心中都雪亮也似的明白,成功后的奖金数额或许存在差异,但奖杯本身的分量,一样沉甸甸地让人感到底气十足,毕竟这种头衔也能带来极大的成就感,否则,大连实德和上海申花及山东鲁能的"双冠王"就不会喊得那么震天价响了。当然,有些脚踏实地的外籍教练,也有看重每一场球赛的,对他们来说,这是他们实现自我的大好机会,著名心理学家马斯洛的理论在这些人身上得到了很好的诠释。中远队的法国教练勒瓦尔要拿下一直钟情于足协杯的山东鲁能队,和尚在甲B的浙江绿城队英国主帅

这个世界就分两种人

霍顿要在主场让申花"枯萎"的愿望,都不外是这种心理的流露。

话说回来,现在的申花比谁都输不起,且不说队中因主力上调国家队,在大将人选上捉襟见肘,就拿问题多多的性格教练徐根宝而言,同样已是破釜沉舟,面临最后一战。如果胜,那么他就是巨鹿之战打败章邯的项羽;如果败,那他就成了垓下之围中的西楚霸王了,届时只有唱着"力拔山兮气盖世,甲A两度登榜首,花兮花兮今枯萎"的歌下课走人。可见,这朵昔日甲A球队中的名花,实在背负着太大的压力。真的在对方球场上,年轻的队员们能够为教头争气,不急不躁地踢赢对手,着实不易。反观那很想做当年"长春亚泰"(3比0胜申花的甲B队)第二的绿城队,在主场球迷的支持下,创造打败甲A申花的"神话",在足协杯赛的"旅程"(音同于绿城队名)上多走一步,则完全有可能。

赛前做预测,风险极大,但我仍愿一试,根据我的判断,申花会输。还是那句老话,申花队不更名,仍会命运乖舛,凶险多多,而改用"上海文广队",再把西藏中路上那座奶油色的俱乐部外墙涂刷成蓝色(该队的吉祥色),就能立刻走出险境,肩负的大压力也会变成"大鸭梨",甜津津地让根宝和队员及蓝魔球迷们都吃个痛快。运气就是这样的让人捉摸不透。

但愿我的预测失败。

注:当天的比赛结果是申花队输给绿城队,果真不幸而言中,我暗自抽了下自己的嘴,但同时也为那位很有绅士派头的霍顿先生高兴,不知什么缘故,较之于米卢那副猴急相,我更喜欢脚踏实地的老鹰模样的霍大爷(当然,对绿城队其他人毫无感觉)。我也为中远队当日战胜山东鲁能队而高兴。

看来,我的预测还真有点灵。

2002年8月28日

舍不得孩子套不住狼

曾经在一次上班途中,从耳机里先后听到有关足球的两则新闻,第一个是提到中国有关部门终于下了决心,面对孱弱的中国足坛,"要从娃娃抓起"的意识油然而生,据说连训练青少年的计划费用都已经敲定,每年投入到该项目的总数为900万元。第二个说的是韩国足球队外籍教练希丁克已经准备回国执教自己的老东家埃因霍温队,为表示对他的感谢,韩国足协按照赛前的约定,如数支付给这位荷兰教练200万美元云。假如按照中国的官方价格兑换,希丁克得到的这笔钱,约当人民币1654万元。

当我听罢以上两则消息后,先是感叹,嗣后却是感悟。感叹的是,偌大一个中国,投在一些做表面文章上的款项可以很大方,一掷千金而无半点畏葸之色,但真正要切实地拨款来从根本上提高亿万国人都关心和瞩目的足球训练启动工程,却是那么小家子气,连千万元的整数都没达到。那么,有效提高中国足球人才的后备力量建设水准,又从何谈起呢?

感悟的是,从中、韩两国相关部门对足球资金的投入对比上,实际已可分出高下。看看我们的东邻韩国,出手就是大方,支付给希丁克个人的酬金,从绝对数字上来讲确实高得离谱,但从本届世界杯赛韩国国家队取得的骄人成绩来看,却又是极其合算的。用这些美金来从海外觅到真正的高手教练,将国家队的队员调教得个个龙精虎猛,体能上甚至不让那些身高马大的欧洲球员,拿这点奖励费来刺激韩国队上下一心地在球场上玩命冲杀,让作为东道主的国人们一次次快乐得近乎癫狂,使全国的民族自豪感膨胀到无以复加的地步,这些都是绝对便宜的"超值"享受。尽管韩国的自豪和虚骄一度使各国反感,特别是那几个被击败的欧洲足球强国球迷对此感到恶心,连我们大中国的数亿球迷,在和东亚邻居的巨大成功对比下,也只想和那22个打着鸭蛋饱嗝的国脚们一起往脚底下挖洞钻进去躲起来,而这些不啻"酸葡萄"的外界回应,说不定会更令高丽民族多增加几分精神上的"快感"呢。这样来看,与整个国家从足球胜利上获取的回报和对全体韩国民众长远的精神激励效应相比,200万美金的酬谢,包括给韩国队员的奖励金,岂不都是区区小数,何足挂齿啊?

有句俗话说得好:"舍不得孩子套不住狼。"这个"狼"就是类似韩国在2002年韩日世界杯足球决赛过程中逐渐显露和膨胀起来的"狼子野心",以致到最后,平时看似斯文的韩国国民竟然都萌发了要和巴西一夺高下,甚至充当冠军的"狼"心,而他们事先肯下决心"放血"撒钱来做重赏,以及相应地在这方面高比例地大资金投入,都成就了这个结果:全世界都看到了韩国各球场上通红的一片,恰似饿狼那张开到极致的血盆大口。寄托着韩国万众希望的"梦之队"那"饿狼"般的胃口,也因此不断地得到满足。反观我们自己,即便在"鸭蛋队"灰溜溜地回国后,痛定思痛的足协领导和有关的部门官员,拿出来的所谓"大手笔"也只不过比人家奖励外籍教练的一半略多点,这样的"出息",恐怕也只有请请早已四分五裂的南斯拉夫教练的份。

我以为,凭我们目前的国力,要效仿韩国的做派,完全没问题。看来,钱并不缺,缺的是脑子和魄力。

2002年7月9日

可笑的"求全追高"意识

记得在 2002 年中央电视台的春节联欢晚会"一马当先"地进入马年后,刚刚落下帷幕,紧接着各地的电视台又"万马奔腾"地纷纷亮出自己的"联欢"绝活。不知为什么,看着各个频道大同小异蹦跳狂舞的画面,反倒觉得"胃口"已被撑饱,非但如此,还有骨鲠在喉的难受劲,有的东西实在是不吐不快。

看了一些文艺节目后,总的印象就是我们的编导似乎普遍存在着同样的毛病,那就是针砭时弊和弘扬正气的内容少了,充斥舞台的大多是"满汉全席"般的文艺大餐,追求的是"明星效应",也不管观众是否看腻;讲究的是外观包装,忘记了硬件设备的更新毕竟替代不了软件的换代升级。同一个相声演员,如果他将讽刺的矛头对准广大群众痛恨的社会丑恶和可笑现象时,如社会的腐败或部分为公共道德所难容的诸如"假冒伪劣""包二奶"和"见死不救"等人们习见的社会顽症,肯定会激起观众的共鸣和赢得热烈的掌声,因为他说出了大家的心里话。反之,如果这个相声演员只是在那里不痛不痒地将一些社会上新出现的事物诸如网络技术来作为话题,或者只是拿些现成的文字笑话加上明星名字做素材,那只能是表面文章,难以触及深度,固然可以不得罪社会的方方面面,但从观众这里换来的最多也就是几声廉价的笑声和马上忘记的"回报"。几分耕耘,就是几分收获,想要"种豆得瓜",只能是编创者的一厢情愿而已。

除了上述类似"乡愿"式地只一味说好听的和吆喝繁华之外,有不少东西也间接地折射出我们国人中固有的那种"求全追高"意识,什么都是越大越好,越全越妙,越高越棒。例如大年初二晚上上海新闻综合

这个世界就分两种人

频道的春节联欢晚会节目我根本没兴趣看,但在转台前,看到有一个场景,说的是老两口等着家中子女来团圆,其中的儿子老三上场时,一番台词煞是可笑。只见头戴博士帽的他,兴冲冲地向二老报喜:"我今天'博士后'通过了!"众所周知,博士是最高级学位,所谓博士后,是指某人已经拿到博士学位,但仍在某项领域内继续进行探研,并为国家认可的一种身份和状况,故此有所谓的博士后站。顾名思义,在此期间和其地工作的研究人员是"清一色"的博士学位获得者,与仍在攻读的博士研究生不同,如果某项博士后期间研究的课题结项或得到认可,也根本不需要再"重作冯妇"般地戴上博士帽来作秀,果真如此,那真是倒退到博士研究生领取学位的过去时光了。知情人一看该节目中的人物设计和这番对话,就明白它是不懂装懂的人"闭门造车"的结果,但它又极其典型地反映了时下人们心态普遍浮躁和虚骄的社会病,编创者(包括审阅该节目的领导在内)可能觉得过去20世纪60年代的高中生、70年代的大学生、80年代的硕士生、90年代的博士生,都是当时的时代骄子,现如今已是新世纪了,怎么也得弄它个"博士后"来代表一下时代的"进步",殊不知,这么一"拔苗",闹出的却是一个贻笑大方的"笑柄"。

我不想再举各地晚会的节目为例来"挫伤"文艺编导创作人员的积极性了,一则我没花太多时间去耐着性子"欣赏"这些表面热闹、内涵无多的作品,二则我认为根子并不全在文艺界,整个社会也有责任,甚至我都觉得我们的民族性格中传自祖先的基因里都有某种"病毒",那就是喜欢做表面文章的虚夸浮诞习性,耽迷于形式和偏爱炫耀,往往在某些条件具备和成熟时,这些病毒就会"发作"。

当年隋炀帝曾在招待外国使者和商人时,命令将京城里的树都扎裹绸缎,以示中华富庶,岂料外国来宾一眼就戳穿这吆喝出来的繁华之假象。人家指着树旁衣衫褴褛的乞丐发问:为何不把这些包树的衣料用来给他们穿呢?1958年的"大跃进",从某种程度上说,也是这种病毒发作的集中表现,整个社会的集体意识在冒进浮躁、强求"追英超美"的政治目标下失控,从而留下深刻的历史教训。时下我们很多人在经历了改革开放以来20多年的顺当发展后,又渐渐地养成了"求全追高"的习惯性思维方式,什么都讲究"大而全"或"高而新",似乎不如此,就不足以体现我们的"水准"和"成就"。连素以象牙塔自诩的学术界,都受到这种社会"病毒"的侵袭,以致不少高校和研究机构,不提倡潜心研究出精品,而是急不可耐地要求教授、学者们每年出多少著作和论文,用量化的形式来考量评估学术成就,出版界同样以某某丛书、全集或词典等"大而厚"的"学术砖头"来"砸"向社会,但实际情况却未必会达到人们所希冀的那种"掷地有声"的效果,相反,在伴随着大量的学术垃圾问世的同时,倒是有人发出给书"减肥"的呼求。追求"大而全"的意识其实在有关企事业单位,甚至学校的"合并、联营"等动作上也有反映。在整个社会浮躁的氛围中,大家的这种"奋进"踏步一旦达到共振,只会产生灾难性的社会效果。有关部门的领导同志,真应该好好反思一下,强扭在一起的瓜会甜吗?不按事物发展的客观规律办事,向来与实事求是的务实作风格格不入,什么都讲一窝蜂和一阵风的思路同样也不值得提倡。

仍旧回到前文提及的"博士后"现象,由于社会"求全追高"的意识已经带有集体性的特征,20世纪90年代初流行的"本科生不如狗,硕士生遍地走,博士生才能抖三抖"的所谓民谚,已经暴露了片面追求高学历所存在的后遗症,而在这种不良的社会集体意识驱动下,会直接产生以下两种后果:

一是学位实际含金量的下降。近年来考研成为大热门现象,大有替代前些年"全国人民都经商"的势头,2002年全国竟有62.4万人考研,在高校和研究机构相对密集的北京,就有11万以上的人报名投考。不少高等学府甚至出现倒三角现象,即博士生和硕士生加起来在总数上超过本科生。这样的状况势必导致学位含金成色的降低。一位担任博导的友人不无忧虑地告诉我,现在硕士生的毕业论文,水准和恢复高考后头几届的本科生毕业论文大致相当,而博士生的学位论文,也不比当年硕士生的论文水平高多少。更有甚者,有的人虽说挂有"博士"头衔,但肚里的货色却绝对匹配不上他的学术冠冕。据笔者所知,沪上有家市级医院,某位博士在接待来自北欧瑞典的同行时,一口流利的英语倒没使他丢脸,但对方在话题深入后,也许已经感觉到这位中国医学博士的知识结构相当单薄,遂突然发问:"你知道瑞典在哪里吗?"本来这是个再也简单不过的问题,可这个英语说得"倍儿溜"的青年"博士",就是答不上来,最后人家毫不客气地甩出一句话:"看来你这个博士不够格。"上述令人尴尬的场面和有关研究生的情况,正是这些年来单纯强调高学历和应试教育所造成的必然结果。

二是资源浪费和虚假成分的增多。这和上述情况还不一样,由于社会追高意识的作祟,很多在职的干部也都纷纷加入拿学位的行列,所谓"鸟枪换炮"是也。连一些有教授职称的人,甚至本人就是博导,居然也不得已地投入其他同行门下来"递交门生帖子",目的无非为了一张学位文凭,因为他们也不得不屈服于社会集体意识的淫威,有张博士学位证书,可以让他们"名正言顺"地做博导。但这种不必要的"回锅肉"现象,会浪费多少无形和有形的社会资源啊。如果说这部分人的本身实际水平和博士学位的要求基本相符合的话,那么有相当数量的行政干部的读研拿学位,就要打上一个大问号了。随着近年来社会"求全追高"意识的不断趋强,人们的胃口和欲望也越来越大,一般的硕士学位对了解行情的干部来说,早就没有了吸引力,只有 MBA 的头衔才会让他们动心;而博士学位刚刚到手,有的人又"得陇望蜀"地将自己吹成了"博士后",全然不顾自己的真实水平是否当得起这个名分。而读研的入学考试和毕业论文与答辩是否完全合乎学术规范和公正,也是很值得玩味的一件事。至于不少地方会出现以假乱真的博士文凭的当街售卖,同样是因为有"求全追高"社会集体意识的疯狂驱动,才相应形成有所需求的买方市场。

20 世纪 80 年代中央电视台推出春节联欢晚会时,由于不少节目内容寓意深刻、贴近生活、演员表演到位,确实给人留下"难忘今宵"的上佳印象。如著名相声演员马季现场表演售卖"宇宙牌香烟"的情景,就让看过他表演的人们在十多年后都记得,因为这个相声十分尖锐地挖苦了当时社会上已经开始冒头的"假、大、空"的弊端,很多地方似乎都带有预见性。笔者以为,马季所讽刺的社会弊病,和人们"求全追高"的意识有很多的声息相通之处。说到底,社会上不少大专学院或师范学院纷纷升格为"综合大学"和"师范大学",以及将一些"系"扩军为"学院"的做法,与一些皮包公司挂着"环球""国际"和"宇宙"字样的招牌,难道不是五十步笑百步的关系吗？二者在本质上是相同意识驱动的结果。如果我们的文艺编创者们对当今社会上可笑的"求全追高"意识及其所衍生的一系列社会弊端进行无情的鞭挞，也许能够取得更好的社会效果，甚或对整个社会避免集体发昏和提高全民族的文明素质都会具有一定的补益作用。事实上，冯小刚 2002 年导演的贺岁片《大腕》中，已经触及这种社会时弊。片中在那个挤满了一帮有着"款爷"和生意人身份的"疯人院"里，由演员李成儒扮演的房地产商人嘴里吆喝的那番广告语气的台词："不求最好，但求最贵！"活脱就是一幅绝妙的讽刺漫画。笔者由衷地希望这样的作品更多些。

2002 年 3 月 10 日 23 时零 6 分

"空巢老人"真无奈

随着多年来国人健康程度以及寿龄的不断提高,人群的日趋老龄化已成严峻事实。以多年来在城市居民人口总数上一直呈负增长状态的上海市来看,十年以前的 2006 年就有 275.62 万个 60 岁以上的老年人(占全市居民户籍人口总数的 20.1%);根据当时上海市老龄科研中心的预测,上海在 20 年之后,即 2026 年左右,60 岁以上老人的绝对数字将增至 400 万人[①]!足见老龄化还有不断加剧的态势,这清楚地表明:上海已率先进入老龄社会。事实上,人口老龄化问题不惟是上海,它还始终是中国,乃至全球各国都要面对的严峻问题。而在诸多困扰我们的老龄社会问题中,如何看待青年与老年这两大不同年龄群体之间的关系及相关的问题,很值得我们关注,毕竟,这是关乎构建和谐社会的重要环节。

近年来,国内的流行歌曲《常回家看看》曾因在中央电视台的《同一首歌》栏目中多次播放,其旋律已早为广大群众所耳熟能详,至于该歌曲最后反复吟唱的"常回家看看,回家看看,老人不图儿女为家做多大贡献,一辈子不容易就图个团团圆圆"之歌词,更道出老龄社会中的老人们在情感上的无奈和心酸。这些吐露广大老人心声的话语,深深地拨动了人们的心弦,事实上,它不仅会激起老人们的共鸣,对那些平日里只顾埋头忙碌于自己事业、家庭,而罔顾或忽视二老双亲情感的子女们来说,这样酸楚的发自老人的心愿诉求,也会引起后生晚辈们心灵上

[①] 该数据见诸 http://realtime.zaobao.com/2008/01/080119_19.shtml,新加坡《联合早报》2008 年 1 月 19 日。

的触动,并会为自己有类似行止而感到汗颜及愧疚的。

或许是受到该支流行歌曲的启发,擅长于打"亲情牌"的著名电视剧创作者高满堂先生,还为此撰写了与这首歌曲同名的电视连续剧。在《常回家看看》剧中,那位含辛茹苦地抚养七个儿子长大的姚大妈形象,通过著名老演员张少华女士的精彩表演,向观众展示了孤独老人的内心丰富而复杂的情感世界,母子之间的亲情及波折,经过编导创作人员的加工演绎和肆意煽情渲染,最终倒是画上一个非常圆满的句号。但在我们日常的生活中,类似这样由老少之间构成的家庭成员间的关系,往往并非那么一回事。这里提到的此首出炉于1999年的原创歌曲,之所以会如此地脍炙人口,原因就在于它切中时弊,点到了现代城市社会因老龄化问题加剧后而滋生的一个死穴:"空巢老人"之现象。

媒体上曾登载过一桩咄咄怪事,让一般人看后感到很不是滋味。在辽宁大连八一路街道的新南社区里,有对已退休的林姓老年夫妻,两人每月享有逾4 000元的退休金,这样的收入足以令他们的退休生活过得无忧无虑。但在情感上,这对年近七旬的老人却始终快乐不起来。原因是其膝下有三位子女,都住在附近,但就是常年不来走动,和两位老人都打不上个照面,子女们的借口就是工作忙碌或上外地出差。按照老人的说法:"退休之前还好,整天忙于工作,也不太在意儿女有没有回来看望自己,但是退休后待在家里,心里就空落落了。"结果,为了吸引三位各自成家立业的子女抽时间回来,两位可怜的老人竟提出月付1 000元所谓"薪金"的方式,来鼓励子女"常回家看看",并提出如果带同孙儿前来,月底还可获得奖金。这对可怜的"空巢老人"突发奇想的理由,是用"有偿服务"来收买那子女仨本该无偿付出的关心。为表示郑重起见,老人特意把自己拟定好的"雇用合约"拿到社区,请社区工作者签字以作见证①。殊不知,这样做未必会收到理想的效果,因为,倘若拿了这些烫手的钱后才肯大驾光临的子女,难免有被人诟病为"见钱眼开"的担心和产生被社会指责为"没有良心"之虞;而这一对甘愿大

---

① 消息来源:http://www.zaobao.com/special/newspapers/2007/08/lhwb070828d.html,新加坡《联合早报》2007年8月29日。

"放血",将自己退休金的一部分划作感情消费的老夫妇,如真按照一纸合约来兑现承诺,势必会使自身原有的物质生活大打折扣。这样的牺牲,对老人健康会直接带来负面作用。由此可见,大连这对"空巢老人"的"怪招",弊大于利,实乃一种无奈之举。

根据该则新闻中提到的内容,这样的"空巢老人"现象,在中国已相当普遍,该新闻还提到,有关调查甚至显示在中国已有超过35％的年迈长者因身边无子女关怀而感到孤独[①]。据说有的独居老人为求摆脱孤寂之苦,确实会拿出并不丰裕的退休金来"买"快乐。在西安市一些公园里,就有不少老人付出十多元的代价,专找中年"陪聊妇"来唠嗑,什么天南地北的话题都有,有的老人竟为此着迷上瘾。例如有位姓张的老人,几乎天天上公园找中年妇女陪聊,几个月下来,居然在所谓的"有偿陪聊"上花费了1 800元。他自己觉得很值,按照其说法:"买到了好多快乐,既不用浪费儿女时间,也不孤单。"

近年来,中国南北各地的老人因得不到子女的关怀照顾,或由于在"精神赡养"及亲情照拂方面的长期匮乏而产生的积怨,往往会有将自己所有的财产转赠外人之举,那些长时期以来陪伴在孤寂老人身旁的保姆们,如果的确在其服务中尽心尽职,那细心周到的照顾,常会令老人萌生感激之心,积怨、感激,或许再加上有的受惠保姆那工于心计的表现等因素的合力作用,确实会促使老人采取赠金给外人的过激行动。而这也会引发相关财产争夺的诉讼官司在社会上日见增多的现象。考虑到家庭是构成社会的细胞,如果一个家庭接二连三地出现这样的亲情决裂和令人难堪的龃龉纷争,对和谐社会应具有的祥和程度,绝对是不小的损害。

有道是"可怜天下父母心",特别是在全球的华人圈子里,经常存在这样一个普遍现象:似乎永远是做父母的亏欠了孩子,而子女对父母不断地单向索取,却好像是天经地义之事。至于做子女的是否会处处为

[①] 有文章称最近10年,我国空巢家庭一直呈现上升趋势,老年人的平均空巢率已经达到26.4％。见童风莉、方金友:《关注"空巢老人"的物质与精神贫困》,载《社会科学报》2007年9月20日(总第1084期)第2版。不同的统计数字难掩这样一个令人尴尬的事实:"空巢老人"的队伍正在急剧地扩大。

老人着想,恐怕就很难说了,以致有些为人父母者,偶尔从孩子处得到少量的物质或精神方面的回报或感恩的表示,都会乐不可支,逢人就要夸示一番,更别说将来要麻烦孩子为自己做些什么了。这种老少之间非常不对称的关爱,令很多老人在考虑将来时,多站在为子女着想的立场上,从而对自己有可能在更老更衰弱的情况下拖累子女,表示了由衷的担心。反过来,做子女的很多不会站在父母的立场或角度看问题。上述不去看顾老人,导致出现"空巢老人"现象,只不过是不对老人表示关爱而已。更有甚者,一些自私的子女在组成小家庭后,处处为一己之私和小家庭利益考虑,还不惜牺牲父母的基本权益和经济上的保障。如想方设法让老人售卖住房,来偿还自己买大房或高级公寓的商业贷款;或是动用老人手中最后的养老存款,来为自己购房、买车、炒股票做打算。如此做法,等于断了老人的后路。难怪新加坡报纸上有人撰文称,如今社会不是老话所说的"养儿防老",而应是"养老防儿"!

该文提到一例,是说一位临近退休的司机不肯听取他人规劝,经过独生儿子的游说,硬是将自己名下的三房式组屋住房卖掉,所得款项拿去帮助儿子偿还购买高级住宅的银行贷款,并且慷慨地拿出了自己的公积金去帮助儿子装修公寓,还屁颠屁颠地跑去和儿子、媳妇住在一起,结果没多久,业已退休的他,就得终日里忍受儿子及媳妇的冰脸冷语,后者甚至不让幼小的孙子和他接触与亲近,以致这位已经丧失了利用价值的老爹,只好被迫从儿子所拥有的高档住房中搬出来,无奈地住进了条件甚差的单房式政府组屋,其窘况令昔日同事(即撰文作者)嗟叹不已。临别前,这个被儿子与媳妇狠狠地算计了一把的退休老人,吐露出一句不无苦涩的肺腑之言:"这一生犯了一个最大的错误,就是误信了儿子!"①

看罢此例,实在让人感到心寒,虽说作者在文中提到之事发生在新加坡,但狮城华人文化圈内的此种道德沦丧、孝道不存之现象,在偌大的赤县神州,也是不胜枚举。令笔者感到郁闷的是,那曾经承载着父母

---

① 翁益华:《养老"防儿"》,《联合早报》2007年9月10日,http://www.zaobao.com/yl/yl070910_506.html。

全部希望的独生儿子,其对待自己老父的那种前恭后倨的嘴脸、花言巧语的骗哄、对亲生父亲的"精神虐待"(如不让孙儿和祖父亲近等),以及物质上的实际夺占(如用父亲公积金装修自己的公寓等),凡此种种表现,正是良心没有、良知缺失、良善丧尽之流的本性使然。笔者联想到中国数十年来一直推行的计划生育及独生子女政策,往往在独生子女出娘胎伊始,父母乃至祖父母全家老人,就会积极动员起来,围着家中的"小太阳""小皇帝""小公主"而转悠、忙碌及操心。这早成为社会上常见的一种不合理也不科学的教育孩子之景象。在这样近乎溺爱的氛围下所培育出来的后代,其中为数不少人,正应了那句老话:慈母多败儿。这些收获了父辈大量爱心的子女,恰恰有可能就是一个从小被娇纵惯养成的极端自私之人。若轻率地把自己的晚年托付给这样的子女,其结局之不妙,亦可推知。虽说现下贻害多年的独生子女政策总算放开一些口子,但长时期来由此造成的社会问题实在是积重难返!

众所周知,成语中有形容父母爱子的"老牛舐犊",民间也有"虎毒不食子"的形象比喻,从史籍中的成语典故到千百年来流传的百姓俗话,都说明了一个道理:天下没有不爱自己子女的父母,而且越是老态龙钟之人,心肠似乎也会越发地软化,至于将一片爱心全部无私地献给第三代即孙儿孙女辈者,更是社会上屡见不鲜的现象。不过,以笔者之见,倘若只是年长父母一方,犹怀老牛舐犊之心,而作为年轻子女的另一方群体,却是鲜有爱严孝慈的关心呵护之意,甚或动起歪脑,整天只是算计着怎样将父母荷包里的养老钱攫为己有,即如上述提及的各种事例所呈现的情况,那绝对是有悖于我们营造一个和谐安康社会之目标的。

城市傍老族与拼搏不辍的银发族

俗谚称："长江后浪推前浪，自古英雄出少年。"正是人们用来形容小辈后生们青出于蓝，后来居上的赞誉之辞。这种正常的社会发展现象，随着现代社会的飞速发展，人类自身的繁衍更替和成熟进步也大大加快，各行各业中崭露头角的青年才俊是如此之多，也让人们对国家和民族的未来充满信心与希望。但毋庸讳言的是，如今在本该朝气蓬勃地施展身手的青年人中，也存在着数量相当可观的社会新生代寄生群落，他们有着一个让人鄙视的名号——"傍老族"。更有甚者，其中行止更加过分的还会被人们形象生动地冠名以"啃老族"。顾名思义，为世人所嗤之以鼻的这个新新人类群落，与"被啃"的老人群体在经济上紧密地勾连在一起，后者自身在晚年的生活质素，一方面，固然会因被前者的啃噬、依傍而大打折扣；另一方面，却又不无讽刺地借此机会向社会展示了老年群体也有自身的"存在价值"。

如果有意上网搜寻的话，只要打上"傍老族"这个带有社会学意味的名词，立刻会跳出来成千上万项与此相关的条目，林林总总的新闻会让你看得摇头叹气和沮丧，甚至会脊背发凉！古话说得好，养儿防老。可时下我们所看到的很多发生在我们身边，有些还是自己正在亲历的事情，都在在说明了社会上所谓的"傍老族"的存在，会使相关的家庭生活质素受到极大的影响而下降，也会给家中老者的现在或将来的人生黄昏抹上一层浓重的阴霾。

不少相关的描写看了真是让人齿冷，如有的老人退休后为满足年近而立的子女那填不饱的私欲和需求，只好强打起精神，不惜体力透支，坚持每天上班去"发挥余热"；有的子女学业结束，不思回报父母养育的拳拳之恩,却对工作岗位挑肥拣瘦,或者推三阻四,就是不想吃苦耐劳地干正经活,在无法找到自己心目中理想舒适的工作后,就选择泡在家中,让年老体弱的父母继续负担养活自己的重任。还有的在"傍老""啃老"的同时,并不肯降低自己的"生活水准",对他们而言:上网泡吧寻乐子,没钱就向父母要,愿望满足最要紧,哪管老人死与活!

当然,在这些显得很差劲的新新人类中,也有知道羞耻的。据有的报道,上海有对青年夫妻,在左邻右里的眼中,不啻城市隐士,躲在家中从不出门。原来就是没有工作,夫妻生活来源全靠父母,实在感到没有面子,但要他们去选择心仪的工作岗位,实在是不可能,而去干那些力所能及的活,又一百个不情愿。这样,躲进小楼成一统,夫妻整天"白板对杀"地无聊度日,成为这对"隐士"的唯一选择。

其实,不惟中国大陆近些年来有所谓的"傍老族"形成,发达的西方资本主义国度,也受到此类问题的困扰。如英国有很多青年平日里根本不上班,却安之若素地领取国家的社会救济金和享受社会福利。与此形成鲜明比照的是,许多年过六旬的英国老人们却还兢兢业业,乐此不疲地干着本职工作,当然他们所交纳的丰厚税收,有相当一部分也是被国家用来让那些懒惰的后生仔们享用了。据有关报道称,许多英国青年在大把花钱后被迫纷纷申请破产,因为他们拥有的各种银行卡都刷爆,又无法还账,只好取此下策。而一度号称世界第二经济大国的日本,据说也有52万之多的"傍老族"充斥于社会。看来,社会上这类群体的存在,与整个社会财富的增加也有一定的内在关系。似乎那些常闹饥荒的非洲国家,就没有类似的"富贵病"现象。

另外,从中国的社会实情来看,"傍老族"的出现和增多,还因为如今城市独生子女家庭多,父母长期溺爱娇纵自己唯一的后代而养成了其过分依赖的性格,也和学校的教育缺乏人生进取方面的素质培养等有关,亦与社会就业压力陡增、网络时代青年所具有的特殊社会心理等有关。这个复杂的社会现象及问题,还有待全社会形成共识,大家一起来直面和解决,形成人人鄙视"傍老"行为、痛恨"啃老"做法、倡导传统的尊老敬老的风气,让更多的认为"傍老""啃老"理所当然、父母的财产就是自己的天然财产、在使用爹妈钱财时"从不把自己当外人"的青年,自觉地担负起赡养自己和老人的责任。依笔者愚见，至少，先学学上文提及的那对"隐士"，多少有点羞耻感也好啊。正所谓"知耻者近乎勇"，如果能再主动学习一些技能，找份工作，争取由原来的"傍老族"转而改做个音同而字义不同的"帮老族"，那才真不枉父母辛苦生养带大子女一场呢。

除了社会中存在着所谓"傍老"或"啃老"的现象外，老人经济来源的拓展，也是老龄社会中无可避免的衍生现象。它不光是为了满足家庭经济需求的增加，还是个人实现自我的心理需求所致。"不知老之将至"，或干脆就是潜意识里的不服老，本来就是绝大多数老人的自然心理特征，人们往往会注意到身边的亲友熟人老了，但偏偏不大会去留心自己也在逐日老去，只有退休年龄的无情到来或临近，才会意识到和无奈地接受这个残酷的事实。那么，在老龄社会到来的今天，大批已届退休年龄的老人，是否有必要选择再战江湖，发挥余热，继续工作几年呢？从道理上讲，给后来的年轻人挪出工作位置，使自己就此赋闲，本是天经地义之事，但在实际情况中，除在精力不够、体能下降、工薪偏高等方面老年群体有着明显的负面因素外，一般在工作经验、业务熟悉程度、职场人脉、市场关系以及对工作的敬业精神等方面，老年员工都有无可替代的天然优势。这也是很多行业会怀着矛盾的心理继续聘用高龄员工的缘故。在当今世界各国，到处都可看到老年人继续任职打拼的情形。

在2007年8月16日发行的新加坡《联合早报》上，曾登载题为《八九十岁工作仍不言休，美国首次出现四代人职场拼搏现象》的报道，其中提到堪萨斯州甚至有位104岁的老人仍在担任簿记员的工作！这样的极端个例虽不具备典型性，但一大批耄耋老者在职场拼搏的景象确实蔚为壮观，而且从新世纪开始，美国老人工作的数量持续上升之势头也多少表明，随着人类的自然寿限大大延长，必然会连带着影响到老年人群的工作寿命。我国普遍的退休制度，男性在60岁，女性在50—55岁时须一律退休，和美国目前有超过百万的75岁以上老人拼搏于职场的现象比照一下，二者之间的反差实在太大：连古稀老人都可以如此多地在社会上发挥余热，遑论那些刚届花甲的"年轻老人"？而从心理健康的角度讲,退休年限告满的老人,如不是马上就急着从工作多年的领域内退出的话,对其身心健康也很有好处。至于继续工作能否在经济上保证老人的生活质量,得到的肯定答复当然是毋庸置疑的。笔者在这里想特别强调的是,若是作为一个在退休后依旧工作的老人,应该清楚地建立这样的意识:"发挥余热为自身",毕竟"儿孙自有儿孙福"。假如你的家中不幸摊上了"傍老族"或"啃老族"那样的子女,那就尽量做到为自己留一手,别让他们来分食掉你所有的辛苦果实!这不仅是保障你自己的权益,从根本上讲,也是为子女考虑。毕竟作为老人,最多是在为子女们的现在"掏腰包",绝不可能做到包养其一辈子,也就是说无法为子女们的将来"埋单"。故此,让子女更多地感受到生活的艰难和压力,早一点迫使其进入自食其力的状态,真正受益的,还是那些能够拿掉自己头上那顶不光彩的"啃老族"或"傍老族"帽子的后生们。

此外,"银发群体"在职场上的数量维持在相对高位,对青年人谋职求生当然会构成直接的不利影响,如何化解其中的矛盾,显然也是老龄社会面临的重要任务。

综上所述,在我们看到老龄社会中显现的与青年群体相关联的社会问题时,如从老年群体的视域和立场做考量,对增加社会的和谐度当有直接的益处,所谓将心比心,老人的今天,就是青年的明天,善待老人,尊崇老人,爱护老人,包括孝顺老人,自觉维护老人利益等,始终应该是我们这个社会,特别是青年群体所必须依循的道德准则。

如果被打的不是名人会咋样？

根据《生活时报》报道，2001年12月25日晚上，有个名叫顾玉龙的驻外记者回国休假时，和朋友们在北京京都信苑饭店红星歌舞厅消费，只要了几瓶啤酒加上一个果盘，店方在结账时竟然狮子大开口地索要1000多元，双方发生争执后，店方的一个肥胖者纠集数十人大打出手，在旁劝架的顾玉龙被那帮"有眼无珠"的打手当场打断9根肋骨，还连带肾部和脑部、鼻子、背部均受到不同程度伤害。经过法医的鉴定，顾玉龙的被伤害程度已构成刑事案件。

如此恶劣的开黑店"宰"人（这样往死里打，和拿真家伙宰杀人的结果并无差别），似乎在我国各地不止一次地发生，只不过这帮黑店老板豢养多时的帮闲平日里打顺了手，一时兴起，也不顾被打的对方有何背景，是什么来头，这才会惹出麻烦来。顾玉龙何许人也？按照媒体的介绍，顾氏系中央电视台驻欧洲的首席记者，在科索沃战争等重大事件发生后，为国内发回了大量详尽及时的报道，为广大国内观众所"熟识"云云。可是，1999年的巴尔干风云早成过眼云烟，再退一步讲，即便是刚刚报道过阿富汗战争的新闻大记者回国到上述这样的"黑店"消费，遇上不买账时，恐怕其肋骨同样难逃断裂之厄。因为喜欢向人挥舞老拳的家伙，多半属于那类孔武有力、四肢发达却不爱读书看报的流氓，何况再有名气的大记者，也不会像赵薇或刘德华那样的"大明星"那样有招牌效应，平日只是耍笔杆、敲键盘的文弱书生碰到他们，只能是"秀才遇丘八"的结果。

但问题的症结也正是在这里：被打者如今名气虽说谈不上响遏行云，至少也是拥有最大观众收视率的中央电视台的一个首席记者，多少

这个世界就分两种人

大人物或有所谓强硬后台的企事业及社会团体都不敢对央视小觑,毕竟央视掌握着影响波及各地的话语权,其来头和分量足以让任何个人被震慑住,如果央视一旦真为自己的属员顾玉龙出头,造造声势,做足文章,完全能把这家标着"红星"名号的歌舞厅做成靠"黑心"出名的黑店,然后追踪曝光、揭露到它完全趴下为止。从这点来看,那家歌舞厅叫手下开打的胖家伙,在得知对方的真实身份后,肯定要后悔得直咬手指头了。

看到这样的新闻,我不禁想起古时候也常有这样的事发生,就是那些平时横行霸道弄成了习惯的家伙,倚仗着自己的权势后台,偶尔也会遭逢"钉头碰铁头"的尴尬,即对方也有来头,诸如公主的家将和宰相的门吏发生争吵,在不知对方真实身份时,互不买账也是常有之事。双方都只想到自己的后台硬,脑子发热之际,全然没有考虑到各种可能性的存在。如今顾玉龙的被打,已经构成刑事案件,自然会有警方过问。只是,换种情况来看,如果先被"宰"再挨打的是平头百姓,即没有任何名气和社会地位与政治身份的"草民",能够引起如此大的轰动效应和受到各界的关注吗?皇城根下的服务性行业如餐馆饭庄之类的,在用"快刀"痛宰客人,在就餐者吃了馒头后还同时"奉送"拳头,吞下包子后有可能把顾客脸部打成暴紫的大有人在,但结果似乎都不了了之。曾经看到有位教授与儿子一起在京城某餐馆就餐遭暴打的报道,甚至还看到北京某超市保安用老拳打死偷东西的乡下人之消息。最后的结果如何,不得而知,因为媒体没有追踪后续报道。原因也很简单,被打的只是普通人,没有多大的新闻看点,哪像名人被打,本身就有新闻的炒作价值。

过去练习武功的圈子里曾有句话,出门在外,一不打和尚,二不打"黄胖"。因为前者是有大量时间从事武功修炼的僧侣,后者则多半是武功修炼已到相当境界之人。所谓"黄胖"者,并非肝功能不好,而是指其人内功精湛之外在表相。意思很清楚,这两类人都不是好惹的,练习武功者自当警觉,切勿轻举妄动,否则难免尝到失败受辱的滋味。

上述的江湖传言是否有理暂且不议,但我觉得,对时下那些开黑店"宰"人或肆意欺凌他人者来说,在耍流氓腔时,也须小心:一不碰官员,二不惹黑道,三不欺记者。何以见得?个中理由,且听道来。

官员有级别之分,你知道对方有何背景,是在哪个衙门当值的?还是收敛为好。

黑道虽说和你"脚碰脚",大家平起平坐,无甚高低贵贱之分,但若碰上难缠的"没毛大虫",加上其人背后的老大及其一大堆黑道上的弟兄,闹起来也够你喝一壶的。

记者虽属手无缚鸡之力的文弱书生,但却是比前两类更不能欺负的"无冕皇帝"。试想,倘若被你宰到或揍过的官员的背景并不硬,或衙门不大,你也不用太担心。至于和你交手的黑道如果在"黑吃黑"的角斗中败下阵去,或者在类似吃讲茶的场合做出退却让步,只会在"江湖黑道"上更加彰显你的"神勇"。唯独对记者却不能耍什么威风,别说像央视首席记者这样的大牌,哪怕是三流的小报记者,借助媒体的充分话语权,稍作渲染,就会立马让你"吃不了兜着走"!其实,开黑店和做亏心事,干见不得人的勾当的,都知道记者不好惹。于是,过往社会性贿赂的对象中,往往也有记者的份。有的社会恶性事件之所以会被悄无声息地遮盖于无形,就是此种交易的结果。而所谓的"有偿新闻"的说法,更直接标识了记者的人性弱点。

说到这里,我不禁对广大的布衣白丁在碰到类似本文提到的名记者顾玉龙这样的遭遇后,是否会同样受到媒体重视或关注的程度表示怀疑,因为同样的事情肯定不止一例地发生在神州各座城市的各个角落,和上述黑店有着同样恶劣行为的也肯定不是一家,但我们的"无冕皇帝"是否愿意屈尊来倾听和描述老百姓们受到的凌辱呢?诚然,愿意付诸勇气和社会黑势力做不懈斗争的记者确实有,但在庞大的记者队伍中所占比例是多少,答案却不容乐观。上海电视台前不久提到沪上某家大装潢公司,为达到压制某条新闻的目的,即不让其所属职员动手打女客户的报道见诸荧屏,曾使出浑身解数,整整压了好几个月。为何最后没捂住,而前面能"成功"地拦网捂盖,其中猫腻到底是什么,不得而知。我在想,不要总是等到开黑店的人"有眼不识泰山"地打到老记的头上,才恼羞成怒地作向社会流氓势力开战的勇士状,只有不仅为自己,更为老百姓出头讨公道的记者,才是真正的英雄。

2002 年 1 月 12 日 17 时 35 分

深入骨髓的奴才性格在作祟？

根据东方网 2002 年 1 月 21 日消息：19 日晚，深圳市红荔路上一家名为"无心快语"的酒吧大门前有一告示十分扎眼，上面竟赫然写着"今晚中国人不得进入酒吧！"的中文。这让众多赶在周末消遣的白领消费者们感到极度愤慨，连闻讯赶来的记者欲上前讨个说法时，都遭到酒吧保安的抓扯。直到酒吧门外因此事而愤慨的市民越聚越多，该酒吧的负责人才姗姗出门称，晚上酒吧只对印度人开放，中国人一概不得进入，这是"上面"的决定云云。

但凡热血汉子，看了这则新闻，都会按捺不住地拍案痛骂这家酒吧的"有心恶语"！从做出如此决定的酒吧负责人，到凭着蛮力阻挡本国同胞进店消费的保安，包括用笔写下告示中"中国人"的那个无名氏（报道中未提及斯人，应该也是"无心快语"酒吧的工作人员），想必都是清一色的"中国人"，之所以给这一帮对着本国同胞横眉怒目作金刚状的家伙称呼上打上引号，实在觉得他们在那个晚上的表现，根本配不上这个称号！难道仅仅因为有关主管部门（所谓的"上面"）通知该酒吧当晚负责办好"印度之夜"，专场接待印度人，这帮家伙就可以拿着鸡毛当令箭，高悬有辱国人（包括他们自身在内）的告示于酒吧门前？虽说该酒吧招牌就是"无心快语"，但也不能口无遮拦地随口伤人吧？把我们"中国人"作为这种禁令式语气的宾语来加以限制，别说是在 21 世纪中国国力强盛的今天，哪怕是在上个世纪初叶实力尚属孱弱的中国，在西方列强有着"飞地"之称的上海租界，一块写着"华人不得入内"的牌子都会引起国人的同声抗议。道理很简单：在属于我们自己的国土上，如何能够容忍这样明目张胆地对有着主人身份的中国人进行挑衅！

　　也许有人会说，不要小题大做啦，不就是一块临时告示么，不这样写，怎么能保证把平时周末里习惯来此处享受的中国籍白领们拒之门外呢？毕竟这是"上面"的意思啊。且慢，话可不能这样说，要执行"上面"的命令，即在当晚组织什么"印度之夜"之类的派对，完全可以明确地写上"本酒吧接到通知，今晚只接待印度客人，敬请众位新老顾客予以谅解"等语句，同时再由门口的保安人员辅之以说明，相信在那天晚上，也不会有那么多的国人会群情汹汹，义愤填膺了。中国向来就是礼仪之邦，主随客便，偶尔腾出个酒吧让近些年来自我感觉甚好的印度"红头阿三"（民国时期上海滩民众对公共租界的缠着红布包头的印度裔锡克族巡捕们之蔑称）们啸聚次，也不是什么大不了的事，相信只要酒吧"有心慢语"地向众人做番解释，大家都会接受并掉头离开的。可就是那个秉笔书写告示的家伙，不知哪根筋搭错了，偏偏就要强调"中国人"不得入内！作为改革开放多年的城市，深圳自然有许多深谙中国国情的外商，以及拥有绿卡或已经加入外国国籍的华裔，不知那天晚上在睹此"无心快语"的恶劣告示后，会作何想！

　　中国文字写成语句或段落，立即会有相应的意思或信息蕴含其中，古人对此心知肚明。亚圣孟轲曾云："孔子作春秋，乱臣贼子惧。"所谓"春秋笔法"，也可引申为每个人在写任何文句时，其文句的搭配会不经意地将其潜意识流露出来。以笔者愚见，上述深圳酒吧写告示者，恐怕是在接到"上面"的命令和精神后，那早就深入其骨髓的奴才性格便立即张扬起来，以致在其落笔时根本不愿考虑国人的感受，满脑子只是对当晚没有资格进入酒吧的"中国人"的轻蔑和藐视，才会大大咧咧地发此"无心快语"！不然的话，对着同胞居然会写出这种"春秋笔法"的通告，实在让人费解。还有一种可能，即该酒吧的老板可能是印度人或其他外国人，而写中文告示的也已经是归化异邦的华人，如果是这样，那么告示中透射出来的对中国人的蔑视，还可以解释为敌意和汉奸味。当然，不管出于哪种情况，面对上述不啻向中国人叫板发威的告示，中国的消费者们都会气愤地与之交涉。

　　行文至此，笔者不禁想起几年前香港艺人张明敏唱的《我的中国心》,还想起另一首名为《我是中国人》的流行歌曲,歌词言犹在耳,让人振奋不已。但愿每一个心里被天然地"烙上中国印"的国人,都珍惜那与自己国籍相关的神圣称号。我们更要明白的是:在赤县神州的每寸土地上,中国人才是真正的主人!

2002 年 1 月 21 日 17 时 58 分

神圣的国歌岂容玷污

清明时节,沪上市民既有外出扫墓祭奠亡故者的,也有选择踏青游玩的,而每年一度的南汇桃花节,也成为人们重要的去处。昨天,笔者和几位朋友就驱车直奔南汇大团镇,在盛开的桃花丛中,享受了一番亲近大自然的愉悦。

可是,赏心悦目之余,我还是感到有美中不足之处,譬如在收了价格为36元的不菲门票后,偌大的桃园里还有几处再收费的白相场所,如什么"桃花迷宫""东巴小猪运动会"之类的,明眼人一看即知,这些玩意无非是赚取儿童的把戏,一般赏花游客大多不会对此青睐,尤其是所谓的由来自印尼的东巴小猪表演的运动会,那喧嚣的喇叭拉客噪声和媚俗的节目说辞,与阳春三月里人面桃花相映红的美景格格不入,好在我们是"走过路过,就是不要看过"这些煞风景的东西。

不过,不一会儿,我的这种遗憾就被愤怒所替代了。除了国人耳熟能详的《运动员进行曲》随着围场内小猪们的跳水、赛跑等"运动项目"的进行而不断响起,令人对这些拟人化的搞笑做法感到滑稽外,那模仿奥运会中华健儿夺冠后的仪式,竟也一遍遍地上演!更为恶劣,也不能让国人容忍的是,那曾让历届为我国争得荣誉的男女运动员闻之动容的庄严国歌,居然也随之不断地在这冠名为"东巴小猪"的动物搞笑节目中不断地播放!试问,这群来自远方爪哇国度的猪猡,哪怕再聪明,也不能用来和人类的奥运会相提并论吧,更遑论拿我们神圣的国歌来开涮了!

有关管理部门,在组织每年一度的旅游节或诸如此类能够赚取大把银子的项目之同时,是否能多一份责任心和细心,看看充斥于市场的各种花样把戏是否有出格的或带"黄"的,甚至的有损国格的?不然的话,这种现象会屡禁不绝地出现。前些年,上海人民广场附近某商场就曾出售过印有日本海军军旗图案的围巾,而经媒体揭露后,次日该商家还是"痴心不改"地继续做着这有辱国格的生意。另外像南京大屠杀的历史惨案竟被中国人自己制作成所谓的游戏节目,当那个年仅20多岁,名为"火心"的制作者本人都对此已经追悔莫及时,更多的利欲熏心者却通过盗版的方式来赚这包藏"祸心"的游戏光盘。而同样让人难以接受的是,居然还有国人会去购买并心安理得地以此游戏作乐!

爱国主义的教育应该长抓不懈,对自己祖国国旗、国歌的尊敬和爱护,也是我们每个中国公民应尽的职责。神圣的国歌怎么能和小猪运动会牵扯在一起?希望类似南汇桃花节上这种肆意糟蹋国歌的商业节目被尽快地予以制止。

2005年4月7日正午

谁来惩办强奸犯罪现场的冷漠看客

据东方网2005年4月30日消息：4月27日夜，在河南省宝丰县建筑公司附近，一歹徒将一名23岁的女青年摁倒在地，实施强奸，女青年大声呼救，然而闻声而来的10多名"好事者"竟无一人出手制止，直到从此处路过的林先生打电话报警，民警赶到现场后，暴行才被制止。

此前不久，也有类似的新闻见诸报道。4月18日下午4时左右，河北省衡水市一个拾荒的乞丐公然在育才街的公厕里强暴女孩，闻声而围观的40多个"好事者"也是不肯施以援手，甚至连一个报警电话都没有人拨，致使女孩被凌虐了20多分钟！最后还是路过事发现场的警察觉得围观者众多，要察看情况，才令色魔就范的。

无独有偶地在大河南北上演的如此丑恶卑劣的活报剧，事隔不及旬日，笔者对社会上竟然还有如此色胆包天的强奸犯敢在光天化日和众目睽睽的情况下施虐，不禁怒火填膺。无怪乎世界上已经有国家如德国、瑞典等先后施行了对强奸犯去势的"阉割"手段，并已立法通过。而在向来以重视人权为标榜的欧美社会中，最早吃"螃蟹"尝到鲜美滋味的澳大利亚，更是有82％以上的民众同意这种刑罚，称该法案得到举国响应，也不为过誉之辞（见诸《国际先驱导报》）。由此可见，用本身也很严苛的手段来惩治人们痛恨至极的强奸犯，并以法律的形式将之固定下来，除了直接惩治了犯罪者本人外，对震慑和制止胆敢效尤者的犯罪行为，以及慰藉那些受魔爪戕害的弱女子来说，都不啻一剂可以驱散社会邪火的清凉灵药。看来，我们的立法机构，也应该适当地征求社会民意，考虑如何与时俱进地制定相应的专门惩办强奸犯的刑法，以保证社会的和谐与民众的人身安全。

此类新闻频频曝光,除却其中色魔本身的恶行让人切齿咬牙外,笔者对社会上一些人即上两则新闻中所谓的"好事者",其实也就是"看客"的冷漠兼无耻、下流的行为,同样感到怒不可遏。我曾经针对中央电视台2003年11月8日《道德观察》节目中披露的一件事,即2002年6月1日在广西省玉林市发生的数百名群众围看三个恶少女强迫受害少女小林当街裸行,后又导致该少女被围观者中几个恶青年轮奸的恶性事件,专门撰文狠批相当一部分国人中丑陋的"看客"心理。我以为,对这些冷漠的"看客",当下的法律似乎还无法进行惩治,社会公众舆论最多也只能把他们放在道德法庭的层面上加以谴责,但却无损于这些家伙的半根毫发!

从以上这些不断克隆翻版的社会恶性事件中,我们可以一而再地看到有些国人是如何以卑劣加性兴奋的情绪"平静"地做看客的。据受害女青年讲述,当时她不停地大声呼喊"救命",但十几个围观者均无动于衷,这种"看客"们的态度助长了歹徒的气焰,以致这家伙居然会嚣张地说:"别喊了,再喊捂死你!"而事后打电话报警的林先生气愤地说:"当时有十几名男女在围观,但竟无人出面制止,真不知道这些人的良心哪儿去了!"我们再把镜头切换回九天前的衡水市,在冠名为"育才"的街道上,上演的是更多的"看客"丑陋面目的真人秀!真不知道这些人是怀着怎样的心理在看拾荒乞丐对少女犯罪,他们中肯定不乏为人父母者,他们在平时生活中是如何教育自己子女成才的?上梁不正下梁歪,想必好不到哪里去。

我曾经在文章中,针对网络上有人反对把批判的梭镖或投枪掷向平民百姓的提法,专门指出对刁民恶民也应该与对贪官污吏一样实行口诛笔伐,我的理由就是:当官的其实就是从这些平民中抽拔出来的,说不定前文提及的这些处在围观"强奸进行式"中的众多看客中,也不乏平日里将革命理论或政治大道理高挂嘴边的伪君子和契诃夫笔下的七品官员呢。时下国中常见的现象就是:有人落水,大家都悠乎悠哉地用眼瞅着,就是看个热闹而已,出面打抱不平的,仗义救人的似乎成为鲜见的现象了。2015年曾经火了一把的电影《老炮儿》,里面也有六爷张学军(冯小刚饰)在四处筹钱时经过一个围观现场,有人为债务缠身而选择跳楼轻生,现场众人中不乏催促该男子快点跳楼的家伙,当场遭到六爷的呵斥:"都是些什么人啊! 是不是想找抽?!"当年曾因国人麻木地观看日俄战争中被日军以奸细名义杀害的旅顺同胞而无动于衷,令鲁迅先生悲愤得不得了,据说就是在日本学医期间看到这些新闻图片后,他才起意走上弃医从文之路的,并激发他写下那么多甚具战斗力的雄文。

当年秦孝公起用卫鞅变法后,秦国民勇于公战,怯于私战,在与六国的交战中军力大增。如今我们很多国人同那时的六国之民没有差别,但凡在维护私人利益,保护自家那一亩三分地时表现出来的大无畏,绝不会用在向别人提供半点帮助上,遑论维护社会公义、制止罪恶、保障妇孺权益上了。

写到这里,我不禁想大声疾呼:谁来惩办那些强奸犯罪现场的无耻而又冷漠的"看客"?! 其实,国外相同的社会现象早就搬上了银幕。在获奖影片《被告》(The Accused,又译《暴劫梨花》)中,两届奥斯卡奖得主朱迪·福斯特扮演了一个遭到强暴轮奸,但坚持与社会恶势力斗争的酒馆女招待,影片中除了将几个强奸犯绳之以法外,结局还出现这样的镜头:法庭将众多强奸罪行现场围观者中三个最"来劲"的家伙也送进了监狱。他们当时拍手叫好的怂恿犯罪表现,是他们最终沦为阶下囚的重要原因。影片本是生活的写照和提炼,看来,好莱坞大片中对那些丑陋可耻的看客的道德斥责及量罪定刑,对我们多少也会有些启发。

贪官"赖民"都该骂

东方网上的《今日眉批》曾登载了题为《骂贪官有用吗?》的文章,看后颇有同感。确实,对那些敢于冒天下之大不韪的大小贪官赃吏而言,钱色方面的贪婪是他们为所欲为的原动力,庄严的国法尚且不在他们眼里,那些媒介上对已经东窗事发的"死老虎"的鞭挞和斥骂,更不会触动他们一根汗毛,他们中的绝大多数根本不会"眷顾"这些文人墨客的时评文章,所以骂也是白搭,恐怕其效果连在荣、宁国府门前的焦大式叫骂都达不到。如此看来,这类文章是可以不用再写了,考虑到这一点,多少会让那些热衷于用笔来挥斥方遒、"粪土"时下众贪官的书生们感到沮丧。

可事实上,上述文章墨迹犹新,另几篇骂贪官文章却又紧随其后地登载在同一专栏上,我在多少觉得有点滑稽之余,还是对编辑能够集各家之言、博采众议的做法感到佩服。同时,我对贪官到底是否该骂也有了新的看法。不惟如此,嗣后在上班途中遭遇的一件事,更让我对此有了新的认识,那就是,贪官就该责骂,而碰到百姓中的那些无赖和刁恶之民干坏事时,同样也该呵斥,因为他们是毫无道德之心和公民意识的家伙。

我供职的单位就坐落在淮海中路上,每次徜徉在高楼鳞次栉比,两旁绿荫婆娑的这条著名马路上,感觉总是很惬意,但优美的城市面貌,既要归功于我们环卫工人的努力,也要求我们每个市民都能自觉地做到维护马路清洁卫生,包括不随地吐痰和乱扔废物等。可有一天,偏巧让我看到有位打扮时髦的青年女子,吃完手中食物后,随手就将白色的小食品袋丢下,落在淮海中路旁那被清晨阵雨冲刷得格外翠绿的灌木丛上，显得十分扎眼，而这位撑着雨伞的女青年只要再往前走上两三步，就可看到一个比较醒目的废物箱。我很愤怒，但考虑到对方的性别和年龄，不便上前直接指斥，只是做了次"雷锋"，帮她捡起后扔进废物箱。看着走在前面若无其事的那位摩登女郎，不知为什么，我突然觉得她是那么丑陋和令人憎恶。到单位后，一位同事听到我讲述自己见闻后，说我没有上前责备对方是不失明智之举。因为他在有次骑车上班途中，敦促别人恪守交通法规，不要穿越红灯，竟被其他几个抢穿红灯的骑车者揶揄为"太平洋警察"，言下之意就是他喝了太平洋的海水，管得太"宽"了。看来，我没有教训那位乱扔塑料袋的女子，至少可以免掉被对方讥讽或漫骂的羞辱。

从目前社会上普遍的情况来看，对那些缺少社会公德的"赖民"而言，任何出来敢于"干涉"他们做违反社会道德和法规章程之事的人，实在是"吃饱了撑的"。由于长期以来这方面教化的相对弱化，社会上甚至形成了可悲而又可恨的"共识"：谁出头管事，反会被相当多的人所不容，并视作另类。"各管各"的小市民陋习又沉渣泛起。前不久《东方110》专题节目《夜幕下的飞贼》中就提到，那些由广西专程来沪撬窃的盗贼中有个人交代，他7次作案中有5次被住家发现，但这些上海居民每次都是只关好自家阳台门窗，也不报警，任由外地飞贼疯狂盗窃其他无主人在家的居室，而盗贼的胆子也因此见长。由此可见，我们这种本应该存在于社会的见义勇为的正常氛围，即有人敢于说公道话，甚至正面批评和制止坏人干坏事，已经变得比较罕见了，至于那些"赖民"当街便溺、倒药渣、丢废物（包括住楼上者往底楼扔脏物）、吐痰涎等恶习，大家反而见怪不怪，作为公民所应具有的道德意识，也由此萎缩了不少。这种情况的存在，显然有悖于我们朝着国际化大都市迈进的方向，与我们所提倡的社会主义精神文明建设也是背道而驰的。

回到本文前面的话题，即贪官是否该骂。我以为，对贪官和"赖民"，都该照样进行斥骂，一点松懈不得。换言之，对社会上一切丑恶的现象，都该人神共愤地齐声呵斥和加以无情的鞭挞，同时对那些敢于出面维护社会公德及和丑恶势力做斗争的人士，则应予以充分的首肯和支持，从而在全社会形成强大的"讲正气"的氛围，而要达到这点，包括

这个世界就分两种人

网络在内的社会传媒都有责任和义务对此进行呼求。虽说客观上,绝大多数贪官不会去看有关鞭挞贪赃枉法的时评文章,同样,属于"缺德"的"赖民"们即便上网,他们中的大部分人,也不会浏览此类过于严肃的文章,但我依旧以为,贪官也好,"赖民"也罢,仍旧要被我们的媒体列为批判谴责的对象,因为这其实亦是一个对全社会进行人格和道德教育的重要机会,如果连类似批判痛贬有关社会丑恶现象的舆论阵地都要拱手让出或放弃,那么,在一个正由人治转向法治,各方面的制度化和规章化正在日益完善的社会中,又如何谈得上通过社会舆论来针砭时弊、惩恶扬善,为以法治国和以德治国提供相应的社会心理基础呢?从这个意义上讲,上至贪官,下到"赖民",都要予以揭露、贬斥和痛骂。此外,在对这两种人的斥骂声中,我们每个有着不同身份的人(包括作者、编者和读者),不都有着"以人为镜,可以明得失"的机会吗?如果引以为戒,反省自身存在的不足,那么,即使这两种被"骂"的人不看此类文章,相信仍能对整个社会正气的抬头和匡扶,起到一定的作用。

2002年5月1日22时32分

网络时代的尴尬

近年来,沪上研究机构中"评聘分开"和高校中"教授终身制"的宣告结束,让人们从有关部门领导的"大手笔"中,明显地感觉到传统体制的改革力度正在不断地加大,社会方方面面当然也是一片叫好声,因为死水一潭般的职称评选体制长年留下的积弊,在这种多少带有强制性行政措施的冲刷下,被荡涤得大半殆尽,人们在这方面的惯性思维,也开始起了变化。说到底,它们对促进人才的流动和加强竞争机制,都有着直接的积极的社会意义,对此,应该予以充分的肯定。

作为沪上某研究机构的一员,笔者身处改革举措层出不穷和科技日新的网络时代,当然也不甘落于人后,于是结合自己的研究专长和关注的社会领域,不断拍打键盘,让自己的思绪尽量贴近社会的各主要层面,把自己的眼睛盯牢大众关心的问题,笔耕不辍,在政府主办的东方网中发表自己的看法,除了网友论坛上的帖子以外,也有一些文章发到了该网站的新闻眉批和相关的网络参考中,或是作为"BBS精华"被推荐在网站的首页而获得千余人的点击。面对着自己的"成功",私下里也曾窃喜过,这样在网上发表自己所撰写的原创性文章,来直面社会和人生,探讨人类历史文化,包括回顾我们所在城市的发展轨迹,可谓影响大矣。因为圈内人都知道,发表在所谓正规而又传统的"经典"学术刊物上的论文或文章,光顾者寥寥无几,除了本专业的人士会出于兴趣偶尔翻翻你的"高论"外,一般他们也是没有太多的"闲工夫"来拜读你殚思竭虑后的"成果",遑论从事其他专业或不相关领域的学者乃至更多的社会读者了。换言之,你冥思苦想的结果,即便被某刊物采用,除少数会因某种因素,如热点问题的讨论或有某些背景的理论探索和新议等可能引起社会关注外，大多数的"下场"就是被束之高阁而遭尘封。也就是说，作者只是在"自说自话"罢了，其社会效果实在是小得可怜。

网络作品则不然，虽说大部分读者可能对你阐发的相关问题不一定了解，但最起码的事实是，即便是对某方面情况知之甚少的读者，在阅读你的文章或时评后，也多少会在思想上"泛起涟漪"，也会引发联想和思考，有时更会激起共鸣，那么，谁还能说网络作品的社会意义不及那些铅印字模排版出来的作品呢？后者受到"关注"的程度远远不及前者，从社会影响的实际效果来说，完全可用"瞠乎其后"的字眼来加以形容。e时代的到来实际上也给学术界每个研究者"成果"的展示，提供了同等而公平的机遇，善于抓住这种机遇的人，其实也是得风气之先者。

可是，这种简单而又明了的道理，在有的研究机构里，似乎还没被认同。我不在高校工作，不敢对沪上高校有关职工成果统计的评议方法妄加评论，确实也不了解，但对本单位在相关成果的统计标准上比较清楚，有一点我是百思不得其解：为什么我们在网上发表的任何原创文章统统不得计入成果？也就是说，在按照规定个人完成的工作量上，网络作品的字数无效！如果说，在BBS上发表的，哪怕被作为"精华"推荐于首页而拥有极大人气和点击数的文章，被单位视作"口水帖"而全然不顾其实际产生的社会影响效果的话，我尚且可以按照我们单位有关部门的思路，将其理解为，毕竟那里还只是网友们的一方天地，也是广义上的"自说自话"（其实不然），不能和"正规"的出版刊物相提并论；那么，我对自己那些经过官方权威网站编辑们的选择考虑而正式采用，且有稿酬可拿，并在社会新闻页面及栏目里发表的文章，竟还会被有些"成果标准阐释者"看成是"野狐禅"而嗤之以鼻，实在感到可笑之至！

网络时代的到来，给我们的生活带来了许多全新的挑战，也使我们许多早已养成习惯、形成制度的东西相对显得过时，有的更是严重地处在滞后状态，而如上所述的这些滞后观念的客观存在，又和新出台的许多改革大动作掺杂在一起，倘若不注意及时地更新业已落伍的观念，那么，一些"新举措"是否真正到位及其落实程度，就不能不让人产生疑窦。毕竟我们的评聘制度，要和"成果"的多少直接挂钩，而且如此看待网络作品和编作者劳动的态度，本身也是和时代发展潮流相悖的表现。但愿网络时代遭逢的类似"尴尬"会越来越少。有一点，我坚信不疑：总有一天，我所在的单位会纠正目前的做法，e时代的学术研究成果将会给网络作品留下应有的一席之地。

2002年2月2日13时46分

我们比不过韩国人

　　本人自幼不怕打架,有时也会做一下"拼命三郎"石秀。可随着年龄的增长,胆气却不见长。看看因抗议日本政客的作为而在"独立门"削掉小指,然后由医生用八卦国旗包扎伤口的韩国青年,我真为自己身为泱泱大国的子民而感到羞愧:我们中国人最多"蓄须明志",要削,也最多削发,反正毛发还会像韭菜一样长出来,谁会去把自己的手指削掉啊?

　　曾在网上见到一咄咄怪事:京城老少爷们呼啦百来号人,围着被四个日本青年暴打的出租车司机魏师傅看热闹,居然没有一个爷们出来干涉。我在纳闷,哪怕是捋捋袖子,做个样子,一人一口痰,不也可以叫那几个来自东瀛岛国的小伙子们"游游泳"啊?可现场只有一位刘女士为老实巴交的魏师傅说了几句,竟还被一个170厘米高的皮肤黝黑的日本小子推搡了一下。当场有个去过日本的国人表示,这四个日本新浪人如在讲法制的日本本土,不会这么撒野,而中国人更不敢在日本大街上公然打日人!

　　看到网上的这条新闻,作为一个被北京人瞧不起的上海人(据说首都男女对沪人的最好评价就是"您看着不像一个上海人";北京油子侃爷们制作的50集电视剧《渴望》中,最猥琐的男人名字就叫王沪生),我心中同样泛起一股对申奥成功的北京爷们的蔑视,本人如在上海大街上看到日籍浪人向同胞寻衅,肯定加入群殴,哪怕被打落牙齿,也会和血吞下。更让人气愤的是,这四个鬼子被带到派出所,警察让他们向"打不还手,骂不还口,只在一旁抹泪"(有照片为证)的魏师傅道歉,并赔偿500元罚款(因酒后吐秽物于车座上)时,他们竟拒绝道歉,只是甩下500元,扬长而去。我真由衷地敬佩这些严格遵守外事纪律(不是治外法权)的人民警察,他们就是有水平,含威不露,文明礼貌有加,但不知为什么,我觉得他们就像《大宅门》中尚在中年的白三爷(白老三最后的晚节还是保存得十分感人),还不如《四世同堂》中那同样披着警服的白巡长哪。

日本首相小泉纯一郎坚持参拜靖国神社,又在来华时刚下飞机就直奔卢沟桥抗日战争纪念馆,此种政客的作秀本领真够厉害。抗战时,我国有几百万汉奸,也够丢人现眼的。华北卢沟桥七七事变,日本华北派遣军很快进入北平;一个月后,在"八一三"事件中,却整整延宕了三个多月才进占上海的闸北、虹口等地,"上只角"还在英美法手中,是上海叫鬼子吃瘪,大挫其锐气。尽管国军损失惨重,日本军队也毕竟有四万多伤亡。看看东方论坛管理人员,网名为"草原之鹰"有关淞沪战役的帖子,让自己体内的血液沸腾一下吧。

一个过于圆滑,明哲保身,参透一切的人,胆气肯定不足,豪气更是与他无缘。生活中这类人我们见得还少吗?而由绝大多数这样的国人所构成的民族共同体,又如何呢?但愿我们的生活中像李逵、鲁智深、武松、石秀这样直男性格的人更多一些,少一些宋江、卢俊义、王伦之类阴拐或伪娘类的大老爷们。20世纪初期,韩国虽亡,但出任朝鲜总督的日本高官伊藤博文却被韩国志士安重根刺死;韩国的临时流亡政府就设在上海,而在日本人于虹口公园开侵华胜利的庆功会上,又是韩国人反客为主,干了本该由中国人来做的事,日军大将白川义则就是被韩国志士尹奉吉炸成重伤而最后死在医院的。孤岛时期,戴笠的军统特务们够厉害了,刺杀的都是汉奸如"海上十闻人"中的张啸林、傅筱庵,却没将行刺的重拳击向主要的敌人,而是他们的伥鬼。果然是"内战内行,外战外行",国人擅长"窝里斗"的本事,早已成为一种与生俱有的文化遗传基因。国内甲A赛上"八旗"(本该写成"霸气",但觉得他们还不够格)十足的队伍,见了洋人,就如西北大风歌中所唱的那样:我家住在皇城根上,洋人从城下经过,不管是东洋人,还是西洋人,都是我的输,我的输。

看来,在研究人类遗传基因方面已着先鞭的中国科学家们,也得探

这个世界就分两种人

研一下,为什么东亚三国都是蒙古人种,却在民族性格上会有如此大的差异呢？本人以为,中国人(汉族)绝大多数没有宗教信仰的特点,值得分析。那种临时抱佛脚,急来乱烧香的,或是道佛不分,见神像就磕头的人,不能算是真正持有信仰的人。从本质上讲,中国是个基本上没有宗教信仰的大国,但"临时抱佛脚,急来才烧香"的人又比比皆是,寺庙道观门内"烧头香"的人摩肩接踵,菩萨、老爷像前"有求必应"的祝祷声"感天动地",这种低层次的信仰实质上和国内外真正的宗教徒精神生活根本不可同日而语。举例来说,每年大年初四夜里用点燃爆竹的噪声来寄托自己发财梦的人,有几个会真正把宗教伦理道德当回事呢？

反观韩国,基督教长老会为人数最多外,其他不信偶像的基督宗教（包括天主教以及属于新教的各分支）信徒在百姓中比例也甚高。日本有宗教信仰的同样不少,而偌大一个中国,有信仰者太少。更有230万人居然去接受一个叫李洪志的歪人愚弄,不去皈依真正的宗教信仰,却去修炼可笑无比的"法轮功",这同样是国人的悲哀。不去追求信仰和寻求文化归属上的需要,却饥不择食地把所谓的李"师傅"当作"救主",更显荒唐可笑。历史上中国的淫祀特多,旧时马路和尚、弄堂道士之类的"野狐禅"也不少,这些都说明,中国人即便在信仰文化的选择上,也是远逊于韩国的。己亥年(1899)到庚子年(1900)开坛练功的义和团拳民滥杀无辜基督徒的事例不用再提,就拿1851年1月广西桂平县金田村起义的太平天国来讲,虽在名义上是基督教信仰,却掺杂了洪秀全、杨秀清、萧朝贵等人太多的私货(也算中国特色吧),事实上已成为不折不扣的邪教,而这种将好端端的基督教进行邪化,亦为以后的"天京事变"埋下伏笔。于是乎,一场"窝里斗"的好戏又开演喽。

初稿于 2001 年秋
修改于 2002 年 1 月 24 日 13 时 26 分

后记：

韩日世界杯赛后,由于韩国人急吼吼地硬是挤进四强,加上过五关斩六将似的连连击败欧洲老牌劲旅,一时间招来骂声一片。紧接着,釜山亚运会的召开,再次将韩国人赖皮韧劲暴露到光天化日之下,更是引起亚洲各国有实力的运动员及教练员的反感,小国寡民的那种"特殊风范"也给众多国家的记者和观众留下深刻印象。这就是韩国！它的人民能够吃得起苦,派出来的外教教头个个都酷似当年的大松博文。中国女子曲棍球队在金昶伯的家乡釜山夺冠后,魔鬼教练在女队员李爽的口里,不就成了"父亲"吗？韩国教练们的敬业精神,在其他体育项目中也是有口皆碑的。这也是韩国！韩国青年在时尚流行方面的哈日成风,和体育竞赛及有关历史教科书等折射国家间敏感内容等领域中的排日敌意甚浓,也都是并行不悖的国情,这还是韩国！

韩国,高丽民族,一个有着浓郁中华文化浸润痕迹,而又普遍接受西洋基督文化理念的民族共同体,实在是一本难以从表面轻易就可解读弄懂的大书,你可以从不同的角度来读它,可笑、可恨、可敬、可亲,就看你怎么理解了。苏东坡曾劝人读书采用所谓的"八面受敌法",面对"韩国"这本极有意思的大书,也不妨多换几个视角来仔细研读,相信定能取得全面而又立体的理解。至少有一点是可以肯定的：在对付日益猖獗的日本右翼势力方面,韩国和我们中国是"亲韩亲骨"(据说在韩语中是"好朋友"之意),双方有太多的共同话语。

另外,在东亚,当今主要是中、日、韩三分天下(蒙古国和东南亚的一些国家在国家综合实力上,根本无法匹敌)的"三国"局面。如以GDP和国家经济实力而论,日本有点像当年的曹魏,它以西方七国之一的大国身份,又和头号军事强国"米国"(日本叫法)有着特殊的盟友关系,因此可以"挟天子以令不臣";而偌大的中国,以目前GDP只达日本一半的水平而论,如同当年三国中政权历时最久的江东吴国;看似凶巴巴的韩国,实力相对来讲还是最弱,就是朝鲜半岛统一,它也只不过相当于那羼弱的蜀国。

1868年日本明治维新后走上强国外扩之路,中韩尝尽其苦头,继日本强占中国的属国琉球(现为冲绳县),又逼迫中国割让台湾岛后,韩国甚至一度沦为亡国奴。所以,在事关东北亚的重大国际局势和战略问题上,韩国应该是中国可以倚重,借以对付日本威胁的最佳战略盟邦。关于这点,作为中国人,我们心中应该拿捏得清清楚楚才是。

老外的撒野和我们的对策

——从黑人侮辱的姐之事联想到的

自从鸦片战争失败,中国的国门被西方列强的坚船利炮轰开后,洋人就像"无肠公子"那样,在神州大地的各处角落横行霸道。此类记载充斥于中国近代史的史册,对于力求崛起、发愤图强的中华民族来说,不啻最好的反面教材。

当其时,普通民众对那些外国殖民者、冒险者和淘金者的罪恶行径,也是深恶痛绝的,以最早开埠的通商城市中的上海而言,民间排外的心理甚浓。如针对外国人在华拐骗华工出国当苦力,1859年4月1日,就有署名"发愤氏"的揭帖,内称:"近闻红毛人在暮夜捉人,鸣之于官,官不能伸。"大概觉得官府无法解决此类问题,该帖呼吁:"如遇有夷人暮夜捉人,一问之下,随即鸣锣,协同闾里共同捉拿。"同年7月23日,停泊在黄浦江吴淞口的一艘专门运载中国"猪仔"的法国船"吉尔楚得"号上有数百名华人因不堪非人的待遇,更不愿被拐卖至异国他乡,遂起而反抗,结果被船方打死和溺毙于江中的竟达40多人。老外在中国打杀人命的消息传开,沪民顿时群情汹汹。7月29日,该船的被害华人在时为英租界的"大马路红庙"前现身说法,当集聚的群众看见有两个英国人,随即上前饱以老拳,适逢洋人李泰国、何勃生走过,想用手杖拦阻愤怒的民众,也遭沪人殴打,等到外国巡捕携枪弹压,才驱散民众。时任总税务司的李泰国被打成重伤,另一个名叫汤姆斯·波顿的英国人则因伤重而毙命。这种民夷互斗的怒火,还一度殃及池鱼。第二天(7月30日),有从暹罗国(今泰国)来华的男女六人在城隍庙闲逛,因衣着状貌迥异于华人,沪民都怀疑其为拐骗者,于是大家争先恐后地上前驱逐。拥挤中,其中一名外国人被挤入荷花池淹死,另五人还是知县赶到并禁阻冲突后,才被护送回住馆的。可见,老外在中国真的撒野,一旦激起民怨,绝对占不了什么便宜。

洋人在中国领土上作威作福的日子在上个世纪中叶宣告结束,在以后相当长的一段历史时期内,受到种种历史条件的限制,外国人到中国的数量始终很少,以致老外在大街上行走,均会遭到国人的围观,那种充满好奇的注视,常常使老外们感到很窘迫,甚至产生被羞辱的感觉。对外国人遭到围观的抱怨,也是老外们对改革开放以前中国老百姓的一个主要印象。而那个时候,老外们撒野动粗发酒疯的劣行似乎也鲜有耳闻,在传媒尚不发达的那个年代,相信即便有这类事情发生,也会在"政治影响不好"的借口下,被有关部门捂得严严实实。

改革开放以后,来华的老外骤然增多,而新世纪"入世"以后的中国,对外开放的力度更加大,来华经商、旅游和打工的,甚至抱着各种意图入境的外国人士逐年增加。此外,与以前来访者多为外交官或科技、学术界知识分子和民间友好人士组团前来的情况不同,随着国门的洞开,人品低劣的外国人渣趁机溜进来的在所难免,出现泥沙俱下、鱼龙混杂的情况也就不足为怪了。

如今在国人眼里,来中国的老外,早就没有了二十多年前带给国人的那种新奇感觉。而随着中国经济实力的强大和国际地位的提高,国人自尊自重自爱的意识也逐年提高,也是不争的事实,因此,倘若碰见个把老外撒野,绝不会低眉顺眼地自认晦气,非要高低讲个明白。于是乎,我们从媒体上不难看到相应的报道。也许是首都羁留的老外相对外地更多,此类事件早就发生过。2001年,北京就有个姓魏的出租车司机被四个日本人暴揍于当街,此事在当时还引起网络上网民的口诛笔伐。2001年年底中国"入世"后,老外在中国犯浑撒野的事情似乎明显多了起来,从南到北,由东至西,老外撒野的消息屡屡见诸报端和网络。先是有广东的美国"番佬"在大巴上公然调戏中国妇女,后又见上海地铁里发生新西兰老外对女青年动粗。最近在北京更接连发生老外撒野的事件,如前不久关于老外打伤公交车女司机的消息。2002年5月,又传来一个名叫只尚元的小伙子,被来自中东国家的人踢伤睾丸

(此人名字也真巧,老外只伤了他的元气)。10月,报道中依然出现黑人侮辱的姐的消息。我不禁在想:将来老外撒野的事情还会增多,这是不可避免的现象。那么,对正在争取向国际化大都市目标努力,常住外国人士数目可能要增加到20万左右的上海,此类事情也将难以回避,作为一个市民,如果有"幸"亲历这类事情,我们应该做出什么样的反应?

未雨绸缪总不是坏事,等事情临到头上,也不至于束手无策。看看目前几桩事例,国人的反应一般都是利用人数优势,将其(撒野的老外)团团围住,同时拨打110电话,让中国的警察来做"老娘舅",如此而已。结果"老娘舅"也多因为缺乏这方面的经验,往往在处理这类事件时,自觉而又自动地执行起"内外有别"的不成文规矩,最后大事化小、息事宁人地拉倒了事。而对当事的国人来说,对大多有利于老外的处理结果,多少带着余怒未消的愤懑情绪或一些遗憾。

我个人以为,有关这方面的法案亟待完善,甚至有必要创定更缜密的细则,使维护社会治安秩序的警察们有章可循,有法可依,乃至可以对号入座地处理每件性质不同的涉外冲突。这样让撒野的老外们也口服心服,使他们通过事情的解决过程,看到中国法制的威严,感受到中国执法人员的凛然,也有机会了解如今中国民众的法律意识之强。

眼下虽还难以马上制定出应付"鬼佬"撒野的细则,这确实给接到110报警电话的公安部门处理这类事件带来一定的难度,但我们仍然可以比照中国的治安条例,将那些在中国领土上撒野犯浑的老外按照国人的待遇来处理,该刑拘的就送看守所,当罚款的就课以钱币,应道歉的就让其向受到侵害的国人低头认错。一点不用讲客气,让那些撒野的老外在法治方面先行一步地"享受"我们的国民待遇,这样既可方便警察的执法,又能起到惩治外国恶棍的目的。

记得2001年北京围观日人暴打中国的哥的国人中,也有曾在日本留学过的人士,按他们的说法,"这几个小子(指那四个日本青年)在自己国家肯定不敢如此放肆"。闻听斯言,让人扼腕叹息。确实,目前我们有关部门的处理方式,显然不能有效地阻吓这些外国人渣肆无忌惮地在华夏大地撒野,俗话说得好,"该出手时就出手",这里的出手,当然不是指以暴制暴地拳头相向，更不能像一个半世纪之前那样，把拳头砸向不知情的洋人，而是应该用法律的重拳来狠狠打击那些胆敢在我国以身试法的老外。

话说回来，对于撒野老外不留情面，对于那些在遵守我国法纪方面表现突出，包括为社会治安做出各种贡献的外国人士，我们则要予以高度的评价和奖赏。像以前报道中提到的有个法国老外在沪办展览期间，孤身力擒三窃贼的事迹，就是老外在中国做好事的正面例子，其勇敢的精神同样值得我们嘉许和学习。

2002 年 11 月 27 日

相扑力士的泪水可作历史的见证

这些年来，中、日两国的交往出现所谓"政治冷、经济热、文化温"的现象。在日本加紧运作"入常"的同时，其国内歪曲历史事实的新教科书出笼，国内政坛右翼势力气焰嚣张，国会议员集体参拜置有战犯的靖国神社，对东海油气田资源的野心和在中俄石油管道问题上的掣肘动作，在钓鱼岛问题上激怒中国等，居然也一并"发作"。这些当然是导致目前中、日两国政治关系长期出现不正常的重要原因。

与近年来中日政治交往冷淡形成鲜明比照的是两国间的外贸交易额逐年增大，出现相对火热的升温势头。以12年前的2004年度为例，对华贸易数额占整个日本外贸出口的21.1%，为总数的1/5强；而我国对日贸易也在当年占全国外贸总数的15.4%。两国经济上合作交流互惠的趋势已经成为亚太地区经济振兴发展的重要象征。任何人都看得出"合则两利，斗则双损"的结果，但如听任目前政治情势向不利于双方往来的路径延伸下去，业已形成的经济合作交往的良好态势也势必会受到人为的阻遏和打压，这也是两国政府所不愿看到的。

受这些政治经济因素的影响，双方文化方面的往来若与中日邦交正常化及我国改革开放后数年里的交往相比，或许具体的次数与接触的层面有了很大的改善，但人们感受到的"动静"却大不如前，感觉上像沪语中所说的"温吞水"（即温水）一般，基本上没有什么气势。而过去那种中日间青年联欢互访或体育文艺团体的多次造访等大型活动，都让两国人民真真切切地感受到双方文化使节们所带来的诚挚和友情。

2016年6月18日在武汉因车祸不幸去世的我国前驻法国大使，在外交界素有鸽派之称的学者型官员吴建民，曾以外交学院院长身份，在中央电视台第四频道的节目侃侃而谈,从吴先生嘴里,观众得知一段过去中日间文化交往的历史故事。据说周恩来总理曾在接见一次由日本大相扑力士们组成的访华团时,了解到这些大块头们在次日都将集体登爬长城,看着他们每个人都只穿着木屐的情形,细心的周恩来总理当即找来制鞋师傅,逐一给客人们量好脚型及尺码。第二天,当这些身躯伟岸的大力士们准备动身之际,总理安排鞋匠师傅连夜赶做的崭新大号球鞋已经齐刷刷地送到了他们的面前。这些来自东瀛岛国专以崇尚力气为职业的大块头们,看着对号入座的中国鞋子,竟然被中国总理那细致入微的体贴关怀深深打动,一个个都情不自禁地哭了出来。我想,在场的每一个中方接待人员或日方的客人,都不会忘记这个美好的历史画面。这也是一个珍贵的历史瞬间,它再次印证了曾经求学东瀛,留下美好的"雨中岚山"诗句的周总理曾提到过的中、日两国是友好了两千年,交恶只有五十年的说法。

闻听这个生动的故事,我也为之动容。作为日理万机的政治家,周总理的大智慧体现得那么人性化。该故事所感动人的力度当然也能穿越历史的时空,而让人的心弦产生共鸣。我想,那些当年的大相扑力士们中,也许还有健在的,他们当日流下的感激泪水,也许早就化作坚定的信念而汇聚在其心河,那就是中、日两国人民一定要子子孙孙(按照日语,发音读作"嬉戏松松")万代地友好下去。

我相信,中、日两国人民之间的友谊和情感是真挚无价的,历史上的故事,今天完全可以继续发生和流传下去。以石原慎太郎为代表的一小撮日本右翼势力是绝不能够代表广大的日本民众的。至于那些曾出现在我国网络论坛上的极端话语,即把矛头指向所有日本人的言论,实在是不负责任的过激行止和丧失理智的疯狂呓语,甚至会被别有用心的家伙所利用。最近几年在一些反日游行中出现的打砸抢行为,就说明了这点。说实话,我特别鄙视那些用着日制产品却无厘头地宣泄反日情绪的"愤青"。

我衷心地祈望中日间的友好交往能够重现往昔的盛况,这样的文化交流越多,彼此了解越深,给两国民众带来的福祉也会越多。明天笔者将动身去中国过去的属国琉球,现在属于日本的冲绳县。谨以此文追怀外交界的翘楚,学者型的外交官吴建民先生。

2016年6月19日父亲节

新官场现形记

这是一条十多年前的旧闻：2004年11月4日，在中国证监会发行监管部任要职的发审委工作处副处长王小石（43岁）被检察机关带走。其罪名是涉嫌受贿，反贪检察官已将相关法律文书递交批捕部门，对他正式提请批准逮捕。11月3日下午，反贪人员来到中国证监会。证监会纪检部门负责同志以"工作需要为由"，通知正在市委党校学习的王小石回单位，但王某因有事没回来。4日上午9时，反贪人员直接到党校，将正在学习的王小石传唤后带走。5日下午，王被正式拘留。"当知道检察官的身份后，王很清楚找他的原因。"一位知情人士介绍说。据了解，王小石到案以后，已初步交代其犯罪事实。

当日，笔者看罢以上相关消息，对这条副处级的蛀虫被挖出来，除了为正水深火热地身陷在"中国股市灾区"里的千百万中小散户感到由衷的高兴，还觉得事件本身的戏剧化方式有点滑稽，因为那王副处长不是在单位被西城区反贪局检察官员带走的，而是从其正在"学习"的党校带走的。这多少是有点耐人寻味的。于是在那天写下这篇短文，今天再根据时势发展，添加一点"与时俱进"的浇头作料，端上来作为时评盖浇饭，以飨读者。

清朝名士龚自珍有诗曰："我劝天公重抖擞，不拘一格降人才。"《己亥杂诗》中的这两句话，100多年后，在20世纪70年代末改革开放后竟一度成为社会流行话语。盖因其时"文革"阴霾刚刚消散，百废待兴，各行各业都亟需人才。一时间，整个九州风雷涌动，万众激情高扬，上下各界都看到了国家腾飞、民族振兴的美好前景。那时的社会风气，可以毫不夸张地说，"59现象"（趁着退休前的最后一年捞取厚利，甚至不惜以身试法)和如今为世人诟病的腐败弊端,尚未显露端倪,"四人帮"极左思潮造成的清教徒式的严苛贫寒环境,以及社会主义门窗关得死死的状况,还暂时让绝大多数官吏安守本分,很教条地发挥着国家这架大机器上的螺丝钉作用。

此外,长期以来,我们国家对官员的栽培十分重视。执政党内各级都有专门的组织部,主司官员的升谪和考绩。一般官员如果是由科级升迁到处级,就已经是很幸运了;而一般官员当到县处级,也知道自律的重要性,毕竟是个县太爷了,好歹也不容易啊。中华人民共和国成立初期,即1952年2月10日枪毙的那两个贪官,是前后任上的两个华北天津地委书记,并不算太大的官,但是由国家最高领导人毛泽东亲批,下令正法,报纸登载,大家惊悚,同僚间不忘相互提醒:切莫做第二个刘青山和张子善!可看看他们贪污的钱款数量,才不过涉及171亿元(旧币,相当于后来的171万元)。和改革开放至今的李真、张二江、胡长清、成克杰、徐才厚、郭伯雄、谷俊山、陈同海等贪污大鳄相比,不过是小巫而已,甚至连空军总医院财务供应科那小小的科长郭剑颖都可贪污一个多亿元(这样的蛀虫硕鼠,居然几次被评为全国优秀劳模和三八标兵,难怪这位女军官军衔要官居"大笑"〈大校〉了)!平心而论,中华人民共和国成立后30年(1949—1979),中国执政党的干部人选基本上还是比较守规矩的。

可惜好景不长,改革开放以来的巨大成就,也让社会财富以几何级数的规模得到积累,人们的欲壑和贪婪之心,更像那泄闸的山洪,一发不可收拾地喷发暴涨起来。随着世风日下和腐败病的迅速蔓延,官场厚黑学也日见发达,形成气候,所谓的选官机制也逐渐沦为走过场的形式。大家心知肚明的一点是:某某人如果被点中去上级党校(而不是什么平级党校,那只是轮训和左迁的安置,应另当别论),那就是含金量骤升的标志,此公将来升迁必定是时间问题,出来之日,就是飞黄腾达之时,官升一级是当然的。所以曾经从《报刊文摘》看到:某高级饭馆曾有官场同僚十多人为一个将到中央党校去"学习"的家伙饯行,"觥筹交错,起坐而喧哗者,众宾欢也"的热闹场面让别的餐桌人士为之侧目,后来了解到在这一伙把盏交杯者中,果然有个姓王的青年将要去中央党校,出来后估计是副省级的干部了,当时其他家伙正在加紧感情投资呢。

我们每个人都可看到身边有这样的"幸运儿"会走进党校,成为将来的大员。即便不是什么封疆大吏,也能"混个师长、旅长干干"(借用一下"维护"山上的座山雕的话语),局级则是铁保的。身在官场厮混的都知道,处级到五十岁出头,若有上级通知去市里党校学习一遭,三月短训毕业后就会成为前清官员队伍中的那种"候补道",能否在最后爬到副局级,还要受到"破处"的煎熬。若是一旦组织部来官员宣布决定享受专人为其开车接送的待遇(车改后局级坐车的局面也开始动摇,受到"狙击"了;只有部级"不急",稳坐"泰山"牌公车,当然小卖部部长不在此列),还能享受市里专门拨发的一套市区中心地段住房的福利,可谓美事一桩。无怪乎人人要把官来当,官本位意识牢又牢。至于党校里教些什么,其实完全无关个人的实际能力和今后的发展方向。坊间一本曾在几年前火了一把的小说《国画》,里面对主人公朱怀镜官场处事的心态,刻画得可谓淋漓尽致,据说但凡进党校学习者大多人手一册,否则就容易在官场角逐中成出局的"奥特曼"(Out man)了。

仔细想来,这种当官前先安排去党校镀金,所谓掌握理论政策的形式,实在是很滑稽可笑的官样文章,可我们选官机制乐此不疲地继续和重复着做这类耗费无数纳税人钱财的无效事。2004年左右,全国分别在上海浦东、延安、井冈山三地设置干部学院,和传统的党校机制有什么区别,还得靠实践和时间的双重检验结果来做评判。

一则消息引起的愤怒和恐惧

当今天早上打开电脑浏览新闻时,一条转载《重庆经济报》记者撰写的《日韩皮革垃圾流入重庆制成果冻原料和胶囊》消息赫然在目,说句大实话,看完消息后,震惊和愤怒已不再是这个瞬间支配我的主要情感,我更多地感到了恐惧和恶心,甚至想吐。原因很简单,倒不是我会像那些天真烂漫的祖国花骨朵们那样酷爱果冻之类的食品,而是本人近来每天必须遵照医嘱定期服用的中成药,很大一部分就是胶囊裹着的。看了这则消息,能不让我犯恶心吗?

这条消息中这样提到:"将从韩国、日本'引进'的皮革垃圾提炼成明胶后卖给食品厂做果冻、糖果,卖给制药厂做胶囊……"由于是记者亲眼所见,在铜梁蒲吕镇河边的这家未挂任何招牌的破旧厂房,到处弥漫着恶臭的气味,没有什么劳动保护的小工们"将皮革垃圾通过石灰石、双氧水,甚至硫酸浸泡后,再熬煮烘烤提炼成黄色晶体状的'明胶',而这些未经过任何部门检验的产品最后被老板高价送进市内外一些果冻、糖果、饼干及制药厂家,成为它们产品的主要原料"。

更让广大保健药品服用者们胆战心惊的是:"在厂房左边红色的低矮砖墙外,40多口大型水泥池呈现眼前,已经发黑泡胀的'皮革垃圾'将盛有石灰石的池子几乎填满,其中还有黄色烟头及带血的卫生巾,发出股股难闻异味。20多口绿色塑料桶中盛满了用于浸泡的浓硫酸,发出刺鼻的白色酸雾从桶口未封闭严实的缝隙飘出。七八名脚穿烂水靴的民工捂鼻挥动手里生锈长铁耙将池子中发胀的恶臭皮革碎块来回搅拌,以此脱去皮革上各种颜色和重金属物质。然后使其进入紧挨的池子中漂洗,待这些碎皮稍稍显出白色后,再由几名工人用手推车将除去

这个世界就分两种人

大部分水分、滑腻腻的皮革碎块送进一墙之隔的厂房里,工人们告知'把这些东西放进大铁锅中煮熬'。水泥池子旁,混合着硫酸液体的污水径直通过新开挖的水渠进入了一旁的小安溪河中,泛起阵阵白色泡沫。"想来,这样的场景及其引发的相关联想,对很多生产相关消费者必须"进口"和下肚消化的食、药品的厂家来说,不会受到太大的刺激,在追求低成本、高利润和金钱的利益驱动下,不法奸商们什么样的事都敢做。就在前几天,京沪各大城市的商场货架不就在悄没声地拿掉名噪一时的"乡巴佬"卤鸡及其系列卤制产品吗?据媒体的揭露:"看似乌黑的'乡巴佬'卤鸡,竟然涂抹一种叫酸性橙的化工原料,这种化工原料主要用于皮革、纺织物的染色,是绝对不允许作为食品添加剂使用的。"而拿上海来说,主要经销"乡巴佬"卤鸡的有农工商、世纪联华、家乐福三家超市连锁店。其中联华因为进货渠道关口把得较牢,虽说同样的食品卖得比别家商场贵,不少有保健意识的市民还是以光顾联华为主,所谓"花钱买放心",但"乡巴佬"卤鸡让他们这种想法受到了事实无情的嘲弄。

放眼今天的中国,试问我们还能吃什么?大米,是有毒的;蔬菜,喷农药的;食盐,工业用的;白酒,会死人的;黄酒,兑了水的;食油,阴沟来的;茶叶,含了铅的……够了,不用一一列举,大家早就耳熟能详。虽说从晋江制假药到山西造假酒,各地造假烟,伪劣仿冒名牌已经受到有关部门的严厉制裁,但这一切却总也花开不败,甚至越发地遍地开花,泛滥不止。诚信本为经商之本,怎么我们有些同胞就那么下作,非要从日、韩或欧美各国进口垃圾,来发垃圾财呢?海关为何拦不住运载各种有害垃圾的集装箱进入国门?各地的工商部门为何不主动出击查堵这种发散恶臭气味、污染环境、危害人类健康,等于谋财害命的所谓原料加工厂的经营运作?

今日社会中的丑恶东西越来越猖獗,某些主管部门尽管想开动机器宣扬政绩,鼓吹在什么重要思想或精神指引下或鼓舞下,"到处莺歌燕舞"也没用,除了那些大员或大款及其家属子女能够用权用钱来享用进口的高级卫生食品和药品外,绝大多数国民还不是战战兢兢地面对死神的狞笑?保不定哪一天,老百姓就会喝到过量含铅和残留农药的茶叶泡制的酽茶，也可能饮用了以工业酒精兑制的"名牌白酒"，或吃下绿油油的毒大米等，如引起中毒症状，送到医院，医生开的药丸，很可能就是用那混杂着"黄色烟头及带血的卫生巾"以及"发胀的恶臭皮革碎块"一起熬制的中国特色的"胶囊"包裹着的！

我个人有个愿望，希望这种胶囊有机会出口，相信也会打上 Made in China 的记号，最好是出口到日本、韩国，让他们的国民也在服用中国"优质"保健品时，捎带着也让臭皮革垃圾"出口转内销"一回。当然，这只是个人一种带着恨意的心底念头，秉着"己所不欲，勿施于人"的精神，泱泱大国也不可做那等可耻的贻害别国之事。再说，咱们精明的东亚邻居，虽没有把动听的政治口号叫得震天价响，但"以人为本"的意识早就深入脊髓的他们，是绝不会在这种拿自己国民生命当儿戏的问题上出半点纰漏的（对他国则内外有别）。如果不信，咱也向他们那里发几个满载着皮革垃圾，或用这种垃圾熬成的果冻或胶囊的集装箱试试？被拒绝入关的结果肯定是明摆着的。

这就是咱们中国人的悲哀。输了足球，咱们以后还可赢回来；丢了这种脸（为了几个臭钱甘愿主动进口工业垃圾），那却是让日、韩从骨子里鄙视我们中国人的！所以，我殷切地期望着有关部门会像这次发红色通缉令追捕在珠海买春的几条日本色狼那样，对操办从日、韩进口垃圾的国内黑心商人或官员也施行杀无赦的手段，以起到杀一儆百的效应。

图书在版编目(CIP)数据

这个世界就分两种人/葛壮著.—上海:上海社会科学院出版社,2017
 ISBN 978-7-5520-2225-4

Ⅰ.①这… Ⅱ.①葛… Ⅲ.①散文集-中国-当代 Ⅳ.①I267

中国版本图书馆 CIP 数据核字(2018)第 001443 号

这个世界就分两种人

著　者:	葛　壮
责任编辑:	黄飞立
封面设计:	周清华
出版发行:	上海社会科学院出版社
	上海顺昌路 622 号　邮编 200025
	电话总机 021-63315900　销售热线 021-53063735
	http://www.sassp.org.cn　E-mail:sassp@sass.org.cn
照　排:	南京理工出版信息技术有限公司
印　刷:	上海万卷印刷股份有限公司
开　本:	890×1240 毫米　1/32 开
印　张:	11.5
字　数:	327 千字
版　次:	2018 年 4 月第 1 版　2018 年 4 月第 1 次印刷

ISBN 978-7-5520-2225-4/I·273　　　　定价:56.00 元

版权所有　翻印必究